编　委　会

国家出版基金项目
NATIONAL PUBLICATION FOUNDATION

"百部好书"扶持项目
GUANGDONG PUBLISHING

本丛书入选：
2018年度国家出版基金资助项目
2017年广东省重点出版物暨"百部好书"扶持项目
2018年广东省原创精品出版项目

文化自信与中国现当代文学丛书

天人合一与当代生态文学

汪树东 著

丛书总主编
蒋述卓
陈剑晖
贺仲明

广东高等教育出版社
Guangdong Higher Education Press
·广州·

图书在版编目（CIP）数据

天人合一与当代生态文学/汪树东著．—广州：广东高等教育出版社，2018.10

（文化自信与中国现当代文学丛书）

ISBN 978-7-5361-6311-9

Ⅰ．①天…　Ⅱ．①汪…　Ⅲ．①中国文学－当代文学－文学研究　Ⅳ．①I206.7

中国版本图书馆 CIP 数据核字（2018）第 237175 号

出 版 人：唐永亮
策划统筹：黄红丽
责任编辑：李树谋
责任技编：肖宿华
责任校对：谢　慧
装帧设计：国　梁

书　名	天人合一与当代生态文学 TIANRENHEYI YU DANGDAI SHENGTAI WENXUE
出版发行	广东高等教育出版社 地址：广州市天河区林和西横路　电话：（020）87554153 http://www.gdgjs.com.cn
印　刷	广东新华印刷有限公司
开　本	890 毫米×1 240 毫米　32 开
印　张	12
字　数	322 千
版　次	2018 年 10 月第 1 版　2018 年 10 月第 1 次印刷
定　价	48.00 元

总　序

党的十八大以来，以习近平同志为核心的党中央要求全党要坚定道路自信、理论自信、制度自信与文化自信。在这几个“自信”中，文化自信是更基本、更深沉、更厚重和更持久的力量，因它深植于中华优秀传统文化的沃土之中。而中华优秀传统文化既是中华民族独特的智慧结晶，也是全人类共享的精神财富，体现了“人类共同价值”。那么，当前应如何传承传统，实现中华优秀传统文化的创造性继承和创造性发展，从而提升中华民族的文化自信？这是近年来党和国家在思想文化建设领域关注的重点，也是当前学术界关注的热点。“文化自信与中国现当代文学丛书”正是立足于这一历史和现实语境，希望通过对传统文化的挖掘和再发现，将其有价值和有现实针对性的精神资源植入中国现当代文学，以此推进“文化自信”这一重大命题的理论与实践，为中国梦提供有益有效的精神支撑和文化滋养。

本丛书不是面面俱到地阐释传统文化，而是以专题为统领，针对中国现当代文学，尤其是当代文学存在的弊端，将优秀传统文化的基因与其对接并灌注其中，从而催生出一种符合新时代的新文学。比如，丛书的第一本《“文”的传统与现代中国文学》，针对中国现当代文学语言技巧越来越高，艺术形式越来越精致，但文学的路子却越走越窄，文学精神越来越稀缺的事实，提出中国现当代文学有必要到传统的源头去汲取营养，以丰富和强大自身。所谓“传统的源头”，就是“文”的传统或“杂文学”的传统。在“文”的传统中，文体既是体也是用，既是道也是器，文体的变革也是文学的变革。本书还从文章的体制、风格、文气以及叙事传统等方面，论述现当代文学应如何从传统文学中汲取营养，而不应矮化自己，“以西方的标准为标准，以西方的是非为是非”。

从文学所体现的实用价值和政治功能方面的内涵看，以“修身齐家治国平天下”的“家国情怀”，是文学忧患意识、使命感和责任感的集中体现。它主要从“入世”“有用”的精神维度，确立了中国文学“文以载道”的传统。但中国当代文学自20世纪90年代以来，随着人的欲望的膨胀，人文理想的失落，多元价值观的出现，作家的写作立场也发生了重大改变：从20世纪80年代的“大叙事”变为个人的“小叙事”，从过去高扬理想主义和集体主义，转变为犬儒主义、物质主义和享乐主义，不少作家失去了介入时代和社会现实的激情和勇气，而忧患意识、责任感、使命感与他们也就渐行渐远。因此，要振兴当代文学，就必须要求作家“文以载道”，追求文学的“有用”功能，要求作家创作要有“家国情怀”，要修身齐家治国平天下，将“小家”和国家民族的“大家”统一起来，这样才有可能创造出无愧于新时代、无愧于当下的优秀作品。丛书的第二本《载道传统与文学的使命意识》通过对“文以载道”概念的梳理阐释，重申文学的伦理道德与使命意识。

我国的另一个优秀文化传统，就是“道法自然”。老子说：“人法地，地法天，天法道，道法自然。”庄子说：“天地与我并生，万物与我为一。”这都是强调人与物即自然的融合和转化。在“万物将自化”的理念中，物化既包含人的变化，也包含物的变化，同时也是物与人的互化。在中国的传统散文中，如《世说新语》《秋声赋》等，都达到一种“神与物游”的境界。而中国现当代文学已在很大程度上丢掉了中国传统文学这一优良的传统。中国现当代文学过于夸大人的地位、作用和力量，从而导致对天地自然的忽略乃至无知，也导致了社会和谐的失衡。所以，在倡扬文化自信和文化自觉的当下，当代作家要向古典文学学习遵循天地自然的法则，克服人类至上的立场，将人与自然同一化，从而将自己及其作品培育得臻于完美。丛书第三本《天人合一与当代生态文学》对此做出了回应。

中国文学一直有一个浪漫翱翔、瑰意琦行的传统，从庄子的“鹏之徙于南冥也，水击三千里”、屈原的《离骚》，到李白的诗歌、陶渊明的“桃花源”，这一浪漫传统的归潜与飞扬，一直是中国文学的骄傲。然而，新中国成立以来，这一浪漫主义的传统几近绝迹。尽管有过“现实主义与浪漫主义相结合”的倡导，但那不过是一个口号，并没有真正成功的文学创作实践。因此，中国当代文学要从重物质、轻精神，重欲望、轻理想的状态中解脱出来，就必须继承浪漫主义文学传统，为文学注进生命激情和梦想。唯其如此，理想的文学才有可能出现。丛书中的《中国新时期文学的浪漫与理想》既重拾这一文学传统，又恢复了中国文学应有的文化自信。

总体来说，丛书确立了三个维度：一是优秀传统文化的维度；二是中国现当代文学的维度；三是中西文化比较的维度。通过对三个维度的融会贯通，推进中国现当代文学的文化自觉与文化自信。为此，丛书共收录 13 本著作，有些侧重从传统文化的思想内涵方面挖掘有价值的精神资源，有些侧重从艺术方面探讨中国当代文学如何从传统文化中汲取营养。

丛书虽属主题性出版，但具有鲜明的个性特色和原创性。具体表现在以下几方面：

第一，强烈的问题意识与建设性和前瞻性。中国现当代文学面临的问题：一是写作技巧越来越高，越来越精致化，但同时却是越来越小气和匠气，创作的路子越走越窄。二是许多作家缺乏社会时代担当和家国情怀。三是缺乏理想的文化生命人格塑造，也缺乏诗性精神和浪漫情怀。四是审美缺失，文风粗鄙。五是当代作家大多言必称西方，一切“以西方的标准为标准，以西方的是非为是非”。丛书正是以问题意识为导向来设计主题，这样便既有现实针对性，也不会重复别人。与此同时，丛书又注重“大传统”与“小传统”的传承对接，尽量从现当代文学中挖掘“文化自信”的因素，并强调在“解构”中“建构”，力图使丛书既有建设性又有前瞻性。

第二，注重传统文化的传承与创新。中华传统文化虽历史悠久、博大精深，但也存在着不少糟粕，因此要立足于现实，用时代精神去凝练、去整合传统文化，并善于进行创造性的转化。丛书从传统文化中提炼出“文的传统”“文以载道与家国情怀”“道法自然与天地并作”“超然浪漫与文学理想”“诗性飞翔与审美之维”“理想文化生命人格的重塑”等主题，正是在创造创新中彰显传统文化的时代价值，让中华优秀传统文化在当代文学创作中焕发出新的生命力。

第三，宏观研究与实证研究相结合。丛书虽有较宏大的构想和命题，但绝不同于那种假、大、空的理论。因为丛书要求每位分册作者，一定要把“文化自信”的理念落实到某个层面、某一个点，要有具体细致的个案分析。总之，命题要宏大，观点要创新，方法要实证，细节要丰满。

第四，强调学理性，又兼顾可读性。丛书作者均为国内知名，长期从事中国现当代文学研究，且有较好的古代文学素养的学者，这为将丛书打造成学术精品这一总体要求打下了坚实的基础。同时，为了让读者更好地了解传统文化，提高他们阅读的兴趣，丛书兼顾了学理性和可读性两方面，尽量回避过于“学院化”的表述，用鲜活优美、灵动诗性的文字来探讨传统文化与中国现当代文学问题。当下的中国已进入一个需要理论而且一定能够产生理论的时代，一个需要思想而且一定能够产生思想的时代。中华民族伟大复兴的生动实践为理论创新提供了丰厚土壤，构建“中国学派”可以说是恰逢其时。但是，过去中国的思想理论贡献与经济的高速发展，与中华民族的伟大复兴极不相称，这其中有西方话语霸权的原因，更主要的在于我们热衷于向“西天取经”，在为西方思想提供注脚方面花费了太多时间和精力，而忽略了从中华优秀传统文化汲取营养，这样自然便不够自信，便妄自菲薄，一切“以西方的标准为标准，以西方的是非为是非”，无法让世界知道“学术中的中国”“理论中的中国”。“文化自信与中国现当代文学丛书”希望通过对中华优秀传统文化的挖掘与价值再发现，在构建“学术中的中国”方面有所作为，有所贡献。

文化是民族的灵魂和血脉，是人民的精神家园。习近平总书记一再指出：要加强对中华优秀传统文化的挖掘和阐发，为人类提供正确精神指引，要围绕我国和世界发展面临的重大问题，着力提出能够体现中国立场、中国智慧、中国价值的理念、主张、方案。是的，在有着5000多年文明发展历史中孕育出来的中华优秀传统文化，积淀着中华民族最深沉的精神追求，代表着中华民族独特的精神标识，是中华民族生生不息、发展壮大的丰厚滋养，是中国特色社会主义植根的文化沃土，是当代中国发展的突出优势。它将对延续和发展中华文明、促进人类文明进步，发挥重要作用。“文化自信与中国现当代文学丛书”由于有着深厚的文化情怀和自觉的文化担当，坚守中华文化立场，立足中国现当代文学现实，面向世界，面向现代化和中国文学的未来，用时代精神去凝练、整合中华优秀传统文化和中国现当代文学，以文学来阐述“文化自信”，以此推进“文化自信”这一重大命题的理论与实践。因此，丛书获得了评审专家和有关部门的充分肯定，先后获得“2018年度国家出版基金立项”“2017年广东重点出版物暨‘百部好书’资助”和“传承弘扬岭南优秀传统文化和原创精品立项”。相信随着丛书的出版，“文化自信与中国现当代文学”这一命题，会越来越广泛地引发中国现当代文学研究者和读者进一步探究的兴趣。

蒋述卓　陈剑晖　贺仲明

2018年9月4日

CONTENTS
目 录

绪　论

生态危机的全面爆发和生态文学的兴起

让我们从两首耳熟能详的诗歌开始当代生态文学之旅吧。

归园田居·其一

（东晋）陶渊明

少无适俗韵，性本爱丘山。误落尘网中，一去三十年。
羁鸟恋旧林，池鱼思故渊。开荒南野际，守拙归园田。
方宅十余亩，草屋八九间。榆柳荫后檐，桃李罗堂前。
暧暧远人村，依依墟里烟。狗吠深巷中，鸡鸣桑树颠。
户庭无尘杂，虚室有余闲。久在樊笼里，复得返自然。

豹

——在巴黎植物园

［奥地利］里尔克，冯至译

它的目光被那走不完的铁栏
缠得这般疲倦，什么也不能收留。
它好像只有千条的铁栏杆，
千条的铁栏后便没有宇宙。

强韧的脚步迈着柔软的步容，
步容在这极小的圈中旋转，
仿佛力之舞围绕着一个中心，
在中心一个伟大的意志昏眩。

只有时眼帘无声地撩起——
于是有一幅图像浸入，
通过四肢紧张的静寂——
在心中化为乌有。

多么鲜明的对照啊！在陶渊明笔下，人脱出尘网，重返乡村，回归自然后，就像被束缚的鸟儿重返生机勃勃的森林，被池养的鱼儿重返深藏若虚的渊源，人性重新舒展，自由失而复得。对于陶渊明而言，大自然具有救赎般的存在意义。然而再看看里尔克的诗歌，那只豹子远离啸傲的森林，丧失自由，被禁闭于狭窄的铁笼，清澈的眼瞳不能映照蓝天白云，敏锐的视力惨遭铁栏的阉割，强健的脚力无法自由奔跑，挥洒速度和力的美，只能原地旋转，无法舒展的意志陷入晕眩，所有对大自然的渴望只能通过四肢的紧张在心中化为虚无与绝望。这就是“现代性的铁笼”（马克斯·韦伯语）囚禁中的现代人的悲惨写照，就是彻底远离大自然、丧失自由和本性的现代人震撼人心的象征主义写照！在陶渊明笔下，前现代中国的生存智慧得到诗意的呈现，古人体验到天人合一的和谐境界，认识到人性的终极根源在大自然中，人必须和大自然取得一致，才能寻找到人生的真实出路。如果说现实社会的功名利禄、等级纷争构成了让人迷失本性的樊笼，那么大自然以其生生不息之大德、万物平等的阔大境界提供了自由人生的诗意出路。因此，对于古人而言，大自然是生命的本源，是具有内在价值的有机生命，是陷入困境的凡俗人生的逋逃薮，是大化流行、天道畅显的诗意场所，人不能只想着征服、改造和利用它，更重要的是依赖它、亲近它、融入它，在天人合一的生态境界中完成终极意义的诗意领悟。然而对于西方现代人而言，大自然往往被视为钟表式的机械存在，对人的价值和意义漠不关心、毫不动情，人所能做的就是认识大自然的规律，从而征服、改造和利用它，如此天人相对、主客两分的文化模式造就出日新月异、突飞猛进的现代科技体系，让人在控制和征服自然方面的能力大为提高，从而极大地改善了现代人的物质生活水平。然而，祸兮福所倚，在这种现代文明之中，人日益无法在大自然中寻找到存在的家园感、意义感，无处不在的现代科技体系、社会管理体系和启蒙观念体系又给现代人制造出了窒息生机、压制自由的黑暗铁笼，现代人的生命悲歌便不绝如缕。

当然，更为可怕的是，现代文明释放出的摧毁自然的巨大力量，导致了全球性的生态危机。面对全球性生态危机，文学何为？作家何为？文学无疑应该表现出介入现实、看护大地、讴歌自然、弘扬生态意识的崇高使命感。华夏大地上的生态文学发展至今，已有四十余年，越来越多的作家大胆地站出来，重温华夏文化传统中的天人合一观，汲取富有反思意识的西方生态伦理资源，开始为饱受创伤的大自然仗义执言，严厉批判现代人对待大自然的狂妄态度，呼唤人与自然的和谐相处，为生态文明鸣锣开道。

一、全球性生态危机与中国生态的晦暗现实

要谈全球性的生态危机，我们可以从近二十余年的美国好莱坞电影和诺贝尔文学奖获奖作家入手。好莱坞电影要占据全球电影市场制高点，长久以来讲述的无非是人的爱恨情仇故事。不过，近二十余年来大部分好莱坞电影大片特别关注的故事却日益呈现出生态叙事特质，例如《未来水世界》《黑客帝国》《后天》《2012》《阿凡达》《星际穿越》等均有内嵌的生态故事，而且都表达了对未来地球生态崩溃的巨大担忧。至于近二十余年获得诺贝尔文学奖的作家中，不乏对生态叙事饶有兴趣的，例如君特·格拉斯、大江健三郎、库切、耶利内克、勒克莱齐奥、多丽丝·莱辛、莫言等。的确，自从人类社会于20世纪末暂时告别严峻的政治意识形态对抗以后，越来越多的人日益醒悟到，对于当今人类而言，最迫在眉睫的危机就是全球性的生态危机，现代人若无法处理好人和大自然之间的关系，若不能有效地缓解、抑制全球性生态危机，最终会遭遇悲惨的灭顶之灾。

全球气温升高、植被退化、物种大灭绝、土地沙漠化、水资源锐减、垃圾污染、核污染等，均是全球性生态危机的鲜明征兆。

工业化大规模排放温室气体导致全球气温升高，将会直接造成一系列生态灾难。例如气候变得更暖和，冰川消融，海平面将升高，引起海岸滩涂湿地、红树林和珊瑚礁等生态群丧失。海岸侵蚀

也是全球变暖的可怕后果，海水入侵沿海地下淡水层，沿海土地盐渍化等，将会造成海岸、河口、海湾自然生态环境失衡，给海岸带生态环境系统带来灾难。其次，全球水域面积增大。水分蒸发也更多了，雨季延长，水灾正变得越来越频繁。遭受洪水泛滥的机会增大，遭受风暴影响的程度和严重性加大，水库大坝寿命缩短。最后，水温升高可能会导致南极半岛和北冰洋的冰雪融化，北极熊和海象将灭绝。此外，许多小岛将消失得无影无踪，人类将感染疟疾等传染病……甚至随着气温升高，人的生育会受影响，人类精子的活性会随温度升高而降低。全球气温升高还会导致不均衡的降水，一些地区降水增加，而另一些地区降水减少。

随着现代人口数量暴增，消费水平大涨，现代人对大自然的索取日益严重，直接的后果就是全球动植物数量锐减，许多物种因人类的活动已经灭绝，还有更多的物种即将灭绝。在人类历史发展的初期，地球上 1/2 以上的陆地披着绿装，森林总面积达 76 亿公顷。1 万年前，森林面积减少到 62 亿公顷，还占陆地面积的 42%。19 世纪减少到 55 亿公顷，无论在欧洲、美洲还是亚洲、非洲，依然到处都能见到森林。可是进入 20 世纪以后，毁林的情况日趋严重，至今全球只存 40 多亿公顷森林，而且正以每分钟 38 公顷的速度在消失。

与森林减少直接相伴的是动植物减少，物种灭绝速度增加。据法新社报道，世界自然基金会 2015 年 9 月 16 日发布的名为 *Living Blue Planet* 的报告显示，过去 40 年间，全球海洋动物数量减少了近一半，主要原因是过度捕捞、环境污染和气候变化。从 1970 年至 2010 年，全球海洋动物的数量急剧减少，可食用鱼类更甚，金枪鱼和马鲛鱼的数量在过去 40 年间减少了 74%。世界自然基金会会长在一份声明中表示，“仅仅一代人的时间，人类活动已经严重破坏了海洋环境。过度捕鱼、破坏海洋环境和气候变化会给整个人类带来可怕的影响”。该报告还显示，鱼类并不是数量减少最多的海洋物种，它们赖以生存的珊瑚礁、红树林和海草也出现锐减。另外，大约四分之一的鲨鱼和射线鱼类正面临着灭绝的危险。①

从6亿年前多细胞生物在地球上诞生以来，物种大灭绝现象已经发生过5次。地球第一次物种大灭绝发生在距今4.4亿年前的奥陶纪末期，大约有85%的物种灭绝。距今约3.65亿年前的泥盆纪后期，发生了第二次物种大灭绝，海洋生物遭到重创。而发生在距今约2.5亿年前二叠纪末期的第三次物种大灭绝，是地球史上最大最严重的一次，估计有96%的物种灭绝，其中90%的海洋生物和70%的陆地脊椎动物灭绝。第四次发生在距今约1.85亿年前，80%的爬行动物灭绝了。第五次发生在6 500万年前的白垩纪，也是为大家所熟知的一次，统治地球达1.6亿年的恐龙灭绝了。现在正在发生第六次物种大灭绝，人类成为罪魁祸首。科学家估计，如果没有人类的干扰，在过去的2亿年中，平均大约每100年有90种脊椎动物灭绝，平均每27年有一种高等植物灭绝。但因为人类的干扰，鸟类和哺乳类动物灭绝的速度提高了100～1 000倍。美国杜克大学著名生物学家斯图亚特·皮姆认为，如果物种以这样的速度减少下去，到2050年，目前的四分之一到一半的物种将会灭绝或濒临灭绝。

土地荒漠化也是全球性生态危机的表现之一。根据联合国有关部门统计，全球有100多个国家和地区、10亿多人口、约三分之一的陆地面积受到土地荒漠化的威胁。特别是亚洲和非洲的一些受影响的面积和人口数目都很大的发展中国家的土地荒漠化尤为突出。

垃圾污染也是全球性生态危机中难以直面的窘境。陆地上垃圾遍地、垃圾围城早已成为尽人皆知的恐怖事实，而海洋垃圾也令人震惊。2015年，美国佐治亚大学的詹娜·詹姆贝克等人在美国《科学》杂志上报告说，他们研究的分析对象是约190个沿海国家

① http://world.huanqiu.com/exclusive/2015-09/7501313.html.

和地区，根据这些地方在2010年距海岸线50千米以内的人口密度、每年人均废弃物数量、废弃物中塑料垃圾比例、塑料垃圾处理不当的比例等数据，计算出每年进入海洋的塑料垃圾量。结果表明，这些沿海国家和地区在2010年共产生2.75亿吨塑料垃圾，估计其中约800万吨进入海洋。该研究还显示，进入海洋的塑料垃圾数量在逐年上升，估计2025年将会比2010年增加一倍，届时海洋中的塑料垃圾总量会达到约1.55亿吨。① 而最大的塑料垃圾是废弃的渔网，它们有的长达几英里，被渔民们称为“鬼网”。在洋流的作用下，这些渔网绞在一起，成为海洋哺乳动物的“死亡陷阱”，每年都会缠住和淹死数千只海豹、海狮和海豚等。其他海洋生物则容易把一些塑料制品误当食物吞下，例如海龟就特别喜欢吃酷似水母的塑料袋；海鸟则偏爱旧打火机和牙刷，因为它们的形状很像小鱼，可是当它们把这些东西吐出来反哺幼鸟时，弱小的幼鸟往往被噎死。塑料制品在动物体内无法消化和分解，误食后会引起胃部不适、行动异常、生育繁殖能力下降甚至死亡。此外，每年经由各种途径进入海洋的石油及石油制品达600万吨左右。大规模的油污染导致大量生物因缺氧而死亡，油膜和油块能粘住大量幼鱼和鱼卵使其死亡。海洋生物的死亡最终将导致海洋生态系统被打乱。

面对这种全球性生态危机，君特·格拉斯早就严厉地抨击过：“扫视一下政治和经济生活中各种力量的关系，就可以看到在知识提高的背景下，对自然资源的过度利用正在增加；空气和水污染被可耻地合理化；超级大国及其卫星国灭亡的可能性，早已越过疯狂的门槛。虽然提出各种各样的警告，但是没有任何思想可以改变政治现实。由于举目皆是耀武扬威，到处都是暴徒恶棍，没有任何力量可以或愿意喝止早已存在的灾难和即将发生的灾难。掌权者们沉

---

① http://world.huanqiu.com/hot/2015-02/5748558.html.

溺于毫无意义的瞎闹，到处开会，而把责任搁下。”① 的确，全球性生态危机在人类历史中还是第一次发生，此前也许在局部地区会因为人类乱砍滥伐、过度垦殖等不符合生态规律的行为导致生态危机，但在前现代时期，人类没有现代科技的辅助，对自然生态的破坏终究不会上升为全球性的生态危机。然而近两百多年来，在现代科技的帮助下，现代人如虎添翼，张开血盆大口，吞天噬地，结果彻底颠覆了前现代时期人类和大自然上万年维持的相对平衡关系，全球性生态危机终于爆发，逼迫人类要彻底反思现代文明的基本价值设定，反思现代人的生活方式。

史铁生在《病隙碎笔》中曾说：“癌症是什么？是和谐整体中的一个失去控制的部分，这差不多是对膨胀着的人类欲望的一个警告。艾滋病是什么？是自身免疫系统的失灵，而生态的和谐正是地球的自身免疫系统。”② 说现代人的膨胀欲望像癌症一样，自然让我们猛然一惊，再想想沃卓斯基兄弟导演的经典好莱坞大片《黑客帝国》中的一个情节，也许我们就更会受到一顿棒喝。其中电脑人史密斯对未来的救世主尼欧说，人类是地球的癌细胞，完全不顾地球的生态平衡，肆意繁殖，结果差不多彻底摧毁了地球生态。无论是艾滋病还是癌症，都具有象征意味，也都是人和大自然平衡关系失衡后结出的恐怖恶果。

当我们从全球性生态危机的沉重话题转移到中国国内的生态危机话题时，我们会发现现实更为晦暗，危机更为沉重。每个略微关注过身边的自然生态的中国人，只要略微有一点历史知识和生活经验，都会悲伤地发现当前中国的生态危机是多么严峻，自然生态被破坏得多么可怕。当我国土地大面积地荒漠化、被重金属污染时，华夏的“地”沦陷了；当我国的一些城市整日都雾蒙蒙的，看不到

---

① 格拉斯. 人类的毁灭已经开始［J］. 黄灿然，译. 天涯，2000（1）：112.

② 史铁生. 病隙碎笔［M］. 西安：陕西师范大学出版社，2005：223.

灿烂的阳光时，华夏的“火”沦陷了；当长江也遭受污染，大江南北几乎没有真正干净的水时，华夏的“水”也沦陷了；近几年来，每当初秋时节，从东北一直到华南差不多半个中国都常常被浓重的雾霾包围，令国人恐慌，华夏的“风”也沦陷了。当地、火、水、风等最基本的生命元素都沦陷了，就更不要说其他自然生命、生态系统了。

从严格意义上讲，我国除在西南（西藏东南部）、东北及天山山脉等地还保存有少数的原始森林外，其他地区的森林几乎全部退化了，可以说中国已经成为“没有大树的国家”（冯永锋语）。当卫星地图显示，在中国周边的各国，无论是东南亚各国，还是俄罗斯、朝鲜、韩国等，夏天大都是绿色的，唯有华夏大地的绿色最少，到处一片苍黄时，每个有良知的中国人也许都会感到锥心刺骨般的疼痛。

水土流失、土地荒漠化的步伐也难以阻挡。根据我国第五次荒漠化和沙化土地监测（2015 年）数据显示：截至 2014 年，全国荒漠化土地面积 261.16 万平方千米，占国土面积的 27.20%；沙化土地面积 172.12 万平方千米，占国土面积的 17.93%；荒漠化土地遍布东经 74 度到 119 度、北纬 19 度到 49 度的广阔空间，涉及 18 个省、471 个县（尤以西北及内蒙古 6 省区最为严重，占全国荒漠化面积的 71.1%）。受荒漠化影响，全国 40% 的耕地在不同程度地退化，其中 800 万公顷危在旦夕，1.07 亿公顷草场也是命若游丝，荒漠化形势十分严峻。据中、美、加国际合作项目研究，中国因荒漠化造成的直接经济损失约为 541 亿元人民币，土地荒漠化已成为我国最为严重的生态问题。

除了土地沙化、荒漠化等问题，化肥、农药的过量使用也直接威胁着土地和河流。此外，我国地表水中含有 68 种抗生素，且浓度较高，另外还有 90 种非抗生素类的医药成分被检出。我国水体抗生素浓度远高于国外。空气污染更是我国生态危机最明显的征兆。据世界银行的发展趋势预计，2020 年中国将为燃煤污染导致的疾病支付 3 900 亿美元的费用，约占当时 GDP 的 13%。[①]

生态环境急剧恶化，直接影响到民众的健康水平。2015 年，中国癌症个案急速上升，约有 430 万人被确诊患有癌症，另外 280 万人因癌症去世，即每天都会有 1.2 万人被确诊患癌，7 500 名病人因患癌死亡。可以说，中国严重的生态危机已经危及我们每个人的身家性命。马云在 2013 年第十三届中国企业家年会演讲中曾说：

这次北京的雾霾，我特别高兴，……我们需要考虑的是什么样的行动，我们相信十年以后中国三大癌症将会困扰着每一个家庭，肝癌、肺癌、胃癌。肝癌，很多可能是因为水；肺癌是因为我们的空气；胃癌，是因为我们的食物。30 年以前，有多少人知道我们边上谁谁谁有癌症，那个时候癌症是一个稀有的名词，今天癌症变成了一种常态。很多人问我什么东西让你睡不着觉，阿里巴巴淘宝从来没有让我睡不着觉，让我睡不着觉的是我们的水不能喝了，我们的食品不能吃了，我们的孩子不能喝牛奶了，这时候我真睡不着觉了。当年我很圆润，十年中国创业把我变成了这个样子，但是这个样子并不让我担心，担心的是我们这么辛苦，最后我们所有挣的钱买的是医药费。在飞机上我讲，中国的药卖得越多越不是一件好事情，我希望中国人药买得少一点，中国人能更健康一点。大家想过没有，汶川地震八万四千人死掉，引起世界的震动，引起中国震动，每天癌症死亡的人数是多少，我们没有人想过这个。有人问我理想是什么，我希望 20 年以后中国的天是蓝的，水是清的，我们的空气是可以呼吸的。最近大家问，你的幸福感是什么，有幸福感吗？什么是最基本的幸福感，就是沐浴阳光，沐浴阳光，三点水的

---

① 曲格平. 关注中国生态安全［M］. 北京：中国环境科学出版社，2004：45.

木，就是要有水，要有木，要有食品，要有阳光，不管你挣多少钱，你享受不到沐浴阳光的时候，其实是很大的悲哀。今天我在微博上看见，老潘，任志强经常说，哎呀，今天北京的天气多么难得，好像发了年终奖似的，这本来就是可以属于我们的权利，今天变成了一种惊喜，这是让我们最担心的，这也是我们未来最大的希望，和希望能够改变的。①

的确，当一个国家一个社会只知道发展经济，只为物欲疯狂而导致民众呼吸不到干净的空气、喝不到干净的水、吃不到安全的食物、照不到明媚的阳光时，那样的发展又有何意义呢？那样的生存又该陷入何等的虚无呢？当我们仅仅在一两代人的历史中就把华夏大地的自然生态摧毁到如此面目不堪的境地，我们这些人该如何去告慰祖先呢？我们又该如何去直面子孙后代呢？这的确需要我们好好反省经济发展和生态保护之间的关系。

无论是全球性生态危机，还是中国国内的生态危机，其根源无不可以追溯到现代文明的基本构架中。从现代文明的器物层面上看，它是如此处理人与大自然的关系的：首先把大自然还原为机械装置和满足人类需要的资源库，然后尽其所能地了解大自然的客观规律，充分利用现代科学技术制造出的各种现代工具，征服大自然，利用大自然。在现代文明的制度层面上，它在经济上明显地倾向于以市场配置资源的市场经济，在政治上则倾向于强调民众参与的民主制度。而在精神层面上，现代文明无限制地主张个人主义，主张完全的理性化。现代社会以工业化、城市化、世俗化为基本特征，居于其核心地位的是现代科技的无限发展，是经济水平的无限发展。针对现代性的概念，美国学者艾恺曾说：“我的定义建立在两个关键性的概念上：‘擅理智’和‘役自然’（即对环境的控

---

① http://finance.qq.com/a/20130222/006354.htm.

制）。……现代化由是可界定为：'一个范围及于社会、经济、政治的过程，其组织与制度的全体朝向以役使自然为目标的系统化的理智运用过程。'……现代化对任何事物唯一的价值标准就是'效率'。"① 这种概括相当准确。艾恺说的"擅理智"也就是马克斯·韦伯对现代性的最基本的诊断之一，即理性化，尤其是工具理性至高无上地位的确立。现代科技就是工具理性的结晶品，理性化直接指向的就是效率，是功利主义，也就是工商精神的全面展开与专政。

现代文明在18世纪欧洲大部分启蒙思想家看来无疑是未来文明的曙光和方向。当然，现代文明的确给人类带来了巨大的变化，现代科技的发达使得人类第一次在大自然面前占据了主动地位，飞速发展的生产力和医疗技术使得地球上人口猛增，人民的物质生活水平普遍得到改善，教育水平大幅提高，等等。但是我们发现，其实现代文明每带来一样益处，就需要人类相应地付出一种代价，现代性的阴暗面与光明面如影随形。说到底，现代性使人类面临着难以克服的三大危机：能源危机、生态危机、精神危机。能源危机意味着建立在不可再生资源基础的现代文明是极不稳固的，随时都有彻底瓦解的可能。生态危机则意味着现代文明使得人类有可能彻底破坏自己存在的基础，使人类有可能被逐出整体的宇宙大生命之流。如果说能源危机与生态危机预示着人类生命外在支撑系统的崩溃之危险，那么信念崩颓、欲望泛滥、唯利是图等表征出的精神危机则预示了人类生命内在支撑系统的自我瓦解之虞。这三大危机是现代文明的致命危机，人类若无法应对这三大危机，终究会沉沦于现代文明的阴暗面，完全丧失未来。这三大危机也是彼此联系，牵一发而动全身。

---

① 艾恺．世界范围内的反现代化思潮：论文化守成主义［M］．贵阳：贵州人民出版社，1991：6.

当代生态危机的原因是多方面、错综复杂的，有些学者把它归之为暴增的人口数量①，有些学者则认定日益高涨的消费水平是罪魁祸首，有的学者则认为本质上反生态的现代科学技术才是生态危机的终极原因，有的学者则归咎于资本主义、市场经济等政治、经济体制。应该说，这些观点都各有道理，但若从观念上看，导致当代生态危机最根本的原因却是三种基本的现代观念，即现代自然观、现代人类中心主义和现代文明的世俗化。所谓现代自然观，就是现代科学技术把大自然视为一种没有生命的机械装置，与人类的生命不是有机整体，而仅是供人类征服和利用的客体。正是这种自然观，剥夺了长久以来呵护着大自然的神性，也剥夺了人类与大自然之间的有机关联，使大自然备受人类的欺凌。现代人类中心主义，是完全丧失了超越性的神或天道制约的人类中心主义，它只承认人类的内在价值，而大自然仅成了满足人类理性探究欲望和物质消费欲望的对象，丧失了内在价值，仅具有工具价值。正是这种现代人类中心主义，使得现代人甚至把人口的过度繁殖也视为文明的一种重要成果，完全不顾人与大自然的生态平衡。而更为可怕的是现代文明的世俗化方向，即充分地肯定人的世俗欲望的合理性和合法性，把世俗物质欲望的满足视为人生的核心要义。这三种基本观念，使得现代科学技术、城市化、工业化、商业化、消费文化等渐渐地成为现代文明的核心特征，大自然在人类庞大的工业技术体系染指下不可避免地溃败下去，人类慢慢地成为地球上失去控制的一个物种，就像一种恶性繁殖的癌细胞一样，开始出现摧毁整个地球生态圈的危险与可能。

无论导致当代生态危机的原因是如何错综复杂，如何幽微难

① 据相关资料，2011 年 10 月 31 日凌晨，成为象征性的全球第 70 亿名成员之一的婴儿在菲律宾降生。据估计，地球最大的人口承载量是 100 亿。2050 年左右全球人口将达到 90 亿。

察，但危机的后果有目共睹。莫尔特曼曾说：“我们今天的形势是由我们整个科学与技术文明的生态危机造成，是由人类对自然的竭泽而渔造成的。这种危机是致命的，它不单单是人类的危机。很长时间以来，这既意味着其他生物的灭亡，也意味着自然环境的灭亡。如果不彻底改变我们人类社会的根本方向，如果不能成功地找到另外一种生活方式，和另外一种对待其他生物及自然的方法，这种危机将会以全面的大灾难而告终。”① 莫尔特曼的预言绝不是危言耸听，所有前现代文明与大自然之间都有一种小心翼翼地均衡发展特点，唯有工商业支撑的现代文明无限制地张扬人的权利意志，彻底打破了人类与大自然之间的适度平衡。英国社会学家吉登斯在《现代性后果》一书中也指出现代性具有严重后果的风险主要存在于四个方面，即经济增长机制的崩溃、极权的增长、核冲突和大规模战争、生态破坏和灾难。从整体上看，我们的科学技术突飞猛进，让人口爆炸，让人足以毁灭地球，但是我们的道德和智慧却并没有多少进步，我们大部分人依然是利令智昏，鼠目寸光。

当前生态危机有局部性的，也有区域性的，更有整体性的。对于整个人类而言，像气候变暖、热带雨林的消失、物种灭绝速度的加快等整体性的生态危机尤其可怕，这意味着我们这艘地球号宇宙飞船正面临着灭顶之灾。但更多情况是我们为了一己私利、家族利益、阶层利益、民族利益、国家利益或地区利益而吵吵闹闹，彼此厮杀得不可开交。这种囿于狭隘利益，不看整体的状况，宁可大家同归于尽，也不想及时做出补救措施的行径，正是现代人的盲目和昏聩。

---

① 莫尔特曼．创造中的上帝［M］．隗仁莲，等译．北京：生活·读书·新知三联书店，2002：31．

二、生态意识的实质与生态文明的转向

从生态危机审视现代文明，我们可知现代文明最致命的欠缺就在于对大自然的整体性的忽视，以及对人的生命整体性的忽视。就大自然整体性而言，大自然并不是机械的组合，而是一个硕大无朋的有机生命体，人仅是大自然中的寄居者，现代人不可能无限制地役使和宰制大自然，并以牺牲其他物种为代价使自己的族类无限制繁殖，使自己高居于大自然之上。就人的生命整体性而言，人的生命本是精神与物质、心灵与肉体一体的，人性的丰富性和复杂性构成一个微妙的内在生态系统，现代文明不能为了提高效率无限制地把人性进行简化、单一化，尤其不能把人性归结为工具理性和物质欲望。斯普瑞特奈克曾说："现代世界观强行造成了人与周围自然界、自我与他人、心灵与身体之间的破坏性断裂。"① 这种断裂就是以对大自然的整体性和人的生命整体性的牺牲为代价的。当现代文明牺牲了这两种整体性，就会出现奇怪的结果。一方面是人类中心主义的现代效率论与大自然的矛盾。人类越具有高效率，大自然就越趋于溃败；人类的财富越多，大自然就越贫瘠；人类越崇高，大自然就越低贱；最终当大自然无法支撑现代人日益增多的欲望和财富时，大自然就不可避免地走向崩溃，人类就自掘坟墓，自我埋葬。另一方面是人性的内在分裂，人越走向专业化，人性就越单一化；人越具有效率，人性的标准化倾向就越严重；人越是具有理性，人就越是非理性化。从长远来看，最追求效率的现代文明，也许会成为最没有效率的文明；最追求理性的现代文明也许会成为最没有理性的文明。

要走出现代文明的危机，全人类的生态意识的确立将首当其

---

① 斯普瑞特奈克. 真实之复兴［M］. 张妮妮，译. 北京：中央编译出版社，2001：6.

冲，刻不容缓。“生态学”概念最早是由德国生物学家海克尔于1866年提出的，他认为我们可以把生态学理解为关于有机体与周围外部世界的关系的一般科学，而外部世界就是广义的生存条件。但是在现代性危机尤其是生态危机频仍的20世纪，生态学在方法论和价值观上对其他学科的影响越来越大，渐渐演化为一种新的世界观。例如，有的研究者就指出：“生态学揭示的多样性导致稳定性、有序性的规律是一条解答自然、社会和思维领域众多现象的普遍规律。”① 绿色和平运动于1976年提出《相互依赖宣言》，“地球是我们‘身体’的一部分，我们必须学会像尊重我们自己一样地尊重它；就像爱我们自己一样，我们也必须爱这个星球上的一切生命”。它还提出生态学三大原则：“1. 一切生命形式都是互相依赖的；2. 生态系统稳定性取决于它的多样性和复杂性；3. 所有资源都是有限的，所有生命系统的生长也是有限的。”② 由此类原则，我们可以看出这种世界观与支撑着现代性的机械论世界观判若霄壤，它的核心要义就是强调世界万事万物的相互联系和相互依赖，以一种有机整体观来观照世界，它彰显的不是现代机械论世界观所强调的对大自然的理性谋划和强力征服，而是直觉体验与温柔亲和。

从宏观角度着眼，我们可以把人类文明划分为自然文明、人文文明、科学文明以及生态文明几个阶段。人类最早的文明是自然文明，那时的人类生活，既是自然而然的，又是与自然融为一体的，人的生活同动物一样服从生态规律，完全受自然条件的制约，具有一种“自然性”。古代社会是人文文明，它的重要特点是重视人伦和人事，人文科学已经取得非常高的成就，但自然科学仍以经验的

---

① 刘湘溶. 人与自然的道德话语［M］. 长沙：湖南师范大学出版社，2004：92.

② 佘谋昌. 生态哲学［M］. 西安：陕西人民教育出版社，2000：12.

形式存在和发展，古代光辉灿烂的农业文明主要是人文文明的成就。现代社会是科学文明，工业文明以科学技术进步为核心，科学技术发展对社会的影响，不仅表现在经济方面，使人类生活现代化，而且表现在政治和其他文化方面。而在科学文明之后，生态文明则标志着人类文明在更高程度上向自然文明的螺旋式回归，是在后现代语境中文明的绿色转向。生态文明使人类与大自然重新修好，人口数量渐渐下降，人慢慢摆脱暴力化的工业文明、生产主义、消费主义的主宰，开始更注重精神生活，在个人生活和集体生活中找到恰当的平衡。作为文明类型的生态文明是对现代工业文明的超越，但不能把生态文明等于前现代的农业文明。大卫·雷·格里芬曾指出："后现代思想是彻底的生态主义的，它为生态学运动所倡导的持久的见识提供了哲学和意识形态方面的根据。事实上，如果这种见识成了我们新文化范式的基础，后世公民将会成长为具有生态意识的人，在这种意识中，一切事物的价值都将得到尊重，一切事物的关系都将受到重视。我们必须轻轻地走过这个世界、仅仅使用我们必须使用的东西、为我们的邻居和后代保持生态的平衡，这些意识将成为'常识'。"① 当然，现在这所谓的"常识"还是先觉之见。

我们可以进一步明确一下生态意识的核心内容。生态意识是人在处理与自然的关系时需要具备的健康合理的意识，它包含着几个方面的主要内容。

其一，生态整体观，也就是要认识到自然界万事万物构成一个有机联系的完整整体，每一事物都占有一定的地位，彼此相互联系、相互依存，不存在主次等级之分，共同维护着地球的生态系统，一方的败坏很可能潜伏着整体的败坏，而生态系统整体的兴盛

---

① 格里芬. 后现代精神［M］. 王成兵，译. 北京：中央编译出版社，1998：227.

必然要求各个部分的兴盛。斯普瑞特奈克曾说："现代性将人摆在自然之巅的一个玻璃盒子里，坚持人与自然界其他事物彻底分离的态度。它脱离地球共同体这一更大的故事来构思人类的故事。要想成为真正的后现代就要反对分离性，要打开盒子把我们重新放回到更大的背景，即地球、宇宙、神圣的整体中去。"① 从生态整体观角度来衡量现代文明，最关键的无疑是把过于强硬的人类中心主义倾覆，重新建立人与大自然的适当关系，就像利奥波德所说的："土地伦理是要把人类在共同体中以征服者的面目出现的角色，变成这个共同体中的平等的一员和公民。它暗含着对每个成员的尊敬，也包括对这个共同体本身的尊敬。"② 这种大地伦理坚持的就是生态整体观。

其二，尊重自然，也就是要充分地反省人类改造自然征服自然的负面意义，不要让人类意志根本不顾自然生态系统规律而肆意妄为，人试图为自然立法之前需要充分地意识到自然已经为人的立法划下了边界，并规定了内在逻辑。罗尔斯顿曾说："人在大自然中所占据的并不是最重要的位置；大自然启示给人类的最重要的教训是：只有适应地球，才能分享地球上的一切。只有最适应地球的人，才能其乐融融地生存于其环境中。但这不是以不自然或不近人情的方式屈服于自然；它实际上是为了获得爱和自由，对自己的栖息环境的爱以及存在于这个环境中的自由所做的冒险。从终极意义上说，这就是生命的进化史诗所包含的、现在又被环境伦理学高度概括了的主题：生存就是一种冒险——为实现对生命的爱并获得更多的自由；这种爱和自由都与生物共同体密不可分。这样一个世

---

① 斯普瑞特奈克. 真实之复兴［M］. 张妮妮，译. 北京：中央编译出版社，2001：2.

② 利奥波德. 沙乡年鉴［M］. 侯文蕙，译. 长春：吉林人民出版社，1997：194.

界，或许就是所有各种可能的世界中最好的世界。”① 在生态意识高度上适应大自然，尊重大自然，当然并不会辱没人的尊严，恰恰是证明了人的尊严，意味着人能在更宏大的生命立场上把握住自身的欲望和非理性冲动。

其三，敬畏生命，自然生命是地球生态系统进化的完美结果，物种多样性和各种生命的繁盛本身就具有充分的价值与意义，人不能按照人类中心主义对待各种自然生命，应该承认各种自然生命的内在价值，呵护生命敬畏生命，而不是奴役生命利用生命。挪威深层生态学家奈斯曾说：“深层生态学的一个基本准则就是，原则上每一种生命形式都拥有生存和发展的权利。当然，正如现实所示，我们为了吃饭而不得不杀死其他生命，但是，深层生态学的一个基本直觉是：若无充足理由，我们没有任何权利毁灭其他生命。深层生态学的另一个基本准则是，随着人类的成熟，他们将能够与其他生命同甘共苦。当我们的兄弟、一条狗、一只猫感到难过时，我们也会感到难过；不仅如此，当有生命的存在物（包括大地）被毁灭时，我们也将感到悲哀。在我们的文明中，我们已经具有了随我们支配的强大的毁灭性工具，然而我们的情感却是相当不成熟的。迄今为止，绝大多数人的情感是十分狭隘的。”② 这种敬畏生命的情怀多么盈盈动人，可以说是人道的最终实现，是人道和天道的合一。

生态意识对于现代文明主宰的全球各个国家和地区都是非常紧迫的，而对于中国人来说尤其迫切。人口和土地资源、自然资源的生态矛盾从先秦以来一直是困扰着中国历史最基本的问题。在一定程度上可以说，中国文明的辉煌和悠久是以对中华大地的生态破坏

---

① 罗尔斯顿．环境伦理学［M］．杨通进，译．北京：中国社会科学出版社，2000：484.

② 雷毅．深层生态学思想研究［M］．北京：清华大学出版社，2001：44.

为代价的，秦汉王朝对黄河流域的破坏，经过魏晋南北朝长期分裂和战乱导致的人口锐减和生态恢复，黄河流域才能又一次支撑起唐代文明；而宋代文明则以长江流域为中心；明清以来则向珠江流域和东北辽河、松花江、黑龙江流域大规模地移民。大规模的移民会导致植被大减、野生动物惨遭屠戮、耕地水土流失严重、各种原生生态圈被破坏。而所谓的分久必合、合久必分的治乱循环，最根本的原因也就是人口和土地资源、自然资源的生态矛盾，每一个朝代长治久安一段时间后就必定导致人口猛增，于是土地资源、自然资源难以承载过量人口，遇上一点自然灾害，若加上中央集权制度本身的吏治败坏，就必然会使大量流民出现，从而地区性、全国性的农民起义就难以遏制，战乱和灾害又会使人口数量猛然下降，便为人心思安的新朝代出现奠定了基础。这种前现代的生态矛盾虽然没有现代文明带来的生态危机那么大的破坏力，但是对于人类的启示价值却是非常珍贵的，那就是人类必须把人口控制在生态承载的限度之内，人类必须意识到人与大自然之间的生态关联。

1949 年中华人民共和国成立后，我国生态危机不是得到减缓了，而是进一步恶化了。从 1949 年到 1978 年改革开放之前，在中国共产党领导下，我国社会主义现代化建设无疑取得了一定的成就，但也造成较为严重的生态后果。首先是不控制人口，结果导致人口数量的暴增。其次是对各种自然资源的掠夺性开发非常严重，如长期靠出口各种珍禽异兽和各种野生动物的皮肉赚取外汇，对东北原始森林的掠夺性破坏，对内蒙古大片草原的违背生态规律的农业垦殖，以及对云南、海南等地热带雨林的毁林开荒，特别是大炼钢铁、“大跃进”时期对全国森林的毁灭性破坏。长期在极左意识形态的影响下，我国居然出现了不承认在社会主义制度下会出现生态危机的怪事。1972 年 6 月 5 日在瑞典斯德哥尔摩召开的联合国人类环境会议，是世界环境保护运动史上一个重要的里程碑，是国际社会就环境问题召开的第一次世界性会议，标志着全人类对环境问题的觉醒。“大会召开的时候，我国正值十年动乱时期，人们的脑子里充满了极左的情绪。对待世界性的环境问题，我们差不多是采取事不关己、幸灾乐祸的态度。那时候，我们相信，并不存在什么世界性的环境危机和生态危机，有的只是资本主义制度的危机；公害是资本主义罪恶制度的产物，社会主义制度是不可能产生污染的。谁要说有污染、有公害，谁就是给社会主义抹黑。”①

1978 年改革开放以来，我国虽然摆脱了极左政策的影响，但是对生态问题的认识始终还是肤浅的，摆在第一位的始终是发展现代化，即以经济建设为中心。发展至今，生态危机已经达到触目惊心的程度。大量乡镇企业的发展很大程度上就是以对自然资源的掠夺性开采和对自然环境的大污染、大破坏为代价的。西方发达国家把重污染的企业大量转移到我国，并肆无忌惮地向我国倾倒各种垃圾。1992 年以来城市消费文化日益兴盛，这对我国有限的自然资源无疑是可怕的考验。有一位研究中国农村问题的社会学家就非常明智地指出：“构成目前中国现代化暗含前提的资源与环境基础，其实并不存在，中国 9 亿农民顺利进入城市并且获得高的有保障收入的前途，几乎没有现实性。在这个意义上，如何确定中国自己的现代化指标和标准，如何以人本身而不是以由时尚和广告所刺激起来的无节制的消费欲望来确定中国自己的发展目标，就具有极其重大的意义。中国农民作为一个整体，没有可能享受到那种富裕的以大量物质消耗为基础的文明，但他们仍然可以过上衣食无忧的、有尊严的、体面的生活，这种衣食无忧、有尊严的、体面的生活，不是以占有物质多少来确定人的价值，而是以人是否可以与自己的内心世界、与他人之间以及与自然之间和谐相处来确定自己的价值。这是一种新的生活方式，因为与西方目前的生活方式大异其趣，大

---

① 沃德，等. 只有一个地球：对一个小小行星的关怀和维护［M］.《国外公害丛书》编委会，译校. 长春：吉林人民出版社，1997：2.

不相同。又是一种旧的生活方式，因为它与中国传统的生活方式十分相近，本质上没有不同。它就是中国儒家理念中所一直期待，但因为做到整个社会衣食无忧尚无生产力条件而未能真正实现的那种理想社会。而即使以中国目前的生产力发展水平，也让中国农民有了过上这种理想日子的条件。”① 其实，不但是中国农民面临这个问题，即使是中国城市居民也是如此，我们不可能把欧美发达国家的那种生活标准当作现代化追求的目标。美国人口占世界总人口的6%，但几乎要消耗人类占有的自然资源的33%，更别说把日本和其他欧美发达国家算上了。如果大部分中国人要像美国人那样消费，这个地球的生态圈恐怕很快就会崩溃。这种生态难题逼迫人类，尤其是中国人不得不重新审视现代化发展的目标。中国人生态意识的确立不但是中国人的唯一出路，更是人类的福音。

从生态文明角度来看，超越当前席卷全球的消费主义文化才是当务之急。艾伦·杜宁曾说：“当大多数人看到一辆大汽车并且首先想到的是它所导致的空气污染而不是它所象征的社会地位的时候，环境道德就到来了。同样，当大多数人看到过度包装、一次性产品或者一个新的购物中心而认为这些是对他们的子孙犯罪而愤怒的时候，消费主义就处于衰退之中了。”② 的确，当现代人的生态意识开始觉醒时，正是消费主义开始衰退之日。而对于那些痴迷经济增长甚至不断论证不消费就会导致经济衰退的看法，艾伦·杜宁称之为一种似是而非的谬论，“那些为了这个理由而辩护的人往往忽视了另一种可供选择的办法：继续掠夺和毒害地球不仅同样的不幸，甚至更糟糕。如果过度捕捞或水污染杀死了大批水产品，渔民将处于无所事事的状态；如果频繁地发生的旱灾毁坏了庄稼，杀死

---

① 贺雪峰. 新乡土中国［M］. 桂林：广西师范大学出版社，2003：248 - 249.

② 杜宁. 多少算够［M］. 毕聿，译. 长春：吉林人民出版社，1997：103.

了牲畜，农民将抛弃他们的土地；如果空气污染、酸雨和气候带移动破坏了森林，伐木工将没有多少树木可以采伐；如果人们必须把他们的大部分收入花费在珍稀物品的供应商，轿车制造者和住宅建造者将找不到买主——简言之，商业在一个行将就木的星球上将不会有什么进展。这些启示说明，一些工人将失去工作的事实不是反对降低消费的理由，就如同武器工业工人的失业不是一个反对和平的理由一样。如果我们试图无限期地保持消费经济，生态的力量将残酷地粉碎它"①。因此他断言，从历史的观点看，过度的消费主义是异常的价值体系。消费的生活方式是对人类文化经过几百年发展起来的保守定位的彻底背离。不论是因为我们选择抗拒它，还是因为它毁灭了我们的生态依托，消费主义终将是一种短暂的价值体系，生态意识才是合理的价值观，生态文明才是可持续的文明范式。

三、天人合一文化传统的生态定位

当全球性生态危机"黑云压城城欲摧"式地直逼人类，令人人都深感焦虑，并为个人与人类前途感到恍惚不安时，我们自然会殚精竭虑地去反思生态危机的文化原因，在人类社会的经济政治制度上去补苴罅漏，寻找更具有生态意义、更具有普世价值的生活方式。对于中国学者尤其是人文学者而言，我们大都认为西方现代文化是造成全球性生态危机的罪魁祸首，尤其是那种以主客二分式的强硬态度对待大自然，把大自然贬低为没有生命的机械装置、资源库和垃圾场，高扬现代人类中心主义，崇拜科学技术，并于20世纪下半叶催生出弥漫全球的消费主义浓郁氛围的现代启蒙立场，是全球性生态危机的始作俑者。鉴于此，中国人文学者纷纷瞩目于华

---

① 杜宁. 多少算够［M］. 毕聿，译. 长春：吉林人民出版社，1997：77.

夏文化传统中天人合一[①]的精神立场，希望从中能够开辟出生态危机时代新的文化慧根来。钱穆在《中国文化对人类未来可有的贡献》一书中就曾认为，中国文化中，“天人合一”观是整个中国传统文化思想之归宿处，是中国文化对人类最大的贡献[②]。季羡林也曾说：“‘天人合一’的思想是东方思想的普遍而又基本的表露。我个人认为，这种思想是有别于西方分析的思维模式的东方综合的思维模式的具体表现。”[③] 在他看来，印度文化中的“梵我合一”与中华文化中的“天人合一”本为同道，俱是东方思维的典型代表，与西方人的天人相对、主客两分的思维模式遥相对照。对于中国哲学史、思想者学者来说，天人合一的确是华夏文化传统的根本立场。例如新儒家代表学者方东美就曾说：“在中国哲学家看来，人与宇宙的观念，却是充满了圆融和谐的。人的小我一旦融入宇宙的大我生命，两者同情交感一体俱化，便浑然同体浩然同流，绝无敌对与矛盾……”[④] 所谓人与宇宙的圆融和谐，说的就是天人合一。葛兆光也曾说：“很早以来，中国人就已经开始有了这样的看法，宇宙是互相关联的一个整体，‘天’、‘地’与‘人’之间有一种深刻而神秘的互动关系，不仅天文学意义上的‘天’与地理学意义上的‘地’及生理学意义上的‘人’乃至政治学意义上的‘国’可以互相影响，而且‘天’、‘地’、‘人’在精神上也互相贯通，

---

① 在分析中国古代“天”的观念时，冯友兰认为其中蕴含着“物质之天”“主宰之天”“命运之天”“自然之天”“义理之天”五个义项（冯友兰. 中国哲学史新编［M］. 北京：人民出版社，1998：103）。但是对于越来越多的阐释者和继承者来说，“天人合一”中的“天”主要是指自然之天，指大自然。

② 钱穆. 中国文化对人类未来可有的贡献［M］. 北京：生活·读书·新知三联书店，1992：93.

③ 季羡林. “天人合一”新解［J］. 传统与现代化，1993（1）：11.

④ 方东美. 生命理想与文化类型：方东美新儒学论著辑要［M］. 北京：中国广播电视出版社，1993：69.

在现象上互相彰显，在事实上彼此感应。”① 因此，葛兆光把“天人合一”视为古代中国知识与思想的决定性的支持背景。当中国的人文学者感受到生态危机的巨大挑战时，他们瞬间就把华夏文化传统中这种极富魅力的前现代思想和遍布全球的后现代生态问题的电极相链接，从而爆发出炫目的阐释火花，给现代人带来耳目一新的生态启示。

虽然说“天人合一”是华夏文化各派思想、大部分思想家乃至平民百姓共享的文化传统，但就最主要的儒家、道家而言，毕竟各有侧重，因此为下文立论的稳妥起见，在此先较为细致地介绍一下儒家、道家对天人合一传统的精深阐释，以及此种阐释透显出的生态意识。

儒家的天人合一观在《论语》里的表现还是较为潜隐的。《论语·阳货》中曾记录了孔子的一段话：“天何言哉？四时行焉，百物生焉，天何言哉？”天本无言，但大化流行，生命昌盛，天地间被活泼的宇宙大生命充满，此言透露出孔子对天人合一的幽微体验。《论语·先进》中记录了孔子对弟子曾皙志向的肯定：“莫春者，春服既成，冠者五六人，童子六七人，浴乎沂，风乎舞雩，咏而归。”朱熹在《论语集注》中对此曾做了颇富诗意的创造性发挥：“曾点之学，盖有以见夫人欲尽处，天理流行，随处充满，无少欠阙。故其动静之际，从容如此。而其言志，则又不过即其所居之位，乐其日用之常，初无舍己为人之意。而其胸次悠然，直与天地万物上下同流，各得其所之妙，隐然自见于言外。”所谓“与天地万物上下同流”即是天人合一之谓也。当然，儒家的天人合一观在《易传》中得到最为完备的阐释。《易传》曾说“生生之谓易”“天地之大德曰生”，认识到天地是一个生生不息、具有内在律动的

---

① 葛兆光. 中国思想史：第一卷　七世纪前中国的知识、思想与信仰世界［M］. 上海：复旦大学出版社，2001：74.

有机整体，置身其中的人必须与之同调。“夫大人者，与天地合其德，与日月合其明，与四时合其序，与鬼神合其吉凶。先天而天弗违，后天而奉天时。天且弗违，而况于人乎？况于鬼神乎？”（《易经·乾文言》）此所谓的大人，无疑是能够与大自然和谐相处的生态大我。

这种天人合一观到了汉儒董仲舒那里就被神秘化为“天人感应”“天人相副”。如《春秋繁露·人副天数》中曾说：“人有三百六十节，偶天之数也；形体骨肉，偶地之数也；上有耳目聪明，日月之象也；体有空窍理脉，谷川之象也。”而《春秋繁露·为人者天》中又说：“人之形体，化天数而成；人之血气，化天志而仁；人之德行，化天理而义。人之好恶化，天之暖清；人之喜怒，化天之寒暑；人之受命，化天之四时。”在董仲舒看来，天是有机生命体，人也是有机生命体，天人相感应，构成一个生态共感式的共同体。

宋明理学充分发挥了《易传》中“天地之大德曰生”的思想，以仁解释天地的生生之德，体现了鲜明的天人合一的有机整体论和目的论特色。蒙培元曾说：“‘仁’作为天人合一的中心范畴，体现了理学有机论整体思维的根本特征。它把自然界看作有机系统或整体，处在‘生生不息’的过程之中，并且具有‘生意’，即某种目的性。仁从人道提升为天道，和《易传》中‘生生之谓易’‘天地之大德曰生’等命题结合起来，不仅从整体上把握人和自然界的关系，而且从自然界和目的性的观点出发，说明二者的关系。它不是把自然界仅仅看作机械的物理客观对象，而是看作有机整体向生命过渡的无穷过程。”① 的确，这种思想倾向在宋明理学家张载、程颢、程颐、朱熹和王阳明那里都得到淋漓尽致的表现。张载《西铭》写道：“乾称父，坤称母；予兹藐焉，乃浑然中处。故天地之

---

① 蒙培元．理学范畴系统［M］．北京：人民出版社，1989：488．

塞，吾其体；天地之帅，吾其性。民，吾同胞；物，吾与也。”人和天地万物同源于一气，它们彼此间又存在着息息相通的有机联系。因此人既要把他人视为同胞，也要把自然万物视为朋友，从而培养起深刻的生态感情。

程颐、程颢对天人合一之道的体悟也非常深刻。程颢曾说：“天地之大德曰生。天地絪缊，万物化醇。生之谓性，万物之生意最可观，此元者善之长也，斯所谓仁也。人与天地一物也，而人特自小之，何哉？……仁者以天地万物为一体，莫非己也。认得为己，何所不至……若夫至仁，则天地为一身，而天地之间物万形为四肢百体。夫人岂有视四肢百体而不爱者哉？”① 程颢居然能够把天地万物视为人的四肢百体，由此可见他对天地万物间的生态关联体验得多么深刻。据说程颢书房前有青草覆盖台阶，有人劝他芟除，他却说：“不可，欲常见造物生意。”这种遍施仁爱及于草木的生态情怀何等动人！程颐也不逊色，二十多岁时有一次不忍家人用小鱼喂猫，特地留下养于池中，观其生意，对天地万物的体贴如此细致入微。而大理学家朱熹更是认为仁爱是人的根本德行，仁者之心，“在天地则块然生物之心，在人则温然爱人利物之心”（《朱文公文集》卷六十七）。人心能够从天地生育万物之理，觉察到人与自然的有机联系，从而视天下万物为一体。

王阳明更是认为“人心与天地同体，故上下与天地同流”（《传习录》）。“心无体，以天地万物感应之是非为体。……大人者，以天地万物为一体者也。……大人之能以天地万物为一体也，非意之也，其心之仁本若是，其与天地万物而为一也，岂惟大人，虽小人之心亦莫不然，彼顾自小之耳。是故见孺子之入井，而必有怵惕恻隐之心焉，是其仁与孺子而为一体也。孺子犹同类者也，见鸟兽之哀鸣觳觫，而必有不忍之心焉，是其仁之与鸟兽而为一体

---

① 黄宗羲．宋元学案：第一册［M］．北京：中华书局，1980：555．

也。鸟兽犹有知觉者也，见草木之摧折而必有悯恤之心焉，是其仁之与草木而为一体也。草木犹有生意也，见瓦石之毁坏而必有顾惜之心焉，是其仁之与瓦石而为一体也。是其一体之仁也，虽小人之心亦必有之。是乃根于天命之性，而自然灵昭不昧者也”。（《大学问》）王阳明对“天人合一”的体验，不但涵纳了动物、植物，而且也包含无机物，达到了真正的生态境界。

儒家的天人合一观体现了富有生态意识的有机整体论，为其生态伦理奠定了极好的价值立场。不过，首先需要指出的是，儒家对自然万物的生态伦理存在着一种鲜明的等级特色。儒家的生态伦理是从人际伦理中推广出来的，而人际伦理又是按照血缘亲疏和社会等级的贵贱逐步向外扩展的。《论语·乡党》中曾记载：“厩焚，子退朝，曰：‘伤人乎？’不问马。”孔子重视人更甚于马，就体现了儒家生态伦理的爱有等差。孟子曾说：“君子之于物也，爱之而弗仁；于民也，仁之而弗亲。亲亲而仁民，仁民而爱物。”（《孟子·尽心上》）这就是一种仁分亲疏、爱有等差的道德阶梯论①。荀子也说：“水火有气而无生，草木有生而无知，禽兽有知而无义，人有气、有生、有知，亦且有义，故最为天下贵也。”（《荀子·王制》）荀子肯定了人的价值优先性。不过，这也并不是说儒家持的是人类中心主义立场，因为儒家虽然肯定人为万物之灵，最为天下贵，但并没有因此以人的利益为中心，征服自然，改造自然，志在满足人的利欲，而是要让人扩展生命境界，蕴含自然万物，参赞化育。其次需要注意的是儒家生态伦理对人的主体性的肯定。《礼记·中庸》曾说：“唯天下至诚，为能尽其性；能尽其性，则能尽人之性；能尽人之性，则能尽物之性；能尽物之性，则可以赞天地之化育；可以赞天地之化育，则可以与天地参矣。”儒家生态伦理

---

① 佘正荣．中国生态伦理传统的诠释与重建［M］．北京：人民出版社，2001：113.

不认为天人合一就意味着人的主体性彻底消泯，而是要注意人和自然的区别，以及人的独特性和能动性，强调人同样是宇宙创造过程的辅助者和促进者。

在儒家生态管理思想中，儒家学者就特别注意“时禁”的生态措施。例如孟子就提出按照自然的生态节律和动植物的生长特点去利用自然资源的生态伦理要求：“不违农时，谷不可胜食也。数罟不入洿池，鱼鳖不可胜食也。斧斤以时入山林，材木不可胜用也。谷与鱼鳖不可胜食，材木不可胜用，是使民养生丧死无憾也。养生丧死无憾，王道之始也。”（《孟子·梁惠王上》）孟子并不反对利用自然万物，只是认为人应该按照生态规律来利用自然万物，不能肆无忌惮，全无法度。《荀子·王制》中也有合于生态的时禁论说：“故养长时，则六畜育；杀生时，则草木殖；政令时，则百姓一，贤良服。圣王之制也；草木荣华滋硕之时，则斧斤不入山林，不夭其生，不绝其长也。鼋鼍鱼鳖鳅鳣孕别之时，罔罟毒药不入泽，不夭其生，不绝其长也。春耕、夏耘、秋收、冬藏，四者不失时，故五谷不绝，而百姓有余食也。污池渊沼川泽，谨其时禁，故鱼鳖优多，而百姓有余用也。斩伐养长不失其时，故山林不童，而百姓有余材也。”这些看法对于今天的生态保护都具有重要的指导意义。而《礼记·月令》的模式是以农业生产为中心，国家的全部宗教礼仪政治活动都适应时令而安排，基本思想是天人一体，人与自然相通、相应、相依共生①。这种思想表现在每一个月的禁忌中，就是保护自然资源，保护生态平衡。如孟春正月：“牺牲无用牝，禁止伐木，无杀孩虫，胎夭飞鸟，无麛无卵。”仲春二月：“无漉陂池，无焚山林。”季春三月：“田猎置罘，罗田毕翳，馁兽之药，无出九门。”这些无非说明人的行为需要尊重自然规律、生态规律，不能

① 赵载光．天人合一的文化智慧：中国传统生态文化与哲学［M］．北京：文化艺术出版社，2006：135.

涸泽而渔、焚林而猎。此外，儒家主张“节用”，也是生态伦理的体现。孔子、孟子和荀子都有提倡“节用”的论述。《论语·学而》说：“道千乘之国，敬事而信，节用而爱人，使民以时。”《孟子·梁惠王上》抨击统治者“狗彘食人食而不知检”等奢侈行为，《荀子·天论》则主张“强本而节用”。这种节用思想对于当今过于炽盛的消费主义文化无疑也是一种有效的针砭和引导。

相对而言，儒家的天人合一更偏重于人的道德伦理特性，往往强调的是以天合人，把人的道德伦理特性拓展到了大自然身上，从而再利用伦理化的天来论证人的伦理化的合理性。与之相对，道家的天人合一观更注重天的自然性，更强调以天合人，要求人按照天道运行的自然法则去实现人和自然的合一。

在道家创始人老子看来，道是自本自根、先于天地万物的永恒变化的本体，是不可道、不可名的终极实在；也是天地万物创生的根源，生养万物、运化万物，推动并参与万物的流行变化。“人法地，地法天，天法道，道法自然。”（《老子》二十五章）因此，人终归是效法自然，归于自然，和自然融为一体。庄子也肯定了人的一切都是得自自然。《庄子·知北游》中说：“舜曰：‘吾身非吾有也，孰有之哉？’曰：‘是天地之委形也；生非汝有，是天地之委和也；性命非汝有，是天地之委顺也；子孙非汝有，是天地之委蜕也。’”既然人的身体、生命、子孙皆不是人自身所拥有的，而是大自然和顺之气的凝聚物，那么人就应当尊重天地自然，尊重一切生命，与所有的自然生命为友，与人类居住的自然和谐相处，而不应恃强凌弱，贵己贱物。庄子心心念念的就是与道同体，天人合一，达到“天地与我并生，而万物与我为一”（《庄子·齐物论》）的生存境界，体会上下与天地同流的天和、天乐。“夫明白于天地之德者，此之谓大本大宗，与天和者也。所以均调天下，与人和者也。与人和者，谓之人乐；与天和者，谓之天乐。庄子曰：‘吾师乎，吾师乎！赍万物而不为戾；泽及万世而不为仁；长于上古而不为寿；覆载天地、刻雕众形而不为巧。’此之谓天乐。故曰：知天乐者，其生也天行，其死也物化。静而与阴同德，动而与阳同波。故知天乐者，无天怨，无人非，无物累，无鬼责。故曰：其动也天，其静也地，一心定而王天下；其鬼不祟，其魂不疲，一心定而万物服。言以虚静推于天地，通于万物，此之谓天乐。天乐者，圣人之心以畜天下也。”（《庄子·天道》）此种天和、天乐无疑是人融入有机整体的大自然中所获得的高峰式的生态体验。曾繁仁曾指出：“在道家的视野中，天地万物相因相续，周流不息，是一个充满生机的生态整体。《庄子·寓言》中有言：‘万物皆种也，以不同形相禅，始卒若环，莫得其伦，是谓天均。天均者，天倪也。’世间万物的相因相续、相生相成，促成了天地万物‘相禅若环’的不息周流。这种天地万化一体周流的宇宙全体生态观，体现出道家‘通天下一气’的气化整体生态智慧。”① 天人合一观奠定了道家的有机论、整体论的生态智慧。

在天人合一的基础上，道家还推演出许多对当今时代依然极富启发性的生态意识。

首先，非常值得关注的是“物无贵贱”的价值论。在道家看来，天地万物都是道自然运作、无为自化的产物，宇宙中任何事物都具有独立的、不可替代的内在价值，从万物自身依据的道的本源来看，所有事物的价值都是平等的，没有大小贵贱之分。庄子曾说：“以道观之，物无贵贱。以物观之，自贵而相贱；以俗观之，贵贱不在己。以差观之，因其所大而大之，则万物莫不大；因其所小而小之，则万物莫不小。知天地之为稊米也，知毫末之为丘山也，则差数睹矣。以功观之，因其所有而有之，则万物莫不有；因其所无而无之，则万物莫不无。”（《庄子·秋水》）这里，如果我们把道作为生态系统和生态过程的整体，而把万物看成各种生命物

① 曾繁仁. 生态美学基本问题研究［M］. 北京：人民出版社，2015：229.

种和生命个体，那么我们就可以把上述观点转换成非人类中心主义的生态伦理学的观点：生态系统的整体价值是由众多不同的动物、植物、微生物等生命物种在生态演化的过程中来实现的。这些物种在实现自己的内在价值的过程中所发挥的作用，对于生态系统整体价值的实现发挥着必需的多种功能，如生产者、消费者和分解者的功能，因而由众多的生命物种构成的复杂联系的生态网络，是生态系统整体价值存在的前提，各种生命物种的内在价值就成了实现生态系统整体价值的工具价值，它们的价值对于整体价值来说，是没有大小高低之分的①。

其次，值得关注的是，按照自然本性来对待自然万物，而不是把人类的意志强加给自然万物的尊重自然的道家立场。老子说："道之尊，德之贵，夫莫之命而常自然。"（《老子》五十一章）道法自然，人也法自然，对待万事万物不可肆意盲动，要顺其自然，无为为之。《庄子·至乐》中曾说："昔者海鸟止于鲁郊，鲁侯御而觞之于庙，奏九韶以为乐，具太牢以为膳。鸟乃眩视忧悲，不敢食一脔，不敢饮一杯，三日而死。此以己养养鸟也，非以鸟养养鸟也。夫以鸟养养鸟者，宜栖之深林，游之坛陆，浮之江湖，食之鳅鲦，随行列而止，逶迤而处。彼唯人言之恶闻，奚以夫哓为乎！咸池九韶之乐，张之洞庭之野，鸟闻之而飞，兽闻之而走，鱼闻之而下入，人卒闻之，相与还而观之。鱼处水而生，人处水而死。彼必相与异，其好恶故异也。故先圣不一其能，不同其事。"像鲁侯那样"以己养养鸟"，就是把人的情感好恶、意志强加给自然生命，结果导致自然生命的溃败；而"以鸟养养鸟"，就是按照自然本性去对待自然生命，才能让自然生命各适其性，生机勃发。

再次，道家对人过于凭借机械、宰制自然持生态立场上的批判

---

① 佘正荣．中国生态伦理传统的诠释与重建［M］．北京：人民出版社，2002：61．

态度，反对放纵欲望，倡导节欲。《庄子·天地》中的汉阴丈人反对使用抽水的槔，曾说："吾闻之吾师，有机械者必有机事，有机事者必有机心。机心存于胸中则纯白不备。纯白不备则神生不定，神生不定者，道之所不载也。吾非不知，羞而不为也。"常人从机械的使用中看到效率的提高，但是汉阴丈人则从中看到使用机械导致机心，从而与道睽隔。而《庄子·胠箧》中曾说："夫弓弩毕弋机变之知多，则鸟乱于上矣；钩饵罔罟罾笱之知多，则鱼乱于水矣；削格罗落罝罘之知多，则兽乱于泽矣；知诈渐毒、颉滑坚白、解垢同异之变多，则俗惑于辩矣。故天下每每大乱，罪在于好知。故天下皆知求其所不知而莫知求其所已知者，皆知非其所不善而莫知非其所已善者，是以大乱。故上悖日月之明，下烁山川之精，中堕四时之施。惴耎之虫，肖翘之物，莫不失其性。甚矣，夫好知之乱天下也！自三代以下者是已。舍夫种种之民，而悦夫役役之佞；释夫恬淡无为，而悦夫啍啍之意，啍啍已乱天下矣。"当知识和技术被人用于违背自然规律、破坏自然生态之时，知识越多，技术越发达，自然生态的境遇就越悲惨，最终人的处境也越危险。道家对欲望的放纵也持贬抑态度，倡导节欲。老子说："名与身孰亲？身与货孰多？得与亡孰病？甚爱必大费，多藏必厚亡。故知足不辱，知止不殆，可以长久。"（《老子》四十四章）他还说："祸莫大于不知足，咎莫大于欲得。故知足之足，常足矣。"（《老子》四十六章）当人的欲望过度膨胀时，侮辱和危险就接踵而至了，所以在物质欲望方面关键要做到知足，"是以圣人去甚，去奢，去泰"（《老子》二十九章）。庄子也认为物质享受只要满足人的正常自然的生理需要就可以了，"鹪鹩巢于深林，不过一枝；偃鼠饮河，不过满腹"（《庄子·逍遥游》），贪求过多的物质享受最终危害的还是人的身心。过度物质化的消费主义文化对当今自然生态构成巨大的破坏，道家的节欲知足思想无疑具有生态启示意义。

整体看来，道家的天人合一观与西方的深层生态学的基本立场是高度一致的，两者都建立了完整的有机生态观，反对人类中心主义，主张人和所有自然生命的平等立场，反对放纵人欲，主张知足节欲，并推崇人对宇宙整体同一性的把握，构建境界阔大的生态人格。

无论是儒家的天人合一观，还是道家的天人合一观，都具有丰富的生态意识。20 世纪 60 年代以来，西方许多生态思想者都曾经向儒家、道家等东方文化传统寻找生态伦理的精神资源。李约瑟曾说："古代中国人在整个自然界寻求秩序和谐，并将此视为一切人类关系的理想。……对中国人来说自然并不是某种应该永远被意志和暴力征服的具有敌意和邪恶的东西，而更像是一切生命体中最伟大的物体，应该了解它的统治原理，从而使生物能与它和谐共处。如果你愿意的话，可把它称为有机的自然主义。"① 在李约瑟看来，古代中国人的这种有机自然观与西方素来的机械自然观相比更能够引导人处理好和大自然的关系。对于深层生态学的倡导者德维尔、塞欣斯、卡利科特等人而言，道家就是"东亚深层生态学"的典型代表。德国社会学家、哲学家赫尔曼·凯泽林也曾说："在对于自然的控制方面，我们欧洲人远远跑在中国人的前头，但是作为自然的意识的一部分的生命却迄今在中国找到了最高的表现。然而，无论是作为自然的统治者抑或是自然的臣民，我们毕竟是自然的一部分，这种基本的综合是不变的。中国人是完全意识到这种综合的，而我们却没有。在这种意义上，他们比我们更高些。"② 德国汉学家卜松山则指出："天人合一"是具有中国特点的人与自然的统一思想，是一个具有世界性影响的思想，"在环境危机和生态平衡受到严重破坏的情况下，强调儒家的'天人合一'，或许可以避免人

① 李约瑟. 李约瑟文集［M］. 沈阳：辽宁科学技术出版社，1986：338－339.

② 柳卸林. 世界名人论中国文化［M］. 武汉：湖北人民出版社，1991：309.

类在错误的道路上越走越远”①。此外，卡普拉、罗尔斯顿、汤因比等生态思想者都对儒道传统的生态意识颇为欣赏。对儒道天人合一文化传统的生态价值定位，无疑是符合儒道传统的实际情况的，也是利用时代问题激活传统智慧的显著例证。

相对于西方生态思想者对儒家、道家天人合一传统的生态定位，我国人文学者在此方面也具有高度自觉的意识。方东美曾经对比过西方文化和中国文化对待天人关系的不同：“西方的病因在于天人交战，难得和谐，天之美德，人不能共有，人之善行，天不能同情；于是人生于天地之间，其善不能与天地继承不绝，所以西洋人的道德，只靠个人主观的特立独行，不能在宇宙间有根深蒂固的客观基础。况且，天人对敌的思想习惯一旦养成，很容易转到人生上来，而引起许多无谓的抗衡，滋生纷争，破坏同情。……然而中国哲学的看法却不同，在中国哲学家看来，宇宙乃是普遍生命流行的境界，天为大生，万物资始，地为广生，万物咸亨，合此天地生生之大德，遂成宇宙，其中生机盎然充满，旁通统贯，毫无窒碍，我们立足宇宙之中，与天地广大和谐，与人同情感应，与物均调浃合，所以无一处不能顺此普遍生命，而与之全体同流。”② 西方文化总是倾向于人和自然的对立、对抗乃至敌对，一个方面促进了现代科学技术的巨大进步，但另一个方面也导致了全球性的生态危机，而中国文化倾向于天人合一在人和自然的和谐相处的智慧方面恰可以弥补西方文化之不足。因此季羡林说：“据我个人的观察与思考，在处理人与自然的关系方面，东方文化与西方文化是迥乎不同的，夸大一点简直可以说是根本对立的。西方的指导思想是征服

---

① 卜松山．儒家传统的历史命运与后现代意义［M］//季羡林，等．东西文化议论集：下册．北京：经济科学出版社，1997：396.

② 方东美．生命理想与文化类型：方东美新儒学论著辑要［M］．北京：中国广播电视出版社，1993：82－83.

自然；东方的主导思想，由于其基础是综合的模式，主张与自然万物浑然一体。西方向大自然穷追猛打，暴烈索取。在一段时间以内，看来似乎是成功的：大自然被迫勉强满足了他们的生活的物质需求，他们的日子越过越红火。他们有点忘乎所以，飘飘然昏昏然自命为'天之骄子''地球的主宰'了。"① 西方文化的天人相分和中国文化的天人合一泾渭分明，在处理人与自然的关系方面，各有所长；就当今的全球性生态危机而言，西方文化模式无疑要负更大的责任。

那么中国文化中天人合一观的形成根源是什么？曾繁仁曾说："中国古代文人几千年来均以这种'天人合一'为其思维方式与生存方式。在这个意义上，说中国古代哲学是一种古典形态的生态哲学，应该是没有问题的。由此，我们也认为，与哲学紧密相关的中国古代美学在某种意义上也就是前现代形态的生态美学。其原因是由先秦时期的农耕文化类型决定的。"② 中国文化中的天人合一观和华夏民族历史悠久的农耕文明息息相关。相对而言，农业与大自然打交道更多，农耕民族容易感受到人和大自然之间的内在关联，华夏文化传统则奠基于广大的农村中。而西方文化从古希腊开始就以城市为中心，文明繁盛于城市之内。泰戈尔就曾说："西方人似乎将征服自然引以为荣，好像我们是住在一个敌对的世界里，我们所要的任何东西都必须从不情愿的、异己的东西的安排中掠夺过来，这种思想是以城墙习惯训练头脑的产物，由于生活在城市，人自然而然地将他的目光集中在自己的生活和工作上，这样就在他和他所寄居的大自然之间造成了人为的分离。"③ 像印度人、中国人这样的民族更是乡村、大自然的产物，因此倾向于梵我合一天人

① 季羡林."天人合一"新解［J］.传统与现代化，1993（1）：15.

② 曾繁仁.文艺美学的生态拓展［M］.上海：复旦大学出版社，2016：148.

③ 泰戈尔.人生的亲证［M］.宫静，译.北京：商务印书馆，1996：4.

合一。

整体上看，中国古典文学的生态书写主要表现于三个相互依存的方面。一是深受儒道传统影响，中国古典文人往往向往自然，回归自然，视大自然为人生的归宿，从而表现出鲜明的天人合一倾向的生态书写。这种生态书写偏重于展示人和大自然和谐相处的一面，偏重于展示人融合于大自然后的愉悦体验，可以称为生态抒情。二是立足于华夏天人合一传统，对破坏自然生态的言行展开严厉的批判。这种生态批判偏重于展示人类违反生态意识的错误倾向，旨在唤醒人的生态意识，重建人和自然之间的和谐关系。三是基于儒家仁爱情怀、道家自由本性论、佛教戒杀惜生护生思想，中国古典文人往往具有较为鲜明的惜生护生的倾向，展示出文学艺术对自然生命的守护作用。生态抒情、生态批判和生态守护三位一体，都建基于华夏天人合一文化传统之上，建构出了中国古典文学的生态书写极为绮丽的艺术景致。

当然，相对而言，前现代时期的华夏大地的自然生态较为良好，人和自然相处得较为融洽，尤其是对于古典文人而言，风清月朗、花红柳绿、百鸟和鸣、鸢飞鱼跃、清泉潺湲的大自然往往是他们生命的归宿，因此无论是儒家的“知者乐水，仁者乐山”（《论语·雍也》），还是道家的“山林与，皋壤与，使我欣欣然而乐与”（《庄子·至乐》），表达的都是人融入大自然后获得悦乐的生态抒情。王羲之在《兰亭集序》中曾写道：“永和九年，岁在癸丑，暮春之初，会于会稽山阴之兰亭，修禊事也。群贤毕至，少长咸集。此地有崇山峻岭，茂林修竹；又有清流激湍，映带左右，引以为流觞曲水，列坐其次。虽无丝竹管弦之盛，一觞一咏，亦足以畅叙幽情。是日也，天朗气清，惠风和畅，仰观宇宙之大，俯察品类之盛，所以游目骋怀，足以极视听之娱，信可乐也。”王羲之笔下的古典文人雅集，之所以令人神往，关键在于“天朗气清，惠风和畅”“茂林修竹，清流激湍”式优美的自然环境，置身于此环境中的文人彻底超越了世俗名利纷争，超越了人性阴暗的纠结，在仰观俯察、游目骋怀中把自己融入大自然。这种人和自然融合的境界就是美丽的生态境界。

文学对自然生态的守护功能在古典文学中表现得同样充分。古典文人特别能突破狭隘的人类中心主义，善于以物观物，竭力护持自然生态的本真之美。庄子的鲁侯养鸟的寓言已如前述，不再赘述。唐朝诗人白居易曾深受佛教护生思想的影响，写过饶有影响的护生诗《鸟》："谁道群生性命微，一般骨肉一般皮。劝君莫打枝头鸟，子在巢中望母归。"白居易希望激发人的怜悯心，对鸟等自然生命不要痛下杀手，惜生护生。针对人类大肆屠戮动物饫甘餍肥，陆游也曾写有《示小厮》一诗："血肉淋漓味足珍，一般痛苦怨难伸。设身处地扪心想，谁肯将刀割自身?"而针对人类笼养鸟儿，欧阳修的《画眉鸟》一诗更是催人反省："百啭千声随意移，山花红紫树高低。始知锁向金笼里，不及林间自在啼。"郑板桥也曾写道："平生最不喜笼中鸟，我图娱悦，彼在囚牢，何情何理，而必屈物之性以适吾性乎？至于发系蜻蜓，线绑螃蟹，为小儿玩具，不过一时片刻便摺拉而死。夫天地万物，化育劬劳，一蚁一虫，皆本阴阳五行之气氤氲而生，上帝亦心心爱念。而万物之性人为贵，吾辈竟不能体天之心以为心，万物将何所托命乎？……所云不得笼中养鸟，而予又未尝不爱鸟，但养之有道耳。欲养鸟莫如多种树，使绕屋数百株，扶疏茂密，为鸟国鸟家，将旦时，睡梦初醒，尚辗转在被，听一片啁啾，如云门咸池之奏；及披衣而起，洗面漱口啜茗，见其扬翚振彩，倏往倏来，目不暇给，固非一笼一羽之乐而已。大率平生乐处，欲以天地为囿，江汉为池，各适其天，斯为大快，比之盆鱼笼鸟，其钜细仁忍何也。"（郑板桥《潍县署中与舍弟墨第二书》）这是对自然生态的真正守护，也是对人类种种畸趣的高贵抗争。龚自珍在《病梅馆记》中就曾对人把以丑为美的标准强加于大自然愤愤不平，主张人应该纵情自然，欣赏自然生态的本真之美。

从1840年到1976年间中国文学的发生背景，是中华民族面临着西方列强的暴力侵略而奋起自卫并追寻独立富强的现代化之路的历程。在这个历程中，现代化是不言自明的主流意识形态，伴之以集体主义和民族意识，社会主流文化对人与大自然的和谐与矛盾问题并不是太关注，生态意识不足以成为文学创作关注的重点。1917年以前的近代文学且不用说，1949年以前的现代文学30年中，启蒙文学和左翼文学、革命文学一直是主流，对国民性、阶级压迫及阶级翻身、民族救亡等问题的关注乃是核心要义。不过，尽管如此，还有不少现代作家或是深受华夏文化天人合一传统的深刻浸润，或是深受佛教的众生平等观、护生思想影响，或是出生于农村边远地区从小耳濡目染大自然的灵性，或是受到域外浪漫主义崇尚自然思想的影响，从而对大自然保有不凡的兴趣，展开过或点到即止，或兴会淋漓的生态书写。下面对鲁迅、周作人、郭沫若、冰心、丰子恺、沈从文等现代作家的生态面影略作勾勒，为读者进一步了解当代生态文学做一文学史上的铺垫。

四、当代生态文学的历史嬗变

对古典文学和现代文学的生态书写做了简略的回顾后，我们可以知悉，在中国文学的精神血脉中一直流淌着绿色的生态意识，天人合一始终是绝大多数作家的终极理想。日常生活中，中国作家也大多富有同情心，能够与物为春，惜生护生。然而，这种情况在1949—1976年间发生了翻天覆地的变化。在此历史阶段，革命意识形态对文学产生了巨大的影响，无论是传统文化中天人合一的优良基因，还是西方浪漫主义文学中崇尚自然的思想倾向都被忽略了。极端人类中心主义倾向在阶级叙事和革命叙事中张牙舞爪，战天斗地式的革命豪情底下掩盖的是极端的反生态倾向，在中国文学中没有哪一个时代像这一个时代的文学那样缺乏大自然生动的景象，缺乏最基本的生态意识。即使是1949—1966年间的农村题材小说中，大自然的主体性地位也被彻底放逐，沸反盈天的阶级斗争叙事统治一切。要寻觅此阶段的生态书写，也许偶尔只能在秦牧的散文《大象哀歌》、孙犁的散文《黄鹂——病期琐记》以及丰子恺散文、牛汉诗歌等少数作品中才能找到，生态意识成为空谷足音。因此，下文论及的当代生态文学，是从1978年改革开放以后才开始诞生、发展并繁荣起来的。

考察当代生态文学发生发展的原因，我们可以发现存在着诸多力量的综合作用。

第一，最为直接的就是国内生态危机的现实刺激。1949—1978年间，我国生态环境总体上急剧恶化，砍伐原始森林，猎杀野生动物，开垦草原，四处大建水坝，高污染高排放的工厂遍布华夏大地。到了20世纪80年代，整个社会集中精力于经济建设，由于改革开放政策的实施，经济发展的确取得了长足进步，但是因为环保意识薄弱，没有在发展经济的同时加强环境保护，因而加重了生态危机。黄宗英在报告文学《小木屋》中写道："直到十年浩劫之后，我国国民经济濒于崩溃，天神地母也愠怒无常，洪、旱、涝、碱一起泛滥，泥石流汹涌直下，'生态平衡'这词儿才不胫而走。从中央到地方也把这并不新的词儿，列入议事日程表。各级党政负责人，嘴上笔上倒也常挂着它了。只是'民以食为天'的古训，还一个劲儿挤它。"① 虽说还是在以先发展后治理的代价论来挤兑生态问题，但是到底注意这回事了。1992年之后，我国开始了市场经济的全面转轨，经济继续高速增长，随着全球化步履的加快，核心城市慢慢地步入消费主义文化时代，大自然不得不承受着更大的压力，全国性生态问题更是黄牌迭现，例如淮河到了20世纪90年代初期就几乎被污染成了一条死河。1998年的全国大洪灾更是给

---

① 黄宗英. 黄宗英报告文学选［M］. 成都：四川人民出版社，1985：177.

国人敲响了生态危机的警钟。进入21世纪以来近20年，各种自然灾害、生态问题频发，屡屡引发全社会的高度关注。例如2003年非典型肺炎的流行，2008年南方冰雪灾害、汶川大地震，2010年青海玉树地震、甘肃舟曲泥石流，2009年到2012年云南、贵州、广西等地出现百年一遇的大旱灾，2013年全国性雾霾天气，2016年武汉市大水灾，2017年夏天湖南等地暴雨成灾，等等。更不要说无处不在的食品安全、水污染、垃圾围城、土壤重金属污染、近海渔业资源枯竭等各种环境、生态问题了。面对生态危机的现实刺激，越来越多的中国作家意识到了自己的生态使命，于是生态文学应运而生。

第二，对当代生态文学产生直接促动的是西方生态文学和生态思想。至今为止，西方文学中具有生态意识的大量代表作已经被翻译成中文出版，有些作品还产生了巨大影响。梭罗的散文《瓦尔登湖》，列昂诺夫的长篇小说《俄罗斯森林》，拉斯普京的小说《告别马焦拉》和《火灾》，艾特玛托夫的小说《白轮船》《花狗崖》《死刑台》，阿斯塔菲耶夫的小说《鱼王》，瓦西里耶夫的小说《不要射击白天鹅》，还有普里什文的随笔《大自然的日历》等。除了文学作品外，许多宣扬生态意识的学术著作也已经翻译成中文出版。比较重要的有汤因比和池田大作的《展望二十一世纪》、阿尔文·托夫勒的《第三次浪潮》、蕾切尔·卡逊的《寂静的春天》、罗马俱乐部的《增长的极限》、奥尔多·利奥波德的《沙乡年鉴》等，这些学术著作极大地拓宽了国人的生态视野，对中国作家确立生态意识具有巨大的启示作用。徐刚在对中国大地的现实和历史的生态危机做出充分的关注时，总是尽可能地汲取世界各地的生态智慧，例如他对甘地的生态思想、印第安人的生态思想的兴趣。在散文《门与边界及行者》中，他曾说："大地以仁慈为怀抱，怀抱所有生命，无分贵贱。大地是万物的休养生息之地，大地之气为元气。大地伦理学应是，以生命家园取代人的王国，人与大地之上所有生命，一切存在物互为关联、生死相依的伦理学。”① 他所说的大地伦理学也就是利奥波德的创造。尤其值得一提的是，梭罗思想对当代生态文学的发生发展起到了巨大的促进作用。徐迟翻译的梭罗的名著《瓦尔登湖》于 1982 年由上海译文出版社重版，此后还有多种译本，并一再出版，尤其是到了 20 世纪 90 年代后反响巨大。诗人海子就深受梭罗的《瓦尔登湖》的影响，他对乡土世界挽歌式的吟唱，对大自然的痴迷，就表现出浓郁的生态意识。他还曾经写过诗歌《梭罗这人有脑子》，对他的简朴生活和归隐自然的举动大加赞誉，自杀前带在身边的书中就有《瓦尔登湖》。在海子的推荐下，苇岸也对梭罗的作品极感兴趣。需要注意的还有，自 19 世纪以来，西方社会出现了尼采、胡塞尔、海德格尔、雅斯贝尔斯，还有法兰克福学派的霍克海默、阿多诺、本雅明、马尔库塞等思想家，严厉地批判西方现代社会工具理性，而正是他们的批判为西方现代生态思想的诞生和发展准备了极好的资源和土壤。因此，有些中国当代作家是受他们的思想影响才产生了生态意识的。例如诗人于坚就受海德格尔的思想影响，他反复言及大地、存在等思想就是来自海德格尔。海德格尔的“人是存在的看护者”和“诗意地栖居”的思想对中国当代诗歌的影响也至为深远，其中的生态意识内涵也自然渗透到中国当代诗歌中。

第三，中国古代文学和生态思想是当代生态文学发生发展的又一片沃土。如前所述，从整体上看，中国古代思想的生态维度是较为鲜明的。儒家具有较为微弱的人类中心主义色彩，但无论是孔子还是孟子都强调对大自然的有节制的取用态度，他们都能够推人及物，恻隐之心遍施万类，到了宋儒张载“民吾同胞，物吾与也”的思想提出，更是显现出儒家的生态倾向。道家思想超越人类中心主义的价值取向更为明显，“齐生死，等贵贱”“以物观物”“天地与

① 徐刚. 我将飘逝［M］. 北京：中国青年出版社，2004：331.

我并生，万物与我为一”等思想，都显示了生态中心主义取向。而佛教的众生平等、灵魂轮回、惜生护生、戒杀食素等教义和规范更具有生态意识。更为根本的是，中国智慧强调天人合一，反对天人相分，更反对以人征服天，人与大自然的共生共荣是不变的文化理想。而古典文学，尤其是受到道家思想影响深远的作家作品，大都具有鲜明的生态意识，可以说，像陶渊明、王维、孟浩然、李白、杜甫、苏轼、龚自珍、郑板桥等诗人诗歌的最高理想就是诗意地栖居于大地上。中国现当代文学中，周作人、废名、沈从文、丰子恺、林语堂、孙犁等一脉相承而下的文学传统明显地与道家思想传统关联甚深。到了20世纪80年代，汪曾祺、贾平凹、阿城、迟子建等作家再次赓续了这个传统，他们也充分地把道家思想中的那种深层生态学倾向表现了出来。诗人于坚对中国古典文学和生态思想情有独钟，他曾反复强调敬畏自然对于中国人的重要性。他的许多诗歌是向陶渊明、王维、孟浩然、李白、苏轼等人那种诗意栖居理想的致敬。

第四，中国少数民族的宗教文化是当代生态文学发生发展的另一个重要促进因素。我国少数民族众多，大多数少数民族的生活都与周围的自然环境有着较好的融合，如东北大森林中的鄂温克族、鄂伦春族，茫茫草原上的蒙古族，新疆的维吾尔族和哈萨克族，青藏高原上的藏族以及西南山区中的白族、傣族、哈尼族等。这些少数民族受本民族的宗教文化濡染较深，与现代文明距离较远，难能可贵地保存着与大自然较多的灵性往来。藏族作家阿来、次仁罗布，白族作家张长，蒙古族作家鲍尔吉·原野、郭雪波、满都麦、黑鹤，鄂温克族作家乌热尔图，哈尼族作家朗确，满族作家叶广芩，土家族作家李传锋，回族作家石舒清，彝族作家吉狄马加，裕固族作家铁穆尔，哈萨克族作家叶尔克西等，都对本民族的历史与现实做出了较好的描述，其中常常透显出鲜明的生态意识。除了少数民族作家，汉族作家也对少数民族宗教文化中的生态意识寄予厚望，如李存葆、姜戎、于坚、迟子建等。

第五，大自然的珍贵启示同样是当代生态文学发生发展的一个重要因素。非常有意味的是，当代文学中最初较为明显地传达出生态意识的作家群体恰恰是20世纪50年代下放农村劳动改造的右派作家群和60年代开始下放到农村或边疆地区的知青作家群。也就是说，他们恰恰是在远离了城市，远离了工商业文明，在农村或边疆地区与大自然有着的亲密接触机会，能够受到大自然的直接启示，才有可能确立生态意识。就右派作家而言，牛汉就是显著例子，他下放湖北咸宁五七干校时写的诗歌《悼念一棵枫树》《麂子》等，就来自对自然生命的亲切体验，因而很容易产生尊重自然生命的内在价值的生态意识。而知青作家的作品，如孔捷生的《大林莽》、阿城的《树王》、老鬼的《血色黄昏》、张抗抗的《沙暴》等小说，也都是留存着作家对大自然切身体验而来的生态智慧。与中东部经济发达、人口密集、历史悠久的地方相比，边疆地区无疑更好地保存着原生态的大自然，人与大自然的关系也更为亲密。因此，很多当代生态作家都是有边疆生活体验的。黑龙江之于迟子建、乌热尔图、张抗抗、郑万隆，内蒙古之于郭雪波、姜戎、满都麦、老鬼，新疆之于王蒙、周涛、红柯、沈苇、温亚军，西藏之于马丽华、次仁罗布，青海之于昌耀、杨志军，甘肃之于雪漠、铁穆尔，云南之于于坚、雷平阳、朗确，等等，不一而足。除了这些有边疆体验的作家外，还有一些作家为了冲破现代文明对人与大自然的隔离，往往能够主动地从大城市撤离，到边远山区或农村去领受大自然的启示，从而确立生态意识。韩少功在湖南汨罗农村里去寻找远逝的诗意，张炜到山东胶东半岛滨海葡萄园中去聆听天籁，陈应松则到湖北神农架去感受大山的神韵，而叶广芩曾避居陕西秦岭体悟野生动物的高贵与庄严。大自然借他们的口呐喊，借他们的笔书写，呼唤着现代人的生态良心的觉醒。

整体看来，1978年以来，当代生态文学已经经历了三个较为清晰的历史阶段，即20世纪80年代的发生阶段、90年代的发展阶段和进入21世纪以来的繁荣阶段。

20世纪80年代是当代生态文学的发生期。从整体倾向上看，该阶段大致出现了三种思想倾向的生态文学，即对破坏生态的错误行为进行历史反思的以知青小说为代表的生态文学，对当时愈益汹涌的现代化浪潮给生态环境带来的全面性破坏行为进行力所能及的严厉批判的以生态报告文学为代表的生态文学，和把生态意识作为理想追求的生态文学。以历史反思式的知青小说为代表的生态文学中，典型文本有孔捷生的《大林莽》、阿城的《树王》、老鬼的《血色黄昏》等小说。孔捷生《大林莽》叙述了知青到海南岛五指山去砍伐原始森林垦荒种植造成的生态悲剧，阿城的《树王》叙述了知青到云南西双版纳去砍伐原始森林造成的生态悲剧，而老鬼的《血色黄昏》则叙述了知青到内蒙古锡林郭勒草原去开垦草原结果导致草原沙化的生态悲剧。此外，杨志军的中篇小说《环湖崩溃》描写20世纪五六十年代西北开发运动中人们怀着炽热的建设热情，对青海湖周边草原的大面积开垦，造成了严重的生态后果。宋学武的短篇小说《干草》叙述了辽宁北部肆意开垦草甸子结果造成土地盐碱化的生态悲剧。

生态报告文学是20世纪80年代纪实文学中出现的一支生力军，它主要关注现实生活中的自然生态问题，如水污染、江河污染、森林被伐等，并表达了忧愤深广的生态批判。沙青的《北京失去平衡》最早报告了北京在污染、浪费与人口压力下的严重水资源危机，还心情沉重地预言中国人将会有一天要领一种新票证——“水票”。岳非丘的报告文学《只有一条长江》把母亲河长江的污染问题以一种极为沉重的语调和盘托出。徐刚的生态报告文学《伐木者，醒来》振聋发聩，集中描绘了中国大地上大量森林被砍伐的惨烈景象，揭露了越穷越砍、越砍越穷的恶性循环怪圈，最后发出了“伐木者，醒来”的凄厉呐喊。此外，如李杭育的小说《最后一个渔佬儿》被视为文化寻根小说的代表作之一，其主旨就是对现代工业文明破坏了与大自然高度融合的传统乡村生活的抨击。还有张炜的《三想》、邓刚的《大鱼》、刘醒龙的《灵猩》等小说都严厉批判了当时的生态破坏行为。

至于表现天人合一式的理想追求的生态文学，则以汪曾祺、贾平凹、阿城、何立伟等作家的相关作品为代表。如汪曾祺的《受戒》是像沈从文的《边城》一样的一曲生态牧歌。与汪曾祺一样，贾平凹也受道家思想影响很深，他的《商州初录》《商州再录》等作品就充分展示了大自然的胜景，他的散文《读山》《游寺耳记》等展示出了天人合一式的生态诗意。阿城的系列小说《遍地风流》中，如《峡谷》中的藏民、《溜索》中的马帮、《洗澡》中的骑手都与沉默的峡谷、奔腾的怒江、广阔的草原融为一体，生气相通，显示了人在大自然中保存着较为完美的人性和生态意识。诗人海子的《活在珍贵的人间》《面朝大海，春暖花开》等著名诗篇似乎在向美国生态思想的先驱梭罗的遥致敬意。而周涛的《巩乃斯的马》《伊犁秋天的札记》等散文对自然万物的充满激情的描摹中体现出美妙的生态意识。马丽华的《走过西藏》等散文更是在藏族人民朴素的生活中发现了生态意识的珍贵启示。诗人于坚则漫游于云南高原上，从山川大地、少数民族文化那里慢慢接受生态意识的熏陶，写出了《避雨之树》这样杰出的生态诗歌。

20 世纪 90 年代，当代生态文学获得了长足的发展，越来越多的作家开始关注生态问题，生态文学作品体裁齐备，数量众多，产生了越来越大的社会影响。其中值得一提的是，1991 年在当时的国家环保局和中国环境报社的支持下，在冯牧、王蒙等作家的热心倡导下，中国环境文学研究会成立，随后还创办了环境文学刊物《绿叶》。这是中国作家第一次为环境保护、生态问题而成立的一个组织，表明了中国作家的生态意识全面觉醒。1995 年 11 月，《中国环境报》报社、中国环境文学研究会、《中国作家》、《读书》杂志等单位联合举办的“人与自然”环境文学研讨会在山东威海召开。与会的作家、学者主要来自海峡两岸。大陆有王蒙、雷加、黄宗英、丛维熙、肖平、张贤亮、叶楠、舒乙、陈祖芬、刘心武、沈昌文、柳树滋、朱幼棣、俞天白、鲁枢元、孙小礼、赵一凡、张炜、尤凤伟、赵玫、斯妤等 29 人，台湾主要有齐邦媛、陈映真、林明德、陈信元、杨南郡、胡台丽等作家、学者 12 人。同时，还有新加坡、美国、马来西亚的华文作家学者黄孟文、吴岸、查建英、戴小华、丛苏、许以祺等。会上，台湾作家明显更倾向于敬畏自然、顺应天地的生态意识，而有些大陆作家对此还有点茫然。不过，大部分作家都在追问，文学是否还有能力挽救蓝天绿树？是否还有能力挽救我们同时代人的心灵？整体看来，这是对大陆作家的生态意识很好的一次促动。

1997 年、1999 年和 2000 年，中国环境文学研究会还编辑出版了“碧蓝绿文丛”共三辑①，收录从 20 世纪 80 年代到 20 世纪末期（有少量作品回溯到 20 世纪 50 年代）的国内文艺报刊上发表的与环境保护、生态保护有关的散文、小说、报告文学，较为集中地展示了 20 世纪 80 年代，尤其是 20 世纪 90 年代生态文学的创作面貌。此外，值得关注的是，1999 年 10 月由国际国内许多知名学者和作家参加的“生态与文学”国际研讨会在海南省召开，随后在《天涯》杂志上发表了由李少君执笔的座谈会纪要《南山纪要：我们为什么要谈环境—生态》，该文对我国乃至全球完全不顾生态问题的发展主义提出了批判，措辞激烈，思辨深入，感情充沛，影响

---

① 中国环境文学研究会出版的“碧蓝绿文丛”第一辑，包括报告文学卷《地球·人·警钟》、散文卷《愿地球无恙》和小说卷《放生》，中国环境科学出版社，1997 年版。

深远，也是中国作家生态意识的成熟表现。20 世纪 90 年代的生态小说中，哲夫《天猎》《地猎》《人猎》“黑色生态浪漫系列”长篇小说产生了较大的社会影响，一度成为畅销小说。张抗抗的中篇小说《沙暴》叙述了当初北京知青下放到内蒙古后破坏草原生态的悲剧故事。郭雪波的《沙狐》《沙葬》等生态小说聚焦于内蒙古科尔沁草原沙化问题。胡发云的中篇小说《老海失踪》展示了欲望被煽动起来的现代人肆无忌惮地破坏大自然的悲剧，以及少数先知先觉的生态维护者是如何为了赎罪而自我牺牲的。方敏的“生命系列”中篇小说《大迁徙》《大拼搏》《大毁灭》分别写红蟹、褐马鸡、旅鼠的生态化生存，视野开阔，笔触灵动。哈尼族作家朗确的长篇小说《最后的鹿园》则写了现代人类中心主义破坏人和自然原初和谐关系的生态悲剧。至于生态诗歌，于坚依然是创作力旺盛的生态诗人，他的《避雨的鸟》《哀滇池》《棕榈之死》等诗歌或为现代人和自然生命之间的隔膜感伤，或为湖泊的死亡而哀叹，或为一株棕榈树被砍伐而怅惘，是艺术优卓、生态意识明朗的诗歌。沈苇诗集《在瞬间逗留》和李松涛诗集《拒绝末日》都曾获得首届鲁迅文学奖，也都是具有鲜明生态意识的生态诗篇，尤其是李松涛的《拒绝末日》以忧愤的言辞严厉地批判了现代人破坏自然生态的丑陋行径。1998 年武汉诗人江天创作的生态诗歌专辑《楚人忧天》出版，并于 2001 年获得第九届中国人口文化奖诗歌类一等奖。

这一阶段的生态报告文学中，徐刚还是特别值得关注，他继续沿着 20 世纪 80 年代开创的道路沉稳前进，奉献出一系列长篇生态报告文学，如《倾听大地》《谁在谋害大地母亲》《大地备忘录》《长江传》《地球传》等，视野更加宏阔，生态立场更加坚定，生态智慧也更加深邃。陈桂棣的生态报告文学《淮河的警告》发表于 1995 年，此文对淮河的水污染的全面报告促人警醒，让国人全面了解到发展现代文明我们到底付出了多么可怕的代价。王治安也专心于生态报告文学的撰写，他的《人类生存三部曲》（包括《靠谁养活中国》《悲壮的森林》《国土的忧思》）《三峡大移民》等对土地侵占、森林毁灭等许多重大生态问题秉笔直书，高声疾呼。至于生态散文，首先值得关注的是苇岸，他的《大地上的事情》等散文短小精粹，文字精美，对自然生态的描述生动科学，而且具有极其鲜明的生态意识，堪称生态散文中的美文。周晓枫等人的散文集《与生灵共舞》、刘亮程的散文集《一个人的村庄》等更是闻名遐迩的生态散文集，尤其是后者，对新疆边地村庄中的自然生命的生动描摹，对自然生态的诗意想象，极为动人，影响深远。此阶段的生态话剧方面，主要有过士行的《鸟人》《鱼人》和杨利民的《大荒野》等。过士行的《鸟人》对老北京城那些养鸟的畸形人生做了犀利的批判，进而也呼吁人们保护濒危鸟类，给鸟儿以自由；而《鱼人》对人和自然的冲突做了悲剧性的处理，希望现代人与自然和谐相处。

世易时移，进入 21 世纪以来，随着生态危机日益严重，人们的生态意识日益觉醒，更兼网络资讯发达，信息传播迅捷，越来越多的作家投入生态文学创作中，更有不少知名作家加入生态文学创作阵营，因此屡有典型的生态文学作品引起全国性的轰动，而且学术界对生态文学的研究真正启动，开始为生态文学的发展推波助澜，由此当代生态文学真正进入了繁荣鼎盛的阶段。首先值得一提的是，2003 年 7 月，由国家环保总局和中国作家协会专门为促进环境文学创作、提高全民环保意识而设立的全国环境文学优秀作品奖颁布，该奖评委会由著名作家王蒙、张抗抗和著名诗人吉狄马加等人组成。评委从 2 200 多件参评作品中遴选出 22 篇获奖作品，包括徐刚的报告文学《伐木者，醒来》、杜光辉的小说《哦，我的可可西里》、胡冬林的散文《青羊消息》和李松涛的诗集《拒绝末日》等。著名作家雷加、袁鹰等 27 位对环境文学的创作和发展做出突出贡献的老作家还获得了首届全国环境文学发展贡献奖，中国环境报社、中国环境文化促进会环境文学委员会等5家单位获得环境文学组织奖。该环境文学奖对当代生态文学的发展繁荣具有很大的推动作用。2016年，作家远人主编的《当代中国生态文学读本》开始由花城出版社相继推出。在《缘起》中，远人说："进入21世纪以来，全球生态环境已日益严峻，尤其目前水土流失、气候变暖、雾霾肆虐等现实，无不驱使一种直接面向生态的文学出现。基于此，深圳市光明新区文化艺术发展中心策划了这套'当代中国生态文学读本文库'，旨在为读者和当代文坛提供一种面对自然、亲近自然、回归自然的文学样式，并分卷编辑出版。"截至2017年6月，该读本已经出版6卷。据笔者所见，这是当代文坛上唯一以生态文学为主的读本。

这一阶段取得最大成功的是生态小说。贾平凹的《怀念狼》、姜戎的《狼图腾》、郭雪波的《大漠狼孩》《乌妮格家族》、雪漠的《狼祸》《大漠祭》等小说都超越了人类中心主义价值观，展示了人与自然生命之间不能损毁的生态关联，其中《怀念狼》《狼图腾》第一次让国人全面彻底地领略了生态文学的动人魅力。陈应松的《豹子最后的舞蹈》《猎人峰》等生态小说则为被现代人消灭的珍贵动物而哀歌不已。迟子建的长篇小说《额尔古纳河右岸》在现代化浪潮中以哀婉忧伤的眼光回望人类祖先曾经与大自然和谐相处的美好时光。至于杨志军的《藏獒》、张炜的《刺猬歌》等生态小说也异彩纷呈，摇曳多姿。而阿来的《空山》、周大新的《湖光山色》、赵本夫的《无土时代》、杜光辉的《可可西里狼》、李克威的《中国虎》、胡冬林的《野猪王》、郭雪波的《青旗·嘎达梅林》、赵德发《人类世》、王族的《狼苍穹》等长篇小说，叶广芩的《老虎大福》《山鬼木客》等小说集，阿来的《三只虫草》《蘑菇圈》《河上柏影》等中篇小说，都是曾经产生过较大影响的生态小说。

生态散文方面，李存葆的生态散文尤其值得一提，如《鲸殇》《大河遗梦》《绿色天书》《最后的野象谷》《净土上的狼毒花》等可以说是当代生态文学最美的收获之一，与余秋雨的文化大散文相媲美而毫不逊色，称得上真正的绿色大散文。李存葆对大自然具有非常敏锐的感悟力，对自然之华美具有相当的艺术描绘能力，加上他知识丰富，视野开阔，游踪处处，既有赞美大自然的能力和激情，又有反思和批判现代文明的深度和力度，使他的绿色大散文具有高品质的艺术性和思想性。周晓枫的《鸟群》《斑纹》《巨鲸歌唱》等散文集也贡献了成就不菲的生态散文篇章。她在《种粒》《斑纹》《虫子们》《鸟群》等散文中对大自然中各色生灵做出了生动的描绘。在《虫子们》中，周晓枫基本上能摆脱人类中心主义立场，对蚊子、尺蠖、蟋蟀、螳螂、蟑螂、苍蝇、蚂蚁等昆虫做出较完美的描绘。此外，李娟的《我的阿勒泰》、蒋子丹的《动物档案》、韩少功的《山南水北》《山川入梦》、詹克明的《空钓寒江》、杨文丰的《自然笔记》、王族的《动物精神》《兽部落》、胡冬林的《狐狸的微笑》、沈苇的《植物传奇》、林宋瑜的《蓝思想》、蒙古族作家鲍尔吉·原野的《银说话》《羊的样子》、藏族作家古岳的《谁为人类忏悔》、阿来的《草木的理想国：成都物候记》等散文集在风格上魏紫姚黄，但在彰显生态意识方面却同声相应、同气相求，是生态散文的大丰收，极大地丰富了当代生态文学的百花园。

至于生态诗歌，于坚、华海、哑石、侯良学、红豆等人的生态诗歌都是美不胜收，争相斗艳，把生态意识渲染得灵性十足。尤其值得肯定的是诗人华海，他以生态诗歌创作为志向，21 世纪后相继出版了《华海生态诗抄》《静福山》等生态诗集，编辑了《当代生态诗歌》《生态诗境》等当代生态诗歌读本，对于推进当代生态诗歌的创作具有很大的贡献。他的诗作《把笔从笔架河中提起》《铁轨，穿过风景线》《悬崖上的红灯》《和鸣》《月影》《喊山》

《山行》等或批判现代文明对生态的破坏，或描绘美好的生态境界，均各有胜场。此外，江天的《地球的痛》、李松涛的《忧患交响曲》、沈苇的《我的尘土我的坦途》、沈河的《相遇》、红豆的《液体的树》、侯良学的《让太阳成为太阳》、雷平阳的《山水课》、潘洗尘的《盐碱地》等诗集中均有举不胜举的生态诗歌，这些生态诗歌艺术成就较高，生态意识鲜明。

生态报告文学方面，此阶段的哲夫依然做出了可贵的贡献，他的《长江生态报告》《黄河生态报告》《淮河生态报告》《世纪之痒——中国生态报告》等作品气度恢宏，卷帙浩繁，对中国生态问题有着全局性的关注。为了撰写《长江生态报告》《黄河生态报告》《淮河生态报告》，作者沿长江 13 个省采访，历时 108 天，行程 2 万多千米；从源头到入海口，沿黄河采访，行程上万千米，纵横 8 个省区；在上百万字的记录和叙述中，作者在揭示环境问题、曝光种种污染的同时，将笔伸向历史和社会的纵深处，不仅写到动植物保护、山体滑坡、沙尘暴、水土流失等，而且涉及了三大流域的政风民情、文化习俗、生产生活方式等。而《世纪之痒——中国生态报告》是迄今为止反映我国林业生态现状和生态建设的一部全景式的长篇纪实文学作品，这部 60 万字的长篇生态纪实作品是 2003 年全国人大“中华环保世纪行”和 2004 年国家林业局“百名文艺家下基层”的产物。作者为了撰写这部作品，前后走访和调查了九个省区的林业基层，北起大兴安岭、漠河、北极村与内蒙古的莫尔道嘎以及阿尔山林区，南及千岛湖、天目山、怒江源头、西双版纳、泰缅边境，西接南疆、北疆、天山、喀什等，纵横上万里，不仅写到了中国林区原始森林已经不再的危险现状，而且写到了禁伐之后中国林区工人的生存现状等问题。李青松《林区与林区人》《大地伦理》等报告文学作品，也选材独特，立意高远。还有徐刚的《国难》《大森林》，李林樱的《啊，黄河——万里生态灾难大调查》，冯永锋的《拯救云南》《不要指责环保局长》《环保——向极端发展主义宣战》《没有大树的国家》《边做环保边撒谎——写给公众的环保内参》，汪永晨的《绿镜头——大自然的昨天与今天》，朱幼棣的《沉默的高原》《中国世纪大灾变》《我们家园的紧急报告》《后望书》等生态报告文学，对中国的森林破坏、土壤污染、水污染等各种生态问题均做出了及时的反映，而且能够引起轰动性的社会效应。

生态话剧方面，过士行的话剧《青蛙》用荒诞的形式探讨了人类正在面对的环保问题、政治问题以及生存与发展的问题，杨利民的话剧《大湿地》则探讨了东北湿地的保护和开发中的生态问题。

从整体上看，当代生态文学的出现、发展和繁荣的意义是深远的。借助创作生态文学，中国作家能够更及时地关注当前中国最为迫切的生态环境问题，让他们获得了一度丧失的现实感。当然，这种现实感更多的是以悲剧形态表现出来的。利奥波德在《沙乡年鉴》中曾说：“生态学教育的后果之一就是，一个人独自生活在一个创伤的世界里。”中国当代文学的发生发展背景就是大自然惨遭浩劫的过程。如果说我国古代山水田园诗人关注大自然，更多的是避世，是怡情悦性；那么当代作家关注大自然则是振臂高呼，是哀伤哭泣，是绝望控诉。当代生态文学作品几乎都是悲剧性的，如郭雪波的《大漠狼孩》，张炜的《三想》《九月寓言》，王艾《我和松鼠的故事》，方敏的《大拼搏》《大毁灭》《大绝唱》，姜戎的《狼图腾》等小说。在现代文明不停地制造不同的自然生命的悲剧时，即使有少数人脱离现代人的残暴，对自然生命显示友好，自然生命也很难与人和解，对人表示理解。如此一来，具有生态意识的人往往就会陷入既与人隔离又与自然生命隔离的两难境地。当代生态文学作品中那些具有生态人格的人，如郭雪波《沙葬》中的云灯喇嘛，姜戎《狼图腾》中的毕利格老人，雪漠《狼祸》中的孟八爷等，也都以悲剧终局。此外，生态的观点虽说是对宇宙大生命的肯定，但是人毕竟不是上帝，也不是大自然本身，人的渺小和脆弱必然使他在面对那些被整体生命毁灭的个体生命的悲剧时产生难以承受的悲剧感和苍凉感。在那些小说结尾，人看到那么多的生命悲剧，往往感到身心俱疲，心力交瘁，大有因色见空之慨。当代生态文学张扬的生态意识也为作家提供了一种更为阔大、更为合理的价值观，使他们有可能进一步反思人类文明和人性现实。现代工业文明、商业文明和消费文化，如果不向生态文明转换，必然会自我毁灭。当代作家进行生态文学创作，无疑是在为人类寻找新的文明出路。

第一章

天崩地裂与生态批判

李松涛在长篇抒情诗《拒绝末日》的“序章·SOS——紧急呼救”中呐喊道：“地大的恶行，触怒了地，/天大的贪欲，惹恼了天。/大自然，委实被伤害得太深了——/许多温暖的记忆，/都已冰凉。稍一触摸，/就冻得浑身发抖。/飞得好好的禽鸟突然就坠毁了，/游得好好的鱼鳖突然就曝尸了，/跑得好好的野兽突然就断气了，/站得好好的树木突然就扑倒了，/笑得好好的花草突然就凋萎了，/唱得好好的清泉突然就哑默了，/晴得好好的蓝天突然就阴暗了，/这一连串的突然，/让我产生一系列的潸然。……跑遍方知——/地球已千疮百孔，/天空已恶云密布。/窗外，大自然面黄肌瘦，/创伤幽幽急待包扎。/生态环境黄牌迭示，/不曾经历的即将发生——人类，可能被罚下场去！”① 这就是当今生态问题的严峻性！要说天崩地裂，也确非夸张，看看诗人对土地耗竭、水污染、滥伐森林、滥捕野生动物以及人类战争给生态环境造成的不可弥补的创伤等生态问题全方位的审视，就知道生态危机到底有多可怕了，人类正因自己无节制的破坏生态行为而日暮途穷了。虽说古代中国也常常困扰于人口和自然资源的矛盾，常常出现水土流失、森林遭伐、草原沙化等生态问题，但那时毕竟没有现代文明的工业化、城市化、机械化、市场化等因素，因此生态危机还只是局部的、短暂的，天地之美恒在，因此古典山水田园诗人还可以沉浸于对大自然之美的诗意描述中，“采菊东篱下，悠然见南山”“明月松间照，清泉石上流”等天人合一式的生态抒情还是诗歌主流。而如今，生态问题已经普遍化、全局化，甚至还有永久化的倾向，天地之美已经破碎不堪，因此只要稍有良心、不想陷入自造的骗局中的作家就必然会正视大自然的沉沦，而不可能像鸵鸟一样只埋头于眼前的一点亮光，生态批判就是必然选择。如果说古典山水田园诗人还只需从名利场中撤出，就可以在大自然中怡情养性，优游卒

① 李松涛. 拒绝末日［M］. 沈阳：春风文艺出版社，1996：2.

岁，那么现在热爱大自然的作家却没有那么幸运，他们必须向肆意破坏大自然的现代人宣战，为受伤无告的大自然寻求正义，为大自然争取不被贪婪的现代人过问的基本权利。

当代生态文学首先引人注目的是就是全面彻底、严峻急切的现代文明批判。如所周知，自文艺复兴以来，现代文明就以西方文明的转型为契机一直释放着巨大的普世力量，影响整个人类；到了启蒙运动，现代文明的基本准则被更完善地设计出来，并一直被视为解放人类的力量。然而，毋庸讳言，现代文明本身就包含着巨大的反文明力量。以色列学者艾森斯塔特曾说："野蛮主义不是前现代的遗迹和'黑暗时代'的残余，而是现代性的内在品质，体现了现代性的阴暗面。现代性不仅预示了形形色色宏伟的解放景观，不仅带有不断自我纠正和扩张的伟大许诺，而且还包含着各种毁灭的可能性：暴力、侵略、战争和种族灭绝。"① 张炜也曾指出："很少有人敢于去认识和表达那些最基本的事实，比如说现代化本身所蕴含的危机、粗暴性和野蛮性。现代化当中反文明的部分并没有被认识，或者我们压根就不愿意去正面谈及。这种粗暴和野蛮的成分已经让人类付出了沉重的代价，也许有一天还会葬送人类的全部希望。"② 正是因为现代文明具有反文明的一面，自现代文明诞生之日起，对现代文明的批判也一直不曾中断，时而舒缓，时而峻急，时而微弱，时而严厉。

就现代文明对自然生态的破坏而言，当代生态文学主要聚焦于其泛滥的欲望化、城市化、科技崇拜和人类中心主义等倾向，并指出正是这些因素导致了现代人和大自然之间处于敌对的态势中，从

---

① 艾森斯塔特. 反思现代性［M］. 旷新年，等译. 北京：生活·读书·新知三联书店，2006：67.

② 张炜，王光东. 张炜王光东对话录［M］. 苏州：苏州大学出版社，2003：13.

而形成了席卷性的生态危机。

一、欲望化与生态梦魇

从华夏文化传统来看，儒、道、释三家都对物质欲望持一种节制乃至贬抑的态度，在他们看来，无论是要处理好人和人的关系，还是人和道的关系，适度地节制物质欲望都是必不可少的。道家的观点尤其鲜明。针对当时不少人因追求名利货财，过分地放纵物质欲望，因而迷失本性，丧失本根，老子曾说：“名与身孰亲？身与货孰多？得与亡孰病？甚爱必大费；多藏必厚亡。故知足不辱，知止不殆，可以长久。”（《老子》第四十四章）对于物质欲望，人最重要的是要知足，“祸莫大于不知足，咎莫大于欲得”（《老子》第四十六章）。要知足，就必须对正常的物质生活之外的奢侈享受有所克制，“是以圣人去甚、去奢、去泰”（《老子》第二十九章），过于纵情声色，终究伤生害命，“五色令人目盲；五音令人耳聋；五味令人口爽；驰骋田猎，令人心发狂；难得之货，令人行妨。是以圣人为腹不为目。故去彼取此”（《老子》第十二章）。因此在老子看来，一个较好的社会里，“不上贤，使民不争；不贵难得之货，使民不盗；不见可欲，使心不乱。圣人之治，虚其心，实其腹，弱其志，强其骨。常使民无知无欲，使知者不敢为，为无为，则无不治”（《老子》第三章）。他倡导的是“见素抱朴，少私寡欲”（《老子》第十九章）。与老子一样，庄子也认为对物质享受的追求不能过度，应以基本的生理需要满足为度，“鹪鹩巢于深林，不过一枝；偃鼠饮河，不过满腹”（《庄子·逍遥游》）。若是过于放纵物质欲望，人就会远离道，也无法领悟天机，“其嗜欲深者其天机浅”（《庄子·大宗师》）。应该说，正是因为古典思想对物质欲望的不断敲打，才使得古代人能够保持着较为淳朴的生活，才不至于向大自然做无度的索取，从而造成全面的生态危机。

但是，现代文明却和华夏传统文化中的少私寡欲的思想背道而驰，它不但论证了人的世俗欲望满足的合法性，而且把欲望视为文明的发展动力，更是让人的情感、意志和精神都为人的欲望服务，让所有科学技术、工商业、经济制度和政治制度乃至学术研究等都为满足人的物质欲望而转动。然而人的欲望是无限的，无限的欲望指向有限的大自然时，大自然的溃败就无法逃避。因此，当代生态文学对现代文明欲望化的生态批判也势在必行。

郭雪波是一位功勋卓著的生态小说家，他的绝大部分生态小说都围绕着故乡科尔沁沙地上人与自然的关系展开。在荡气回肠的生态长篇小说《大漠狼孩》尾声中，郭雪波沉痛地写道："面对苍老的父母双亲，面对日益荒漠化的故乡土地，面对狼兽绝迹兔鸟烹尽的自然环境，我更是久久无言。我为正在消逝的科尔沁草原哭泣。我为我们人类本身哭泣。"① 面对毁灭于人的自然生态，也许每个人都会像郭雪波一样欲哭无泪。在郭雪波小说中，有个反复出现的背景性细节：一座被流沙掩埋的古城遗址。《沙狼》中，外来者阿木就想让金嘎达老汉带路寻找古城遗址。《苍鹰》中写到一座被埋进沙漠底下的辽代州府。"那时这一带是水草丰美的草地平原，是辽代契丹族的发源地。后来被大漠吞掉了，连它的文明和民族，只留下了这些个废墟。"②《大漠狼孩》中，那曾经辉煌的古城如今静静地在沙漠深处成了零星出没的狐狼的穴窝。与被流沙掩埋的古城遗址相映衬的是，那一个个被流沙掩埋的现代小村子。《大漠魂》中，老双阳的父母就在老哈尔沙村被流沙埋没。《沙葬》中，老黑儿沟村亦为流沙掩埋。沙漠步步紧逼，人类步步后退，生命家园逐渐缩小，这就是生态危机的呈现。面对故乡的生态危机，郭雪波对现代人永无餍足的贪欲做了彻底而严肃的生态批判。在《哭泣的沙

① 郭雪波．大漠狼孩［M］．北京：中国文联出版社，2003：380.

② 郭雪波．郭雪波小说自选集·天出血［M］．南昌：百花洲文艺出版社，2002：173.

坨子》写到科尔沁旗王爷之所以同意外来者的农耕活动从而激起嘎达梅林起义，就是因为他要把草原一块块割下来卖掉以补贴奉天城王府里众多福晋太太的花销。如果说在改革开放以前，人的贪欲还基本上处于自然状态，危害不是太大的话，那么到改革开放以后，尤其是市场经济彻底地鼓动起人的贪欲之后，情况就顿然不同。《哭泣的沙坨子》中，面对那些已经退化的沙坨子，人们不是想办法治理，恢复植被，而是忙着瓜分，在沙坨子上种打瓜，只为一块多钱一斤的瓜子，可是种打瓜对沙坨子的毁灭性后果却没有人关注。《沙漠狼孩》中，郭雪波愤慨地提到沙漠边缘的一个小镇子。“这小镇子三面环沙，唯有绿地的南部甸子也快被沙子侵了。可也奇怪，镇上的那些酒馆饭店还总是那么多人喝酒行乐醉生梦死。好一点的上等娱乐宫什么的，出入者更是些衣冠楚楚的官员或当地权贵名流，三面环沙四面楚歌的境况好像跟他们没有多大关系。”①殊不知正是这些醉生梦死之丑行导致了不可控制的生态危机。

曹孟勤曾指出：“森林毁灭、土地沙化、河流干涸、洪水泛滥、空气污染、资源匮乏、垃圾成堆、温室效应、生物多样性减少、天空弥漫着呛人的异味以及大地到处散发着难闻的臭气等，现实自然界的这一切恶果无不说明或反映着人性之恶。如果说人类能够在他所创造的现实自然界中直观自身，那么人类在扭曲、残破的自然生态环境中所直观到的自身只能是人性的扭曲与残破。”② 的确，生态危机与人性危机是互为表里的。在郭雪波的生态小说中，有一类人物形象即生态破坏者十分鲜明。《沙葬》中的铁巴，《大漠狼孩》中的胡喇嘛、金宝、二秃子等，《沙狐》中的大胡子主任等都是些生态破坏者，不过在他小说中更多的生态破坏者以群体形象出现。

---

① 郭雪波．大漠狼孩［M］．北京：中国文联出版社，2003：161.

② 曹孟勤．人性与自然：生态伦理哲学基础反思［M］．南京：南京师范大学出版社，2004：135.

这些人天生就是人类中心主义信徒，相信只有人才有价值，大自然只有供人征服与利用的工具价值。这些实利主义者看到狐狸时往往只能想到狐狸皮值钱几何，掏窝狼崽也只考虑卖到动物园能得酒钱若干。铁巴在诺干·苏模庙附近的沙井旁还想打猎，而大胡子主任不为沙狐之美所动遽然举枪。他们对自然缺乏敬畏之情，对生命缺乏审美眼光，对更为广大的生命共同体缺乏心灵同感。大自然在他们的视野中只是人的权势欲、征服欲和贪欲肆意驰骋之场所。马克思曾说："人们对自然界的狭隘关系制约着他们之间的狭隘的关系，而他们之间狭隘的关系又制约着他们对自然界的狭隘的关系。"①这些生态破坏者与自然的关系全面紧张，人与人之间的关系也全面溃败。他们大都自私自利，纯为个人或家庭或家族的眼前利益劳心憔悴，精神境界低下，人与人之间缺乏纯真的情感与精神纽带。《空谷》中，那些为了自家的庄稼就疯抢空谷湖水，结果导致湖泊死亡，邻人反目为仇。《大漠狼孩》中，胡喇嘛对自然的疯狂破坏与挑动家族之争、在自家内乱伦败德的行为一体两面，互相渗透。在郭雪波的生态小说中，可悲的是，这些耽于嗜欲的生态破坏者总是多数人，他们若不觉悟，生态危机只会进一步加剧，生命家园只会更快地被流沙吞噬。

与郭雪波一样，李存葆也是一位具有生态意识的生态作家。《鲸殇》中，李存葆为千余只海豚在壮阔大海上"龙兵过"的景象而心驰神荡，但是很快他就笔锋一转，关注着被现代人过度捕杀的鲸鱼，以及因为脑神经被人类的污染物损伤而造成的"集体自杀"。《绿色天书》中，李存葆为热带雨林里的种种自然生命的神奇与瑰丽而感叹，但他更看到热带雨林惨遭屠戮，更为只能到野象学校去看被驯服得爱钱、爱喝啤酒的野象，到动物园去看那些被圈养的绿

---

① 马克思．德意志意识形态［M］//中共中央马克思恩格斯列宁斯大林著作编译局．马克思恩格斯选集：第一卷．北京：人民出版社，1979：35.

孔雀而神伤。《净土上的狼毒花》中，云南香格里拉的美景令人心醉，但是狼毒花的出现却暗示出高原生态的大破坏。《大河遗梦》中，黄河的下游断流直接威胁到生物链，“悲矣痛哉！山东黄河高频率的全线断流，不仅使这一河段的鱼虾蟹贝荡然无存，也使毛蚓、绒螯蟹等珍贵洄游生物失去了生命的通道。黄河断流，祸及渤海。渤海本系海中鱼虾的大繁殖场，因缺乏黄河涌来的有机质饵料，使洄游的鱼虾或种类灭绝或移情别恋，造成了渤海生物链的大断裂……”① 《祖槐》中，原本生态环境极好的山西洪洞，现在汾水变成几步即可跨越的臭水沟，而且飘满煤灰，泛着黄泡白沫，散发着一股刺鼻怪味；由于滥用农药，当地青蛙都所剩无几，乌鸦和喜鹊等鸟类在吃了被毒死的虫后也被毒死，更别说那洁白如雪的精灵一般的鹳鸟了。李存葆的足迹遍及祖国大江南北，但是到处只能发现大自然残存之美，而作为整体的大自然已经被我们现代中国人破坏得满目疮痍，让人欲哭无泪。

面对这种种惨不忍睹的生态危机，李存葆批判的笔锋指向人类日益汹涌的欲望。他说：“人类的文明史，实际上是一部人的欲望不断膨胀的历史。”② 这是多么直击要害的论断，当我们剥除文明史表层的涂饰后，我们还能看到什么东西像人的欲望如此膨胀吗？这种欲望尤其是对物质资料的无限欲望和对子孙后代的无限欲望，可悲的是欲望的满足必然要摧毁大自然的丰饶和自在。“当人的欲望之喙膨胀得比鲸口还大时，鲸类的黄杨厄运便过早地降临了。”③ 这种欲望在现代工业文明和市场经济的助长下更是如火如荼。李存葆在《鲸殇》中对那些捕鲸者如此描绘：“17 至 18 世纪，在北大西洋的斯匹次卑尔根群岛近海，荷、英、德等国的捕鲸队，对北极

---

① 李存葆．绿色天书［M］．郑州：河南文艺出版社，2006：34.

② 李存葆．绿色天书［M］．郑州：河南文艺出版社，2006：221.

③ 李存葆．大河遗梦［M］．北京：解放军文艺出版社，2002：13.

露脊鲸竞相杀戮。那些闪着贪婪目光的锐士豪强，那些蹈海踏波的冒险家，摇着木船，举着钢叉，对准肥硕的鲸脊，恶狠狠地刺去。温驯的露脊鲸的声声哀鸣，并没有唤醒猎鲸者的恻隐之心。殷红的血污染了海的蔚蓝，血的浊波遮掩了水的明澈。到 19 世纪初，北极露脊鲸被追捕殆尽，格陵兰捕鲸时代遂告结束。”① 而 19 世纪前半叶，夏威夷成为世界捕鲸基地，“一时间，夏威夷港口内，列国的鲸船旌分五色，云屯雾集。美丽的夏威夷成了鲸血漂杵的屠宰场，浩瀚的大洋里，捕鲸者们张扬着强悍，喷溅着血腥，播撒下欲望的种子，打捞着巨大生命的死亡……”② 这种对大自然肆意掠夺的强力是文明吗？不，是人类的耻辱！是人被物欲俘虏的可悲！而在《国虫》中，李存葆写到山东宁阳常常有几百人夜间到田野里去捕捉蟋蟀：“面对眼前这‘大兵团作战’式的竭泽而渔的捕虫场面，我不忍心责怪‘面朝黄土背朝天’的农民兄弟，他们近似疯狂的捕蟀，也许是被一个‘穷’字逼的！且这不近常理的狂追滥捕，毕竟还是靠体力去获得酬报；而不是像某些城狐社鼠，是靠权力的贪占而自甘自肥！当然，我的心同时也在隐隐作痛——蟋蟀作为大自然的天才歌手，那声动梁尘的鸣唱，在商品大潮中似乎已经变了味儿，在某些捕虫人、虫贩乃至赌徒们的耳中，小精灵们那‘瞿瞿，瞿瞿’的音韵，已变作金钱！金钱！金钱！”③ 现代人的金钱欲一旦被市场经济调动起来，还有什么东西能阻止人对大自然的掠夺。金钱是人的欲望形成的黑洞，它大有吞噬万物的趋势。在《最后的野象谷》中李存葆写道：“千百年来，大象之所以被人类步步逼入绝境，无疑是因了人口的膨胀，森林的减少，兵燹的摧残，以及人对大象进行的无休止的驱使和美的掠夺。”④ 人只知道无限地

①② 李存葆. 大河遗梦［M］. 北京：解放军文艺出版社，2002：14.

③ 李存葆. 大河遗梦［M］. 北京：解放军文艺出版社，2002：335.

④ 李存葆. 绿色天书［M］. 郑州：河南文艺出版社，2006：241.

增加人口，扩张欲望，然后为争夺仅有的自然资源就彼此兵戎相见，谁会去考虑一头大象的利益呢？经济学家舒马赫曾说：“需求的培育及扩张是与智慧相左的，也同自由与和平相左。个人每次需求的增加都会加强其对外力的依赖，这股外力不是他所能控制的。唯有降低需求，个人才能真正减少张力，而张力正是纷争及战争的最终成因。”① 但无奈的是，现代文明的基本动力就是人不断高涨的欲望，是无限制的嫉妒和攀比，人无法理顺自身的存在意义，便只会凶猛地扑向大自然，最终造成大自然的衰亡。

徐刚的生态报告文学也对天崩地裂式的生态危机做了全面的描述，并对现代人的欲望化生存提出严厉的生态批判。徐刚在《倾听大地》一文中谈及宁夏对甘草的掠夺性采集，直接导致土地的沙漠化，他说道：“甘草的学问恐怕还不仅于此。1949 年时，宁夏有甘草资源 1 400 万亩，但年收购量仅 754 吨。1983 年时，甘草资源已经下降至 880 万亩，至 1993 年又减少了 100 多万亩，而年收购量却高达 5 720 吨。这些数字的对比告诉我们：在经济生活中某些数字的增长，是必须要深究其本身的资源背景的，而且一般来说这一类增长的数量背后，是质量的滑坡。如同沿海捕捞鱼子鱼孙一样，甘草每每连根拔出换钱去了，哪有质量可言？”② 历史数字的对比直接展示了人对大自然掠夺的疯狂性，并对我们只注重数字的发展癖提出了一针见血的批判。他的报告文学常常提及古楼兰的消失、两河流域文明的覆灭以及玛雅文明的湮没，以一种生态史观提醒并警告世人必须确立起生态意识，否则殷鉴不远，覆亡难免。徐刚对生态问题有一种非凡的洞察力，常常能把人们表面上看似素不相关的行为联系起来，展示其中的生态关联，从而让人豁然开朗。他在

---

① 舒马赫. 小的是美好的［M］. 李华夏，译. 南京：译林出版社，2007：20.

② 徐刚. 沉沦的国土［M］. 北京：人民文学出版社，2005：188.

《我与土地》中说："现代人的居室正愈来愈豪华，装修之风盛行，正好与土地的衰败形成对比，自私与掠夺使人类的生存环境日趋恶劣，居室的辉煌只能是没落的象征。"① 也许常人从来没有把居室的堂皇装修与大自然的衰败直接联系起来，因为现代市场经济把这种直接联系遮掩起来了，而徐刚却能洞察其中的生态关联，逼使人正视行为的生态后果。在《可可西里》一文中，徐刚写道："藏羚羊是可可西里大屠杀中最悲惨的一群，因为它的药用价值高、它的绒毛无比珍贵。1996 年，英国伦敦，一条藏羚绒披肩的售价为3 500英镑。巴黎与纽约的价格大体相近。它们在音乐厅、歌剧院飘然而过。那是贵妇的高贵吗？不！是人类的耻辱。那是文明的炫耀吗？不！是野蛮的证词。欧洲市场上的高价，又使从中国出口到印度加工的藏羚绒价格暴涨，使铤而走险的偷猎者更加疯狂地把子弹扫向藏羚羊。"② 义正词严的批判、爱憎分明的情感宣泄是以对自然生命的尊重为前提的，是以别具一格的生态洞察为前提的。当然，徐刚的所有报告文学其实无非是在不停地向人们宣讲一种生态世界观："人类正在经历一场痛苦的也是无可奈何的生活方式、思维方式的革命。人类不得不接受某种新的世界观。我们再也不能让林木凋敝了。我们再也不能污染江河湖海了。我们再也不能不顾及子孙后代地活着了。我们要大声地宣布：地球是属于一切生命的，人类和所有的动物与植物相依为命，人要把狮虎豺狼以及默默无闻的软体动物、小虫子们当作至爱亲朋。"③ 然而，徐刚的这种理想也许在人类历史中将永远是梦想，但是人类正因为有了这种梦想才不至于落入绝对的被诅咒地位。

徐刚认为，现代文明破坏自然生态最根本的原因就在于，一方

---

① 徐刚. 边缘人札记［M］. 广州：广东人民出版社，2000：36.
② 徐刚. 边缘人札记［M］. 广州：广东人民出版社，2000：25.
③ 徐刚. 边缘人札记［M］. 广州：广东人民出版社，2000：63.

面现代文明赋予现代人高度发达的科学技术，使得人能够轻易地大肆征服自然；另一方面现代文明最充分地激发了人的欲望，并使这种几乎永无餍足的欲望指向大自然，把大自然仅视为满足人的欲望的资源库和工具。在《伐木者，醒来！》中，徐刚分析了武夷山肆意盗伐森林的原因："然后是这个乡民的诉苦，老虎灶要烧柴，如能砍到黄楠木就用来做棺材，闽北山区的习俗是先做好棺材备用，有的一家三代人，从 3 岁的孩子到 80 岁的老爷子人人一口棺材漆得发亮，放在阁楼上。棺材做好之后，便要想办法购置冰箱、彩电，年轻人更喜欢'雅马哈'。现代生活的气息并不只是北京、上海特有的，也一样吹进了闽北山区，于是就上山砍树弄钱，20 世纪 80 年代中国人，男女老少都懂得了钱是好东西！"① 需要注意的是，当人口过多时，即使维持最基本的生活需要，也必须破坏自然生态环境。但是目前最可怕的还是现代文明使得人口猛增，并尽可能地煽动人的欲望。而且现代化生活把所有地方都纳入统一的市场体系中，那些生态环境极为脆弱的地方就面临着自然生态环境的更大破坏。因为这些地方资源匮乏、技术落后、知识水平低下，这些地方的人的欲望若被煽动了，除了极力地破坏当地自然环境，攫取仅有的一点自然资源外，他们又有何对策？

相当有意味的是，前现代文明把人充分地与土地和共同体维系于一处，现代文明则把个人原子化、理性化、欲望化，把他从大地上连根拔起，让他与大地为敌。这样的现代个人对自然生态就构成了最可怕的潜在威胁。徐刚在生态报告文学、生态散文中曾反复提到这样的生态破坏例子，即一大群外来者洗劫当地的自然资源，破坏当地的生态环境。例如外地人到祁连山、大兴安岭淘金，到宁夏挖甘草，东部资本家有钱人到西部去开发，这些离开了故乡的外来者是自然生态的最大破坏者。他们只看到可用的自然资源，却少有

---

① 徐刚. 伐木者，醒来！[M]. 长春：吉林人民出版社，1997：16.

当地人对故乡大地的珍惜与热爱。他们就像现代文明培育出的蝗虫，吃到哪儿，毁到哪儿，欲望是他们唯一的指向。当地人出于长远生存的考虑往往不会像他们那样疯狂地破坏生态环境，但是在他们的恶劣示范下，当地人也会抱着抢夺仅剩资源的心态加入破坏者的行列，这便是恶的自我繁殖。

对现代文明的生态批判，张炜常常是犀利而深刻的。张炜曾一针见血地指出："人类在19世纪和20世纪所做过的最愚蠢的事情，就是追求物质的欲望不可遏制，一再地毁坏大地。更不可饶恕的是毁坏世道人心。单纯地发展经济、一味地追求经济增长的思想，是这个世界上最愚蠢的思想。这是人类最没有出息的表现。我们爱土地，是爱生长的基础。也是爱一个健康的世界。被商业扩张的触角缠住了的世界，很快就会被硝烟熏黑。西方列强在这方面给我们上过历史的课，今天又在无助的阿拉伯世界给我们上这现实的课。"① 的确，如张炜所说，现代文明把人的欲望充分地煽动起来，使人与大自然处于敌对状态。张炜的长篇小说《柏慧》中，人们在海湾里钻井，油船常常泄漏，导致对海洋大面积的污染；过度抽取地下水则导致沿海地区海水倒灌，树木枯死，荒滩扩大；此外，人不断地扩大矿区，开发海滩，把人与大自然完全对立起来。更为可怕的是，这种现代文明正以迅雷不及掩耳之势在全球范围里扩展开来，因此，张炜说道："从某种意义上来看，片面追求全球性的现代化只能是一场使我们这个世界加速毁灭的疯狂的欲望行动。我们反对现存的'现代性'内容，是因为我们要追求人类生存的真正智慧，遏制追逐财富的无限欲望，引导人类的理性思维，以抵达物质与精神、人类与自然的和谐幸福。"② 张炜的这种和谐理想的实现前提，

---

① 张炜．你在高原·西郊［M］．沈阳：春风文艺出版社，2003：573.

② 张炜，王光东．张炜王光东对话录［M］．苏州：苏州大学出版社，2003：43.

就是现代人必须更为彻底地反思现代文明的反文明因子，努力超越现代文明的粗暴和野蛮。

前现代文明中，人总是倾向于以宗教信仰和道德伦理抑制贪欲，把追求无限的人性取向引向精神层面，从而能使人与大自然达成和谐与平衡。而现代文明的主旨却是打破对物质欲望的任何辖制，把文明的基本动力放在物质欲望的煽动上。在《素食主义》一文中，生态散文家苇岸指出《历史研究》的著者汤因比就认为，工业革命以来被刺激的人类的贪欲和消费主义，短短两三百年间，便导致了地球资源趋于枯竭和全面污染。“人类长久存在下去的曙光在于：实现每一个人内心的革命性变革，即厉行节约，抑制贪欲。”① 在《大地上的事情·三十九》中，苇岸又写道：“今天，各国对地球的掠夺，很大程度上已不仅仅为了满足自己国民的生活。如同体育比赛已远远超过原初的锻炼肌体的意义一样，不惜牺牲的竞争和较量，只是为了一项冠军的荣誉。”② 的确，现代文明已经不是要满足人的自然需要，而是试图满足人的欲望，但是欲望是无限的，以无限的欲望面对有限的资源，整个大自然，整个地球怎能不溃败呢！圣雄甘地曾语重心长地说：“文明的精髓不在于需求的增长，而在于有目的地、自觉自愿地放弃它们。”③ 从这个角度看，现代的文明不是文明，而是地道的反文明。

姜戎的生态长篇小说《狼图腾》的一大贡献就是对额仑草原上反生态的丑陋行径的批判与反思，从这种批判与反思中，我们可以透视到当代中国乃至世界的生态危机的若干根源。该小说中，反生态的力量是以额仑草原牧场军代表包顺贵以及外来户道尔基、老王头等人为代表的。在他们代表着政府权力和所谓先进力量到来之

---

① 苇岸．上帝之子［M］．武汉：湖北美术出版社，2001：118．
② 苇岸．上帝之子［M］．武汉：湖北美术出版社，2001：29．
③ 徐刚．沉沦的国土［M］．北京：人民文学出版社，2005：531．

前，额仑草原上的狼和人共同维护着草原生态系统的完美与稳定。然而，当这些反生态的力量到来不久，额仑草原上的狼就面临着灭顶之灾，草原上的各种野生动物，如旱獭、黄羊、野兔等都难逃厄运，更兼他们到处垦殖，使得草原面临着严重沙化威胁。那个如此美轮美奂的天鹅湖新草场，仅过一个夏季，就被过多的人口和牲畜破坏得惨不忍睹。这些反生态者几乎都是外来者。包顺贵、道尔基、老王头等人都是来自内蒙古东北蒙区，在他们眼中重要的不是生态环境的可持续性，不是家乡的美丽，而是怎样才能获得更多的物质财富。这再次应验了莫尔特曼的话："只有外来的人和无家可归的人才实行掠夺性开发。"① 现代文明造成人口的大迁徙，这样就出现许许多多外来者和无家可归者，这几乎都是些被原子化的个人，他们没有更多的地域观念和故乡情怀，更没有什么血缘意识，只有无法餍足的欲望和冷静的头脑，只有高超的生存技巧和强烈的求生本能。他们到哪里，就如蝗虫一般蚕食到哪里。包顺贵刚到天鹅湖新草场，不但对天鹅湖的美景无动于衷，而且首先想到的是吃天鹅肉和挖掘那些如此美丽的芍药花。老王头等人也是如此，杀天鹅，吃天鹅肉和天鹅蛋，对獭子山上的旱獭进行焚林而猎式的滥捕更是令人触目惊心。作者不得不哀叹道："这些连自己家乡都不爱惜的人，到了异地他乡，就更加肆无忌惮地开始掠夺抢劫了。"②这不就是当今世界各地最真实的生态图景吗？

对一个地区的自然资源的全国性需求也是导致《狼图腾》所描绘的草原地区生态恶化的根源之一。1949 年中华人民共和国成立后，把所有自然资源收归国有，实行计划经济，它的生态后果便是灾难性的。小说中曾有一个细节说到额仑草原上那块西南沙地，原

---

① 莫尔特曼．创造中的上帝［M］．隗仁莲，等译．北京：生活·读书·新知三联书店，2002：67.

② 姜戎．狼图腾［M］．武汉：长江文艺出版社，2004：293.

本是上好的牧场，就因为全国都需要马，就大量养马，结果惨遭毁坏。“那时候，刚解放，全国没有多少汽车，军队需要马，内地种地运输需要马，东北伐木运木头也需要马，全国都需要马，马从哪儿出？自然就跟蒙古草原要啦。为了多出马，出好马，额仑牧场只好按照上面命令把最后的牧场拿来放马。内地人来选马、试马、买马，也都在这片草场上。人来马往，草场快成了跑马场了。从前几百年，哪个王爷舍得把这块草场养马啊。几年下来马群一下子倒是多了，可是这片大草场就成了黄沙场了。”① 这种对地区性资源的全国乃至全世界范围的掠夺不可避免地导致地区生态恶化。由于中华人民共和国成立后我国的农耕人口大幅度暴增，这种人口的生态压力同样会传导到生态薄弱之地。毕利格老人、场长乌力吉和陈阵去寻找新草场，乌力吉就说：“内地汉人生得太多了，全国都缺肉，缺油水，全国都跟内蒙要牛羊肉，实际上就是跟草原要草啊，再要下去，就要了草原的命了。上面又给咱们牧场压下了指标，东南边的几个旗都快压成了沙地了。”② 这种计划经济和人口压力相结合，任何生态脆弱之地想保存自身都是妄想。

当然，市场经济同样是草原生态恶化的致命因素之一。《狼图腾》最后写陈阵和杨克30年后重返额仑草场，看到到处河流干涸，牧草稀疏，超载严重，沙化现象比比皆是。对草场的威胁就是市场经济催生出的人的欲望。巴图家的孩子看到杨克的高级车，就想让父母去买，这些小孩子考虑的只是眼前利益。牧场上的牧民定居后，生活日益富足，各种现代器具都齐备，这就更让他们过度放牧。小说提到那些租别人的草场来放牧的牧民更是贪心不足，只能养500只羊的草场，他们就敢养2 000到3 000只，狠狠地啃上几年，把草场啃成了沙地就退租。而在草原上到处找矿的现代工业更

① 姜戎．狼图腾［M］．武汉：长江文艺出版社，2004：315.
② 姜戎．狼图腾［M］．武汉：长江文艺出版社，2004：196.

是到哪里就把草原毁到哪里。这是一群被欲望刺激得发疯的人，是在末日边缘狂舞的人，最终会扼杀大地并被大地扼杀。

杨利民的生态话剧《大湿地》主要是通过东北大学生物系博士生张野和报社记者北雪两个人物来表达对现代文明的反生态本质的反思与批判的。张野到大湿地做调查研究，他很热爱大自然，能够理解自然生态对于人类存在的巨大价值。但他清醒地认识到现代文明的疯狂本性，因此对于像老耿等志愿者杯水车薪的生态守护之举是极为悲观的。他曾说："就像时速380千米的高速列车呼啸而来，你却想用身体把它拦住，可能吗？金钱、物欲，把人们都逼疯了。"① "你挡不住的，我说过。每个城市都在急剧地膨胀，到处高楼大厦，车水马龙，用钢筋和水泥构筑起垃圾的大山……破坏环境，挤占鸟儿的空间，你挡得住吗？"② 现代文明的钢铁步履蛮横无忌，势不可挡。不过，张野最终在老耿等人的精神感召下，开始意识到精神的力量才更为根本。他说："……我曾是个绝望主义者，而这次大湿地之行，让我改变了。（眼里含着泪）我看到，耿老师和他的野生动物保护协会的志愿者，他们在行动，他们在觉醒！……没人给他们钱，没人给他们权力……甚至冒着生命危险，从自我的一点一滴做起。是啊，我们养尊处优，穷奢极欲，过着刀刃上舔蜜的生活，似乎只是为了活着而活着……就在我们这样活着的时候，耿老师和他的志愿者也在活着，似乎有多少次天塌地陷，就有多少次生命的投入和支撑；有多少次巨大的危机，就有多少无名英雄，拯救别人的生命。……他们活着……是的，活着……"③ 由此，张野也在对大湿地的生态守护中完成了自己人性的救赎。

陈应松的生态小说《松鸦为什么鸣叫》也批判了现代人对大自

---

① 杨利民．大湿地［J］．剧本，2011（11）：7.

② 杨利民．大湿地［J］．剧本，2011（11）：22.

③ 杨利民．大湿地［J］．剧本，2011（11）：32.

然无限制的索取。该小说主要叙述了一条穿过神农架的公路在一个险要处经常发生车祸，而一个名叫伯纬的人的命运就与这条路纠缠很深。年轻时，同去修路的伙伴王皋被炸死，他曾把他的尸体背回家，一路上松鸦相伴，鸣叫不已。后来他又炸断了几根手指，成为残疾人，与王皋的寡妻三妹子结婚，相伴生活。路修通了，但他的生活并没有好转，放羊为生。只要发生车祸，他就会及时赶到，帮助受难者。每当发生车祸时，松鸦就闻腥而至，鸣叫不已。最后，他的好心竟然也遭到家人的冷淡，他深感落寞。小说曾写道路修通后人们大肆开发神农架，“进山的是空车，出山的是重载，一车一车的松、杉、桦、栎，都是做枕木，做榨木的料，还有香果木、麦吊杉、青檀。有一个团的军人在这里砍树，团政委转业回家时，不仅带了好香柏家具，还带走了两公斤半麝香。一只大公香獐子只产一两麝香，小的产十钱，也就是说，他要射杀近百只香獐”①。一旦现代人的欲望如此高涨，大自然怎能不溃败呢？

詹克明在生态散文《裸猿〈道德篇〉》中感慨道：“人类要想满足自己的过度奢欲，必然要争相掠夺自然资源。大自然犹如一座不上锁的仓库，人人都可以从这仓库中往家搬东西，而不必交付分文。你所付出的仅仅是搬运费和把它们挖出来的工钱！这就吸引了大批贪婪的人。他们唯一的原则是：怎么能掠夺得最多，就怎么干！他们挑肥拣瘦，只图省事，不管他人，不顾环境，不计后果，大量地糟蹋着，任意地挥霍着，肆意地破坏着，无法无天，为所欲为，简直达到了走火入魔的疯狂程度。”② 詹克明说的何尝不是当今人类的真相呢！现代人张着欲望的血盆大口，吞天噬地，令人恐惧。

---

① 陈应松. 松鸦为什么鸣叫［M］//小说月报编辑部编.《小说月报》2002 年精品集. 天津：百花文艺出版社，2003：245.

② 詹克明. 空钓寒江［M］. 上海：上海教育出版社，2010：13.

对现代文明的欲望化倾向，阿来在生态小说中曾进行严厉的批判。他深感忧虑的是消费主义热风刮到川西藏区后，催生出当地藏族人过度旺盛的物欲渴求。藏族人本来对物质需求较为淡漠，多以宗教信仰作为替代性补偿，但唯物欲是求的消费主义文化传播到他们那里后，也会吹散信仰的浓郁氛围，释放出更为旺盛的物质欲求。阿来的中篇小说《三只虫草》中，那些已经退牧还草的藏族人去挖虫草，还只是因利乘便地向大自然正常索取生存资源，谈不上物欲猖獗；但到了他的中篇小说《蘑菇圈》《河上柏影》中就不一样了，藏族人滥无节制地采松茸、砍伐岷江柏，则是物欲疯狂的显现。例如《蘑菇圈》中，当消费市场上的松茸价格持续攀高，藏族人也变得物欲炽盛，急功近利，竟然有人跟踪斯炯发现了蘑菇圈。“他们采走了她的蘑菇使她心疼，更让她心疼的是，当他们等不及蘑菇自然生长时，便和村里其他人一样，提着六个铁齿的钉耙上山，扒开那些松软的腐殖土，使得那些还没有完全长成的蘑菇显露出来，阿妈斯炯赶上山去时，他们已经带着几十朵小蘑菇下山去了。新年的晚上，阿妈斯炯心疼地对胆巴说，人心成什么样了，人心都成什么样了呀！那些小蘑菇还像是个没有长成脑袋和四肢的胎儿呀！它们连菌柄和菌伞都没有分开，还只是一个混沌的小疙瘩呀！阿妈斯炯哭了……”① 在巨大市场利益的诱惑下，藏族人善待自然万物的生态伦理就这样被撕碎了，朴素人心的碎裂和自然生态的恶化一体两面，令人难以面对。“阿妈斯炯的确在栎树丛中看到了蘑菇圈被六齿钉耙翻掘后的暴行现场，好些白色的菌丝——可以长成蘑菇的孢子的聚合体被从湿土下翻掘到地表，迅速枯萎，或者腐烂，那都是死亡，只是方式不同而已。枯萎的变成黑色被风吹走，腐烂的，变成几滴浊水，渗入泥土。那都是令人心寒与怖畏的

---

① 阿来．蘑菇圈［M］．北京：人民文学出版社，2016：137．

人心变坏的直观画面。”① 到了《河上柏影》中，藏族人大肆砍伐岷江柏的画面就更令人扼腕了，“人们在砍伐陡峭山体上那些柏树、利斧的声音，带着发动机的电锯那神气十足的声音在山间回荡。更加震动人心的是那些巨大的柏树倒下时发出的巨大轰响。在那巨大的轰响中，柏树在重重倒地时，把自己摔得断肢乱舞，碎屑飞溅”②。岷江柏倒塌之时，正是消费主义欲望扬威之际；人欲高涨之日，也正是大自然衰退之时。

除了对藏族人的物欲被调动起来深感忧虑外，阿来在《河上柏影》中以更为开阔的视野，审视了消费主义的疯狂给大自然带去的厄运。“电视里讲的是另一个地方的另一种柏树。说的是几千里外的太行山里的一种柏树：崖柏。这种柏树在那个地方比岷江柏还要稀少，从电视画面上看，都没有一棵像样的大树了。镜头所到之处，只是一些光秃秃的悬崖，比电站工地四周那些悬崖更高更陡峭，也更荒芜。在那些崖壁上，这里那里，还有一些盘曲的树根，一些斜倚而出的残枝或幼树，但是，就是这些叫崖柏的残根剩枝，引发了人们的疯狂。就由于这种木材跟岷江柏一样有漂亮的纹理，还含着些香气，在拜物的热潮下受到空前的追捧。人们把大件的制作成根雕，小件的车成一颗颗珠子，小粒的制成佛珠，大粒的制成手串。因为材料稀少而价格暴涨。于是，这些面临灭绝的崖柏又面临着新的浩劫。人们冒死攀上悬崖，把最后的根从岩缝里挖出来，把艰难萌生的新枝砍下来，制作根雕与串珠。”③ 消费主义激发出人的拜物狂热症，诱使他们疯狂扑向大自然，去攫取那些濒危稀少的自然珍品，从而直接导致物种锐减、生态灾害频发。《河上柏影》中，阿来还写到一个大老板，“大老板每只手腕上都戴着不止一串

---

① 阿来．蘑菇圈［M］．北京：人民文学出版社，2016：138.

② 阿来．河上柏影［M］．北京：人民文学出版社，2016：64.

③ 阿来．河上柏影［M］．北京：人民文学出版社，2016：184－185.

手串：檀香木的、琥珀的、蜜蜡的。硕大的珠串间还有一只大表盘的表，指头上还有一枚硕大的祖母绿戒指，弄得他的手都不被人关注了。他包里还有十多串菩提子的佛珠"①。可以想见，有着千千万万这种拜物狂式的现代人，大自然肯定难逃生灵涂炭、支离破碎的生态厄运。由此，也促使我们反思消费主义的生活方式的局限性。

爱尔兰小说家乔伊斯曾说："与文艺复兴运动一脉相承的物质主义，摧毁了人的精神功能，使人们无法进一步完善。……现代人征服了空间、征服了大地、征服了疾病、征服了愚昧，但是所有这些伟大的胜利，都只不过在精神的熔炉里化为一滴泪水！"② 与乔伊斯担心现代文明的欲望化倾向摧毁了人的精神功能相比，当代生态作家更为这种欲望化摧毁原生态的大自然而忧心忡忡。相对而言，中国人本来就有向大自然寻求精神安慰的文化传统，原生态的大自然一旦被毁，其灾难性的后果将是无法估计的。史铁生曾说："至少现在，到处都一样，好像人的最重要的追求就是经济增长，好像人生来就是为了参加一场物质占有的比赛。而这比赛一开始，欲望就收不住，生态早晚要遭殃。这不是哪一国的问题，这是全人类的问题，因而这不完全是政治问题，根本是信仰问题。人为什么不能在精神方面自由一些再自由些，在物质方面简朴些再简朴些呢?"③ 的确，华夏传统文化的生存智慧就是尊崇精神而在物质方面以简朴为尊，然而当代中国人却彻底背离了这种文化传统，转而在精神方面极为粗鄙在物质方面极为奢侈，因此自然告急，生态危机频发，陷入了亘古未见的生存险境中。

詹克明曾说："人类的舒适就是与大自然隔绝！整座城市建在

① 阿来．河上柏影［M］．北京：人民文学出版社，2016：187．

② 乔伊斯．文艺复兴运动的普遍意义［J］．外国文学报道，1985（6）．

③ 史铁生．病隙碎笔［M］．西安：陕西师范大学出版社，2002：157．

一个水泥盘子上。上面耸立着住人的水泥箱格。水泥盘区之间有水泥公路，外出有带轮子的铁壳箱。如果你愿意，你甚至可以长年累月不沾大自然的泥土地。”① 的确，正是现代文明的城市化生存方式直接导致了现代人与大自然隔离，从而使得现代人丧失了更多的和大自然交流的机会，使得现代人沉湎于物欲疯狂中不可自拔。因此紧随着对现代文明欲望化的生态批判的就是对现代城市化的生态批判。

二、城市化与生态破坏

传统中国是乡土社会，乡村才是整个社会的根本，人与大自然交融是生存的基本背景。无论是老子的小国寡民理想，还是庄子的至德之世，都是以乡村为理想社会的蓝本，都非常崇尚天人合一式的生态处境。陶渊明的桃花源也是乡村，而且是和外界社会处于相对隔绝的乡村，“忽逢桃花林，夹岸数百步，中无杂树，芳草鲜美，落英缤纷”，展示的也是大自然的优美和谐。但是现代文明却与城市化结伴而行，告别了小国寡民式的前现代乡村，那幢幢拔地而起的高楼、四通八达的水泥大道、密集的人口、繁荣的市场、吞吐世界的消费能力等，成为现代城市的基本特征。城市化带来的生态问题非常多，城市本身的空气污染、水污染、土地污染、垃圾泛滥且不说，单说城市人和大自然处于相对隔绝的状态，城市人巨大的消费欲望就会对大自然造成覆巢般的灭顶之灾。法国政治哲学家伯特兰·德·朱维诺曾说：“由于世界是由城市控制的，人类在城市中是与其他种类生物隔绝开的，因此人类属于生态系统的感觉不复存在。这使我们对自己必须终生依赖的东西如水和树木采取苛刻的和

① 詹克明. 空钓寒江［M］. 上海：上海教育出版社，2010：12.

急功近利的态度。”① 的确，所有反生态的观念、言论和行为几乎都可以溯源至城市文明中。正因为城市化普遍造成了现代人和自然关系失调，直接造成了危如累卵的生态危机，当代生态文学对城市化也持严厉的批判态度。

李杭育的小说《最后一个渔佬儿》被视为文化寻根小说的代表作之一，主旨就是对现代工业文明破坏了与大自然高度融合的传统乡村生活的抨击。葛川江原来鱼很多，打鱼为生的渔佬儿也不少。但随着河流的工业污染日益加剧，以及人们的过度捕捞，河中的鱼越来越少，大部分渔民不得不弃渔上岸，另谋他业。河中尚剩下最后一个渔佬儿福奎，他与这条河生死相依，虽然生活贫穷，但他喜欢河上的自由自在，喜欢与大自然浑然一体的无拘无束。因此，他拒不上岸另谋他业。他把好不容易捕得的那条珍贵的鲥鱼扔给猫吃，而不愿意与表外甥大贵分享，与其说是对大贵的自私和曾经讹诈过他的不满和报复，不如说是对与大自然脱离了关系的现代文明的不满和拒斥。他要固守着那种前现代的质朴、自然、悠闲的生活，保守着心灵不被现代生活撕裂。因此，当最后福奎撒蚯蚓等鱼饵喂江中之鱼时，就带有一份对抗现代文明的悲壮和无奈。他崇尚的那种“待在江里舒服”的生活就很难用“落后”或“保守”之类的词语来进行批判了。在李杭育的小说《珊瑚沙的弄潮儿》中，城市对人腐蚀和大自然对人的锻冶对比极为明晰。葛川江离海不远，夏天潮涨时，附近村民常常去赶潮捉鱼拾贝。康达小时候就在江边长大，也常常去赶潮，身体特别好，但后来就远离了河流与大海，生活于大城市中，在机械性的没有任何激情的生活中消磨了半辈子，与大自然仅有的一点联系就是阳台上的那盆花。人也渐渐疲软下去，渐渐成了个“空心萝卜”。此次，他再次回到家乡，也像

① 戴利，汤森. 珍惜地球：经济学、生态学、伦理学［M］. 马杰，等译. 北京：商务印书馆，2001：204.

小时候那样去赶潮，并遇上一个六七十岁的老头也来赶潮，看他那副劲头，他只能自愧不如。在与大潮的亲密接触中，他才似乎重新感到了内在的生命激情，触摸到了往日精神混融的边缘。最后，那个赶潮的老头死于潮水，这似乎是大自然对于人而言的残酷，但是大自然对人的锻冶才是根本。在小说《船长》中，李杭育更是把城市与大自然的外部视觉形象加以简洁明了的对比："东岸是西县，一马平川，沿江是宽阔的沙滩，绵绵无尽。沙滩底边，江堤上芦苇丛生，绿草茵茵。刚抽穗的芦苇扬起颠落，恍如一群白鸥栖息、跳跃。风吹来阵阵谷香和稻田里奥热的气息……西岸的滨州却叫人望而生厌。那儿烟囱林立，空中弥漫着土黄色的烟雾，像老天爷撒了一把六六粉，老远望着就呛人。"① 这种对比的价值评判不言自明，现代城市文明、工业文明为了满足人的物质欲望却从整体上损害生命，与生命为敌，而没有被城市文明污染的大自然才是生机勃勃的。

贾平凹在长篇小说《废都》中通过那条来自终南山的奶牛批判了城市文明导致人种的退化。"牛坚信的是这个世界在混沌的时候，地球上生存的都是野兽，人也是野兽的一种。那时天地相应，一切动物也同天地相应，人与所有动物是平等的；而现在人与苍蝇、蚊子、老鼠一样是个繁殖最多的种族之一种，他们不同于别的动物的是建造了这样的城市罢了。可悲的是，正是人建造了城市，而城市却将他们的种族退化，心胸自私，度量狭小，指甲软弱只能掏掏耳屎，肠子也缩短了，一截成为没用的盲肠。他们高贵地看不起别的动物，可哪里知道在山林江河里的动物们正在默默地注视着他们不久将面临的末日灾难!"② 在贾平凹看来，人与其他动物平等相处时的原始时期才是美妙的，而当人退居到城市中，与大自然隔绝

---

① 李杭育．最后一个渔佬儿［M］．北京：人民文学出版社，1985：79.

② 贾平凹．废都［M］．北京：北京出版社，1993：142.

了，人种的退化就无法避免，末日灾难也为期不远。

对于城市化把现代人和大自然隔绝开来的状况，散文家苇岸深表担忧，他曾说："现代社会不依任何人意志为转移的演进方向，常常让我觉得不可思议：它正在导致本质上也是一个物种的人类完全脱离星象、物候、季节与动植物环境，而进入灰色的'数字化生存'世界。"① 这是苇岸对现代文明的警告。人类作为一个物种，本是植根于大自然，若完全进入灰色的"数字化生存世界"，人的肉身小自然和人的精神世界都可能面临着灭顶之灾。在《放蜂人》一文中，苇岸以放蜂人为生态人格标准说："他滞于现代进程之外，以往昔的陌生面貌，出现在世界面前。他孤单的存在，同时是一种警示，告诫人类：在背离自然，追求繁荣的路上，要想想自己的来历和出世的故乡。"② 其实，现代人早已成为无家可归之人，而苇岸就像那些守旧知新的先知一样，不停地向人告诫着与大自然隔绝的可怕后果。

对城市化的生态批判也是徐刚生态散文的主旨之一。面对钢筋水泥筑就的现代都市，徐刚感叹道："水泥电杆矗立路旁，冷冷地瞧着我。在这都市，人们须臾离不开的、最昂贵的甚至打上权柄印记的水泥，是理性的模特、有序的典范、囚室的象征，它坚固钢筋，堵塞裂缝，封闭大地。"③ 这种以理性化为特质的现代科技文明是与大地为敌的，对大自然的征服是肆无忌惮的。徐刚曾说："朋友让我们一起大声疾呼：为中国的推土机划定不能逾越的红线——并不是所有的土地都应当开发，并不是所有的地下矿藏都属于这一代人，并不是所有的荒野都需要高楼大厦！"④ 当然为现代

① 苇岸. 上帝之子［M］. 武汉：湖北美术出版社，2001：159.
② 苇岸. 上帝之子［M］. 武汉：湖北美术出版社，2001：67.
③ 徐刚. 边缘人札记［M］. 广州：广东人民出版社，2000：180.
④ 徐刚. 边缘人札记［M］. 广州：广东人民出版社，2000：20.

文明划定界限，并不是那么容易的事，还要求我们对人与自然之间全方位的生态关系做出合理而深邃的阐释。

张炜对城市化的生态批判更为严峻而急切。张炜曾说："城市真像是前线，是挣扎之地，苦斗之地，是随时都能遭遇什么的不测之地。人类的大多数恐惧都集中在城市里。"① 也正是这种恐惧扭曲着人性，使现代城市成为粗暴和野蛮的发源地。长篇小说《能不忆蜀葵》中，画家淳于阳立投身商海后很快发现，"每一个熟人旧友都在短时间内显露了另一面，那是生计的现实、商业社会一分子的；而前不久他们还统统都是情感的、艺术的、夸张的和有趣的。个性的人隐匿了，现代城市流通领域的大烘干机把他们烤成了干枯的标本"②。而长篇小说《怀念与追记》中的主人公老宁也是这样感受城市的，"在一座被各种欲望煎磨得越来越烫、眼看就要熔化成一摊泥水的城市里，我的心却变得越来越凉"③。因此，逃离城市就成为张炜的精神选择，"现在看，越是现代大都市越是不适宜于人的居住。无论是国外还是国内，实际情形是，城市人要做的一件事就是想方设法摆脱自己的城市，尽快逃离——全部逃离或部分逃离"④。这种逃离乃是最坚决地拒绝。在张炜小说中，逃离城市返回乡村野地就成为一个基本主题。《柏慧》中，主人公逃离了都市，回到半岛那个繁茂的葡萄园中。《外省书》中的史珂先是从首都逃到济南，再从济南逃到胶东半岛。《怀念与追记》中，主人公老宁就不停地逃离都市，他曾向妻子梅子诉说道："你知道，梅子，我长期以来被一种悲观的东西给压得喘不过气来——我没法摆脱它，因为我不知道用什么办法去摆脱；而这种悲观是潜在心底的、

① 张炜. 你在高原·西郊［M］. 沈阳：春风文艺出版社，2003：570.
② 张炜. 能不忆蜀葵［M］. 北京：华夏出版社，2001：135.
③ 张炜. 怀念与追记［M］. 广州：花城出版社，2004：562.
④ 张炜. 书院的思与在［M］. 桂林：广西师范大学出版社，2004：262.

冰凉彻骨的……只有走向这片大山，走向山野深处，才能暂时忘掉那些烦恼，获得一点点宽慰。不过，我不知道这是为什么——这里，我们身边，到底是什么？不过是一片大山，一片茫野，就是我们平时所说的‘大自然’。它们自己在风雨里变化着生长着，是完全独立的。它们的语言与人类的语言不同，它们的语言通用四方，所以我们一下就可以听得懂。我们可以依偎在它们身上、扑进它们的怀抱中，这时我们会觉得一切都挺好、挺有希望；什么事情都可以重新开始，没有任何负担。可惜这种感觉仍然是暂时的，一回到那些山村，回到人群，特别是回到那座城市，我们马上就会泄气。因为那里正是一个彼此隔绝的世界，在这种隔绝的世界中一切都给毁掉了、弄糟了、弄错了，弄得已经没法重新开始，完全没有办法——你明白我的意思吗?”① 而《远河远山》中那个热爱写作的主人公更是对城市避之唯恐不及，“而我每挨近了城市都小心谨慎，不得不住在城郊。除非为了买书要飞快地进一次城，其余时间总是绕行。我对它的恐惧和厌恶是从小养成的——只要逃出城去就会获得一次欢乐。那是铭心刻骨的欢乐啊”②。当然欢乐更是来源于乡村野地的大自然的启发，“有时我一抬头看到了窗外的细雨，看到在雨中变得湿淋淋的菊花叶、玫瑰刺梗、橡树皮，就会在心里小声说：多么感谢你，雨水、天气、绿蓬蓬的植物、那只在雨中飞去的无名小鸟、无边的游云……我什么都要感谢、都要感激”③。在张炜看来，现代文明是必须被超越的，最关键的是现代文明使人与大自然为敌。

迟子建的许多小说都是在城市乡村的二元对立格局中展开的，她拒斥城市，迷恋乡村，亲近大自然。在散文《伤怀之美》中，她

---

① 张炜．怀念与追记［M］．广州：花城出版社，2004：335．
② 张炜．远河远山［M］．长春：时代文艺出版社，2005：108．
③ 张炜．远河远山［M］．长春：时代文艺出版社，2005：36．

曾写道："年龄的增长会是加深人自身庸碌行为的一个可怕过程。从那以后，我更多地体味到的是城市混沌的烟云，狭窄而流俗的街道、人与人之间的争吵、背信弃义乃至互相唾弃，那种人、情、景相融为一体的伤怀之美似乎逃之夭夭了。或者说伤怀之美正在某个角落因为蒙难而掩面哭泣。"① 需要注意的是，迟子建所谓的伤怀之美均是发生在人与大自然水乳交融的乡村世界，而对于城市，她基本是持严厉的批判态度的。

纯粹的城市题材迟子建较少涉笔，《晨钟响彻黄昏》是她唯一一部城市题材的长篇小说。在迟子建看来，城市是个是非之地，人的欲望甚嚣尘上，人性普遍被扭曲，每个人都是伤害者也是受伤者。宋加文与菠萝、王喜林与刘天园等人都是在城市中无法掌握自己命运，目光混浊、心头茫然的人。作者借刘天园之口说道："这个干枯的消失了河流、泯灭了水草的城市，它现在正坠落在绵绵不绝的黑夜中。我们都是黑夜中的人。没有月光、星光，没有树影、鸟啼，有的只是暗夜行路的人屡屡相撞的声音和人心底深深隐藏着的对光明的渴望。"② 这里写出作者对城市隐隐的恐惧之心，也可看出作者对城市的批判是从生态意识着手的，城市对大自然的拒斥与镇压最终使得自己变成了扭曲生命的怪物。该小说写菠萝在宋加文家中做了个绮丽的梦，梦到晨钟从天而降，钟声结束时花瓣纷飞。这是城市深处无告的灵魂对大自然最深的渴念，可惜时代已届远离大自然的黄昏，那么美的晨钟注定只能在梦中得闻，并撕裂人的内心。在小说《关于家园发展历史的一次浪漫追踪》中，迟子建还曾让小说人物说："城市是地球上最大的罪孽。"③ 这种对城市的严厉态度一直沉淀在迟子建的心中。

与对城市的潜在恐惧相对的是，迟子建对乡村有着明显偏爱。

---

① 迟子建. 我的世界下雪了［M］. 济南：山东画报出版社，2005：134.

② 迟子建. 晨钟响彻黄昏［M］. 南京：江苏文艺出版社，1997：110.

③ 迟子建. 迟子建文集：第3卷［M］. 南京：江苏文艺出版社，1997：173.

虽说她还不至于像有些作家那样把乡村完全理想化，她也意识到人性的复杂性在乡村同样表露无遗，但是若说她把最美好的东西寄希望于乡村是不错的。迟子建最欣赏的那些人物，如宝坠、天灶、丑妞等，都是乡村世界的贡献。小说《朋友们来看雪吧》中，女画家在乌回镇遇到机灵的儿童鱼纹后，曾这样想："我常常想，要是我能生一个鱼纹这样的孩子有多好。可我知道在城市里是不可能孕育出这样的孩子的。而我在乌回镇又不知不觉丧失了一次可能诞生灵性儿童的机会。"① 乌回镇那个乡村世界是人与自然尚保存着和谐关系之地。短篇小说《亲亲土豆》从主体上看是写乡村夫妇秦山与李爱杰之间能经受得住死亡考验的爱情与亲情，但是从另一个侧面看，这篇小说着重展示的也是人在大地的支持下如何面对死亡的。秦山的那种豁达与善良，那种对生死的坦然承受态度，都是来自大地的教诲。他逃离城市，因为他清楚地知道城市里的大地已经被镇压，医院花坛里的花是不能像土豆花那样蕴含着大地灵气的。他不想死在城市，宁愿死在乡村的土豆地里，因为只有在那里大地才能安慰人心。该小说开篇写道："如果你在银河遥望七月的礼镇，会看到一片盛开着的花园。那花朵呈穗状，金钟般垂吊着，在星月下泛出迷幻的银灰色。当你敛声屏气倾听风儿吹拂它的温存之声时，你的灵魂却首先闻到了来自大地的一股经久不衰的芳菲之气，一缕凡俗的土豆花的香气。"② 的确，当李爱杰体贴人心，以土豆代替煤渣在暂时安葬秦山时，她是深悉人与大地之间的亲密关系的；最后那个从坟堆上滚落到跟脚的土豆可说是大地对生存者的问候。

从生态意识角度看，城市无疑是人类文明误入的歧途，尤其是当今这种被工业主义、消费主义所建构起来的大城市，说它们是反生态的一点也不为过，现代人的大部分罪恶都是从都市里滋生的。

---

① 迟子建．朋友们来看雪吧［M］．北京：解放军文艺出版社，2000：268.

② 迟子建．格里格海的细雨黄昏［M］．南京：江苏文艺出版社，2003：102.

迟子建偶尔也曾涉笔乡村人到城市后走向堕落的过程。小说《银盘》中，吉爱和虎生本是相爱甚深的乡村人，但是虎生到城市里去打工不久后就变了，他居然想离开吉爱，娶包工头的残疾侄女为妻，无非是城市诱发了他的欲望。《跳荡的银扣》中，赵路发的侄子也一样，到哈尔滨后就变得唯利是图，利欲熏心。此外《热鸟》中的王丽红也是一样被城市引导着走向堕落。不过，迟子建有时还比较乐观，曾寄希望于乡村世界的淳朴能化解城市的毒素。《银盘》中，吉爱最终以其淳朴赢回了虎生的爱。《热鸟》中，深受乡村道德感染的少年赵雷到城市找到王丽红，使她幡然悔悟。当然，迟子建也常常让那些想寻找出路的人逃离城市。《旧时代的磨坊》中，四太太范紫燕最初在乡村孕育了她的梦想，而城市却埋葬了她的所有梦想，在老爷死后她就离开城市，要到最远的乡下去。在小说《原始风景》中，作者写道："当我放下笔来，我走在异乡的街头，在黄昏时刻，看清混沌的夕阳西下喧闹的市场和如潮的人流，我心底有一种说不出的失落感。我背离遥远的故土，来到五光十色的大都市我寻求的究竟是什么？真正的阳光和空气离我的生活越来越远，它们远远地隐居幕后，在不知不觉中已经成为我身后的背景。"① 因此，在某种程度上说，迟子建借助文学创作尽可能地逃离都市回归乡村。

然而，迟子建也深深知悉城市的巨大力量以及乡村世界的弱小，城市的摧毁性力量随时都可能让乡村世界陷入溃败。小说《芳草在沼泽中》中，刘伟厌倦城市里刻板机械的公务员生活，对城市里人与人之间的扭曲关系深感烦恼，便暂时离开城市到乡村去。但是乡村世界中那片原本美丽的芦苇湖早已受到城市的污染，臭不可闻。真正的芳草已经杳如黄鹤，大地垂死。小说《行乞的琴声》中，那个美如桃源的若梅湾也已被城市吞噬。几十年前，音乐学院

---

① 迟子建. 迟子建文集：第2卷［M］. 南京：江苏文艺出版社，1997：160.

实习生来到梅若湾，乡村澄澈的晴空、碧绿的湖水、青青的芦苇、一望无际的麦田和农家少女惊蝉湿润的目光，还是美轮美奂的。但是垂暮之年他再次来到梅若湾时，它已成为高楼矗立、店铺琳琅的城镇，到处闪射着的都是贪婪、麻木、嘲讽的目光。只有耍猴人老黑的猴子每次路过他时都驻足观望、侧耳聆听。最后，老人只能从猴子那里看到似曾相识的湿润的目光。由此，我们就能充分地感受到迟子建心里的悲凉。短篇小说《蒲草灯》从某个侧面看也是迟子建对城乡主题的总结性书写。“我”在成为杀人犯之前原本在农村生活得较安稳，也有体面。但是城市生活的魅力诱惑了曼云，她到城市后很快与五舅相好，破坏了乡村世界淳朴的伦理道德。“我”杀了曼云和五舅，象征着人被城市陷阱捕获，迷失本性。但是恰恰是这个被城市扭曲的“我”再次逃跑到乡村，并遇上了善良淳朴的骆驼，被他的真切之情感动，幡然悔悟，最后高举着骆驼的日本妻子留下的蒲草灯，自沉沼泽。“我要带着这盏摇曳的蒲草灯走完人生最后的旅程。我希望自己在鸭子浮游的水洼永远沉沦，希望这蒲草灯回到秋天的蒲草丛中，永远熄灭。我擎着这灯，像举着一簇圣火，这时雷声忽然轰隆隆地响起，风也越来越大，暴雨奔腾而下，我的脚下到处是涓涓细流。当我沐浴着人间最后一场甘露、想让雷电的光华成为我视野中永恒的风景的时候，蒲草灯却先我而闭上了眼睛。”① 这盏蒲草灯既象征着乡村世界的温情，也象征着自然生命的光明。这种从乡村到城市再到乡村的历程也就完成了迟子建对城市文明的批判与对乡村自然的礼赞。

对城市化的生态批判始终是当代生态文学的核心主题之一。也许对于绝大部分生态作家而言，传统中国的乡村情结始终积淀在他们的心灵深处，天人合一式的生命理想始终是他们的安顿身心之处，城市化彻底颠覆了他们的生命理想，割断了大部分中国人和大

① 迟子建．微风入林［M］．沈阳：春风文艺出版社，2005：136．

自然之间的血脉联系，因此对城市化的生态批判就是意义深远的。这种生态批判让我们能够再次对文明进程做出超越视角上的审视，看看我们到底何时何地丧失了生命的根脉，我们又该如何踏上返本归根之旅。

三、科技崇拜与生态灾难

虽然华夏文化也曾经发展出成就不低的科学技术，但是对科学技术并没有崇拜情绪，更没有科技至上的观念，相反在道家思想家中还经常可以看到反对技术的思想。例如《庄子·天地》中汉阴丈人的寓言如是说："子贡南游于楚，反于晋，过汉阴，见一丈人方将为圃畦，凿隧而入井，抱瓮而出灌，搰然用力甚多而见功寡。子贡曰：'有械于此，一日浸百畦，用力甚寡而见功多，夫子不欲乎？'为圃者仰而视之曰：'奈何？'曰：'凿木为机，后重前轻，挈水若抽，数如泆汤，其名为槔。'为圃者忿然作色而笑曰：'吾闻之吾师，有机械者必有机事，有机事者必有机心。机心存于胸中则纯白不备。纯白不备则神生不定，神生不定者，道之所不载也。吾非不知，羞而不为也。'子贡瞒然惭，俯而不对。"代表着道家立场的汉阴丈人对技术不屑一顾，在他看来，使用机械终究会导致机心的产生，从而破坏人悟道的境界。而《庄子·应帝王》中关于混沌的寓言也可看作对技术的反对立场，"南海之帝为倏，北海之帝为忽，中央之帝为浑沌。倏与忽时相与遇于浑沌之地，浑沌待之甚善。倏与忽谋报浑沌之德，曰：'人皆有七窍以视听食息此独无有，尝试凿之。'日凿一窍，七日而浑沌死"。倏和忽的立场无疑是现代科学的分析立场，而混沌的立场则是道家所崇尚的综合、直觉、悟性的立场，用科学分析的方法最终只能导致完整生命的分崩离析，这可看作道家对科学立场的严厉反对。

其实，就现代文明而言，欲望化和科技崇拜是相辅相成的，正是因为现代人的欲望化倾向，才会促使现代人崇拜科技，也正是因为现代人的科技崇拜，才会使得现代人的欲望化生存如火如荼。正如詹克明所言：“人类最致命的弱点就是永不满足地追求享乐。科学发展使得这种贪婪的欲望受到激发，简直达到了极度奢侈的病态程度以及难以制约的疯狂程度。”① 的确，现代人的欲望化和科技崇拜都近乎疯狂。

现代科学技术采取的是一种机械论世界观，在它眼中，世界是可以无限分析、任意重组的同质化世界。它并不重视大自然的生态整体性，当然也就不承认自然生命的内在灵性和内在价值。当没有宏伟超越的目的来引导现代科学技术时，它很容易蜕变为人类手中的暴力，大自然就面临着窘境。李存葆曾说：“科学能使人的生活变得更加舒适和便捷，却也加剧了资源消耗和环境恶化；科学能使人类变得无比强大，却未能使世界变得更加安全，原子战、化学战、细菌战的阴影，常使人类惴惴不安；科学能使人类去广泛地认识物质世界，却未能使人变得更加善良和高尚……”② 在生态文学的视野中，现代科学技术显出了其两面神的恐怖特征。这恰恰呼应了美国著名的生态学家哈丁所提出来的人类生态学第一定律：我们不可能只做一件事③。市场经济被视为现代文明的发动机，李存葆却看到，“当人类乘着商品经济的超速列车呼啸疾进，前面是蓬岛琼阁还是危崖深渊，却不被及时行乐的人们所关切。地球已被人类‘文身’得砢碜寝陋。掌握了高科技的现代人，对上苍恩赐人类的资源大凿、乱钻、狂采、滥垦，‘丁村人’时期的地球原性态、原

① 詹克明．空钓寒江［M］．上海：上海教育出版社，2010：12．

② 李存葆．大河遗梦［M］．北京：解放军文艺出版社，2002：27．

③ 美国生态学者哈丁说：想要杀死害虫，我们也学会结束鸟儿的歌唱。想要更快地“到目的地”，我们以烟雾损害了自己的肺。想要立刻知道世界各地正在发生什么，我们创造了为思想所抵制的信息超载，报之以新的、危险的冷漠。（哈丁．生活在极限之内：生态学、经济学和人口禁忌［M］．戴星翼，等译．上海：上海译文出版社，2001：311．）

生态早已消弥散除，面目全非；农业文明时代的人与自然和谐图，也被今人撕扯得七零八碎”①。李存葆从生态意识角度反思现代文明，也就看到了现代文明的根本缺陷。

当人类不能确立生态意识，不能和大自然和谐相处时，科学技术越是发达，大自然就越是危险，人类自身的命运就越是前途莫测。因此，从生态史观来考察人类历史，我们也许不得不赞成徐刚的观点：“当我们从生态、自然这些角度去考察这个世界时，不得不沮丧地发现：所有的技术进步都是暂时的，而由此带来的衰退及混乱却是持续的乃至无法挽回的。”② 技术的进步仅仅是对人而言，当人利用技术的力量而又不尊重自然的时候，人就只会给自然带来伤害和混乱，最终也导致人自身的受伤和混乱。从生态史观看人类历史，我们从人类文明成就中几乎发掘不出什么值得骄傲的东西，“地球上所有无序几乎都是人为的，战车碾过土地，炮火炸毁城乡，森林倒地，挖草开荒，捕杀野兽，浊浪的没顶之灾，干旱的煎熬龟裂，都市脚下水泥封闭的沉郁……我们听不见土地的叹息，如同沙漠涌到我们脚下之前，我们熟视无睹沙漠的推进一样。人类历史的一部分，就是土地荒漠史”③。与在人类文明的压力下大自然的普遍溃败的后果相比，人类文明那一点成就又何足言道？

现代文明鼓动并满足人的贪欲，现代科技则是满足人的贪欲的工具，也是人对待大自然的权力意志最集中的体现。当人们大都在为科技进步欢呼时，苇岸却说：“现代人类具有一种被科技进步助长地顺应和放任本能的趋向，而人们乐于把这种生物本能当作‘人性’。”④ 科技不但满足人的贪欲，而且会助长并创造出人的贪欲。

---

① 李存葆．大河遗梦［M］．北京：解放军文艺出版社，2002：84.
② 徐刚．中国：另一种危机［M］．沈阳：春风文艺出版社，1995：185.
③ 徐刚．我将飘逝［M］．北京：中国青年出版社，2004：34.
④ 苇岸．上帝之子［M］．武汉：湖北美术出版社，2001：96.

当人类的贪欲借助现代科技的帮助最终彻底败坏了大自然的话，那时人类也许才能稍有理智地反思，正如苇岸说的："对于以科技为本质和核心的现代文明所呈现出的不可逆转的进程，我信奉苏联诗人沃兹涅先斯基的一个说法：'如果最终导致人的损毁，那么所有的进步都是反动和倒退。'"① 从整体出发评价现代科技，也许我们的确不能太过乐观，现代科技以暴力对待大自然，最终有可能导致大自然的死亡，从而人类也就丧失立身之基。

当然，更为可怕的是，现代人在发达的科学技术的武装下，往往变得不可一世，彻底丧失了对大自然的些许敬畏之心。例如姜戎的《狼图腾》中，当人驾驶着吉普车用步枪来猎狼时，号称草原王的狼的所有威严便荡然无存，而现代人的骄狂与自得就愈发高涨。该小说曾写道："吉普车在两位驾技高超的司机控制下，不紧不慢地赶着大狼跑，狼快车就快，狼慢车就慢，并用刺耳的喇叭声逼狼加速，车与狼总是保持五六十米的距离。巨狼速度虽快，但是体大消耗也大，追出 20 多里地，狼已跑得大口吐气，大喷白沫，嘴巴张大到了极限，仍然喘不过气来。陈阵从来没有这么长久地跟在狼的身后，在汽车上看狼奔跑。草原狼也从来没被追敌追到没有一丝喘息机会的地步。陈阵有一刻闭上了眼不忍看，却又忍不住睁眼去看。他多么希望大狼跑得快些再快些，或能钻天入地，就像传说中的那条飞狼，能从草地上腾空而起，破云而去；或者钻进他掏挖过的那种深狼洞。然而巨狼既飞不上天，又找不到洞。草原上狼的神话在先进的科技装备面前统统飞不起来了。但是眼前的巨狼仍然在拼死拼命地跑，拼尽狼的所有意志和顽强地狂奔。好像只要追敌没有追上它，它就会一直这样跑下去。陈阵真希望车前突然出现大坑、大沟、大牛骨，即便自己被甩下车，他也认了……"② 在现代

---

① 苇岸．上帝之子［M］．武汉：湖北美术出版社，2001：109.

② 姜戎．狼图腾［M］．武汉：长江文艺出版社，2004：356.

科技的强大力量面前，人如何恢复对大自然的适度敬畏和崇拜，使大自然复魅？在吉普车和特等射手面前，草原狼又如何能成为狼图腾呢？就像在现代武器装备的军队面前，人们怎么可能再崇拜成吉思汗的骑兵呢？而在能如此轻而易举就猎获的野物面前，人的欲望怎么不会被刺激得不断膨胀呢？现代科学文明赋予了人日新月异的强力，但是并没有赋予人使用这种种强力的心灵和智慧，这就是问题的症结所在。

现代生态文明的根本推动力量无疑是现代科技，张炜却指出："现代科技的发展有一个积累和突破的过程：这个过程终于有一天突破了一个度，伤及人性的朴素和自然的属性，而且难以挽回。这将是当代人类诸多难题和困境、导致未来灾难的总根源。"① 这种对现代科技的忧虑在他的长篇小说《古船》中就有表现。小说写到煤矿工区遗失了那个放射性的铅筒，结果使得洼狸镇陷入一片恐慌中，最后也没找到，技术员李其生被累死，隋不召恐惧地向乡民喊道："从今天起时刻提防吧！从今天起，镇上人得了怪病、生出古怪小孩儿来，都不要惊慌！千万要明白，毛病出在那个米籽大的东西上，它藏在铅筒里，如今就出声地趴在镇上的哪个边边角角。"②这直接预示了洼狸镇的苦难几乎没有边际。而这种放射性铅筒对人的威胁明显是来自现代科技，它已经远远超出了人和自然环境的承受力。

绿色和平运动曾提出生态学三大原则之一就是生态系统稳定性取决于它的多样性和复杂性。这条原则不但是自然界的生态真理之一，而且也是人类生活的文化生态真理之一。但是现代文明崇拜科技，以效率为唯一原则，倡导本质主义思维方式，理性化笼罩一切，直接导致现代世界的标准化、机械化、单一化、同质化的简化

---

① 张炜．葡萄园畅谈录［M］．北京：作家出版社，1996：301．

② 张炜．古船［M］．北京：作家出版社，1996：290．

倾向。舒马赫曾说：“科学的力量一样来自于将现实的许多层面‘简化’成某一个层面，而基本上是将质的部分简化成量的问题。”① 当世界被充分地标准化后，人就可以最大限度地控制世界了。然而这种标准化倾向无疑也是对生命的巨大损害。韩少功在散文《阳台上的遗憾》中曾说：“这种高楼大厦正在显现着新的社会结构，展拓着新的心理空间，但一般来说缺少个性，以其水泥和玻璃，正在统一着每一个城市的面容和表情，正在不分南北地制定出彼此相似的生活图景。人们走入同样的电梯，推开同样的窗户，坐上同样的马桶，在同一时刻关闭电视并在同一时刻打出哈欠。长此下去，环境也可以反过来侵染人心，会不会使它的居民产生同样的流行话题，同样的购物计划，同样的恋爱经历，以及同样的怀旧情结？……这些高楼大厦的新神话拔地升天，也正在把我们的天空挤压和分割得狭窄零碎，正在使四季在隔热玻璃外变得暧昧不清，正在使田野和鸟语变得十分稀罕和遥远。”② 当人与大自然被标准化世界隔开，甚至自身的身心体验也被标准化后，那么人又如何展开丰富的心魂呢？

张炜在随笔集《葡萄园畅谈录》中记录了他退居胶东半岛乡村的一些心路历程。颇为有趣的是，其开篇就涉及现代生态文明的批判问题。他希望从乡村世界中看到真正独特的东西，但是他很快明白这只是不切实际的天真和浪漫，“其实到处一样，更多的是千篇一律。现代风习的感染力同化力比过去的时代大十倍百倍。处处给翻造了，改变了，此地与彼地必须一样。房屋是这样，街巷甚至植物、人，都是这样。这才让人吃惊”③。这就是现代科技影响下的

① 舒马赫．小的是美好的［M］．李华夏，译．南京：译林出版社，2007：212.

② 韩少功．鞋癖［M］．武汉：长江文艺出版社，1994：243.

③ 张炜．葡萄园畅谈录［M］．北京：作家出版社，1996：6.

同质化倾向，它承认的只是效率和功能，对大自然的生物多样性不感兴趣也不关心，对文明的多样性更是缺乏耐心，结果导致世界的单调和沉闷。这种同质化倾向不但是对人的审美情趣和心灵品质的挑战，更是为日后的生态灾难和文化荒芜埋下祸根。应该说，作家对无论是对大自然生态的多样性和复杂性，还是对文化生态的多样性和复杂性的追寻和怀念，都是与现代文明这种标准化倾向格格不入的。

迟子建也始终未曾以乐观的眼光来瞻望现代文明。在她看来，与其说现代文明给我们带来了种种福利，不如说它把我们渐渐地推入绝境。需要注意的是，迟子建对现代文明的批判是从尊重自然的生态意识出发的，她曾说："我崇尚自然，大概这与我生长在大兴安岭有关。人类最初是带着自然的面貌出现的，那种没有房屋的原始生活现在看来并不是愚昧和野蛮的，而高科技发展时代所产生的一切尖端技术也并没有把人类带入真正的文明。相反地，现代文明正在渐渐消解和吞食那股原始的纯净之气、勇武之气，正如马尔科姆·考利所说的一样：'黑人保持了那种直率的雄劲精力，而白人则由于受教育过多，丧失了这种雄劲精力。'"① 迟子建所说的纯净之气、勇武之气恰恰是生命风韵淡荡多姿的表现，是自然对人类最美的馈赠，但是现代文明却扼杀了它们，使人的生命越来越陷入疲沓、琐碎、庸碌和公式化之中。现代文明本质上是建立在对自然的暴力统治之上的，人与自然的和谐关系早已被斩断。然而人的想象力、情感与精神都是在与自然做最充分的交流时才能蓬蓬勃勃、春意盎然，如果与自然的关系趋于断裂，其后果也可想而知。因此，迟子建说："我怀疑人类的想象力正在逐渐萎缩。同一模式的房屋、冷漠的生存空间、机械单调的生活内容，大约都是使想象力蜕化的客观因素。……高科技的发展在使生活中的一切都变得极为方便和

① 迟子建．北方的盐［M］．南京：江苏文艺出版社，2006：197．

舒适的同时，也在静悄悄地扼杀了人的激情。如果激情消失了，人也就不再有幻想和回忆，也许在新世纪的生活中，我们的周围会越来越缺乏尘土的气息，我们仿佛僵尸一样被泡在福尔马林中，再没有如烟往事可以拾取，那该多么可悲。我对人类文明的发展进程总是心怀警惕。”① 应该说，迟子建这种警惕是切中肯綮的。科技崇拜带来的标准化、模式化、机械化已经对我们的精神生活产生了致命的后果，而说到底，这就是现代文明的机械世界观对生态世界观的摧残所致。

对于故乡在现代文明的影响下发生的变化，迟子建更是敏感。大兴安岭乡村地区的农民以往大都是住木刻楞，用木头盖的房子，从颜色到形状都与自然吻合，颇富美感。但是在现代文明的影响下，人们已经开始盖红色小砖房和钢筋混凝土楼房，当地人常常视为进步与发展，而迟子建却说：“我讨厌那种俗气之极的色彩，它对漠北风光实在是一种破坏，它永远无法与那么纯净的大自然融为一体。”② 其实，不单是房子的颜色与自然不能融为一体，这种房子就是建立在对自然的暴力镇压的精神基础上的，看看那些僵硬的线条、那不可一世的高度，都意味现代人对大自然的敌意与藐视。在《祭奠鱼群》一文中，迟子建更为故乡在现代文明的侵蚀下日渐荒芜的景象而忧心如焚。“然而进入九十年代，随着森林植被的破坏和人们的疯狂捕捞，黑龙江的鱼寥若晨星，少得可怜，鱼汛几乎销声匿迹了。那条江仿佛已经到了垂暮之年而丧失了生育能力的女人，给人一种干瘪苍老的感觉。居住在岸边的人们不由得顿生惆怅：鱼群哪里去了？”③ 黑龙江是条中俄界河，靠近我们国家这边没有鱼，而俄罗斯那边因为地广人稀鱼却很多。“一条江有此岸和

① 迟子建．北方的盐［M］．南京：江苏文艺出版社，2006：242．
② 迟子建．我的世界下雪了［M］．济南：山东画报出版社，2005：106．
③ 迟子建．我的世界下雪了［M］．济南：山东画报出版社，2005：107．

彼岸，虽然它们隶属于不同的国度，然而江中的水却是自由流淌的。鱼作为自由的生命，也是在任意穿梭的。鱼是充满灵性的，当它们在水底感觉到俄罗斯那岸的树木的倒影在水中更为浓郁，所以它们会不由自主地向那岸靠拢。更为重要的是，当它们靠近我们这一岸而无一例外地遭受被屠戮的命运后，它们会觉得我们的岸是危险的岸，而远远离开我们。倘真如此，我们真该对着苍茫的江面为自己所犯下的罪行而大哭一场，让泪水滴进江水里，像珍珠一样滚到鱼群中间，乞求它们的宽恕。"① 迟子建对我们民族在现代化过程中缺乏生态意识实在是痛心疾首。

科技崇拜直接引发的结果就是工具理性极度发达，是人的极度实利化，从而给大自然带去毁灭性影响。迟子建的中篇小说《河柳图》展示的是当前社会日常生活中非常常见的故事。小学老师李牧青与程锦蓝原来有着比较幸福安稳的家庭生活，但是李牧青不满足于微薄的薪水，到上海去打工；去了一年后李牧青就另有所爱，与程锦蓝离了婚。程锦蓝也嫁给了个体户裴绍发。但是再婚后，裴绍发就想方设法按照自己的趣味改造程锦蓝。程锦蓝与李牧青谈恋爱时常到河边去看对岸的河柳，最后裴绍发却把那些河柳砍了编柳条筐。在这个故事中，大自然是借那片河柳展示自己与现代人相处时的遭遇的。当人性倾向浪漫飞扬的一面时，譬如爱情鲜活时，人的精神丰盈，就不会太过倾向于欲望化、实利化，人与自然的关系也会比较和谐，例如程锦蓝一年四季都会看到河柳美景。而当现代人慢慢地欲望化、实利化时，人的精神也就必然萎靡下去，人就倾向于向大自然肆无忌惮地索取，人与自然的关系慢慢地就会从物质功利、审美、精神等多重关系中蜕化为单一的占有与被占有的功利关系，自然就不可避免地溃败。小说结局处，裴绍发割下那片河柳，是他对程锦蓝与李牧青爱情的嫉妒，是他的实利化性格的自然发

① 迟子建. 我的世界下雪了 [M]. 济南：山东画报出版社，2005：107.

展，也是工具理性化的现代人对大自然的肆意侵凌。

胡发云的中篇小说《老海失踪》中曾写到伐木工人用油锯伐木的场面："伐木工人已无须再抡大斧拉大锯。他们用那种火红色的油锯，贴着地面，很轻松地、像切火腿肠似地划进那些古老粗壮的大树根部。只需十几分钟，一株在雨雪风霜中坚强地生活了数百年的大树就永远地离开了它的庞大根系与滋养它的土地。"① 油锯的使用，对于伐木工人而言是效率的提高，是人工的节省，但是对于大自然而言，则是噩梦连连。这也可以看出现代科学技术运用不当时对大自然的摧残何等厉害！

当代生态作家不断地向我们展示着现代人不适当地利用现代科学技术，从而给大自然造成不可弥补的伤害，造成生态危机频发的恶果，也就打破了现代人科技崇拜的价值迷思。当然，生态作家也不可能像庄子笔下的汉阴丈人那样反对一切机械机心，回到纯粹肩扛手提的原始阶段，他们只是希望现代人不要陷入科技崇拜的黑色迷雾中，以为只要科技发展了一切问题都会迎刃而解。生态作家认识到如果现代人不确立生态意识，不能和大自然和谐相处，现代科技日益发达，大自然只能日益溃败，最终就是地球生态的全面崩溃，人类也将自绝于世。

四、人类中心主义的生态批判

无论是欲望化、城市化还是科技崇拜，最终都与人类中心主义密切相关。"环境伦理学中的人类中心主义指的是这样一种观点，它认为，人是大自然中唯一具有内在价值的存在物，环境道德的唯一相关因素是人的利益，因此，人只对人类负有直接的道德义务，人对大自然的义务只是对人的一种间接义务；非人类中心主义则认

---

① 胡发云. 老海失踪［M］//碧蓝绿文丛编委会，"碧蓝绿文丛"第三辑：小说卷 大绝唱. 北京：中国环境科学出版社，2000：120.

为，大自然中的其他存在物也具有内在价值，其他生命的生存和生态系统的完整也是环境道德的相关因素，因此人对非人类存在物也负有直接的道德义务，这种义务不能完全还原或归结为对人的义务。”① 现代文明就持明确的人类中心主义立场，因此才会不顾其他自然生命的合理利益，不顾地球生态的合理利益，依赖突飞猛进的现代科技，征服自然改造自然，以满足现代人永无餍足的欲望为鹄的，大力推进城市化，最终促使生态危机频频爆发。

其实，所谓的人类中心主义，在华夏文化传统中还是被边缘化的一种价值立场，无论儒道释都能够从更大的生态整体观来审视人的价值和地位，能够超越人类中心主义的愚拙和颟顸。老子就把道、天、地、人视为域中四大，“有物混成，先天地生。寂兮寥兮，独立而不改，周行而不殆，可以为天地母。吾不知其名，强字之曰：道，强为之名曰：大。大曰逝，逝曰远，远曰反。故道大，天大，地大，人亦大。域中有四大，而人居其一焉。人法地，地法天，天法道，道法自然”（《老子》第二十五章）。人只是在与道、天、地共生的生态系统中存在的，而不是孤立地凌驾于生态系统之上的主体。对于庄子而言，万物齐一，人更没有高高在上的主体地位，庄周梦蝶的寓言更诗意化地说明了所有生命内在的生态联系。庄子的所谓物化，就是人和其他自然生命之间本没有截然的划分，所有个体生命都是宇宙大生命洪流中翻卷出来的朵朵浪花，浪花与浪花之间不断更替，生命构成一个绵密的生态网络。

秉承了华夏文化传统的生态智慧的当代生态作家对人类中心主义均持较为严厉的批判立场。毕飞宇在散文《人类的动物园》中曾说：“我读过几本关于动物的书。在许多这样的科学读物里，都有动物‘作用’的介绍。而这样的‘作用’又是以人的需求为前提

---

① 何怀宏．生态伦理：精神资源与哲学基础［M］．保定：河北大学出版社，2002：337．

的。比如说，一提起犀牛，便是：肉可食，皮可制革，角坚硬，可以入药，有强心、清热、解毒、止血之功效。……在这个意义上，人类的每一员对动物世界的习惯心态都是帝王式的。为我所领、为我所用。”① 的确，尤其是对于中华人民共和国成立后的中国人而言，我们看待自然万物，都只注重其对于人类的使用价值，而不关注其内在价值，显示出人类中心主义的极端化倾向。周晓枫在散文《虫子的哲学·蝉》中曾写到人们往往把蝉列为害虫之一，原因之一竟然是蝉吸吮树汁。“其实每一生命的存在都必须一些食物，如虎豹的矫健就是以无数的羚羊的丧生换来的。可人类比较欺软怕硬，对凶猛动物不敢妄加评判，只有去声讨蝉的罪过了。如果以动物的角度来看呢？毫无异议，人是世界上最大的公害。”② 说人类欺软怕硬也许还不准确，在现代人眼中，虎豹等动物早已经不是强者了，也只是有利用价值的珍稀动物而已；至于说蝉是害虫，其理由的确是高度人类中心主义的。

生态散文家苇岸就指出，现代文明的核心取向就是人类中心主义，它只是肆无忌惮地调动并满足人类自身的欲望，而从来不考虑大自然的处境。他曾伤感地说：“在神造的东西日渐减少，人造的东西日渐增添的今天，在蔑视一切的经济的巨大步伐下，鸟巢与土地、植被、大气、水，有着同一莫测的命运。在过去短暂的一二十年间，每个关注自然和熟知乡村的人，都已亲身感受或目睹了它们前所未有的沧海桑田性的变迁。”③ 野生动物锐减、植被退化、土地沙漠化、大气污染、水污染等都是现代文明导致的负面结果。苇岸对他故乡的生态变化忧心不已。1993 年年初，他曾买得一册中国鸟类图谱。“从这册图谱，我可以辨认出小时候我熟悉的鸟类，

---

① 宗思，等．与生灵共舞［M］．北京：当代世界出版社，1999：235．

② 宗思，等．与生灵共舞［M］．北京：当代世界出版社，1999：152．

③ 苇岸．上帝之子［M］．武汉：湖北美术出版社，2001：79．

近30种。但是今天，在我的家乡，除了留鸟麻雀和喜鹊已经很难见到其他鸟类了。赫（是指英国散文家威廉·亨利·赫德逊）在他的这篇散文最后，感慨地写道：‘美消逝了，而且一去不返。’在人类一意营造物质繁荣的进程中，我们这个世界已经和正在消逝的岂止是美?”① 更为可悲的是，甚至野兔也已消失了，“是的，野兔已从我们的土地上销声匿迹，正如它们在一支西方民歌中所慨叹的：‘这是人的时代。’”② 缺乏自然美的时代，大地上充斥着混浊人气的时代，这就是现代文明的结局，而这种结局岂不令人绝望!

当苇岸从生态意识出发打量历史和现实时，他看到了大自然在现代文明咄咄逼人的进攻下的窘境。在《大地上的事情·五十一》中，苇岸回顾了20世纪70年代在北方的平原上曾相继展开过的平整土地运动和农田水利基本建设运动。这些连年进行的热火朝天的运动，彻底改变了古老田野的原始面貌：荒地被开垦了，池塘被填平了，密布田间的百年老树被伐倒，木草丛生的巨大坟丘被搬掉。这是现代人依据现代科技文明对大地的规划和治理，只是为了提高粮食产量满足日益增多的人口需要，但是苇岸却注意到，“田地的平坦和整齐，给世代繁衍其间的鸟兽，带来了灭顶的生存危机。野兔绝迹了，鹰也消失了踪影。无处饮水和筑巢的鸟儿，日渐稀少。很久以来，在田野人们几乎看不到任何鸟巢”③。但是谁会像苇岸那样去关心自然生命的死活呢？谁会为鸟巢忧心呢？在《第二条黄河》中，苇岸写道：“长江的黄色，像夜一样掩盖和消融了沿岸向它排放的各色生产与生活污水，而往来的轮船和游客则毫无犹疑地向江中倾倒、抛掷各类垃圾。在一个孩子的眼里，今天的长江就是一列天然的运输污水和垃圾的火车。……在一个脏乱的社会环境

① 苇岸．上帝之子［M］．武汉：湖北美术出版社，2001：40.
② 苇岸．上帝之子［M］．武汉：湖北美术出版社，2001：51.
③ 苇岸．上帝之子［M］．武汉：湖北美术出版社，2001：35.

里，人们对自己的欺诈、蒙骗、背信、不义以及无视环境卫生、嗜食野生动物等行径，将不再心跳、脸红、内疚和愧悔。这种现象，就如现在人们随心所欲对待长江一样。”① 这些缺乏最基本的环境道德的行为在我们这个国家屡见不鲜，我们从来只考虑自己的便利，而不去关注大自然的内在价值和基本尊严。

康德认为人是目的，倡导人为自然立法，就是现代人类中心主义的哲学表达。但当代生态作家却领悟到其实在人为自然立法之前，自然已经为人的立法规定了界限和内在逻辑。徐刚曾说：“人企图占有一切存在的时候，人便成了存在的盗贼。人的规格在环境的框架中。”② 的确，人的立法不可能肆意妄为，自然已经给人确定了一定的规格，人可以勇于超越自然，但是超越的向度却绝不能与自然为敌。徐刚曾说：“环境对人类社会，首先是恩赐，然后是限定。”③ 此语堪称精辟，对现代人日益狂妄的勘天斗地精神有发聋振聩之效。人类的终极价值标准最终必须以大地为指向，“真、善、美的恒久的存在，只存在于大地之上的自然世界，而人类对真、善、美的追求倘不以大地为楷模，与真、善、美渐行渐远，却是大势所趋了”④。应该说，生态中心主义就是人类再次向终极真理逼近的明证之一。人类中心主义曾是人类文明的核心支柱之一，人长期以来已经习惯了只承认人具有内在价值而大自然仅具有工具价值。但生态中心主义却要颠覆人类中心主义的自私和颟顸，承认所有生命都具有内在的价值，人仅是生态系统中的一员，其使命是促进生态系统整体的繁荣和稳定。徐刚曾说：“人在自然生态中的位置，与一粒微尘、一只甲虫差不多，所不同的是人从来就索取更

---

① 苇岸．上帝之子［M］．武汉：湖北美术出版社，2001：92.

② 徐刚．伐木者，醒来！［M］．长春：吉林人民出版社，1997：4.

③ 徐刚．伐木者，醒来！［M］．长春：吉林人民出版社，1997：7.

④ 徐刚．我将飘逝［M］．北京：中国青年出版社，2004：13.

多、需要更多、破坏力最大，而且最残暴。微尘凝结成雨核，甲虫默默无闻地劳作，森林稳固土地，而人欲横流却迫使大地退隐、家园不再。”① 从生态整体观来看，人和自然万物是平等的，但是自然万物每每都促进自然生态趋于和谐，唯有人不断地破坏自然生态的平衡。“人只是一种存在，和大自然中所有存在物一样的存在，人因为大自然的存在而存在，大自然不因人的存在而存在。”② 这是在价值论上对人的重新定位，他要求人不要再把自己的利益和需要肆意地凌驾于大自然之上。当然，人毕竟在事实上与自然生命已经存在区别，人现在有能力破坏自然，也有能力保护自然。生态伦理就要求人“要不失时机地把伦理扩展到大地之上的万物，人的最可贵的道德应是对人之外的万类万物的怜爱及呵护”③。这种对万类万物的怜爱及呵护要求我们，不但要保护珍稀动物，还要习惯于和更多的常见甚至令人生厌的那些小甲虫、小昆虫和平共处，不要对自然万物轻易地按照人类利益和喜好排定等级，更不能肆意张扬对自然生命的族类歧视。

当然，所谓看护大地、呵护自然，其实对于大自然而言并不是要人如何为它操心，而是要人尽可能地控制自己的欲望，以及不要盲目地为大自然立法，让大自然能够自由自在。生态学家康芒纳曾说生态学法则之一就是：自然界所懂得的是最好的。徐刚在《伐木者，醒来!》中曾提及一个生动事例：“本世纪 50 年代初的朝鲜战争也曾是震动世界的，人们现在议论的焦点是南北朝鲜的各自和谈建议，板门店两方的相互抗议，而在人们不去注意的三八线附近那一条无人的长 243 千米宽 4 000 米的非军事区域，却出现了较之南北朝鲜战后任何一项惊人的变化都要惊人得多的奇迹——这个人迹

---

① 徐刚．边缘人札记［M］．广州：广东人民出版社，2000：340．
② 徐刚．伐木者，醒来！［M］．长春：吉林人民出版社，1997：4．
③ 徐刚．伐木者，醒来！［M］．长春：吉林人民出版社，1997：8．

不至的非军事区域，现在是森林茂密的世界上最大的野生动物的乐园。”① 因此，作家呼吁道：“这个世界应该有更多的无人区。大自然正在默默地争取着无人过问的权利。”② 这便是大自然对自大自傲之人最大的蔑视和嘲讽。当我们能倾空人类中心主义的自私和颟顸，充分地感受自然生命彼此之间的亲密情谊，我们就能够发现大地的诗性。“这是大地的美意：人居住在大地村落中，共享着蓝天、阳光、海洋与山川，万类万物分布其中。故乡与他乡，在大地的完整集合中，区别着也联结着，有陌生的吸引，有新奇的敬慕，搭一条桥，修一条路，便可以互相走动，为什么一定要炮声隆隆、大动干戈呢?”③ 当然这种生态情谊是以人对欲望的节制为前提的。

徐刚在对中国乃至全球的生态危机进行全面关注的同时，也一直对生态危机的根源进行着探寻。他在《伐木者，醒来!》中曾说：“森林危机从本质上来说，滥伐并不是唯一的，还有——人类共同的财富不再被看作是人类共同的。”④ 把大自然视为人类共同的财富，这表明徐刚此时还没有摆脱鲜明的人类中心主义价值观。但是随着时间的推移，徐刚对生态问题获得了更为深入的认识，他慢慢地意识到了生态危机的根源之一就人类中心主义价值观。“人总想知道一切，人不承认自己是万类之一并且相当渺小、虚荣，人总是在科学的标榜下以狂妄的面目出现。当大地退隐，家园不再稳固，一场飓风之后，人的世界便风雨飘摇了，我们将为一无所有而哭泣。”⑤ 现代人以理性化的科学技术为工具，从大自然中自我孤立出来，只把大自然视为满足人类欲望的资源库，这就直接导致了大

---

① 徐刚. 伐木者，醒来! [M]. 长春：吉林人民出版社，1997：40.

② 徐刚. 伐木者，醒来! [M]. 长春：吉林人民出版社，1997：41.

③ 徐刚. 我将飘逝 [M]. 北京：中国青年出版社，2004：8.

④ 徐刚. 伐木者，醒来! [M]. 长春：吉林人民出版社，1997：37.

⑤ 徐刚. 我将飘逝 [M]. 北京：中国青年出版社，2004：4.

自然的意义沦丧，从而也导致了人类的无根状态。因此，徐刚说："野的就是真的、美的。……所有的中国人都说缺钱。我们真正缺少的是爱——大地之爱。"① 这种大地之爱才是我们这个时代走出生态危机的唯一指引。

现代人类中心主义还表现于现代人总是不顾大自然的生态规律，妄图改造自然、征服自然，满足其短暂的功利需要，结果造成不可控制的生态悲剧。众所周知，半个多世纪前的知识青年下乡，无论是到北大荒还是内蒙古，抑或青海、新疆、云南、海南等地，都曾经罔顾当地的生态规律，大肆破坏自然生态。老鬼的长篇纪实小说《血色黄昏》就叙述了"文革"时期一批到内蒙古锡林郭勒草原插队的知青的悲惨生活。那些下放的知青和复员的军人不顾生态规律，到草原上大肆开垦，结果导致草原沙化严重，最终那些严重浪费人力物力的农垦工程不得不废弃。主人公林鹄看到了他们开垦草原的恶果：

东面，大片大片新开垦的荒地长满了野蒿子，比人还高，马牛羊根本不吃。机务排日夜加班，五辆"七五"耗费上千吨油料所换来的——只是把河畔那块上等好草场退化成一片荒沙地！兵团的结局如此破败、凄然！好一片荒凉，荒凉得让人心寒，荒凉得不敢看，荒凉得想杀人！我们痛心，美丽如画的草原，绿草如茵的大平地，变成像狗啃的一样。②

空旷寂静的草原呵，你变得多么丑陋和荒凉！一片片牛皮癣般的黄沙侵蚀着你的光滑肌肤；一挂挂锋利的铁犁划开了你广阔的胸膛；无数个老鼠洞、灶火坑、车辙、电线杆、防火沟，在你秀丽的面容上留下许多麻点、疮疤……空旷寂静的草原呵，你古老的生命

① 徐刚. 我将飘逝［M］. 北京：中国青年出版社，2004：325.
② 老鬼. 血色黄昏［M］. 北京：工人出版社，1988：598.

正被那遮天蔽日的黄沙一点一点吞噬！孤零零的茅草说明你毛发稀疏；举目皆是的盐碱地说明你伤口溃烂严重，裸露出白骨……可是你却一声不吭，默默忍受。只有当隆冬腊月，白毛风嘶吼的时候，才能隐约听见你粗嘎悲凉的歌声。锡林郭勒草原，请原谅我们的无知、狂热、残酷吧，我们往自己母亲身上撒了尿。值得安慰的是我们自己也吃了不少苦头，付出巨大代价，甚至还有人献出了命。千千万万朵貌不起眼的小花，曾在这里默默开放又默默凋谢。锡林郭勒大草原，你永远难忘！尽管你荒凉、贫瘠、沙化、落后，人烟稀少。可是在你这块土地上，曾回荡过屯垦兵团的激昂号角，无数生命的怒潮也曾在你广袤的旷野上汹涌澎湃。冲入你莽莽苍苍草海里的啊，是中国历史上空前绝后的青春大进军。①

这幅画面的确让人惊悚！原本那么美丽丰茂的大草原，竟然因为不懂得生态规律的人的肆意妄为而变得如此丑陋不堪！繁殖生命的摇篮居然会被无知而狂妄的人类变成播撒死亡的机器！在这种生态灾难面前，狂妄的人才不得不低下头来，才不得不承认大地母亲的地位，才不得不自惭形秽。当然，老鬼还是要为他们的青春辩护，似乎只要他们的青春存在过被那种崇高的希望鼓舞，并昂扬地飘飞过的过程，那就是有意义的，就是无悔的。但这种辩护到底把大自然置于何地！难道生机勃勃的大自然被那些人的青春弄得千疮百孔竟然可以一笑置之！人的生命要寻求意义是不假，但首要的前提是，人必须领悟到人仅是大自然的一部分，是大自然的产物，不能凌驾于大自然之上去寻求意义，更不能违反生态规律去寻求什么意义，人生意义的最终基础和目的必然是生命的平衡和繁盛，而不是生命的失衡和衰败！

---

① 老鬼．血色黄昏［M］．北京：工人出版社，1988：635．

王泽恂的知青纪实小说《逃亡》给我们提供了当年的兵团知青由于乱砍滥伐滥打井滥垦耕地灌水滥修水库截水极其严重，并且盲目掘堤引水盲目建泵站抽水，引发了新疆塔里木河及其两岸原始森林出现的荒漠化的情境，是那样的触目惊心，又是那样的令人痛心。主人公刘争重返当年兵团所在地时见到的真实一幕：

他跑上了一座高高的沙丘，放眼望去。这一望，心都空了，不仅塔里木河没有了，那么多大大小小的水沼、河汊、河湾都没有了！当年的茂密的苇浪浮浮荡荡，一望无际，现在就像根本没有存在过。他向更远处望去，一座又一座的原始森林也没有了。塔里木河两岸斑斓绚丽的白桦林、梧桐林、红柳林、灌木丛……全都被利斧伐尽。

刘争冲下沙丘，向塔里木河床远处走去。所到之处，只有无边无际的荒凉的沙海。当年，他就是在这里一棵苍老的胡杨树下掩埋了焚烧成灰烬的周翔的信件。那棵树呢，无影无踪！

他的脚步踉跄起来，双腿软软的，呵，那么多的马鹿、黄羊、新疆虎、野猪呢？那么多憨傻的鱼群呢？那遮天蔽日、飞来掠去的水鸟呢？那鸟类王国的千鸣百啭呢？

一切生灵都荡然无存！

几茎枯黄的断苇，轻轻颤鸣着。

半截雪白的鱼骨露出沙土。“这就是自己和千千万万支边青年抛掷几十年光阴挥洒无数血汗亲手铸就的事业吗？这究竟是一种什么事业呢？”“人在世间有了劫难，可以逃亡，哪怕逃到天涯海角；大自然遭遇了人的劫难，可以逃亡到哪里去呢？”①

---

① 王泽恂．中国知青民间备忘文本·逃亡［M］．北京：中国工人出版社，2002：290.

面对这种人为造成的生态灾难，我们到底如何反省呢？单纯赞颂所谓的牺牲精神吗？詹克明曾说：“谁违背大自然就不能不受到惩罚。但是这种惩罚，大自然绝不会亲自动手，甚至连一个小手指头也无须动。它让你在破坏了大自然的美好和谐后，自己承受自然失衡之害。正像一个仰面唾天的人，按照大自然的规律，这口痰必然会以铁一般的严格落在你自己的脸上。它会让你自动喝下自己倾倒的污染物，让你掉进自己挖的陷阱。大自然的旗帜上书写的原则是：‘让作恶者自己惩罚自己！’”① 经历过那个战天斗地的革命时代的人应该对詹克明的这一段话有着切肤之痛的认识。

无独有偶，杨志军的生态中篇小说《环湖崩溃》也涉及那个时代不顾生态规律造成的悲剧。该小说围绕着环青海湖草原的命运展开，小说主人公年轻时曾经跟随父亲领导的垦荒队在青海湖边响应国家屯垦戍边、增加粮食的号召大肆垦荒，结果大块草原被毁，种不出粮食，还遭到藏族牧人的驱逐。父亲死后，主人公回到城里，从畜牧专科学校毕业后到草原工作站任职，“文革”期间和一位年轻女同事再回草原，利用生物技术做防治草原毛虫的实验，他才开始深切认识到早年垦荒给草原带来的恶果。后来当再次作为考察队员回到草原时，他试图阻止草原垦荒，便骑着一匹母马环湖奔驰，证明这是出产千里马之地。但一切都无济于事，随着垦荒不断推进，环湖人口不断增加，牧人过度放牧，草原退化，水位下降，野生动物锐减，青海湖和环湖草原都有灭顶之灾。与之相伴，小说还叙述了主人公和藏族女子卓玛意勒的爱情故事。该小说笔触重浊，想象宏阔，风格雄浑，富有浓郁悲壮的诗意，最初发表于 1987 年第 5 期《当代》文学杂志上，是中国当代文学中较早展示生态意识的重要作品。在草原上垦荒，曾是中华人民共和国成立后屡见不鲜

---

①　詹克明．空钓寒江［M］．上海：上海教育出版社，2010：15．

的事情，是农耕民族的习性使然。这种习性施诸草原，违背生态规律，贻害无穷。小说主人公看到因垦荒退化的草原，如此反思："当年我们拓荒者的荣耀，我们的热血的象征，已经变得不可思议了，豪风吹跑了疏松的土壤，卵石裸露。大荒原中又有了戈壁滩来增饰荒凉和恐惧。是的，时间让光荣变成耻辱的事太多了。可我想不到会这样快，想不到只要我愿意，我就可以马上看到我们生命的浪费。而父亲却挺身在高高的山包上，用迷离的眼光瞩望着大荒蜃景——无边辽阔的绿油油的麦地。"① 人单凭自身的热血和意志，而不顾生态规律，肆意盲动，最终必然会遭到大自然的报复，因此，杨志军认识到："人接受原野的修饰，如同荒原接受着风、水、地壳运动的修饰。如果人的发展不是伴随着自尊的崛起，人就得承认：只有智慧和大地趋于和谐，智慧才有价值，才是永恒的，才会成为创造人类自身、创造世界和宇宙的原动力。"② 人的智慧必须具有生态维度，也就是说，人必然具有生态智慧，才有可能与大自然和谐相处。因此，小说主人公曾反复申说人在天地万物中的渺小，试图颠覆那种狂妄无度的人类中心主义，呼唤着人的生态觉醒。

宋学武的短篇小说《干草》则叙述了主人公少年时在辽宁北部的故乡的一段生活，主要是围绕他家乡那片草甸子展开的。那片大自然赐给的草甸子的草非常好，给村人带去了基本的生存资料，也使他们的生活多少具有了诗意氛围。后来当地政府居然要开垦草甸子，结果造成灾难：

不知道是人们终于不满足草甸子那些微薄的馈赠呢，还是草甸子突然不满意人们对它的苛刻要求。那年秋天打完草，一支疲惫的队伍开到草甸子上，翻地造田，打埂挖渠，尽管草甸子的根须盘根

---

① 杨志军. 环湖崩溃［M］. 北京：人民文学出版社，2007：78.

② 杨志军. 环湖崩溃［M］. 北京：人民文学出版社，2007：105.

错节，密密团团，紧紧地和土地扭结在一起，但还是被翻到外面。雨水一冲，白花花的，太阳一晒，灰秃秃的，整个草甸子呈现着狰狞、丑陋的面孔。善良的人们原以为，这样一来，一甸子碧草会奇迹般地变成一畦畦稻田，结果由于缺乏水源，第二年不仅颗粒无收，连草也不长了，代之而来的是一丛丛马莲，一片片盐碱。这是人们对大自然的戏谑和摧残，也是大自然对人类的惩罚和报复。可是，有什么办法呢？那年月，庄稼人、草甸子，都不能自己主宰自己的命运。①

非常有意味的是，这些造成生态灾难的力量大都是从外界进入当地的，那种由上而下的权力运行机制完全不顾各个地方的生态环境的独特性，最终造成生态灾难，也不需要上层的权力承担责任。这已经涉及生态问题中的政治制度因素了。无论是知青作家，还是非知青作家，当他们再次回顾历史时，他们终于能慢慢地摆脱革命话语的强制，关注大自然自身的价值和境遇，生态意识使他们朦胧地认识到，人类不能为所欲为，而必须遵循促使所有生命兴旺的生态规律，否则人类将不得不自掘坟墓，自我颠覆。

郭雪波也曾经对现代人不顾大自然的生态规律肆意盲动的人类中心主义做了严厉的批判。他发现故乡科尔沁这种日益沙化荒芜的生态危机与长期以来不合理的生活方式息息相关。“至今，外边的人也只知道祖国的东北有一个美丽富饶的科尔沁草原，并不知晓还有一个科尔沁沙地，更不知晓这沙地就是从那美丽富饶的科尔沁草原退化演变过来的。这是近几百年贪婪地、无计划地开垦草地荒原

① 宋学武．干草［M］//中国作家协会．1984年全国优秀短篇小说评选获奖作品集．北京：作家出版社，1985：13．

的恶果。大自然惩罚愚蠢的先人的无辜的后代。”① 草原本是大自然千万年形成的，人在草原上的适度的游牧生活才是与生态环境吻合的生活方式，可是由于各种原因，人竟然违背生态规律在草原上大肆垦殖，试图过农耕生活，直接结果就是草原的沙化与生态的崩溃。《哭泣的沙坨子》写到蒙古族嘎达梅林起义，其实就是一场反对在草原上进行农耕保护游牧生活方式的生态起义。哈尔伊列·老阿孛是嘎达梅林的小亲兵小巴拉，嘎达梅林死后，他以疯狂的形式继承遗志，反对草原上的农耕生活。“望着一垄垄被犁尖翻开的阿拉坦·希里，犹如望着被刀切开的一块块羊肉，他看见了淌出的红红的血，正顺着垄沟流呵流。他感到了阿拉坦·希里的切肤之痛，听到了它的哭泣，冥冥中看到了它的死亡。……为逃避战乱、灾荒、人祸的农民，潮水般涌入草地，彻底改变了这里的生存方式。农民牧民相互渗透以补，牧场日益缩小直至全部消失，代之而起的是，无边的农田像蜘蛛网似地封住了广袤的科尔沁草原。与此同时，在草地下边沉睡了几千年几万年的沙土，终于被犁尖解放，翻倒地皮表面，开始向人类示威报复了。”② 然而到了中华人民共和国成立后，在革命意识形态武装起来的人面前，更不把草原的生态规律放在眼里，“五十年代末的‘大跃进’红火岁月，呼喇喇开进了一批劳动大军，大旗上写着：向沙漠要粮！他们深翻沙坨，挖地三尺。这对植被退化的沙坨是毁灭性的。没多久，一场空前的沙暴掩埋了他们的帐篷，他们仓皇而逃。但这也没有使人们盲目而狂热的血有所冷却，又把坨子里零星生存的野杏树疙瘩、野桑林等可烧

---

① 郭雪波. 郭雪波小说自选集：天出血［M］. 南昌：百花洲文艺出版社，2002：135.

② 郭雪波. 郭雪波小说自选集：天之魂［M］. 南昌：百花洲文艺出版社，2002：136.

的木柴全砍来‘炼钢铁’……”① 而在紧随其后的知青下放运动中，人们更是以愚昧而狂妄的“人定胜天”呓语想征服和改变自然法则，结果万千知青用青春和热血最终浇出了荒漠。

姜戎的《狼图腾》对那些到内蒙古草原上不理解当地的生态规律肆意妄动的反生态行为也做了批判。毕利格老人、乌力吉场长等老牧民曾反复向包顺贵说了草原狼对于草原生态系统的巨大作用，但是已经被农耕文明同化了的包顺贵却把这些话当作耳边风，他下令掏狼仔，结果引得狼群捕杀军马群报复，还理直气壮地为自己辩解道：“掏狼仔是我下的令，从前草原上一年一年的掏狼仔活动，确实是减少狼害的好传统，但是只减少狼害还不行，必须彻底根除狼害！要把全牧场的狼窝统统掏光！让狼报复吧，等我把狼杀干净，看狼怎么报复！”② 这种完全不顾生态规律的蛮横做法是典型的人类中心主义，只考虑人类的眼前利益。至于他下令放火烧芦苇地，猎杀白天鹅，挖掘白芍药根，让盲流到草原上垦殖等，就更是完全不顾生态规律的肆意妄为。姜戎还专门写到农耕文明对草原生态的破坏。在看到包顺贵的老乡们大量涌入天鹅湖新草场，陈阵对杨克说：“汉族农耕文明二三百年同化了清朝的满族，因为满族的老家东三省有辽阔深厚的黑土地，可以同化出农耕文化的‘同根’来，这种同化问题还不算太大。可是汉文化要是同化了薄薄的蒙古草原，那就要同化出‘黄祸’了。”③ 这的确是农耕民族需要反省的，农耕文明不是到哪个地方都能实行的，草原上只能过游牧生活，这是当地生态规律决定了。硬要违反生态规律，最终必然要受到大自然的严厉惩罚。当农耕民族以人口数量取胜时，又始终没有

---

① 郭雪波．郭雪波小说自选集：哭泣的草原［M］．南昌：百花洲文艺出版社，2002：56.

② 姜戎．狼图腾［M］．武汉：长江文艺出版社，2004：81.

③ 姜戎．狼图腾［M］．武汉：长江文艺出版社，2004：284.

环境保护意识，那么它扩张到哪里，哪里就有可能面临着生态危机。知青杨克认识到："我过去认为中国的农耕文明总是被西方列强侵略和欺负，可没想到农耕文明毁坏游牧文明，同样残酷狰狞。"① 游牧文明以暴力袭击农耕文明，但是不会破坏生态；而农耕文明毁坏游牧文明，却有可能彻底毁坏草原生态，那样人的生存之根基就完全丧失了。

正是在充分地认识到人类中心主义的危害后，当代生态作家才会不遗余力地呼唤生态整体观，呼唤生态意识，呼唤现代人重建人和自然的和谐关系。李存葆曾大声呼吁着人类的群体意识："环保意识，生存环境，生态平衡，这些随着现代工业文明所出现的词汇，已如晨钟暮鼓在人类良知的回音壁上鸣响。人类面临的共同困惑在强烈地呼唤群体意识。"② 这种群体意识不但超出部落、民族、国家，而且是超出人类中心主义的群体意识，它要求人以平等态度对待一切有情众生。人类必须把自身重新放回到大自然中去，不是根据与大自然的对立程度而是根据与大自然的和解程度来衡量人类文明的程度，人必须认识到："一种生命的单方面扩张，不仅会使其他的生命受阻，同时也会祸及单方面扩张者自身。"③ 这也就是说，人类必须把自己重新纳回到大自然的生态平衡中，不能单方面地凌驾于生态系统之上，无限制地破坏生态平衡。李存葆曾语重心长地说："人类真正的不幸，在于不懂得在珍惜自身的同时，也应珍惜身外的一切生灵；不懂得自身生命的彩练原本与身外生命的虹霓连成一片。人之外的任何生命的毁灭，不仅是兽的悲哀，更是人的悲剧。"④ 人的生命的繁盛和丰富必然要求自然生命的繁盛和丰

---

① 姜戎．狼图腾［M］．武汉：长江文艺出版社，2004：298．

② 李存葆．大河遗梦［M］．北京：解放军文艺出版社，2002：17．

③ 李存葆．绿色天书［M］．郑州：河南文艺出版社，2006：241．

④ 李存葆．大河遗梦［M］．北京：解放军文艺出版社，2002：25．

富，当自然生命不可避免地凋零殆尽时，人性也将日趋单薄，人心也将在茕茕孑立形影相吊中渐渐枯竭。

徐刚在他的生态散文中曾多次提到德国科学家乌·希普克把我们这颗蔚蓝色的地球比作一艘宇宙飞船，在茫茫宇宙中是那么孤寂而脆弱。这种地球意识要让我们真正珍惜它，不要肆意妄为破坏它，至少就目前的情形而言，它是生命唯一的载体，它的全面崩溃就意味着生命的无处皈依。对于这艘地球号宇宙飞船而言，所有生命构成一个整体，不能轻易地为了人类利益而损害整体的利益。徐刚说："地球生态环境的演变与恶化，从来都是牵一发而动全身的，它细密地互相关联着，似一张网，像一根链，环环相接，既微妙而又真实。'蝴蝶效应'说的就是这个道理。"① 自然生命的整体性更是要求我们不能仅囿于人类目前的私利而不顾自然生命的整体利益，没有了自然生命的整体利益，人类目前的私利最终也无法保存。徐刚深深地体认到人与自然紧密的生态关联，自然与人归根到底是同根连枝的，一荣俱荣，一损俱损。"我们变得轻薄，是因为离开了土地；我们心灵枯槁，是因为我们看不见绿色；没有了危哉大山的险峻，脚下的路反而变得更加迷茫；失去清泉的滋润，又怎么能流淌出清泉一样般的智慧呢？"② 现代文明处境中，人的内在精神危机与自然的外在生态危机互为表里，互相影响。例如孤独作为现代文明病症之一，就和人与自然的交流日益减损与断裂有关。"我们不得不走向孤独。每砍伐一棵树，就增加一分孤独；每捕杀一只野生动物，便使这种孤独以滴血的方式更加深刻。与诗人时常自我标榜的小小孤独相比，人类面临的是没有能源、没有绿色、没有云雀和牵牛花的巨大到生存足以被威胁的孤独！人最怕孤独。人

---

① 徐刚．边缘人札记［M］．广州：广东人民出版社，2000：79.

② 徐刚．沉沦的国土［M］．北京：人民文学出版社，2005：156.

又一手造成了此种巨大的孤独!"① 当然，这种孤独还是要人具有生态自我意识，才能深切地感受到，目前那些只能被人类一己私利蒙蔽着的人的生命，更是在欲望不满足时的痛苦和满足后的厌倦之间钟摆般摆动。

① 徐刚. 中国：另一种危机 [M]. 沈阳：春风文艺出版社，1995：69.

第二章

民胞物与和动物叙事

宋代大儒张载在《西铭》中曾说："乾称父，坤称母；予兹藐焉，乃浑然中处。故天地之塞，吾其体；天地之帅，吾其性。民，吾同胞；物，吾与也。"张载认为，天地就像父母，天下百姓都是我们的同胞，自然万物都是我们的友伴，因此彼此友善相待乃是基本的道德伦理。张载能够扩充儒家的仁者之心，超越尘世等级化的阴森眼光，甚至超越人类中心主义的颟顸和傲慢，提出对待其他自然生命的"民胞物与"式的生态伦理，无疑值得后人景仰。这也显示了古典中国心灵的柔软之处与卓越之处。其实，古典中国曾经一度具有相当高的生态道德。据台湾学者刘淑芬研究，从南北朝到隋唐时期，受佛教影响，斋月和斋日禁杀动物的传统一直以各种方式延续着，其中朝廷的劝令引人注目。唐高祖在建国之初（武德二年，公元619年正月）就下令每年的正月、五月、九月以及每个月的十斋日，天下普断屠杀。终唐一朝，除了武宗会昌年间近两年因毁废佛教的缘故，废除三长斋月的断屠之外，其余各朝每年都有一百天以上的断屠日子。届时，普天之下，不准屠杀动物，不许撒网捕鱼，市场上也买不到鱼、肉①。这对于当今的中国人而言，简直是天方夜谭。我们很少有人会去思考对待动物的伦理态度问题，也很少会去关注那么多肉食、鸡蛋、牛奶等是如何生产出来的，我们更不会去考察自己的生产活动、生活消费会对野生动物产生何种影响。除了对自己的猫、狗等常见的宠物外，很少有人会去关注动物的权利、福利和命运。我们距离祖先的"民胞物与"、惜生护生等生态伦理还存在着不短的距离。

也许，我们必须再次清晰地意识到，人本是动物之一种。虽然自从人创建文明后，就总是试图自外于动物世界，标榜迥然相异的新身份，并一直致力于征服和利用动物。在人类暴力的侵凌下，动

---

① 刘淑芬. 慈悲清净：佛教与中古社会生活［M］. 台北：三民书局，2001：43.

物世界也慢慢地从人类面前隐去真相，沉于无言，或在绝望中以死相拼。但是生命总是希望突破自身的限制，探望别的生命，与别的生命交流，摆脱宿命的族类孤独，融入生命之流中；于是人又总是无法安于纯粹的人类世界，他总想与各种动物建立情感、精神的联系，文学艺术便成为这种情感喷发的通道。人最早的艺术便是躲在岩洞中在摇曳火光下摹画荒野上的野牛，最早的崇拜对象多是各种野兽。可以说，动物本能的明晰和单纯支撑着最初的人类文明。文明的人类也从来不忘记借助文学不停地描绘多姿多彩的动物形象。《诗经》《荷马史诗》《圣经》等经典著作中若缺少动物的身影会顿然失色。《西游记》中，人寻求佛法的征途中必有猴子、猪、马等动物的帮助与伴随。到了现代，作家更是慢慢地笔探动物的内在心理和情感，屠格涅夫的《木木》、托尔斯泰的《霍尔斯托麦尔》、麦尔维尔的《白鲸》、杰克·伦敦的《荒野的呼唤》等小说展示了动物世界的精彩。到了生态意识更全面地苏醒后，作家更是对描绘动物兴趣倍增，艾特玛托夫的《断头台》中的狼、拉斯普京的《鱼王》中的鱼、莫厄特《鹿之民》中的驯鹿等让人心明眼亮。曾获得1999年度诺贝尔文学奖的德国作家君特·格拉斯在访谈录中被问及他的很多小说，例如《母老鼠》《比目鱼》《蜗牛日记》《狗岁月》等，都集中于动物，这其中有何特别理由时，他说：

也许吧。我总是觉得，我们对人类的事情谈得太多了。这个世界挤满人类，但也挤满动物，鸟、鱼和昆虫。在我们出现之前，它们就已存在了，有一天当我们不再是人类的时候，它们还会在这里。我们之间有一个区别：在我们的博物馆里，我们有恐龙骨，这种生活了数百万年的庞大动物。当它们死了，它们都死得很干净，完全没有毒。它们的骨头很干净。这是我们可以看到的。人类却不是这回事。当我们死了，将会散发可怕的有毒空气。我们必须明白，地球上并不是只有我们。《圣经》说人支配鱼、鸟、牲畜和一切爬行动物，这是很坏的教导。我们试图征服地球，结果却很糟糕。①

君特·格拉斯对现代人的批判有点严厉，但是符合实情。现代工业文明、城市文明发展到哪里，哪里就人口倍增，高楼林立，消费过度，垃圾横行，空气遭荼毒，水流被污染，森林被伐光，各种野生动物栖息地锐减，人的目光越来越混沌，心灵越来越荒芜。这也是20世纪下半叶中国的生态实情。各种野生动物迅速地从中国人身边消失，这也许是有史以来中国人遭遇的最可怕的事情之一。张炜在长篇小说《能不忆蜀葵》中借主人公淳于阳立之口感慨道："现在的人多愚蠢啊，多么不善良，如果找找原因，其中的一条就是不能经常与可爱的动物们交换一下眼神！"② 当不信奉宗教的大部分中国人遭遇到大自然的隐身和溃败时，这也意味着他们真正家园的隐身和溃败，也意味着灵性的缺失和精神的委顿。周涛在散文《猛禽》中也写道："鹰的家族如此衰落，这究竟是为什么呢？他不知道。他只是清楚地看到，许许多多巨大的、勇猛的、美丽的和古怪的动物迅速地减少或消失，使天空和大地变得荒凉和平淡，再也没有激动人心的搏斗。老鼠和麻雀的世界，就是这样。渺小、平庸、猥琐、自私最终战胜强大、美丽和献身精神。这使他感到悲凉、悲哀。"③ 当大自然的华美被破坏殆尽时，人也就虽生犹死了。当我们的世界中仅充斥着人的气息，而没有老鹰、狼、鹿、白鹤、孔雀等野生动物时，那该多么死寂而单调！至少文学必须再次赋予人对大自然的生机盎然的想象力。然而，放眼当代文学，我们也不得不像张炜一样感叹："除了没有对神、对大自然的敬畏，当代文

---

① 格拉斯．访谈录：创作与生活［J］．黄灿然，译．天涯，2000（1）：117.
② 张炜．能不忆蜀葵［M］．北京：华夏出版社，2001：151.
③ 周涛．周涛散文：第1卷［M］．上海：东方出版中心，1998：13.

学还缺少与大自然中的其他生灵之间的联系，好像这个时期的人是真正的孤家寡人，是天地之间的独夫。这多么可怕：人处于可怕的孤独状态，却没有多少孤独感。”① 当作家仅被革命、现代化、大众文化等浪潮遮住双眼时，他们如何能把大自然中的其他生灵带入我们想象的世界？

不过，当我们细察当代生态文学时，还是可以发现许多作家其实对自然生命抱有极大的兴趣，例如张炜、韩少功、蒋子丹、郭雪波、迟子建、叶广芩、沈石溪、金曾豪、蔺瑾、朱新望、胡发云、陈应松、姜戎、王星泉、邓一光、贾平凹、李传峰、李克威等，都曾在相关生态小说中展开过曲尽其妙的动物叙事。应该说，华夏文化中的“民胞物与”、惜生护生传统在他们的动物叙事中得到了美妙的赓续，值得我们关注。整体看来，生态作家悲悯人类暴行染指下的动物悲剧，讴歌动物生命的高贵和尊严，呼吁现代人俯下高傲的头颅，放低人类中心主义的身姿，去聆听动物的悲伤呼号和自在歌吟，以民胞物与式的开阔心胸在与动物亲密的友谊中体会生态整体性的神秘魅力。

一、动物受难的生态悲歌

从生态角度看人类文明史，也许我们会看到另一种严酷的真实。即所谓的人类文明史，往往也是野生动物、家养动物的受难史。人类对待同类的残暴史不绝于书，至于对待野生动物、家养动物的残暴则有意被历史遗忘，但只要看看因人类活动而灭绝的动物名录，我们就会感到震惊，知道人类到底给动物带去了多么可怕的厄运，更不要说日常生活中给不计其数的动物造成的无法弥补的伤害了。华夏大地上，国人对待动物的态度往往是矛盾的、多重的，

---

① 张炜，王光东．张炜王光东对话录［M］．苏州：苏州大学出版社，2003：93．

既有像梁武帝、唐高宗等以一国之尊的权力推动全国断屠茹素的护生者，也有对动物持食肉寝皮式的功利主义态度的大量民众，既有能够感受“众鸟欣有托，吾亦爱吾庐”的生态诗意的陶渊明式的归隐诗人，也有只想着活吃猴脑、活吃牛肉的饕餮百姓，既有倾慕“明朝拂衣去，永与海鸥群”的李白式的自由诗人，也有为猴子戏耍、狗熊玩球式杂耍高声喝彩的无聊市侩。但无论如何，自古以来，华夏大地野生动物因为人类活动而日益减少，许多动物都已经相继灭绝，却是不争的事实。英国学者伊懋可在其学术专著《大象的退却：一部中国环境史》中曾指出，4 000 年前，大象曾经出没于后来成为北京（在东北部）的地区以及中国的其他大部分地区，而今天在中华人民共和国境内，野象仅存于西南部与缅甸接壤的几个孤立的保护区。因此他曾说：“中国人对自然的态度是自相矛盾的。一方面，他们认为自然不是某种超然存在的意向或反映，而是超然之力本身的一部分，智者要法自然，并认识到人无法再造自然。另一方面，他们驯化、改造和利用自然的程度，实际上在前现代世纪几乎无出其右者。其程度肯定比大多数西北欧国家要大，不过靠水利工程为生的尼德兰可能是个例外。”① 的确，中国人对待自然的矛盾态度，也表现于对待动物的态度中。

不过，对于当今国人而言，古典文明时期的对待动物的民胞物与、畅显自然、惜生护生的生态伦理更值得关注，这也是华夏天人合一传统的组成部分之一。

儒家对待动物的“民胞物与”的生态伦理源远流长。孔子说“钓而不网，弋不射宿”（《论语·述而篇》），即钓鱼时不用大绳网横断流水一网打尽，射鸟时不射杀归巢的鸟，这就具有一定的生态意识。《孟子·梁惠王章句上》则说道：“君子之于禽兽也，见其

---

① 伊懋可．大象的退却：一部中国环境史［M］．梅雪芹，等译．南京：江苏人民出版社，2014：2.

生，不忍见其死；闻其声，不忍食其肉。是以君子远庖厨也。”君子远庖厨，并不是虚伪，乃是培育仁者之心的必要举措。至于宋儒把儒家仁学发展到民胞物与、仁者以天地万物为一体的境界，那就更是生态意识的极大提升。

道家倡导道法自然、物无贵贱、与物为春的生态伦理，更是关注动物的自由生命，反对人对动物的捕捉、驯化和残杀。《庄子·养生主》中，庄子说：“泽雉十步一啄，百步一饮，不蕲畜乎樊中。神虽王，不善也。”庄子认为人类把野鸡抓来关入笼中，剥夺它的自由，对于野鸡而言是残忍的。《庄子·马蹄》说：“马，蹄可以践霜雪，毛可以御风寒。龁草饮水，翘足而陆，此马之真性也。虽有义台路寝，无所用之。及至伯乐，曰：‘我善治马。’烧之，剔之，刻之，雒之。连之以羁絷，编之以皂栈，马之死者十二三矣！饥之渴之，驰之骤之，整之齐之，前有橛饰之患，而后有鞭生筴之威，而马之死者已过半矣！”人类为了自己的利益，违背马的自然本性，训练它，结果给马造成了可怕的悲剧。《庄子·骈拇》说：“故凫胫虽短，续之则忧；鹤胫虽长，断之则悲。”人要和动物打交道，真正需要的是尊重动物的自然本性。

道家的教导延及道教，反对杀生的生态伦理更为显豁。“无故杀龟打蛇”，“射飞逐走，发蛰惊栖，填穴覆巢，伤胎破卵”，都是必须被禁止的罪恶行为（《太上感应篇》）。早期道教经典《太平经》就认为：“夫天道恶杀而好生，蠕动之属皆有知，无轻杀伤用之也。”而《老君说一百八十戒》多次重申不得杀害动物：“不得杀伤一切物命”（第四戒），“不得渔猎伤煞众生”（第七十九戒），“不得冬天发掘地中蛰藏虫物”（第九十五戒），“不得妄上树探巢破卵”（第九十七戒）。《太上老君戒经》说：“一切众生，含气以上翔飞蠕动之类皆不得杀。”道教要求人们把慈悲之心扩大到自然物上，不要杀戮。《太上虚皇天尊四十九章经》说：“子欲学吾道，慎勿怀杀想。一切诸众生，贪生悉惧死。我命即他命，慎勿轻于彼，口腹乐甘肥，杀戮充啖食。能怀恻隐心，想念彼惊怖，故当不忍啖，心证慈悲行。”道经中还说：“野外一切飞禽走兽、鱼鳖虾蟹，不与人争饮，不与人争食，并不与人争居。随天地之造化而生，按四时之气化而活，皆有性命存焉……如无故张弓射之，捕网取之，是于无罪处寻罪，无孽处造孽，将来定有奇祸也。戒之，戒之。”（《劝世归真》）由此可知，道教继承了道家对自然生命的尊重和敬畏，把道家高远的哲理落实为具体实践的行为戒律，对于推进国人的生态伦理具有不菲的启示意义。

佛教相信众生平等，相信生死轮回，相信因果报应，因此严格推行不杀生的戒律，对待动物以惜生护生为上。《楞严经》说：“以人食羊，人死为羊，羊死为人，如是乃至十生之类，死死生生，互来相啖，恶业俱生，穷未来际……以是因缘，经百千劫，常在生死。”人死后可能会轮回为羊，羊死后可能会轮回为人，因此人不要杀羊吃羊，不要杀动物，要吃素。《法句经》说：“一切皆惧死，莫不畏杖痛；恕己可为譬，勿来勿行杖。能常安群生，不加诸楚毒，现世不逢害，后世常安隐。”所有生命都害怕死亡、痛苦，因此人也不要无故杀生，施加痛苦给动物。《大智度论》说：“令不杀生，得何等利？答曰：得无所畏，安乐无怖。我以无害于彼，彼亦无害于我。好杀之人，虽复位极人王，亦不自安。又不杀之人，单行独游无所畏难。好杀之人，有情动物皆不喜见之。若不好杀，一切众生皆乐依附。复次不杀之人，命欲终时，其心安乐，无疑无悔。若生天上，若在人中，常得长寿，是为得道因缘，乃至得佛住寿无量。复次杀生之人，今世后世受种种身心苦痛，不杀之人无此众难。是为大利。”若杀生，人最终要受到报应，身心苦痛，不杀生才能得免苦痛。

应该说，儒、道、释对待动物的生态伦理立意高远，又切实可行，在中国古代也曾经促使人更友善地对待动物，尽其所能地减轻了人施加给动物的痛苦。但到了当今时代，儒、道、释的这种生态伦理对社会的影响力日益缩小，无神论和唯物论教育使得国人天不怕、地不怕，战天斗地式的生命豪情底下往往掩盖着对待各种动物极为残酷的行为，给动物造成的伤害有增无减，动物的悲剧数不胜数，当代生态文学出于民胞物与的生态情怀，对现代人残害动物的种种不义之举做了全方位的揭露和批判。

美国环境伦理学家罗尔斯顿曾说："每一个物种的灭绝都会加剧生命之流的衰竭过程，这绝不是一件小事。物种的每次灭绝，都是对生命的一次超级屠杀。它不仅杀死生命个体，还杀死一种生命形态（物种）。它不仅毁灭生命的'存在'，而且毁灭生命的'本质'；不仅毁灭生命的'肉体'，而且毁灭生命的'灵魂'。"① 的确，对于地球生态系统而言，物种形态具有相当重要的意义，每一个物种的灭绝都是极端残酷的事情。但是在华夏大地上，因为人的活动造成的物种灭绝已经屡见不鲜了，如犀牛、华南虎、新疆虎、白鲟、刀鱼等物种都已经杳如黄鹤。当代生态文学对各地区野生动物的最后孑遗的消失也曾留下存照，令人触目惊心，比较著名的有贾平凹的《怀念狼》、陈应松的《豹子最后的舞蹈》、叶广芩的《老虎大福》《黑鱼千岁》、叶楠的《最后一名猎手和最后一头公熊》、赵剑平的《困豹》、阿来的《红狐》、李克威的《中国虎》、袁玮冰的《红毛》等。

贾平凹的长篇小说《怀念狼》叙述了陕西商州地区最后 15 只狼被人类完全猎杀的生态悲剧。小说描写的商州地区原来是个狼祸横生之地，但由于人的过度捕猎，狼已经濒临灭绝。地方政府出于保护生态环境的考虑，出台了禁捕条例。从省城里来的记者高子明自告奋勇地要和猎人傅山一道去为最后的 15 只狼拍照存档，但是由于猎人与狼之间的根深蒂固的冲突和对抗，寻访幸存之狼的保护

---

① 罗尔斯顿. 环境伦理学［M］. 杨通进，译. 北京：中国社会科学出版社，2000：197.

之旅竟然成为狼接二连三地命丧枪下的死亡之旅。尤其是最后雄耳川人疯狂地追杀仅剩的3只狼时，人对野性生命的灭绝冲动让人恐惧。具有反讽意味的是，当商州的狼被人灭绝后，雄耳川人竟然变成了“人狼”，行为怪异，脾气火爆，肆意咬人。在没有狼可猎时，原来那些捕狼队的猎人大多相继患上各种病，有人得了软骨病，有人得头痛症，有人的性能力完全退化。当记者高子明回到城里后，在深夜绝望地大喊“我需要狼”时，则表现出人对野性生命的憧憬和怀念。高子明曾说：“我坚持灵魂是随物赋形而上世的，人虽然是万物之精华，从生命的意义来说，任何动物、植物和人都是平等共处的，强食弱肉或许是生命平衡的调节方式，而狼是生命链条的一环，狼被屠杀得几近绝迹，如果舅舅的病和烂头的病算是一种惩罚，那么更大的惩罚可能就不仅仅限于猎人了！”① 这也可以看作是贾平凹的生态伦理。贾平凹反对人高高地凌驾于其他自然生命之上，坚持众生平等观，而且认识到人和动物往往也是一荣俱荣、一损俱损的生态关系，因此保护动物，保护自然生态，说到底也是为了人类的未来未雨绸缪。

陈应松的中篇小说《豹子最后的舞蹈》以诗意语言叙述了湖北神农架地区最后一只豹子被人消灭的悲惨结局。陈应松采用的是神农架最后一只豹子的视角，读来更显得惊心动魄，凄婉动人。小说的叙述者是一只名叫“斧子”的豹子，它和弟弟“锤子”都是很优秀的豹子，成年后很快就离开母亲，各守一座山，在势力范围内安稳生活。但是人类几乎有意与所有野生动物为敌，总想把所有野生动物都杀死，收入囊中。山中有一家猎人，父亲叫老关，还有三个儿子，都是极好的猎人。他们很快杀死了“斧子”的弟弟“锤子”，老关还把它的爪子做成烟袋随身携带。一场由于人类为恶引起的森林大火也险些烧死“斧子”的母亲，使它的一个妹妹流产，

① 贾平凹．怀念狼［M］．北京：作家出版社，2000：183.

一个被烧死，母亲好不容易逃脱人类的搜捕，很快也被猎人老关一家打死。豹子“斧子”在森林中遇到的最后一个同类是它原来的情敌“石头”，“石头”也沦落不堪，看到斧子更是邋遢，它们在一块最后相谈了一天，分手后石头很快也因误食人类毒死的鱼儿死去。神农架最后一只豹子便陷入了无法言传的孤独之中，它寻找不到同类，也被梦中的情人“红果”吸引得有点发狂，漫山癫狂。在几年的时间里，四处游荡，找不到任何同类，无处发泄的情欲和无法消释的情感孤独终于使它极度痛恨人类，决定向猎人老关一家复仇。但此时，猎人老关已死，死时神志不清，睡梦中还把自己的一只手当作野物的爪子剁了下来。不过，豹子“斧子”还是咬死了老关的一条猎狗，还咬掉他孙子的一只大耳朵。后来老关的三儿子也被他想分家的嫂子设计陷害。最后豹子“斧子”已经好久没有吃到任何东西，饥肠辘辘，神情委顿，但依然想着向人类复仇。在一个靠山根的小村庄里，他发现了一个长着猎人才有的那种大耳朵的一两岁的小孩，正坐在地上玩耍，它当即向他咬去。但最后却被一个孩子的母亲压断脊椎，终被打死。神农架最后一只豹子如此死去，豹子“斧子”死时说：“我看见了我的母亲。”而那个年轻姑娘成了闻名全国的打豹英雄。

该小说写道，在所有同伴和亲人都被人类灭绝后，豹子“斧子”如斯泣诉：

在我生命的最后几年里，我整日徜徉在神农架的山山岭岭。……我是一只孤独的豹子，我的同类，我的兄弟姐妹，我的父母都死了，我是看着他们死去的；有的无声无息地消失了，像一阵又一阵岚烟，像一片掉落进山溪的树叶——它们是永不回头的。……而今我的孤独才是真正的、痛苦的孤独，没有啦，没有与我相同的身影，在茫茫的大山中，我成为豹子生命的唯一，再也没有了熟悉的同类。我有一天意识到这个问题时，好像掉下一个无底的深渊，永远地下坠下去，没有抓挠，没有救助，没有参照物——那一定是时间的空洞，是绝望，是巨大的神秘和恐慌。①

从此，我再也没有交流了，没有任何目光的注视，没有关怀，没有牵挂和向往，什么都没有了，我一个人。我哑了，我变成了聋子，我的表情已经僵硬，在茫茫的星空下面，我在想我活着的意义。②

这是最为悲怆的泣诉，我想当地球上的人类也像这豹子一样快灭绝时，恐怕也是如此哀怨而绝望地泣诉；在这种泣诉面前，人类倘若还不能幡然醒悟，那就真是万劫不复了。然而，现实又如此残酷，人依靠文明力量，无限度地繁殖人口，张开血盆大口，吞天噬地。该小说从“斧子”的眼光来看它的母亲从大火和人类追捕中逃脱出来时的样子：

我看见了我的母亲，她死亡的肉体和她清醒的精神出现在我的眼前。她身上的毛已经全部烧焦了，伤痕累累，头皮开裂了，牙齿也打掉了两颗，尾巴短了一截，两个后爪血肉模糊……她完全是一团被大火和人们重新搓揉过一遍的苦荞面！……这不是我的母亲，不是那个望着白岩的灿烂辉煌的母亲，她没有了神秘，没有了尊严，甚至没有了那一种温情脉脉的伤感——当她舔舐着我们，让我们扯着她的尾巴时，那壮怀激烈的母性。③

---

① 陈应松. 豹子最后的舞蹈［M］//小说月报编辑部.《小说月报》2001年精品集：下. 天津：百花文艺出版社，2002：612.

② 陈应松. 豹子最后的舞蹈［M］//小说月报编辑部.《小说月报》2001年精品集：下. 天津：百花文艺出版社，2002：635.

③ 陈应松. 豹子最后的舞蹈［M］//小说月报编辑部编.《小说月报》2001年精品集：下. 天津：百花文艺出版社，2002：628.

这是对现代人侵凌下陷入窘迫之中的大自然最真实的写照！原来那么美丽的豹子竟然被人类摧残如斯！豹子和老虎都是森林中顶级的捕食者，也是美丽的森林之魂，是所谓的“明星物种”，正是它们带给森林独特的神韵。但人类所过之处，大自然惨遭凌辱，自然生命丢盔弃甲。其实，当人剥夺大自然的神秘和尊严时，他也就摧毁了自身存在之根基。人对大自然无遮无拦的暴力最终的受害者必然是人自身。《豹子最后的舞蹈》特意从一只豹子的视角来打量猎人。对于森林中的动物来说，猎人老关就是最可怕的黑煞神。在老关死后，豹子看到他那已经在风雨里朽烂的铳，想道：“这就是全部，让山林中，山峦上美丽的皮毛和行走奔突的姿势消失的全部答案。在它前面，多少勇猛的不再勇猛，矫健的不再矫健，欢笑变成了杀戮，春天变成了陷阱，阳光变成了黑夜，生命变成了怀念。”① 其实猎人老关也是这种暴力的受害者。豹子“斧子”想象中的猎人老关的形象：“老关戴着平绒的瓜皮帽子，垂着双手，背着沾满血腥的背篓，腰间吊着牛卵子火药袋和镶着铜边的啄火的香筒，老关麻木着脸，颧骨像悬崖一样冰冷突出，牙齿咀嚼着对山中所有生灵的不信任；老关多疑、神经质、野蛮、狡诈、小聪明、大愚蠢，老关通红的眼睛好像吃过了他的同类一样。”② 正是这个老关，最后梦中自断手臂，家庭关系崩解，过度嗜杀的结果就是自我残害。这也是作家对人的严厉批判。由此，陈应松的生态意识就呼之欲出，那就是平等地对待各种自然生命，节制人类欲望，与万物和平相处。

叶广芩的短篇小说《老虎大福》则叙述了1963年秦岭最后一只华南虎被人猎杀的悲惨经过。由于人类繁殖过度，不得不与各种野生动物抢占生存空间，于是老虎这样的大型野生动物首先遭到灭

---

①② 陈应松. 豹子最后的舞蹈［M］//小说月报编辑部编.《小说月报》2001年精品集：下. 天津：百花文艺出版社，2002：640.

顶之灾。小说写到华南虎最后被杀时的壮烈：“凄厉痛苦的吼声震撼着猎杀者的心灵，石头后的人许久都没有动弹，他们显得十分无力，没有胜利者的喜悦，更没有复仇的快感，他们的头脑是一片空白。是上苍注定了他们几个要听到大福这一声最后告别吗，他们的子孙后代，后代的后代，永远永远的听不到这种声音了，听不到了……”① 老虎作为大自然最壮丽的创造物之一，它的存在就是对大自然的赞美和敬畏；但是无所不为的人类却只考虑自己的切身利益，不惜肆意地灭绝最高贵的自然生灵。这不能不说是人的丑陋和卑劣。小说最后还特意地描写了山里人如何高高兴兴地瓜分秦岭最后一只华南虎的肉体。人们既没有对自己无知而卑劣的行为感到懊悔，也没有对大自然中因为丧失最壮丽的生灵而留下的可怕的虚空而悲伤，他们想到的只是用虎血沾脑门求求福气，或者瓜分它的内脏、肉和油。这与鲁迅的小说《药》中下层愚昧自私的民众用蘸着先觉者的鲜血的馒头为药治病的行为在实质上一致的！人类的卑琐终究无法克服！该小说还写到人与野生动物抢夺生存资源的问题。秦岭山区最后的那只野生华南虎不但抢山民养的家猪、杀牛、掠羊等等，还吃了人。这似乎让人看到必须消灭它的理由。但这些都是因为人过度繁殖，破坏森林，抢夺了野生动物最后一点生存资源造成的。大自然创造万物万有时，就有意识地让它们尽可能地发展自己扩张自己的族类，这种发展和扩张并不是恶，恰恰是生命之善的表现。在这个意义上，人的自我发展和扩张，就和老虎、豹子、飞鸟等自然生命的自我发展和扩张一样是不存在善恶的。但是大自然又非常有意味地把万物万有放在一个互相制衡的生态系统中，因此每一个物种都必须在自我发展和扩张的同时最终都必须受制于大的生态系统的法则。草原上当草、野兔、老鼠、鹰、狼等组成一个完美的生态系统时，任何物种的自我发展和扩张超过一定限度最终都

① 叶广芩．老虎大福［M］．西安：太白文艺出版社，2004：22．

必然会受到严厉惩罚。然而现在的问题在于，人作为自然生命的一种居然要肆无忌惮地自我发展和扩张，拒绝把自身纳入稳定的生态系统中，反而要自外于种种生态系统，并把生态系统视为受自己控制的资源库，只是尽可能地掠夺更多有利于自身的资源。这样一来，人类就可能打破生态系统的大法则，冒犯了大自然的大智慧，从而造成生态系统的崩溃，进而也就自掘坟墓。因此，当叶广芩写那些秦岭山民为保卫人身和财产安全而猎杀最后的华南虎时，极力抑制着悲愤，其中暗含的生态批判还是非常严厉的。

野生动物，甚至是所有的自然生命，目前在被现代科技武装起来的人面前无疑都处于弱者地位。在人类没有反思的暴力面前，它们大多只能束手待毙，或尽可能地远远逃离。反抗是艰难的，常常也是无效的。不过，尽管如此，它们有些还会以死相拼，自己死了，也要给人类致命的一击。叶广芩的短篇小说《黑鱼千岁》就叙述了一个人与自然生命为敌最终双双毙命的悲惨故事。汉武帝在位时就喜欢猎杀动物，在搏熊馆里以杀生为乐事。但几千年来，“搏熊馆周围的土地承载过多少血腥与杀戮已经无法计算，时光将那一页轻轻地翻转过去，历史又有了一番新的变化。漫长的岁月，昔日的琼楼玉宇成了断壁残垣，杨柳树林变作了荒野秃山，奇花异草改作谷麦菽黍，遍洒动物鲜血的搏熊馆也为和平祥瑞的搏熊馆村所替代，一切都面目皆非了”①。但是在这个农业村，还有酷爱猎杀野生动物的人。儒就是这样一个人。“儒对猎取野物有着异乎寻常的热情，山坡上有嘎嘎鸡，竹林里有竹鼠，坟圈里有獾，麦田里有兔，凡是天上飞的，地下跑的，只要被他发现了，他绝不会放过。”② 他猎杀野物几乎是一种审美享受，“对于狩猎者来说，生擒一个鲜活的生灵，不在于结果和价值，而在于过程和设计，无论是

① 叶广芩. 老虎大福［M］. 西安：太白文艺出版社，2004：30.
② 叶广芩. 老虎大福［M］. 西安：太白文艺出版社，2004：34.

美丽动人的金钱豹还是毫无用处的小黄鼠，都是一样的”①。儒代表着人性中嗜血的一面，它总想通过征服别的生命来实现自我，满足自我。他甚至可以调动所有知识、情感和毅力来达到这个目的，这比那些单纯地为了满足自己的需要去猎杀野生生命的人更可怕。他是为了猎杀而猎杀！在此，生命的智慧服务于死亡本能，似乎只有把被别的自然生命送入死亡才能证明自己生命的卓越与伟大。生态思想者克鲁奇曾说：“为了运动而杀生，这是形而上学家们时常在寻找的那种纯粹罪恶的完美典型。大多数恶劣行为的出现，都是由于作恶者以为这能给他带来某些好处。……这些人通常都不是为了罪恶而作恶。他们是自私或无耻的，但他们的行为却不是无缘无故的罪恶。然而，为了运动而杀生者却没有这样复杂的动机。打猎者喜欢死亡胜过生命，喜欢黑暗胜过喜欢光明。他一无所获，除了心满意足地说，某些想活下去的动物死了。”② 这种倾向无疑是人性中最黑暗的一面，当它指向大自然时，大自然便不可避免地面临着劫难。

该小说中儒猎杀黑鱼便是黑暗人性指向自然生命的结局。叶广芩细致地描绘了那条被困浅水的神奇黑鱼和儒猎杀它的经过：

儒看到了鱼的眼睛，那双大而黑的眼睛满是湿润，不知是水还是泪。鱼身是纯黑色的，背脊的鳞甲泛着蓝光，在夕阳的辉映下反射出殷红，淡紫，橘黄……彩色斑斓，如同雨后的虹。鱼的嘴圆圆的，像是他的小侄子吮奶水的模样，粉嫩的唇边伸出两根弯曲的须，很可爱很滑稽的须，须和唇沾满了泥，有一种落难的凄惨。儒有些心软了，他看着鱼，鱼也看着他，儒想，要是它眨一眨眼，或

---

① 叶广芩. 老虎大福［M］. 西安：太白文艺出版社，2004：38.

② 何怀宏. 生态伦理：精神资源与哲学基础［M］. 保定：河北大学出版社，2002：407.

者稍稍给他一个暗示，他就换一种处理方式，将这条鱼拖到主流去，去与它的同伴会合。

但那条鱼自始至终眼睛也没有眨一下。

鱼是不会眨眼睛的。

鱼的倔强惹怒了儒，儒举起锄头照准鱼头砸下去，在锄头落下的刹那，他看见了黑鱼扬起头部，上半身跃起，腹腔里发出“咕咕……咕咕……”的声音。

像是临死的呐喊，也像是与同伴的告别，更像是对猎杀它的人的无情诅咒。这声音使儒的心里充满恐惧，这是他几十年与野物较量中所没有过的。经验告诉他，这种时刻不能犹豫，必须打死它！打死它！

儒永远是猎人。

鱼头发出了“咔嚓”的碎裂声，儒的锄头一下一下击在黑鱼的脑袋上，黑鱼没有躲闪，任着头部在重重的敲击下开裂，任着脑浆在水中崩散，它那美丽的流线型的身体在抽搐、扭动，变挺变直。①

人对待动物的残忍在叶广芩的笔下终于完全显现出来了。如果说一个人如此对待另一个人，我们会毫不犹豫地谴责他丧失人性，但是如此对待另一种野生生命，我们就能忽视其中的非人性吗？儒猎得这条硕大的黑鱼后，既没有卖出去，也没有自己食用，无可奈何之下只好强行送给军人。另一条丧失了同伴的黑鱼却开始处心积虑地为同伴复仇，它佯装搁浅在河流中央，待儒试图把它拖上岸边时，却把他拖入深水中，结果双双殒命。这的确与美国作家麦尔维尔的小说《白鲸》的结局颇为相似，船长亚哈以及大部分水手最后和那条白鲸一道葬身汪洋。这是人与大自然冲突的悲惨结局，是玉

---

① 叶广芩．老虎大福［M］．西安：太白文艺出版社，2004：43.

石俱焚的下场。

也许自然生命除了少数例外，如狼、大象、鲸鱼、海豚、蛇等，大部分自然生命在受到人类残酷伤害之后并不会直接向人类进行以眼还眼、以牙还牙式的报复，但是报应最终是会落到人类头上的。在某种程度上，每当人毫无缘由地杀死一个自然生命时，那个自然生命不再能活动，不再能展示生命的活力，而是成为死亡的一部分时，作为生命的一部分的活人就已经削弱了生命的力量，增强了死亡的力量，从而也就削弱了自己的力量，增强了瓦解自己的死亡力量。这也就是一种报应！

叶广芩的短篇小说《长虫二颤》更是把人与动物玉石俱焚的悲剧写得惊心动魄。小说中那个南方人佘震龙狭隘自私，仅仅关注怎么杀生，怎么利用自然。他天天在长虫坪娘娘庙附近捕蛇，卖到城里餐馆赚钱。最后，佘震龙又杀死娘娘庙里的大蝮蛇，怪异的是他的脚竟然又被割下的蛇头咬住，害他差点中毒而死，幸好就医及时，才割掉一条腿保住性命。不知叶广芩写这篇小说是否想到鲁迅的《铸剑》中那个三头大战的恐怖场景，人对人的仇恨可以如此剧烈，饱受摧残的自然生命对人的仇恨想必亦会如此骇人。当我们跳出人类中心主义视野，反思人类给各种自然生命带去的种种伤害后，我们不得不黯然神伤，不得不惭愧万分。人类的心灵有能力感受到各种动物的痛苦和快乐，我们必须尽快地听从心灵的声音，尽可能地约束自己，锤炼自己，为动物的权利做出及时的承诺和保护。

张炜的短篇小说《三想》是非常重要的生态小说，其中涉及人对狼的灭绝性的反生态行为。如果说托尔斯泰的小说《三想》是弘扬博爱的人道主义精神的话，那么张炜的《三想》就是在现代化意识形态横行无忌之时倡导旨深趣远的生态意识。小说写到距离城市几十里地有个已经封锁了几十年的军事管制区——老洞山，如今森林茂密，花草繁盛，野物屯聚，生机盎然。一个城里人到此深切地感受到了大自然的瑰丽生机，对现代人与自然的关系进行了大山一般的反思；同在一座山饱经忧患的母狼嗬嗬也对着倾盆大雨回顾一生，也反思人对待大自然的所作所为；还有山崖下的老白果树也阅尽沧桑，对人的肆意妄为感慨不已。“奇怪的城里人”、母狼嗬嗬和老白果树代表着人、动物和植物这三种不同的生命形态，从三个不同侧面反思了现代人与大自然的关系，深切地呼唤着现代人的生态意识。

现代人反生态行为的深层根源无疑是牢固的人类中心主义信念。他们先入为主地认为只有人才有价值，而所有的非人类存在物对于人类而言都只有工具性价值，另外在现代科学的帮助下，他们又唯我独尊，完全不顾大自然深层的生态规律而肆意盲动。因此，《三想》中的那个城里人直截了当地说道：“我们人还不能与树木、与土地、与一切有生命的东西和睦相处。我们无论怎样精明、无论产生了怎样多的哲学头脑，从整体上看还是笨拙的和无理性的。我们中间有美丽的少女，有温柔的母亲，可是从整体上看还是丑陋和粗暴的。人与土地上的一切生命应该是互相帮助、互相依存的，人——包括我自己有时也承认这个。可悲的是我们太自信、太满足于自身的力量了。随心所欲地规划、管理，丝毫不顾及其他生命的自尊心，慢慢变得为所欲为。”① 这种不顾其他生命的尊严的观念和行为对于母狼嗬嗬而言就是难以忘怀的灾难，“嗬嗬永远也忘不掉这个家族与人的一次次遭遇。那是一部血泪写成的历史。……世世代代的围剿，世世代代的仇恨。后来它们终于明白了，人决心全部杀尽土地上的狼，一个也不留！他们只留下自己过生活，自己去享受天上的太阳！这未免太不公平了，也未免太贪婪了。人擅自给别的生物规定了悲惨的结局，说一不二”②。这是人类中心主义观念煽

① 张炜．远行之嘱［M］．武汉：长江文艺出版社，1996：189.
② 张炜．远行之嘱［M］．武汉：长江文艺出版社，1996：197.

动起来的物种歧视，对狼等野生动物的残酷虐杀也就是人类的法西斯行径。更为可怕的是那些完全不顾生态环境的现代科技的泛滥成灾。“狼没有绝种，但只剩下原来的几万分之一。㟃㟃就亲眼见过一个又一个物种的彻底毁灭。它们的灭绝无一例外地全都与人有关。人们在闹市和郊区日夜焚烧和熬炼着什么，如林的烟囱吐着毒雾，无数的生灵很快就窒息了。人们还日夜不停地淘洗着什么，流出的脏水臭气熏天，直接汇入河流和海洋，使庞大的水族急剧衰落。机器日夜怪叫，地底、地表、空中，到处都是震耳欲聋的声音，很多生灵不堪忍受，最后七窍流血。各种动物像狼一样不停地逃窜，疲于奔命。可惜安身之地越来越少，它们都从不同方向汇拢到一个绿色的角落里，惊恐不安地等待着那最终会来临的全面围歼。”① 每一种物种都是自然的伟大创造，而且每一种物种都是生命的一次偶然而珍贵的创新，因为现代人的活动导致的物种灭绝已经远远超出了大自然自身的物种灭绝的速度和规模，这是现代人对大自然犯下的最大罪行。张炜通过母狼㟃㟃的自述阐明了现代人自绝根脉的疯狂和愚蠢。而山崖下的老白果树更是看到人类几百年与绿色为敌的狂妄，他们在山上乱砍滥伐，猎杀动物，自私自利，目光短浅。

迟子建的中篇小说《酒鬼的鱼鹰》则写到一只鱼鹰的悲剧命运。小说中那只突然出现的鱼鹰简直是一个自然精灵，“这鱼鹰的颈和腹部是白色的，其余部位则是灰色的。它头部的羽毛是湖绿夹杂着幽蓝色的，使其看上去就像浓荫遮蔽的一处湖水，神秘、寂静而又美丽”②。其实这部小说通过这只带有神秘色彩的鱼鹰透视出了人性与自然的双重溃败，而且往往是人的精神溃败导致了自然的溃败。鱼鹰是大自然尚存之美的象征，它也是那个尔虞我诈的人世

① 张炜．远行之嘱［M］．武汉：长江文艺出版社，1996：199.

② 迟子建．格里格海的细雨黄昏［M］．南京：江苏文艺出版社，2003：176.

中最后仅剩的一种情感亮点，象征着酒鬼刘年与叫驴子酒馆女主人寒波之间瞬息闪现的真挚情感。但是这种真挚情感在那个整体溃败的世界中无法生存，它伴随着鱼鹰被扔进税务局长的冰柜里而烟消云散了。自然之美与人世之美被现实的偶然、权力与欲望扼杀，最终导致儿童王小牛的不寒而栗，也意味着人与自然的亲密关系的全面断裂。此后酒鬼刘年在河边希望再次能遇上一只美丽的鱼鹰，但是始终杳不可得，偶尔飞过一只大鸟，也不过是只乌鸦。在物种多样性锐减的残酷现实中，自然界日趋荒芜，人的世界也必然早已苍凉。

夏季风的短篇小说《该死的鲸鱼》则写到一条鲸鱼的悲剧命运。该小说叙述了一条巨大的蓝鲸搁浅在海边小村子终至死亡的故事。小村子位于海边的一个小岛上，是靠打鱼为生的贫穷小村，有千余人口。一天，村里忽然有人发现一条巨大的蓝鲸搁浅在村边的海滩上。刚开始，村人都很震惊，震惊平歇后，他们又图谋着怎么杀死鲸鱼，瓜分鱼肉，“村长”阮云龙还让村会计计算出每家人该分多少鲸鱼肉。但是看守灯塔的陆老头对鲸鱼心存敬畏，说它是海公，不能杀。于是众人又报告了渔政部门，渔政部门派了两个人来巡察了一番，就打道回府，临走时告诉村人鲸鱼是国家二级保护动物，要想尽办法挽救。至于如何挽救，能否挽救，却只字未提。村人无奈之下，只好给相关的新闻部门打电话。经过记者的报道，第二天就有许多观光客来到小岛上。但这些观光客只是来看看新奇，并不关心鲸鱼的死活。“有些莫名兴奋的家伙开始爬到鲸鱼的背上，展开双臂，洋洋得意地在上面走来走去，有的还用手指去戳破水泡，去撕它的皮肤。那些给阳光晒得快要脱落的皮肤，只要轻轻一撕，就会露出里面粉红色的肌肉。就这样他们还不罢休，他们还把手指头戳到柔嫩的肉里搅来搅去。”① 鲸鱼被折磨得奄奄一息，但

① 夏季风．罪少年［M］．北京：作家出版社，2003：93．

大量的观光客却让小村人卖东西赚了一些钱。当晚，在几十艘船的拖动下，借助潮水，鲸鱼终于被送回大海。但是三天后，鲸鱼又被渔船拖回，此时的鲸鱼却死了。小村人原想制作鲸鱼标本，以吸引游客，但因成本太高，无法实行，便用砖头水泥给鲸鱼做了巨大的坟墓，葬入鲸鱼。可是没过几天，腐烂的鲸鱼膨胀，挤破了水泥墓，臭气熏天，甚至把村子里的鸡鸭猪都熏死了，最后小村人无奈之下就只好戴上消防部门借的防毒面具，把家搬离小岛。该小说黑色幽默的结局昭示了人终究是不关心别的自然生命的生死，只想着借之渔利，但是自然生命的溃败也会殃及池鱼，使人无家可归。

当然，相对于野生动物，人给家养动物带去的苦难更普遍，更无处不在，只不过因为家养性质，人们往往把动物视为个人私有财产，对待动物的残酷态度往往被有意忽略了，而且更兼人与家养动物的故事往往在较为封闭的空间发生，外人不得与闻，因此当代生态文学对家养动物悲剧关注得还不够。在此以陈应松的中篇小说《太平狗》和张学东的短篇小说《跪乳时期的羊》为例，看看人是如何给狗、羊等家养动物带去可怕的悲剧的。

陈应松的《太平狗》叙述了一条神农架纯种的猎狗到城市的一段悲惨经历。这条名叫太平的赶山狗，原本在神农架山村里过着好好的生活，只因主人程大种要到武汉去打工挣钱而它竟执意要和主人在一起，从而饱受了城市的摧残。在路上，它就被主人狠狠地毒打过，抛弃过，但它还是跟随主人到了城市。由于自己朝不保夕，更何况身后跟着一条大狗，程大种就把狗卖给了屠狗的狗贩子。在笼中等死时，太平狗与城市里的各色狗类打交道，处境极为恶劣。幸好遇上了一个曾在神农架当过知青的人，他认识这种神农架特有的赶山狗，花钱把它解救出来。但是这个老知青如今也已下岗，生活极为窘迫，万般无奈之下，只好把太平狗送给曾当过知青的朋友，他的朋友也不能养活它，便只好遗弃了太平狗。太平狗在城市流浪了一段时间后，终于又在工地上找到了主人程大种。程大种与它再见后，百感交集，但也因为太平狗的事，他又丢了工作。最后，程大种被骗到一个有毒的工厂工作，完全丧失了人身自由，太平狗也差点就被杀死，完全是凭着机智、勇敢和巨大的忍耐精神，才侥幸逃离虎口。后来，程大种死在工厂里。太平狗几次想营救主人都不成，只能想方设法回到神农架故乡。当太平狗遍身伤痕地回到故乡时，它的主人却只能魂飘噬人之城。陈应松对当前城市阴暗面的描绘颇让人震惊，现代都市表面繁华的底下是阴谋暴力、欲望横行、血腥遍地，像程大种这样的人被都市摧残得不成人形，人心也彻底被扭曲，但是太平狗却依然保持着纯真，即使主人如何背叛，如何沦落，也未改初衷。因此，见证着此世界尚有价值值得保存的，不是都市的繁华，也不是程大种那样被牺牲的底层人民，而是担当着道义的太平狗。俗语有言，乱世人不如太平犬。在我们这个所谓的太平盛世的后面，底层人民与狗都生不如死，此诚酷烈矣！当陈应松对太平狗的生命殷殷关注时，这就表现出了尊重自然生命的生态意识。

至于宁夏作家张学东的《跪乳时期的羊》则以一种冷静而略显压抑的笔调叙述了一只名叫白耳朵的小羊的短暂一生。白耳朵出生不久，正是极其渴望母乳的时候，主人家为了给出生不久的小孩喂乳，就用布把母山羊的乳房包裹起来，使它丧失了吃母乳的权利。它的母亲也对它没有任何爱的表示。在这种缺乏爱意的孤寂世界中，小羊白耳朵还很快被阉割。三个月大时，它就被杀死，做了祭品。当然，这样一只小羊的悲惨命运没有人来关注，连它的母亲也不关注，因为那头母羊很快又怀孕了，并得到主人很好的照料。这样一个生命的悲惨无告的过程和结局到底由谁负责，到底由谁解释，你无法找到结论。小说结尾处写道，白耳朵无声无息地死去，而母羊奶着刚出生不足月的小羊羔，“此刻，母羊跟这大片大片的草场连接在一起，丰茂而又温和，即使秋天渐深的萧瑟和沉寂中，依然流淌着芬芳的青草与乳汁交融的气息”①。我们如何面对如此多残缺而痛苦的个体生命呢？作家展示出超越生命界限的博大悲悯情怀，看到所有生命的痛苦，但也看到了宇宙大生命的奔涌不息之潮。我们到底该悲还是该喜？我们到底该如何对待各种自然生命？没有现成的答案，有的只是如水的生命智慧，只是对宇宙大生命的威严和神秘的怀疑和仰望。

生态学家哈丁曾说：“城市居民乐于称之为‘尊重生命’的多愁善感腐蚀了那些从未耕种、捕鱼或狩猎的人们。对生命的真正尊重必定包括对死亡的功能和必要性的尊重。”② 尊重生命真的只是城市居民的多愁善感吗？恐怕没有那么简单！我们知道生命和死亡本是一体两面的事情，宇宙大生命的洪流也正是死亡的洪流，但是由大自然安排的死亡是一回事，而由人类不尊重其他自然生命、不顾生态规律导致动物的死亡则是另一回事。大自然能够让死亡为生命服务，而人类却往往让生命为死亡服务。更何况即使从人的生态良知出发，对于人类给动物带去毫无必要的痛苦和死亡，人应该自我反省，确立起尊重自然、尊重生命的生态伦理。

二、虐食文化的反生态批判

要赓续华夏文化传统中的民胞物与式的生态伦理，自然需要反思中华的饮食文化。众所周知，中华饮食文化博大精深，对于人类文明的贡献不可小觑。但是若从生态伦理角度来审视，其中值得反思的问题，最关键的就是虐食倾向。所谓虐食，主要是指过度地食用各种动物，在制作食物的过程和食用的过程中不考虑动物的需要和福利，没有尽可能地减少动物的痛苦。关于人对动物的虐杀，许

---

① 张学东．跪乳时期的羊［M］．北京：作家出版社，2003：196.

② 哈丁．生活在极限之内：生态学、经济学和人口禁忌［M］．戴星翼，等译．上海：上海译文出版社，2001：171.

多古代中国人曾屡屡表达了抗议，在佛教伦理的影响下，无数有良知的人倡导弃荤茹素。宋朝诗人陆游曾写道："血肉淋漓味足珍，一般痛苦怨难伸；设身处地扪心想，谁肯将刀割自身?"宋代愿云禅师的戒杀诗则说："千百年来碗里羹，怨深似海恨难平；欲知世上刀兵劫，但听屠门夜半声。"明朝人陶望龄则说："物我同来本一真，幻形分处不分神；如何共嚼娘生肉，大地哀号惨煞人。"对于这些人而言，杀生食肉，实在是没有必要的积聚怨恨，毒化生命，人需要将自己放在动物的立场上来体验一下动物的痛苦，断除肉食，少给动物施加没有必要的痛苦。当今生态伦理学者则认为，纯粹的素食也许很难推广，食用动物很难避免，不过，"为我们提供食物的动物虽然还无法避免被宰杀的命运，但我们有责任减轻他们在生命过程中所经受的痛苦，要满足动物福利的三个需要：维持生命的需要、维持健康的需要及维持舒适的需要。……要改善动物的饲养、运输、屠宰条件，反对残忍和野蛮对待动物的方式，如活吃动物的肢体和器官，或者以火烧活烤、慢炖慢煮的方式来折磨动物，这样的行为超过了生物在自然状态下所遭受的痛苦，违背了不增加痛苦的环境道德要求"①。的确，即使不能做到断荤茹素，人也不能不考虑动物的痛苦问题。这绝对不是虚伪，生态伦理就是在对待动物的不同态度中萌芽生长的。

其实，古典作家也曾经对华夏大地偶尔出现的虐食文化持严厉的批判态度。明朝作家王同轨曾在《耳谈类增》中记述了虐食的恐怖。"万历初，滁阳琅琊寺僧月溪者，好于涧中捞小蟹，蒸令汁出而食之，岁以为常。后病剧，微见小蟹潮涌满身，手拂之去，而涌益急，竟死。滁客谈。座上有长倩，又谓金陵贵珰茄公食料，日以鹅十只置烧炕上，任其跳跃，即时掌肿肥大，乃截掌入馔，余悉投弃。炮烙之刑，亦何其惨！尝在北都见百十乞儿，裸体叫雪，极可

① 余谋昌，王耀先. 环境伦理学［M］. 北京：高等教育出版社，2004：269.

哀悯。人为皆其中暴殄所轮转，其或然。”无论是琅琊寺僧月溪蒸食小蟹，还是金陵贵珰茄公为了吃鹅掌让活鹅受炮烙之刑，都是极为残酷的做法，都没有考虑到动物的福利和痛苦，因此叙述者为了表达对这种反生态的丑陋行为的愤怒和憎恶，竟然让他们或者受到活报应，或者转世受报应。

清朝作家李渔在《闲情偶寄·饮馔部》中针对烹制鹅掌时，让鹅遭受可怕的折磨，也表示强烈不满：

有告予“食鹅之法”者，曰：“昔有一人，善制鹅掌。每豢肥鹅将杀，先熬沸油一盂，投以鹅足，鹅痛欲绝，则纵之池中，任其跳跃。已而复禽复纵，炮瀹如初。若是者数四，则其为掌也，丰美甘甜，厚可径寸，是食中异品也。”

予曰：“惨哉斯言！予不愿听之矣。物不幸而为人所畜，食人之食，死人之事。偿之以死亦足矣。奈何未死之先，又加若是之惨刑乎？二掌虽美，入口即消，其受痛楚之时，则有百倍于此者。以生物多时之痛楚，易我片刻之甘甜，忍人不为，况稍具婆心者乎？地狱之设，正为此人，其死后炮烙之刑，必有过于此者。”

好个“以生物多时之痛楚，易我片刻之甘甜”！李渔具有非常清醒的生态意识，他同情鹅，反对人为了一点口腹之欲就无节制地施加痛苦给动物。他认为为了吃鹅掌让鹅受炮烙之刑的人下地狱后自身也要遭受炮烙之刑。可以想见，他对这种反生态的恶行是多么愤怒和厌恶。

随着现代文明把人和自然生命日益隔绝，现代人往往只能在餐桌上遭遇动物了，正如辛格所言：“大部分的现代人，尤其是住在城中和市郊的人，跟人以外的动物最直接的接触就是在饭桌上：我们吃它们。这一个无可否认的事实，是我们对其他动物的态度之关键，但同时也是我们改变这方面的态度的关键。为了吃动物，人类在对动物的利用与滥用纯以数目来说，远远超过了因其他目的而行的动物虐待。”① 的确，因为要食用，现代人对动物的虐待是非常可怕的。尤其是素来相信“民以食为天”、在饮食方面几乎没有任何宗教、民俗方面的禁忌的大部分中国人，更是给动物带去了无法估量的痛苦。因此，生态作家郭雪波借小说《沙葬》中的云灯喇嘛对现代人的虐食倾向表达了质疑：“……人是个太残忍太霸道的食肉动物，你看看你们这些不信佛的人，啥不吃？天上飞的，地上跑的，水里游的，……就说吃鸡吧，鸡腿、鸡翅、鸡肚、鸡肠、鸡冠、鸡头、鸡皮、鸡爪、鸡肝、鸡脖、鸡胗，除了鸡毛鸡屎外，鸡身上哪样都不落地全吃够！野狼吃鸡都没有这么细。人啊，早晚把这个地球吃个干净吃个光！唉，你说说，人这玩意儿还有救吗？”② 没有饮食禁忌的中国人的确可以把地球上所有的野生动物都吃光。叶广芩也反感中国人的味觉取向，“中国人的特点是，遇到任何物种，首先被刺激的就是食欲，这实在是一种陋习，我们应该更改的陋习”③。“人的嘴，是万恶之源。人的嘴，是动物的坟墓。”④ 人食肉时享受着一点的快感，是需要动物以无限的痛苦来补偿的，这真是令人细思极恐的事情。周晓枫在散文《乌群》中也曾说：“人在动物界有着一致的恶劣口碑，也许正因此，才被开除出动物籍。乌鸦可以吃数百种食物，数字和人对比相形见绌。人这个不加选择的杂食家伙，胃袋和脑袋一样发达，就像一只随身携带的垃圾袋。并且，人类还有一个可鄙的习惯，以吃过食物的种类和价钱，来体现他的身份。如果说原始捕猎过程存在很多危险，先民吃掉猎物还可以表现征服中的力量、勇气和智慧，那么现在，那些‘见多识

---

① 彼得辛格. 动物解放［M］. 孟祥森，等译. 北京：光明日报出版社，1999：118.

② 郭雪波. 天出血［M］. 南昌：百花洲文艺出版社，2002：79.

③ 叶广芩. 老虎大福［M］. 西安：太白文艺出版社，2004：226.

④ 叶广芩. 老县城［M］. 北京：中国工人出版社，2004：221.

广’的饕餮，只剩下无知可供展览了。”① 话虽如此尖锐，但是现实中，以见多识广为荣的饕餮却不计其数，那一副副拍着肚皮、剔着牙齿的颟顸之相令人鄙视。

当代文学中，有一部短篇小说还专门描绘虐食给人带来的欢愉体验而对之没有什么反省意识的，那就是阿成的《小菜驴》。该小说叙述阿成到山西某城，因该地交通不便，便花十五块钱买得一头小菜驴代步。这种小菜驴身条秀气，毛色极好，叫声也极为动听。阿成骑着小菜驴到达目的地后，便以十块钱的价格把小菜驴出售给路边野店，还心安理得地吃一顿生剐驴肉。可怕的就是作者如何书写这次吃活驴的经历：

老板取来一瓢沸水，鸭步过来，朝驴之臀部缓缓地浇泼下去。然后，扔瓢在草地上。草地上，野花遍是，姹紫嫣红，一律楚楚动人。只见老板将烫过的地方，用手别样地一刮，毛全下来了。再然后，取一柄锋利尖刀，迅雷不及掩耳，刷！片下一片儿厚厚的驴肉。驴便开嘴大唱。驴肉被老板托在掌中，奔下的两极，活活地，吃力地往上跷，跷，终于力竭疲软下去，叫人愉快。②

从生态学意义上一般地反对人吃肉食，恐怕是解释不通的。佛教的素食教规乃是基于伟大的悲悯情怀和人生轮回教义。但是人如何吃肉食，尤其是如何对待动物的死亡，却是需要人加以生态伦理的反思和相关习俗规范的规诫。在确实有必要伤及某个生命时，尽可能地减少不必要的痛苦，恐怕是人对任何自然生命的最低伦理底线。但是该小说所展示的生剐活驴，就违背了最基本的生态伦理，而作者对这一行为的欣赏和享受就更让人反感人心的坚硬和昏聩。

---

① 周晓枫. 斑纹：兽纹上的地图［M］. 北京：中国文联出版社，2002：108.

② 阿成. 胡天胡地风骚［M］. 武汉：长江文艺出版社，1996：243.

那是一个活生生的生命，仅仅为了一个人的口腹之欲，就必须忍受活剐之痛苦！当然，作者也许可以振振有词地说道："那不就是一条'小菜驴'吗!"居心叵测的命名就这样掩藏对另一种自然生命的内在价值的置若罔闻。这种命名与鲁迅在杂文中所揭露的灾难年代里把人命名为"两脚羊"并大肆饕餮何其相似乃尔！该作者不看被活剐的驴之痛苦，却注目于那块活活跳动的驴肉，并说"叫人愉快"，这种价值盲视的确是让人冷汗淌背！更为可怕的还是下文，这个颇有君子之风的阿成吃驴肉极为惬意，一边还喝着汾酒，"无奈木桩中的小菜驴唱得正猛，亢奋的嘶鸣声，搅了阿成好端端一个记忆"①。被活剐的小驴还在痛苦地哭诉，绝望地哀啼，而它的一块肉已经落入一个人类中极有教养的作家口中！而这个作家还怪小驴濒死的嘶鸣声搅扰了他吃肉喝酒的好心情！如此咄咄怪事，恐怕稍有恻隐之心的人都不敢相信。与"亚圣"孟子对语的齐宣王仅仅看到将被拉去杀掉祭祀的牛而不忍见其觳觫之惨状，就起了恻隐之心，但是现在他们的子孙中居然还有吃着生剐驴肉还嗔怪小驴的哀鸣声的人！这里显示出了在中华饮食文明的掩盖下几近无耻的极端颟顸和残酷！而这一切似乎还没有把那副饕餮嘴脸的麻木、愚蠢和颟顸加以最充分的展示，因此阿成还写道："走出二里路，犹闻那小菜驴儿的唱，只是愈加柔了，轻轻，轻轻，充满仁慈与好意地与大自然喃喃诀别着。阿成不觉一笑。"② 那种被人活剐、痛不欲生的绝叫竟然被这个饕餮的文人听成了歌唱！那只小驴似乎全然地只是为了人类才来到这个世界上，被人活剐了还不够，还要"充满仁慈与好意地与大自然喃喃诀别着"。人自大到如此地步，麻木到如此地步，虚伪到如此地步，夫复何言！在模仿汪曾祺和贾平凹式的审美情趣底下竟然掩藏着对待另一种生命的如此态度，这的确让人

---

① 阿成．胡天胡地风骚［M］．武汉：长江文艺出版社，1996：244.

② 阿成．胡天胡地风骚［M］．武汉：长江文艺出版社，1996：244.

倍感荒诞。

需要提及的是像这种活剐驴肉的吃法在古代中国也曾经出现。清朝人钱泳的笔记《履园丛话》卷十七《报应·残忍》中就有一则活剐驴肉的笔记：

> 山西省城外有晋祠，地方人烟辐辏，商贾云集。其地有酒馆，所烹驴肉最香美，远近闻名，来饮者日以千计，群呼曰“鲈香馆”，盖借“鲈”为“驴”也。其法以草驴一头，养得极肥，先醉以酒，满身排打。欲割其肉，先钉四桩，将足捆住，而以木一根横于背，系其头尾，使不得动。初以百滚汤沃其身，将毛刮尽，再以快刀零割。要食前后腿、或肚当、或背脊、或头尾肉，各随客便。当客下箸时，其驴尚未死绝也。此馆相沿已十馀年。至乾隆辛丑（1781年）岁，长白巴公延三为山西方伯，闻其事，遂命地方官查拿，始知业是者十馀人，送按司治其狱，引谋财害命例，将为首者论斩，其余俱边远充军，勒石永禁。张味石大令为余言。①

令人尊敬的是，当时地方官员对此事件的查处，居然把为首者论斩，其余充军，可见他对此事件的看重。但当今中国，活剐驴肉的事情居然被某作家当成一次美妙的味觉体验之旅，也没有司法机关出面惩处恶行，可见，当代有些国人对待动物的生态伦理早已经发生了历史倒退。

幸好我们有生态意识的觉醒的作家，他们对当今中国人的许多虐食行为做了及时的描述和严厉的批判，至少部分挽回了国人的生态尊严。哈尼族作家洛捷1996年发表了名为《独霸猴》的生态短篇小说。该小说提出了畸形的消费方式对动物、对生态系统的巨大破坏。“独霸猴”是中国、越南、老挝三国交界处深山中的一只猴

---

① 钱泳．履园丛话［M］．北京：中华书局，1979：465．

子。由于人类乱砍滥伐森林，再加上把野生动物作为野味大肆捕杀，结果猴子的领地和数目越来越少，猴子于是开始报复人类。猎手夸有受命去消灭带头的“独霸猴”。“独霸猴”很聪明，夸有费尽心机才将它杀掉。但从此以后，夸有却丧魂失魄，精神失常。该小说有一段触目惊心的描写，揭示了畸形的消费主义是如何残害动物、扭曲人性的。那些发了财的大款对猴子干巴（菜名）、红烧小炒（猴子肉）已经失去兴趣，于是山珍餐馆老板发明了一道“活猴顶豆腐”的名菜：

伙计牵来一只体大肉肥的母猴，把猴的半个头夹在预备好的桌子上，服务小姐端上酱油辣子、芫荽花椒、姜蒜作料。大款们手持汤勺、酒杯吞咽着口水围桌而坐。老板娘扭着腰来，吩咐伙计动手。伙计的剃刀从猴头自上而下“唰唰”地剃毛，猴子睁着双眼“支支吾吾”叫唤，反抗着。伙计用湿毛巾抹抹光光的猴头，操起长刀，手拇指试试锋利刀刃，然后抡起长刀“刷”地把猴头盖骨平削而去。顿时，“呼呼”跳动的猴脑冒着热气，洁白如同水豆腐似的显露出来。“嗬嗬！”包工头及大款们趁热把猴脑舀出，往佐料里一蘸，就着三鞭“咕咚”咽到肚里，他们边吃边谈，边观赏猴子的挣扎，若无其事地和陪酒女郎们打情骂俏……①

也许任何稍有恻隐之心的人看到这段文字，想象着这个场景，都会肌肉痉挛，甚至干呕不止，然后怒不可遏，大声詈骂。但是那些当场吃猴脑的人怎么就没有些许恻隐之心呢？怎么对另一种自然生命的痛苦和死亡就会完全无动于衷呢？怎么就如此沉湎于一时的口腹之欲呢？

同样是写猴脑筵，我们也可以读读杨振林的诗集《水焚》中的

---

① 洛捷. 独霸猴［J］. 边疆文学，1996（4）.

《猴脑筵》这首诗歌："温顺的小灵猴/端起酒壶/斟一桌幽默和生趣/为客助兴//蹦跳蛰伏/白亮亮的眼波斜送/等待赏赐与赞美的目光//师傅轻轻拨弄机关/小脑瓜卡在板心/操起榔头钢管对准天灵盖/一声闷响//舀起一小勺血红雪白/叫一声干/小猴最后一次努力地摇头/奶声奶气的呻吟/短促微弱"①。如此温顺的小灵猴竟然被食客活吃猴脑，正是令天地变色的生态悲剧啊！如果有上帝，肯定不能只是人的上帝，而应该是所有生灵的上帝；在这所有生灵的上帝面前，被活吃脑子的小灵猴该如何控诉那些人类的食客呢？如果有拔舌地狱，正该为这些贪图口腹之欲而去虐杀其他生灵的人类食客而设！

无独有偶，贾平凹的长篇小说《怀念狼》中也写到秦岭山区野店里的活吃牛肉的虐食场面。记者高子明跟着舅舅还有烂头去寻访秦岭地区残存的狼时，经过一个叫英雄砭的地方，那里就有一个"英雄砭牛肉店"卖活牛肉：

我绕过一摊猩红的污水，进了后院，后院非常大，堆着无数的牛完整的骨骼架，一个粗糙的木架子里固定着一条肥而不大的小牛，牛的一条后胯已见骨骼，肉全没有了，血在地上流着，而木架上垂吊着两串香草绳，点燃了冒着青烟，使嗡嗡飞来的苍蝇蚊虫不能靠近。那位小伙计高挽了袖子，口里叼着柳叶刀，提一桶水过来了，桶水放下，却弯腰打开木架旁的碌碡上的收音机，《二泉映月》胡琴声便弥漫在空中，像吸烟人口鼻里飘出的烟雾，像悄然飞来的蝴蝶，我看见小伙计突然提起了那桶水，哗地泼向牛的右前腿，牛没有叫，却张大了嘴，浑身抖动。牛的四肢完全是没有了力气，但木架子固定了它，使它不得屈跪下腿去，而那一对眼睛却流着泪

---

① 华海．当代生态诗歌［M］．北京：作家出版社，2005：5.

水，是黏稠的泛黄的液体，从脸颊上滑下去。小伙计似乎看也没看，柳叶刀在牛背上备了备，问道：“要牛舌吗?”

“不，要红烧的牛尾!”舅舅说。

刀一起落，牛尾就断了，快捷得好像牛尾是安接上去的。牛尾在地上动着，扑上来的苍蝇蚊虫被它扇远。

“我得要牛鞭!”

烂头弯下身去，用手摩搓着牛的生殖器，一根东西就长出来，他的后脖子里便爬上了一只八脚蚊虫，小伙计一掌按下去，后脖上没有血，是一摊黑墨的东西。

“从根来割，从根割!”

刀尖没有伸向牛的胯下，而是在牛的肛门下扎进去，用力一搅，小伙计说：“从前边拽吧!”烂头再次弯下身去，将牛鞭抽了出来，足足有一尺长。①

此等场景，想来会让敏感的读者都感到极度不适。为了吃一口牛肉，有人居然会如此残忍地对待一头活牛，的确让人难以直面!小说中的记者“我”看不惯这种残忍的吃法，就没有在该店吃牛肉，无疑也表示了作者对这种虐食文化的彻底否定。

虐食文化进入当今时代在都市里和消费主义相伴生时，会绽放出极为恐怖的恶之花。城市里高楼林立，酒店鳞次栉比，现代人日益和大自然隔离后，部分人蜕变成心灵麻木的消费者和耽于口腹之欲的饕餮者。当他们日益追求食材的美味、新鲜和奇特时，他们就会成为各式各样的虐食者。对于消费主义时代的虐食文化，莫言的长篇小说《酒国》以天马行空般的想象力、魔幻现实主义式的艺术表现力做了令人触目惊心的全面展示。乐钢曾说：“以‘吃’或大

① 贾平凹．怀念狼［M］．北京：作家出版社，2000：113－114．

众消费论社会—生态污染，《酒国》的双叙事之一（即酒博士李一斗写的‘故事中的故事’）从极度饥饿和产生的幻觉写起，通过‘肉孩’的生产、加工和消费，到以后的全驴宴与燕窝的滥采绝迹，完成了一个对整体生态系统的暴殄自食的灾难寓（预）言。”① 的确，莫言的《酒国》就是消费主义时代里关于虐食文化的生态寓言。

《酒国》以省人民检察院的特级侦察员丁钩儿奉命到酒国市去侦察吃婴儿的大案为线索，展示了酒国市沉湎于虐食文化的种种荒诞现实。莫言笔下的酒国市简直是当代虐食文化的集大成之地。首先是当地人吃的动物种类极多，没有任何禁忌。“他们为什么要吃小孩呢？道理很简单，因为他们吃腻了牛、羊、猪、狗、骡子、兔子、鸡、鸭、鸽子、驴、骆驼、马驹、刺猬、麻雀、燕子、雁、鹅、猫、老鼠、黄鼬、猞俐，所以他们要吃小孩，因为我们的肉比比牛肉嫩，比羊肉鲜，比猪肉香，比狗肉肥，比骡子肉软，比兔子肉硬，比鸡肉滑，比鸭肉滋，比鸽子肉正派，比驴肉生动，比骆驼肉娇贵，比马驹肉有弹性，比雁肉少青苗气，比鹅肉少糟糠味，比猫肉严肃，比老鼠肉有营养，比黄鼬肉少鬼气，比猞猁肉通俗。我们的肉是人间第一美味。”② 其实，小说里还写到酒国市人吃鸭嘴兽、燕窝、蟋蟀等。“举凡山珍海味、飞禽走兽、鱼鳞虫介地球上能吃的东西在咱酒国都能吃到。外地有的咱有，外地没有的咱还有。”③ 面对如此驳杂的食谱，真的让人感到酒国市人的虐食记录已经达到令人发指的地步。当然，不但是吃的动物种类繁多，即使吃一种动物，例如吃驴，在酒国市的“一尺酒店”（即侏儒酒店）里居然发展出全驴宴。“先是十二个冷盘上来，拼成一朵莲花：驴

---

① 乐钢．环境主义的盛世危言与末日诅咒［J］．读书，2000（5）：23.
② 莫言．酒国［M］．海口：南海出版公司，2000：107.
③ 莫言．酒国［M］．海口：南海出版公司，2000：146.

肚、驴肝、驴心、驴肠、驴肺、驴舌、驴唇……全是驴身上的零件。"① 红烧驴耳，珍珠驴目，酒煮驴肋，盐水驴舌，红烧驴筋，梨藕驴喉，金鞭驴尾，走油驴肠，参煨驴蹄，五味驴肝，"龙凤呈祥"（公驴和母驴的生殖器）……吃驴，吃到如此地步，恐怕不能称为美食文化，而是令人发指的虐食文化。

当然，最为可怕的是吃婴儿。而为了让虐食者心安理得，他们居然反复强调婴儿不是人，只是肉孩，只是像鸭嘴兽一样的小野兽。烹饪教师在教授学员做红烧婴儿的时候，就反复强调："厨师是铁打的心肠，不允许滥用感情。我们即将宰杀、烹制的婴儿其实并不是人，它们仅仅是一些根据严格的、两相情愿的合同，为满足发展经济、繁荣酒国的特殊需要而生产出来的人形小兽。它们在本质上与这些游弋在水柜里待宰的鸭嘴兽是一样的，大家请放宽心，不要胡思乱想，你们要在心里一千遍、一万遍地念叨着：它们不是人，它们是人形小兽。"② 鲁迅关于"传统吃人"的启蒙寓言在莫言的《酒国》里终于演变为实实在在的虐食文化实践。该小说曾描绘过酒国市最有名的一道菜"麒麟送子"："那男孩儿盘腿坐在镀金的大盘里、周身金黄，流着香喷喷的油，脸上挂着傻乎乎的笑容，憨态可掬。他的身体周围装饰着碧绿的菜叶和鲜红的萝卜花。侦察员失魂落魄般望着男孩，吞咽着翻卷而上的胃中液体。男孩水灵灵的眼睛回望着，鼻孔里喷出热气，嘴唇翕动，好像要开口说话。"③ 生态伦理更关注人和自然之间的伦理关系，关注人施加给动物的痛苦，关注人造成的生态危机；但是当《酒国》展示出酒国市人开始吃婴儿时，这已经彻底突破了人际伦理的底线，更不要说能否坚守生态伦理的底线了。

---

① 莫言．酒国［M］．海口：南海出版公司，2000：159.
② 莫言．酒国［M］．海口：南海出版公司，2000：231.
③ 莫言．酒国［M］．海口：南海出版公司，2000：83.

其次，酒国市人的虐食文化还表现于吃动物时根本不考虑动物的合理需要，无限制地施加痛苦给动物。小说里曾写到一个恐怖的情节：一匹拉煤的骡子不幸被石条夹断了一条后腿。罗山煤矿矿长次日要接待市领导参观，给招待所厨师下死命令要他们准备好菜招待，厨师就找车夫买骡蹄，要做红烧骡蹄招待领导，结果骡子被活活劈死，仅取走四只蹄子：

车夫一手攥着四只骡蹄钱，另只手把那只微微颤抖的骡蹄递给白衣女人。她接了蹄，小心翼翼地放到蜡条篓中。另一位白衣女人从柳条包里摸出钢刀利斧截骨锯，气昂昂站着，口里出高声，催促年轻车夫赶快把小黑骡子解放出来。车夫罗圈着腿、弓着腰、哆嗦着手，解脱了小黑骡子。说时迟那时快，白衣女人举起利斧对准骡子宽阔的脑门猝然一击，斧刃挤进了骡头，怎么拔也拔不出来，但她还是拔，在她拔斧头的过程中，小黑骡子前腿猛然跪地，然后，缓缓地将整个身躯平摊在凸凸凹凹的地面上。

丁钩儿长长地舒出了一口气。

小骡子还没有彻底死亡，粗重的呼吸还在它脖子里响着，柔弱无力的淡薄血液从斧刃的两边洇出来，浸湿了它的睫毛、鼻梁和嘴唇。

还是那个斧劈骡子的白衣女人，操起那柄蓝色的短刀跳到骡子身边，一手攥住骡蹄——黑色的大骡蹄白色的小嫩手——一手握刀沿着骡蹄与骡腿之间弯曲的接合部，轻快地一转，轻快地又一转——攥蹄的小白手往下一按——骡蹄与骡腿分开，中间只连着一根白色的筋络。短刀一挑，骡蹄与骡腿彻底告别。白手一扬，骡蹄飞到另一个白衣女人手里。①

---

① 莫言．酒国［M］．海口：南海出版公司，2000：129－130.

面对人如此残暴地对待一头骡子，真的不知道人心到底何在？人性到底何在？而且，《酒国》中，莫言也提到活剐驴肉的虐食问题。“清末这驴街上有一家驴肉馆，烹炒的驴肉最香，他们的方法是：在地上挖一个长方形的坑，上边盖一块厚木板，木板的四角上各有一圆洞，把驴子的四条腿下到圆洞里，驴子就无法挣脱。然后用滚水浇驴，刮尽驴毛。食客们要吃驴身上哪块肉可随意选，选定后即下刀割取。有时把驴肉卖光了，驴还在苟延残喘。你说残酷不残酷？”① 虐食到如此地步，夫复何言。

非常有意味的是，莫言在《酒国》中特别关注酒店这一消费主义时代的特别场所对虐食文化恶风的助长。无论是小说开篇丁钩儿要暗访的罗山煤矿地下豪华餐厅，还是侏儒余一尺的“一尺酒店”，都是虐食文化的推行者，也是虐食文化的演绎场。酒店里，所有虐食的血腥场面和生态后果都被遮掩了起来，饕餮者可以享受到最到位的服务，可以看到最光鲜的场景，可以完全沉湎于美味而不用去想象虐食造成的良心问题。例如小说写到罗山煤矿地下豪华餐厅和丁钩儿吃的豪华大餐的景况：

这是一间豪华的餐厅，无论色彩还是光线，都柔和得让人想到爱情和幸福，唯一破坏爱情和幸福的，是一缕缕隐隐约约的、十分古怪的味道。丁钩儿眼睛里闪着贼光，迅速地打量着餐厅里的一切：从橘红色的真皮沙发到浅黄的真丝窗纱，从洁白的雕花天花板到餐桌上洁白的台布。一盏枝型大吊灯悬挂在天花板正中，玻璃水晶，玲珑剔透，流光溢彩，宛若串串珠玑。地板光洁如镜，一定刚刚上蜡。墙角上的大屏幕彩电里放映着卡拉 OK 伴唱带，音乐甜蜜缠绵，一个泳装女郎在里边搔首弄姿。……

---

① 莫言. 酒国［M］. 海口：南海出版公司，2000：361.

丁钩儿继续观察：圆形大餐桌分成三层，第一层摆着矮墩墩的玻璃啤酒杯、高脚玻璃葡萄酒杯、更高脚白酒杯，青瓷有盖茶杯，装在套里的仿象牙筷子，形形色色的碟子，大小小的碗，不锈钢刀叉，中华牌香烟，极品云烟，美国产万宝路，英国产555，菲律宾大雪茄，特制彩盒大红头火柴，镀金气体打火机，孔雀开屏形状假水晶烟灰缸。第二层已摆上八个凉盘：一个粉丝蛋丝拌海米，一个麻辣牛肉片，一个咖喱菜花，一个黄瓜条，一个鸭掌冻，一个白糖拌藕，一个芹心，一个油炸蝎子。丁钩儿是见过世面的人，觉得这八个凉盘平平常常，并无什么惊人之处。圆盘的第三层上，摆着一盆生满硬刺的仙人掌。这只仙人掌让丁钩儿刺痒痒地不愉快，他想为什么不摆上一盆鲜花呢？……①

现在他有劝必饮，一杯接一杯，仿佛倒进无底深渊，连半点回音也没有。在他们豪饮的过程中，一道道热气腾腾、色彩鲜艳的大菜车轮一般端上来，三位红色服务小姐，像三团燃烧的火苗，像三个球状闪电忽喇喇滚来滚去。他恍惚记得吃过巴掌大的红螃蟹，挂着红油、像擀面杖那般粗的大对虾，浮在绿色芹叶汤里的青盖大鳖像身披伪装的新型坦克，遍体金黄、眯缝着眼睛的黄焖鸡，周身油响、嘴巴翕动的红鲤鱼，垒成一座玲珑宝塔形状的清蒸鲜贝，还有一盘栩栩如生、像刚从菜畦里拔出来的红皮小萝卜……②

可以想见，在这样的酒店里，任何饕餮者都无法把自己的一顿豪华大餐和无数惨遭不幸的动物、被敲骨吸髓式地掠夺得破产的大自然联系起来，更不知道自己行为的反生态实质。莫言以魔幻现实主义的笔法把酒国市的种种虐食畸趣一一揭露，无疑让我们可以对

---

① 莫言．酒国［M］．海口：南海出版公司，2000：45－46．
② 莫言．酒国［M］．海口：南海出版公司，2000：49．

镜自照，反思我们的饮食文化，反思消费文化的野蛮之处，从而能够萌生尊重动物的生态意识，节制口腹之欲，为自然生态的健康发展做出力所能及的贡献。

与莫言一样，叶广芩也对华夏大地上的虐食文化深恶痛绝。她的短篇小说《狗熊淑娟》中那只狗熊的遭遇就揭示了人类的动物园制度和中华饮食文化的残忍。狗熊淑娟小时遭母熊丢弃，被地质队捡到，抚养了一段时间后，又转交给动物园。在动物园里，狗熊淑娟一待就是二十几年，衰老时就被动物园卖给了马戏团。饲养员林尧是个心地善良之人，几十年与动物打交道，心地还没有磨出老茧，得知狗熊淑娟被卖后，就四处寻找它。最后找到时，它已经被疾病和人的各种残忍行为（例如马戏班班主仅为了证明铁笼中的黑熊还是活着的，就用烧红的铁条烙它）折磨得奄奄一息，也认不出饲养员了。在林尧接近它，它一时性起，挥掌击死了他，自己也被杀，而熊掌成了要领养它的企业家餐桌上的一道美味。小说特别写到那只熊掌："被扔回盆内的已经半熟的熊掌将那惨白的趾爪触目惊心地指向苍天，掌心弯曲，画出一个惊异的问号。这只脚爪曾与一个通人性的牲灵相连着，它无数次地由栏内伸出，向人们传达着它的温情，它的喜悦和它对人的无限依赖与情爱……它何曾料到，它的掌爪还会以另一种形式出现在滚热的汤锅中，被撤骨拔毛，成为佳肴送入它所爱的人的口中。"① 狗熊淑娟的悲剧典型地反映了现代人对于动物的残酷。首先是现代人的动物园制度就给野生动物造成无尽苦难。动物园是生活在城市里远离大自然的人们才会设想出来的囚禁自然生命以自娱的场所。这种场所几乎仅为人类利益考虑，是典型的人类中心主义。从动物的眼光来打量动物园，那无疑是人类最残暴的体现。狗熊淑娟在年轻时曾给动物园带来可观的收

---

① 叶广芩．老虎大福：小说集［M］．西安：太白文艺出版社，2004：216.

入，给游人带来快乐，但是到年老时，却得不到最基本的待遇，食不果腹，疾病缠身，最终竟然被卖给马戏团。其次，中国人的饮食文化更是惨无人道。中国人只要有点钱，就追求“食不厌精，脍不厌细”。这种饮食文化若仅是在常规食物范围内，是没有什么可指责，至多是看出我们这个民族长期以来在专制制度下没有什么精神追求的兴趣而已。但是当人的口腹之欲肆意地指向各种野生动植物时，这种饮食文化的生态灾难性质就极为可怕了。小说中由陆家二大大那精绝的厨艺支撑起来的饮食文化表面上看无论多么文雅，而实质上却是极端的愚蠢与野蛮。

哲夫在《世纪之痒——中国生态报告》中曾提到另一种虐食，那就是从动物身体提取药物。他提到东北林区中有人养熊抽取熊胆汁，其中竟然有一头不堪忍受痛苦，趁人不备一把掏出心脏自杀，他站在熊的立场上暴怒地斥问：“难道自然界还有比人类更残忍更万恶的生物吗?!”作者感叹道：“如果被一头熊这样诅咒，人类的末日就真的不远了。比豺狼更残忍的不该是人，而事实上却恰恰是人。熊不会把人告上法庭，森林和草原也不会把人告上法庭，被弄脏的河流和水土流失的大地更不会把人类告上法庭。唯有人类自我毁灭才能彻底改变和解放万类万物皆备于人类巧取豪夺的悲惨命运。人类爱护万类万物是在延长自己的口中食、身上衣以及各种吃穿用度的有效时间。它们不想提醒人类。如果人类肯与一头熊换位思考，肯与一匹骆驼、一头牛、一只蝴蝶换位思考，肯与一条河流、一片森林、一块土地换位思考，那人类就真的有福了!”① 的确，中医里许多医药以动物入药，结果给动物造成无法估量的伤害，这是需要加以生态反思的。抽取活熊的胆汁，给黑熊造成如此可怕的痛苦，的确是突破生态伦理底线的残忍之举，需要政府立法

① 哲夫. 世纪之痒：中国生态报告［M］. 武汉：长江文艺出版社，2006：39.

加以禁止。

诗人雷平阳的《杀狗的过程》则提到人为了吃狗肉残忍地虐杀狗的恐怖场景：

这应该是杀狗的
唯一方式。今天早上 10 点 25 分
在金鼎山农贸市场 3 单元
靠南的最后一个铺面前的空地上
一条狗依偎在主人的脚边，它抬着头
望着繁忙的交易区。偶尔，伸出
长长的舌头，舔一下主人的裤管
主人也用手抚摸着它的头
仿佛在为远行的孩子理顺衣领
可是，这温暖的场景并没有持续多久
主人将它的头揽进怀里
一张长长的刀叶就送进了
它的脖子。它叫着，脖子上
像系上了一条红领巾，迅速地
蹿到了店铺旁的柴堆里……
主人向它招了招手，它又爬了回来
继续依偎在主人的脚边，身体
有些抖。主人又摸了摸它的头
仿佛为受伤的孩子，清洗疤痕
但是，这也是一瞬而逝的温情
主人的刀，再一次戳进了它的脖子
力道和位置，与前次毫无区别
它叫着，脖子上像插上了

一杆红颜色的小旗子，力不从心地
蹿到了店铺旁的柴堆里
主人向它招了招手，它又爬了回来
如此重复了5次，它才死在
爬向主人的路上。它的血迹
让它体味到了消亡的魔力
11点20分，主人开始叫卖
因为等待，许多围观的人
还在谈论着它一次比一次减少
的抖，和它那痉挛的脊背
说它像一个回家奔丧的游子①

狗是重感情、有灵性的动物，与人朝夕相处，不知道给人带去过多少情感的慰藉，但是人还是忍不住虐杀它、吃它的肉，人的残忍实在罄竹难书。该诗中，那个杀狗的主人是那么冷酷，那条被杀的狗又是那么忠诚，两者判若霄壤的对比，使我们不由得对人性齿冷，而将一捧热泪献给那条死在爬向主人的路上的狗。

康德曾说："就动物而言，我们不负有任何直接的义务。动物不具有自我意识，仅仅是实现外在目的的工具。这个目的就是人。动物本性类似于人的本性，我们可以通过对动物的义务来证明我们的本性，表达对人的间接的义务。"② 也不知道康德是从哪里获得如此肯定自信的人类中心主义的立场，也许他从来不曾和动物的清澈眼睛对视过一次，也许他从来未曾目睹过动物在人类的残酷虐待下绝望无助的神情，否则一个人怎么会如此大言不惭地说人才是目

① 雷平阳. 山水课：雷平阳集 1996—2014［M］. 北京：作家出版社，2015：16.

② 雷毅. 深层生态学思想研究［M］. 北京：清华大学出版社，2001：18.

的，动物只是实现外在目的的工具呢？相比较而言，我们更愿意相信史怀泽的话："只有当人认为所有生命，包括人的生命和一切生物的生命都是神圣的时候，他才是伦理的。"① 的确，无论是人还是其他生物的生命都是神圣的，即使人为了生存不得不伤害其他生物尤其是动物，人也必须考虑尽可能少给它们带去痛苦，虐食文化则是绝对不能接受的。

三、动物的高贵和尊严

民胞物与式的生态情怀自然值得人尊敬，不过，需注意的是，其中凸显的不能仅仅是人高超的主体性，应该意识到动物同样也是主体，动物生命并不比人的生命低级，因此民胞物与彰显的是人与人的主体间性、人与自然生命的主体间性。其实，华夏文化传统中，修养高超的人向来不鄙视动物，对动物生命的高贵和尊严素来都持肯定态度。也许儒家那里还常常强调伦理道德是人与动物的主要区别，常说人禽几希，但是道家却更强调动物与人的道德连续性。例如，五代谭峭的《化书》甚至认为动物界内部也有它们的伦理关系："夫禽兽之于人也何异：有巢穴之居，有夫妇之配，有父子之性，有生死之情。乌反哺，仁也。隼悯胎，义也。蜂有君，礼也。羊跪乳，智也。雉不再接，信也。孰究其道？万物之中，五常百行，无所不有也。……且夫焚其巢穴，非仁也；夺其亲爱，非义也；以斯为亨，非礼也；教民残暴，非智也；使万物怀疑，非信也。夫膻臭之欲不止，杀害之机不已。羽毛虽无言，必状我为贪狼之兴封；鳞介虽无知，必名我为长鲸之与巨虺也。胡为自安，焉得不耻？吁！直疑自古无君子。"用仁、义、礼、智、信的人际道德标准衡量动物，虽然未必确切，但也可见即使从人的道德标准来

---

① 史怀泽. 敬畏生命［M］. 陈泽环，译. 上海：上海社会科学院出版社，1996：9.

看，动物也是值得尊敬的。孙思邈的《孙真人卫生歌》也认为某些动物知情达理，“雁有序兮犬有义，黑鲤朝北知臣礼。人无礼义反食之，天地神明俱不喜”。对于道教而言，动物值得尊重，而不是人食用的对象，否则天地神明都会不喜欢。佛教更是持众生平等观，甚至认为人可以为动物做出牺牲。

古典文学对动物的高贵和尊严也颇有状写。例如金代诗人元好问《摸鱼儿·雁丘词》对大雁的歌咏就闻名遐迩：

摸鱼儿·雁丘词

（金代）元好问

［序］泰和五年乙丑岁，赴试并州，道逢捕雁者云：“今日获一雁，杀之矣。其脱网者悲鸣不能去，竟自投于地而死。”予因买得之，葬之汾水之上，累石而识，号曰雁丘。时同行者多为赋诗，予亦有《雁丘词》。旧所作无宫商，今改定之。

问世间，情为何物？直教生死相许。天南地北双飞客，老翅几回寒暑。欢乐趣，离别苦，就中更有痴儿女。君应有语，渺万里层云，千山暮雪，只影向谁去？

横汾路，寂寞当年箫鼓。荒烟依旧平楚。招魂楚些何嗟及，山鬼暗啼风雨。天也妒，未信与，莺儿燕子俱黄土。千秋万古，为留待骚人，狂歌痛饮，来访雁丘处。

元好问的笔下，大雁能够殉情，是非常高贵的，值得人尊重。更不要说蒲松龄《聊斋志异》中那些通灵的狐狸了。对于绝大部分古典作家而言，动物也和人一样具有感情、灵魂，一样值得认真对待。

美国“国家公园之父”约翰·缪尔曾说：“大自然创造出动物和植物的目的，很可能首先是为了这些动植物本身的幸福，而不可能是为了一个存在物的幸福而创造出所有其他动植物。……我尚未发现任何证据可以证明，任何一个动物不是为了它自己，而是为了其他动物而被创造出来的。”① 缪尔的这个发现应该说是对人类长期以来对大自然的功利主义解释的极大蔑视和挑战，人类总是理所当然地把大自然当作满足自己的资源，不承认种种自然生命的内在价值。但是只要我们稍微理智一点，我们就不得不承认缪尔之言的真理性。叶广芩在对野生动物的关注过程中，总是强调它们生命的灵性和内在价值，并尽可能地展示它们生命的高贵和庄严。那些野生动物的高贵和庄严首先表现在对人的欺凌和掠杀的抗争中。叶广芩的《黑鱼千岁》中那只为同伴复仇的黑鱼就非同小可。它不但知道山洪何时暴发，更知道捕鱼人的心理。它先装死搁浅在浅水，诱惑捕鱼的儒涉河而来。在石头狠砸着时，它亦不做反抗，让儒真的以为它彻底死了，但是一到深水中，它就凭借顽强的意志与儒搏斗，最终把儒拖入水深处淹死，为同伴复了仇。如此心机，既显示了黑鱼这些动物的高明心智，也彰显了它对同伴不凡的情义。这种精心策划的复仇行动是对正义的渴望，是献身精神的演示。叶广芩的短篇小说《熊猫“碎货”》中，那只被人救起的熊猫的感情又何其深厚，它舍不得离开四女，又恨他们要把它装进笼子里，便咬四女的腿，直至出血。这不是出于恨，若是出于恨，它完全可以把腿咬断，熊猫的牙齿咬合力巨大。这种撕咬是爱恨交加，是恋恋不舍，这撕咬本身就表明它情感丰富，富有灵性。最后，熊猫“碎货”不愿被装进笼子里送到饲养基地去，就乘人不注意，咬断窗框，逃进深山。这不是热爱自由的典范吗！人常常把追求正义、献身精神、追求自由等作为人的标志，其实，这些素质是大自然赋予所有生命的潜在素质，并不能被人所独据。

---

① 纳什. 大自然的权利：环境伦理学史［M］. 杨通进，译. 青岛：青岛出版社，2005：45.

叶广芩对野生动物的高贵和庄严的书写在短篇小说《猴子村长》中尤其充分。小说中的侯家坪是秦岭深处的一个小山村，人与大自然的关系较为密切。20 世纪 30 年代，“村长”侯长社的祖父侯德丞参加红军，战死山中，成群的金丝猴为那些战死的人整整哭泣了一宿。这充分显示了野生动物对人的情谊。1960 年，天灾人祸时，山里饿死了人，村人便大肆捕杀金丝猴为食。在一次围猎金丝猴的行动中，“村长”侯长社的父亲侯自成和奉山老汉一块追捕带着两只小猴逃跑的一只母猴。母猴被逼无路可走之际，他们同时举起了枪，正要射击，却看到了奇异的一幕：

正要扣动扳机，他们看到了母猴突然做了一个手势，两人一愣，分散了注意力，就在这犹疑间，只见母猴将背上的，怀里的小崽儿一同搂在胸前，喂它们吃奶。两个小东西大概是不饿，吃了几口便不吃了。这时，母猴将它们搁在更高的树杈上，自己上上下下摘了很多树叶子，将奶水一滴滴挤在叶子上，搁在小猴能够够到的地方。做完了这些事，母猴缓缓转过身，面对着猎人，用前爪捂住了眼睛。母猴的意思很明确：现在可以开枪了——母猴背后映衬着落日的余晖，一片凄艳的晚霞和群山的剪影，两只小猴天真无邪地在树梢上嬉闹，全不知危险近在眼前。①

正是这伟大的母爱之举感动了猎人，使他们不由自主地放下了猎枪。又一次，因为市动物园里需要六只金丝猴，政府部门便委托“村长”侯长社捕捉。侯长社率领村人一次便捕捉了十九只金丝猴，动物园要走六只，死了三只，还剩下十只。村人利欲熏心，不愿放归大山，想私卖赚钱，任侯自成怎么反对也不成。但是这些猴子一

① 叶广芩．老虎大福［M］．西安：太白文艺出版社，2004：135.

旦被抓，就在猴王的带领下绝食抗争，最后大部分都死掉了。侯长社也被父亲告到县公安局，结果受到处罚。

在对人的抗争中，那只老猴王尤其感人。它已经极其衰老，“毛尖全白了，下巴上长了很长的胡子，也是白的，眼的周围，分外的蓝，黑色的鼻孔向上翻着，嘴边的肉瘤，红得发紫，于是脸的色彩便十分丰富，十分的威严”①。这只老猴王聪明、勇敢，富有牺牲精神。在村人设下埋伏圈时，它一开始能够率领它的猴群岿然不动，当因自己判断失误，落入村人的埋伏圈后，它主动放弃了逃跑机会，与其余十几只猴子一块被捕。而被关进笼子后，它竟然率领它的臣民为丧失自由而绝食。在被抓的金丝猴中，有一只母猴带着一只小猴，被关在笼中，绝食已久，饥肠辘辘，但是当小猴试图接过人递来的胡萝卜时，母猴毅然夺去丢掉。这些金丝猴即使以人类的高标准来看，也是非常值得钦佩的，它们不苟活，热爱自由，宁死不屈。在我们面对这些野生动物时，我们就不得不承认它们的高贵和庄严。

郭雪波则极擅长描写草原与沙地上的野生动物如狼、沙狐、獾、苍鹰以及狐狸等。在他笔下，这些野物已经摆脱了人武断赋予它们的惯常形象，狼不再是贪婪之象，狐狸亦非狡猾的代名词，它们只是生态系统中生机盎然的生命。它们与人一样，求爱，捕食，打斗，撒欢，衰老，死亡，按照自身方式体验着宇宙大化赋予它们的生命。如果说它们与人有什么不同，那就是它们是自然的精灵，没有人类繁复的文化纠缠，亦没有人性的反复多变，它们的野性自然自在，大朴未雕，天真无邪。《沙狐》中，作者这样描写那只灵性的老沙狐，“清晨的霞光中，它的毛色更显得火红而明亮，像一团橘红色的火焰在闪动，漂亮极了。它正给一只小崽子喂奶，那温

① 叶广芩．老虎大福［M］．西安：太白文艺出版社，2004：121．

和仁慈的神态，似乎是不忍心打断正在吃奶的小崽子逃开去”①。《大漠狼孩》中的那只公狼在与人遭遇后更是显出了它生命的威严。它为了拯救狼崽中了圈套，但依然威猛无比，不屈不挠，敢于和舞枪弄棒的村民对抗，无奈中竟想咬断脚腕以摆脱铁夹子的羁绊。“周围的村民看得毛骨悚然，不忍注目。它的无畏，它的耐力和意志，都令围者心寒，不敢直视着这一残忍的场面。”② 在确知自己根本无法逃脱时，它便放弃了挣扎，“它甚至不屑一顾那些又开始张牙舞爪起来的人群，连看都不看一眼，就那么安安静静地舔着狼崽。它把狼儿紧紧拢在颔下，然后安详地闭合了双眼，尖长嘴也紧闭着伏在地上一动不动了。它自始至终没瞧过一眼那些人，那些猥琐的人们。透着一股矜持、傲慢，以及对人类的轻蔑和鄙夷”③。如果说公狼在与人的对抗中尽显了野性生命的桀骜不驯与崇高尊严，那么母狼在对狼孩的抚养、寻找、教育和救护中尽显了母性的坚韧与伟大，尤其是它最后为救落水的狼孩而牺牲时更是把野性生命的伟大彰显到了极致。

姜戎的《狼图腾》更是以极大的诗意和敬意来塑造那些草原上的野生动物。首先引人注目的是额仑草原上的群狼形象。这些草原狼野性勃勃，血性激烈，有勇有谋，敢做敢为，为宁静的草原带来无处不在的杀机，也催生出草原压抑不住的盎然生机。小说特别选取了狼群围猎黄羊群和军马群两个场面来展现草原狼的独特性。围猎黄羊群，充分地展示了草原狼善于利用天时地利，善于观察时机，善于捕捉战机的生存本领。而围猎军马群，则充分地展现了草原狼的凶狠、顽强、复仇心切的特点。小说特别写到这样一幕：

---

① 郭雪波．郭雪波小说自选集·天出血［M］．南昌：百花洲文艺出版社，2002：259.

② 郭雪波．大漠狼孩［M］．北京：中国文联出版社，2003：30.

③ 郭雪波．大漠狼孩［M］．北京：中国文联出版社，2003：31.

在狼王的指挥下，狼群发狠了，发疯了，整个狼群孤注一掷，用蒙古草原狼的最残忍、最血腥、最不可思议的自杀性攻击手段，向马群发起最后的集团总攻。一头一头大狼，特别是那些丧子的母狼，疯狂地纵身跃起，一口咬透马身侧肋后面最薄的肚皮，然后以全身的重量作拽力、以不惜自己下半个身体作代价，重重地悬挂在马的侧腹上。这是一个对狼对马都极其凶险的姿势。对狼来说，狼挂在马的侧腹上，就像挂在死亡架上一样，马跑起来，狼的下半身全被甩到马的后腿侧下方，受惊的马为了甩掉狼，会发疯地用后蹄蹬踢狼的下半身，一旦踢中，狼必然骨断皮开，肚破肠流。只有那些牙齿锋利，个大体重的狼，可以不用借力，只用自身的利牙和体重撕开马肚皮，然后落地保命。这一毒招对马来说，更加凶险要命，它如果踢不掉狼，就会因负重掉队，最后被狼群围杀；它如果踢中了狼身，却给狼牙狼身加大了撕拽的力量，有可能被猛地撕开肚皮，置自己于死地。①

这种惊心动魄的狼群攻击场面在当代生态文学中是绝无仅有的。这些野性生命居然会如此凶残，为了群体的生存，为了复仇，居然可以毫不顾惜自身的生命，实在透显出一种气势磅礴的狰狞之美、凌厉之美、阴惨之美。

美国神学家尼布尔曾说："在动物生命中，真正独特的是物种而不是个体。特定的动物只是通过物种之特殊生命策略的无穷重复来表现自己的。"② 这也许对于陋于观察、有人类中心主义倾向的人来说，的确是如此。但是对于具有生态意识的作家而言，他们却

① 姜戎. 狼图腾［M］. 武汉：长江文艺出版社，2004：63.

② 尼布尔. 人的本性与命运：上卷［M］. 成穷，译. 贵阳：贵州人民出版社，2006：56.

能发现那些动物中同样具有独特性的个体。《狼图腾》中，在刚到新草场，包顺贵、巴图和杨克他们去猎狼，他们追捕的那两只狼宁肯自杀埋入乱石中也不愿意被捕，这种宁死不屈的行为就充分地展示了个体生命的独特性。而被包顺贵、徐参谋等人的吉普车追得气力衰竭、倒地而死的巨狼，也有西楚霸王自刎式的悲壮和无奈。小狼形象也是《狼图腾》的一大亮点。作者能够摆脱人类中心主义立场，充分地展示小狼这个野性生命的真实性格和悲惨一生。小狼在吃食时拒绝任何人和动物的靠近，这似乎是狼性贪婪的表现，但知情陈阵却看出，“小狼在以死拼食的性格中，似乎有一种更为特立独行、桀骜不驯的精神在支撑着它”①。小狼对自由的追求也很感人，为争得牵系它的铁链长出一尺，它也会喜不自胜；宁可被勒死，它也不愿系在被搬家的牛车后牵上路。陈阵认识到：“草原狼无论食与杀，都不是目的，而是为了自己神圣不可侵犯的自由、独立和尊严。神圣得使一切真正崇拜它的牧人，都心甘情愿地被送入神秘的天葬场，期盼自己的灵魂也能像草原狼的灵魂那样自由飞翔……”② 而小狼的一生也就是尽力追求自由的一生，这充分展现了一个野性生命的高贵与庄严。小说写得尤其动人的一幕，是小狼快死时听到白狼王的嗥声时的反应：

久违的狼嗥声忽然唤起了小狼的全部希望、冲动、反抗和求战欲。它好像是一个被幽囚的草原孤儿王子，听到了失散已久的苍老父王的呼声，而且是苍老的求援声。它顿时变得焦躁狂暴，急得想要把自己变成一发炮弹发射出去，又急得想发出大炮一样的轰响来回应狼嗥。然而，小狼的咽喉已伤，它已经发不出一丝狼嗥声来回应父王和同类的呼叫，它急得发疯发狂，豁出命地冲跃、冲拽铁链

---

① 姜戎. 狼图腾［M］. 武汉：长江文艺出版社，2004：224.

② 姜戎. 狼图腾［M］. 武汉：长江文艺出版社，2004：363.

和木桩，不惜冲断脖颈，也要冲断铁链，冲断项圈，冲断木桩。陈阵的身体感到了冻土的强烈震动，从狼圈方向传来的那一阵阵激烈的声响中，他能想象出小狼在助跑！在冲击！在吐血！小狼越冲越狠，越冲越暴烈！①

看到这种场景，每个心灵敏感之人恐怕都得悲从中来，也会不由自主地为这个野性生命的壮烈与不幸掬一捧同情之泪，并为人类加诸其身的束缚而深感羞惭。在这样的生命面前，我们人还能有高高在上的自豪感吗？我们还不能领悟到民胞物与式的生态伦理的必要性吗？

姜戎能从生态中心主义角度来打量各种自然生命，发现每一种生命都是多姿多彩的，每一种生命都不是作为工具为了别的生命而存在的，每一种生命都是宇宙大生命的见证者和演示者。草原上那自由自在的牤牛，在天鹅湖上翩翩翔舞的白天鹅，獭子山上肥硕的草原旱獭，善奔如飞的草原黄羊，还有那些忠诚勇猛的草原狗等都是如此生机勃勃，如此美丽多情，共同维护着草原生态系统的稳定和完美。《狼图腾》还特别描绘了草原上的儿马子：

儿马子全都换完了新毛，油光闪闪，比蒙袍的断面还要光滑。儿马子的身子一动，缎皮下条条强健的肌肉，宛如肉滚滚的大鲤鱼在游动。儿马子最与众马不同的，是它们那雄狮般的长鬃，遮住眼睛，遮住整段脖子，遮住前胸前腿。脖子与肩膀相连处的鬃发最长，鬃长过膝，及蹄，甚至拖地。它们低头吃草的时候，长鬃倾泻，遮住半身，像披头散发又无头无脸的妖怪。它们昂头奔跑时，整个长脖的马鬃迎风飞扬，像一面草原精锐骑兵军团的厚重军旗，

---

① 姜戎．狼图腾［M］．武汉：长江文艺出版社，2004：395．

具有使敌人望旗胆战的威慑力。儿马子性格凶猛暴躁，是草原上无人敢驯、无人敢骑的烈马。儿马子爱草原的功能有二：交配繁殖和保护马群家族。它具有极强的家族责任心，敢于承担风险，因而也更凶险顽强。①

这么华美的自然生命驰骋于草原上，本身就是无须言明的一种珍贵价值，它不需要人的价值赋予，更不能容忍人的肆意驱使。人在这种俊美的自然生命面前，只能有欣赏之意，只能由衷地赞美，只能自惭形秽。

杨志军的长篇小说《藏獒》在2005年中国文坛上曾引起极大轰动，与2004年问世的姜戎的《狼图腾》相映成趣。该小说主要讲述了中华人民共和国成立初期，青海青果阿妈草原上一只上阿妈草原的藏獒成为西结古草原獒王的故事。上阿妈草原和西结古草原历来有仇，父亲是报社记者，到西结古草原去采访，路上遇到了从上阿妈草原流浪来的七个小男孩，还带着一条威武雄壮的藏獒，名叫冈日森格。七个小男孩在吃了父亲给的花生后，竟然跟随他到了西结古草原，引来西结古草原的群獒和流浪小男孩巴俄秋珠的攻击。父亲被群獒咬伤，藏獒冈日森格受了重伤，幸得西结古寺的丹增活佛、藏医尕宇陀、老喇嘛顿嘎等人的帮助，因为老喇嘛曾梦到冈日森格是守护过阿尼玛卿雪山上修行僧人的狮子转世。但西结古草原的头人和牧民不放过报复上阿妈草原人的机会，决定在行刑台上砍掉七个小男孩每人一只手。丹增活佛只好让铁棒喇嘛藏扎西以个人名义救出七个小男孩和藏獒冈日森格，后又送至昂拉雪山密灵谷的密灵洞，躲避强盗嘉玛措的追捕。当父亲再次回到西结古草原时，藏獒冈日森格身体已经复原，还赢得了母藏獒那日的爱情。随

---

① 姜戎．狼图腾［M］．武汉：长江文艺出版社，2004：253.

后，冈日森格为了寻找和拯救七个小男孩，先后打败了西结古草原獒王和送鬼人达赤训练的极为凶猛的藏獒饮血王党项罗刹，证明了自己是阿尼玛卿雪山狮子转世，成了西结古草原新獒王。中国当代动物小说中，《藏獒》是非常独特的，它较好地摆脱了对动物的寓言化、类型化书写，能够曲尽其妙地摹写动物命运的曲折起伏，把笔触探入动物的内心，窥视它们的爱恨情仇，把握其个性，塑造了较为独特的动物形象。冈日森格的勇敢忠诚、那日的柔情蜜意、虎头雪獒的傲然威势、饮血王党项罗刹的阴鸷悍猛等都写得极为传神，生动无比。

《藏獒》的生态意识首先就表现于对藏獒的赞美和关爱中。藏獒是与藏族牧人相依相伴的忠诚动物，草原上的藏族人往往把藏獒视为家庭成员，这在一定程度上无疑是对人类中心主义的否定，是对动物生命内在价值的肯定和尊重。该小说极力渲染父亲对藏獒的喜爱，也体现出了人对另一种自然生命的欣赏和关爱。父亲悉心照料受伤的冈日森格和大黑獒那日，在饮血王党项罗刹被咬断脖子后还决定拯救它，都显示了他的殷殷爱心。

但毋庸讳言，《藏獒》中的生态意识有点粗浅，甚至存在着明显的偏颇。小说中，在虎头雪獒等藏獒杀死金钱豹，救了李尼玛和梅朵拉姆的命后，作者如此写道："它们没有想过人应该记住并感谢它们的恩德，反而总是希望自己记住并报答人的恩德，这就是藏獒。或者说，有恩不报不是藏獒，施恩图报也不是藏獒。藏獒就是这样一种猛兽：把职守看得比生命更重要。永远不想着自己，只想着使命；不想着得到，只想着付出；不想着受恩，只想着忠诚。它们是品德高尚的畜生，是人和一切动物无可挑剔的楷模。"① 作者如此讴歌藏獒，表面看来令人感动不已，但其中暗含着极为鲜明的

① 杨志军．藏獒［M］．北京：人民文学出版社，2005：47．

人类中心主义气息。藏獒是人类驯化出来的动物，当作者只能从其身上看到并欣赏那种无私奉献、忠心为主的品格时，这就有只以人类的利益为唯一判断标准的狭隘嫌疑。讴歌藏獒的驯化品性，其实并不是讴歌别的自然生命本身，而是讴歌被外化的人类利益。尤其当我们看到这些骁勇忠诚的藏獒最终几乎都以悲剧告终，而且悲剧的根源就是人类自身时，我们就必须反思这种讴歌了。人能够欣赏的是藏獒的绝对忠诚和无私奉献，但若对人性本身没有多少反思和质疑，若对藏獒等动物的权利没有法律的保障，这种欣赏就是把藏獒等动物置于死地的力量。当人对藏獒等动物可以任意处置，即使无故置之死地，也不会受到法律的惩罚时；当人极度昏聩和自私时，对于藏獒而言，要逃避悲剧命运，恰恰需要摆脱那种忠诚品德，需要一定程度的自私、野性和胆识。也许那样，作家就不能欣赏藏獒了，就会责之为不义了。因此，这种欣赏归根到底是出于人自私的利益，是人类编织出来的安慰自己良心的关于物种的意识形态迷雾。人若有更大的悲悯心，就不能单纯地赞美藏獒等驯养动物的忠诚美德，而更要拷问人性的丑陋，更要追寻保障动物权利的法律，也就是以法律约束人性。

雪漠的生态长篇小说《狼祸》里塑造的狼形象就有情有义，个性鲜明。无故受到人的伤害后，它们绝不会忍气吞声，蓦然远遁，而是奋起反抗，报仇雪恨。例如母狼灰儿信奉“人不犯我，我不犯人；人若犯我，我必犯人”的原则，小狼瞎瞎丧命牧人枪口后，它心如刀绞，大肆咬杀牲口，向牧人复仇。豁耳狼在妻子和孩子被猎人鹞子杀死后，就循着鹞子身上的气味找到他的家里，咬伤他所有的家人。以眼还眼式的报复彰显的是狼的正义追求。当然，它们有仇报仇，也有恩报恩，例如豁子的女人帮母狼灰儿拔了脚掌上的刺后，灰儿第二天就给她送来一只黄羊作为谢礼。这些描写都展现了动物生命的高贵性。

沈石溪号称中国动物小说大王，他对云南、西藏等地的野生动物非常熟悉，非常善于描摹大象、豺狼、云豹、牦牛、野鹿等哺乳动物比较复杂的心理活动，能够深入到它们生命深处，曲尽其妙，描绘它们在生与死、本能与情感、私心与责任心等面前艰难的抉择，完全颠覆了既有的人类中心主义对动物世界的单一化的描述。例如他的短篇小说《象冢》就叙述了西双版纳森林里一个野象群中的一只头象的生死抉择。头象茨甫和母象巴娅之间几十年来情深意笃，它们的孩子隆卡长成强壮的成年公象后就向它挑战，想夺取头象位置。按照象群的惯例，在雄性小象长大前，头象就会把它驱逐出象群，以免头象位置被夺；而头象茨甫之所以没有驱逐隆卡，完全是因为不想让母象巴娅伤心。当隆卡向头象挑战时，茨甫本有可能打败它，但是母象巴娅护子心切，竟然帮助隆卡，从而使茨甫受伤惨败。在隆卡当上头象后，母象巴娅却因为对不起茨甫，而心怀内疚，对它百般赎罪。最后茨甫也原谅了她，在象冢里等死时，母象巴娅居然也来陪伴它一同踏上死亡之路。我们在此恐怕不能简单地说，沈石溪仅是把人类的复杂情感赋予大象而已。难道像大象这类哺乳动物真的就没有复杂的情感和理性吗？恐怕，这也只是人类为自己的强权地位做出的一厢情愿的辩护而已。《云豹布哈依》中，那只原本精力旺盛、身体强健的小公豹布哈依有一个幸福的家庭，但是为了救怀孕的母豹香格莉，它的脊椎被大象踏断，后半身瘫痪。而母豹香格莉在这种危难时刻也并没有抛弃布哈伊，她不但辛勤地喂养着刚出生的孩子，还要照顾瘫痪的布哈依。而出于对香格莉和孩子们的怜惜，公豹布哈依最后和一群野猪以性命相搏，不但为香格莉准备了最后一顿丰盛大餐，也为香格莉重找生活伴侣扫清了道路。《老鹿王哈克》中，老鹿王哈克在逊位后备受冷落，但是它却不忍心看到自己的鹿群在一匹老狼的威胁下渐渐消亡，最后克服了种种与生俱来的恐惧本能，向老狼发起挑战，并置之死地，不但挽回了老鹿王的荣誉，也为鹿群赢得了生存之机。《暮色》中那群埃蒂斯红豺也不同凡响。豺王索坨在豺群的生死存亡之际是严格依照豺类的苦豺制度把自己的亲生豺娘送上死地，还是偏护豺娘牺牲族群的公正，这对于它而言是个无法选择的两难。最后，它只能决定自己出马，牺牲生命向野猪群一搏，这种牺牲精神无疑使它显得无比高大。当然，豺娘最后也做出了选择，求生欲望并没有使它完全陷入苟活的鄙俗之中，而是激发出了坦然赴死的决心。这些大象、云豹、梅花鹿、红豺都展示了极为丰富的情感世界，显示了野生动物的卓尔不群，展示出动物生命的高贵和尊严。

叶广芩曾说："能感受快乐和痛苦的不仅仅是人，动物也同样，它们的生命是极有灵性的，有它们自己的高贵和庄严。我们应该给予理解和尊重。"① 确实如此！只要人稍稍摆脱颟顸的人类中心主义，就必然会发现动物生命的灵性世界。也许，长久以来只能说人类具有什么美德，只能谈人的高贵与庄严，只不过是人的一叶障目和狂妄自大；也许，人类能在自己心中发现多少美德，就可以在动物，尤其是野生动物身上，发现多少美德。宇宙大生命同样认真对待动物生命，并欣赏着它们所拥有的净化生命、提升生命的道德。

四、人与动物的生态情谊

民胞物与式的生态情怀最向往的无疑是人与动物亲密相处，共同领受宇宙大生命的美好馈赠。古典作家对人与动物间的生态情谊颇为关注。最为著名的无疑是《庄子・马蹄》中对"禽兽可系羁而游，乌鹊之巢可攀援而窥"的至德之世的诗意描绘。也许在那种理想时代，人口不多，人性素朴，人还不会一见到动物就想着吃掉它、虐待它，因此动物也对人没有提防之心，彼此相处融洽。庄子

---

①　叶广芩．老虎大福［M］．西安：太白文艺出版社，2004：226．

能够体悟天道，与物为春，无论是梦蝶，还是参悟鲦鱼之乐，都是难得的生态和谐体验。《列子·黄帝》中则有鸥鹭忘机之说："海上之人有好鸥鸟者，每旦之海上，从鸥鸟游，鸥鸟之至者百住而不止。其父曰：'吾闻鸥鸟皆从汝游，汝取来，吾玩之。'明日之海上，鸥鸟舞而不下也。"这则寓言极有意味，当人了无机心时，鸥鸟与他游戏，没有戒心；一旦人有了不轨之心，鸥鸟似乎就能够感知，于是远离了人。这似乎寓言了人和动物的关系的历史嬗变。无论在何时何地，当人第一次出现时，当地的动物一般和人亲密无间，但等到人屡屡加害于动物后，动物就会积淀集体无意识，对人敬而远之；一旦人和动物间原初的亲密关系被人打破后，要想修复，就会大费周章，往往需要一两代人矢志惜生护生才能略显效果。

当代生态文学秉承华夏文化的民胞物与的精神血脉，对人和动物间的生态情谊曾做过不乏诗意的描绘。叶广芩的短篇小说《山鬼木客》叙述的是从事古人类研究的学者陈华离开人类社会试图到深山去寻找野人、融入自然但又被人类追逼致死的故事。陈华研究生毕业成了导师的女婿，但与妻子的关系不好，于是专心地投入人类学研究中。他参加了"天花山不明生物考察队"，在大山中考察了两年，回到家中，妻子却与别人私通生下了孩子，他一气之下只身回到大山深处，潜心从事人类学研究，与人类社会几乎断绝了交往，与大自然充分地融为一体。他与深山里的岩鼠、熊猫、云豹等野生动物相处颇为融洽，"在天花山，他有一种回归故土的放松与自然，有一种与这片山林的和谐和默契，有一种赴约的喜悦与激动。他的生命属于大山，他的归宿也应该是大山，他认为他的前生一定是一棵树，一根草，一只在松荫下嚅动着三瓣嘴的灰尾兔抑或是山鬼木客”[1]。大山里的各种野生动物，如岩鼠、熊猫、羚牛、黑熊等都极为纯真，他能与它们自如地交流，“面对无尽的雨水，他感到无奈，感到怅惘，只是无奈和怅惘，并不孤寂，他每天要说的话很多，对山毛榉，对独叶草，对蜘蛛，对四脚蛇……他的话它们都能听懂，它们的语言他也能理解，他和它们的交流不存在任何障碍”[2]。然而人类社会却与大自然判若云泥，妻子的不忠且不说，人与人之间无法交流也不说，就因为他长期与人类没有交往，衣服破烂，行为有些古怪，他就被当作野人，最终被追逼得无处可藏，只身跳崖身亡。在被追逼的途中，“面对着陌生与丑陋，此时此刻他更想念山中那些率真热情的朋友们，岩鼠、血雉、熊猫、黑熊、云豹、羚牛还有木客，它们不会对他扔石头，不会使用鄙夷厌恶，居高临下的眼光”[3]。对于陈华而言，人与野生动物可以建立亲密关系，但是与人却难以心心相印。

如果说《山鬼木客》中的陈华是主动自绝于人类社会回归大自然，那么叶广芩的短篇小说《长虫二颤》中的二颤则是大自然养育的一个自然人，他的神奇更是展示了大自然的不同凡响。小说写的是秦岭深处一个名叫长虫坪的小村，那里多蝮蛇，村人基本上能与蛇和平相处，以前即使取蛇胆也是活捉，取完胆后用龙胆草把伤口捆好再放生，过一段时间蛇就完好如初。而且长虫坪人一直不吃蛇肉，也不任意取蛇胆，更不愿无辜杀生。小村有个奇人，名叫二颤，先天性大脑发育不全，身材修长，头扁而尖，皮肤黝黑，身体反射出鳞甲一样的光泽，常不穿衣，靠看守山中的娘娘庙为生，终日与蛇为伍。这个二颤就是大自然的一个精灵，他心地善良，灵气集萃，炖个鸡汤，加点细辛就味美无比。他竟能像蛇一样合着民乐

---

① 叶广芩. 老虎大福［M］. 西安：太白文艺出版社，2004：87.

② 叶广芩. 老虎大福［M］. 西安：太白文艺出版社，2004：84.

③ 叶广芩. 老虎大福［M］. 西安：太白文艺出版社，2004：102.

合奏《金蛇狂舞》舞蹈起来："二颤在阳光里随着音乐扭动着身体，他那活泛柔韧的身子忽而蹲下蜷成一团，忽而站起伸成一条，胳膊随着身体变化上下伸展，'浮云柳絮无根蒂，天地阔远随飞扬'。二颤的动作颇像训练有素的舞蹈家，衬着雨后青山，衬着霞霭蒸腾的山谷，伴着传统经典民乐旋律，二颤昂着头，伸展着臂膀，看着遥远的天边，沐浴着灿烂霞光，脸上的表情幸福舒朗，如入无人之境，达到了一种天人合一，物我两忘的境界。"① 他的生命似乎已经完全与大自然融合一处，非常神奇的是，当娘娘庙里的那条大蝮蛇被佘震龙杀死的时候，远在邻村的二颤也突然无疾而终，仿佛两者的生命早已连为一体。二颤和蛇之间的亲密共生关系非常神奇。

迟子建也是一个富有生态情怀的作家，她与郭雪波等男性作家不一样，她不常塑造那种野性磅礴、与人对峙的野生动物，如狼、猞猁、獾等，她明显更偏爱那些与人朝夕相伴的温顺家畜，如狗、鸭子、鹅、马、牛、驯鹿等，着重描绘它们和人之间的生态情谊。迟子建小说中，最动人的动物形象可能是《雾月牛栏》中的小牛卷耳。它出生时有一只耳朵像花苞那样蜷曲着，宝坠便给它取名卷耳。这个天衣无缝的命名饱含着《诗经》般的朴素诗意，也显出命名者的纯朴天机。小说结尾写雾月出生的卷耳第一次见到阳光时的情景："卷耳歪着头，无限惊奇地看着屋外飞旋的阳光。宝坠拍了一下它的屁股，说：'出太阳了，到外面去玩吧。'卷耳试探着动了动蹄子，又蓦然缩回了头。宝坠这才想起卷耳生于雾月，从未见过太阳。阳光咄咄逼人的亮色吓着它了。宝坠便快步跨过门槛，在院子里踏踏实实地走给卷耳看，并且向它招手。卷耳温情地回应一声，然后怯生生地跟到院子里。卷耳缩着身子，每走一步就要垂一

---

① 叶广芩. 老虎大福［M］. 西安：太白文艺出版社，2004：153.

下头，仿佛在看它的蹄子是否把阳光给踩黯淡了。”① 迟子建借助卷耳怕踩阳光的细节把自然万物间隐秘的生命联系写得盈盈动人。到了这种境界，人与动物之间已经完全摆脱了畸形的利用关系，而被那种生命间友好情谊充满，阳光已经无法踩碎。

迟子建对动物的巨大热情在短篇小说《一匹马两个人》中得到更充分的发挥。小说中，人的世界里充斥着变幻不定的欲望与非理性的冲动、暴力与贪婪、狭隘与固执，最终造成了世界的普遍沉沦。薛敏母女、胡裁缝以及老头老太婆的强奸犯儿子等都以自己的方式向这个世界注入着邪恶与黑暗。当然，这个世界也有温情，例如王木匠对老太婆的痴情，老头与老太婆之间相濡以沫的亲情，给这个世界带来了些微亮色。但是作为这个人之世界的底座的自然世界才真正能给人心以安慰。原野上的阳光、微风、野花、鸟群、流云给这个故事安上一个明亮的框架。当老头子无比凄凉地把老太婆埋入墓穴时，“夕阳将它金色的余晖洒在墓穴周围，他感觉自己连带着把那些柔软而明媚的光晕也葬在其中了，心里就有一种莫大的安慰”②。当然，真正让人感动给人安慰的还是那匹马。它在老头老太婆家中勤勤恳恳，任劳任怨，以自己的无言承担着人类的轻浮与痛苦。老头的强奸犯儿子在人间无人能倾诉衷肠，便向老马去倾诉。老头在老太婆死后只好搬到马棚里和老马住在一起，而且只有和马在一起时，他才不会觉得那么凄凉。“马吃草的时咀嚼声是那么温柔，他听了直想落泪。他知道这马同他一样风烛残年了，可是他希望自己死在马之前，如果马走在他的前面，他活着还有什么意义?”③ 人虽然创造了文化，坐拥高度文明，但是每每受制于人性之恶，陷入莫名的族类孤独之中，因此往往就只得向动物、植物乃

① 迟子建. 迟子建文集：第3卷［M］. 南京：江苏文艺出版社，1997：367.

② 迟子建. 微风入林［M］. 沈阳：春风文艺出版社，2005：31.

③ 迟子建. 微风入林［M］. 沈阳：春风文艺出版社，2005：35.

至无机自然界寻求生命共感与生命支持。老马作为动物虽然没有语言，没有文化，但是它那丰盈的生命却也能给人以情感的支撑。当羸弱的老马在老头死后跑到二道河子麦田里，驱赶鸟群，驱逐薛敏母女，为他们保护麦田时，它谱写的几乎就是自然生命的绝唱。

迟子建的短篇小说《逝川》中的泪鱼大概是当代作家想象出来的最美最神奇的自然生灵，也是最能表达迟子建的生态意识的动物。这种鱼身体呈扁圆形，红色的鳍，蓝色的鳞片，每年只在初雪时出现于逝川，到来时整条逝川便发出呜呜呜的声音。“这种鱼被捕上来时双眼总是流出一串串珠玉般的泪珠，暗红色的尾轻轻地摆动，蓝幽幽的鳞片泛出马兰花色的光泽，柔软的腮风箱一样呼哒呼哒地翕动，渔妇们这时候就赶紧把丈夫捕到的泪鱼放到硕大的木盆中，安慰它们，一遍遍地祈祷般地说着：‘好了，别哭了；好了，别哭了；好了，别哭了……’从逝川北打捞上来的泪鱼果然就不哭了，它们在岸上的木盆中游来游去，仿佛得到了意外的温暖，心安理得了。”① 当然更让人惊奇的是逝川旁阿甲渔村的捕鱼行动。他们从傍晚开始捕泪鱼，在清水盆中放养几个小时，次日凌晨时就把它们再次悉数放入江中。他们捕鱼不是为了食用或获利，仿佛举行的是一种宗教祭祀仪式，人对大自然的美与神秘心怀崇敬，但又不愿完全被它拒于门外，于是就以一种亲和的方式介入。当渔民捕上泪鱼再放掉，他们其实就已经以一种奇特的方式把自己的生命汇入到宇宙永恒大生命的合唱之中了，从而也就为自己祈福了。因此，迟子建如此描绘泪鱼到来时的景象：“仿佛万千只小船从上游下来了，仿佛人世间所有的落叶都朝逝川涌来了，仿佛所有乐器奏出的最伤感的曲调汇集到一起了，逝川，它那毫不掩饰的悲凉之声，使阿甲渔村的人沉浸在一种宗教氛围中。”② 的确，阿甲渔村的渔民

---

① 迟子建. 微风入林［M］. 沈阳：春风文艺出版社，2005：137.

② 迟子建. 微风入林［M］. 沈阳：春风文艺出版社，2005：147.

捕泪鱼就是在逝川旁举行的宗教祭祀活动，人们借助这种活动确证了对大自然的尊崇与赞美，也在月光下达成对天人合一的体验。

当人能摆脱人类中心主义立场，尊重其他自然生命的内在价值，人是能够与它们建立亲密的情感联系的。现代世界中，都市人大养宠物，若不从炫耀身份看，其实乃是人与动物能够建立深厚的情感联系的明证。姜戎的《狼图腾》中，当年插队内蒙古的知青杨克曾说："在现代，人的感情越来越靠不住。干了几十年律师，我对中国人越来越失望。老爸还没咽气呢，儿女亲属就在老人的病床前，为争夺遗产大吵大闹，吵得老人都咽不下最后一口气。现代都市真正动情的哭泣，只有在人们的宠物爱犬死的时候才能听到……将来，人们只能到动物世界去寻找真、善、美了。"① 姜戎出语辛辣，但的确道出了实情。人性、人心都易变，可飞扬上天，也可堕入地狱，但是动物本性却较为单纯稳定，像磐石一般托住都市人飘荡的情感世界，实为可能。

骆驼、毛驴与人之间的亲密关系也是当代生态作家常写的题材之一。冯苓植的中篇小说《驼峰上的爱》中，失去母爱而变得性情乖戾的小女孩，和失去幼驼而性情暴虐的母驼，互相感召下，都恢复到正常状态，尤其是母驼阿赛最后在沙漠中靠着顽强的毅力呵护两个小孩的情景至为感人。温亚军的短篇小说《驮水的日子》中，那个边地哨所上等兵和名叫"黑家伙"的驮水毛驴之间也存在着细腻婉曲的感情交流，尤其是小说结尾处，写上等兵考上了军校离开哨所，而"黑家伙"却驮着水向他奔来时，把人和动物之间最难能可贵的感情推向了高潮。人与人相处日久可以生情，但往往更常见的还是彼此互相厌弃，而人与动物之间相处日久，几乎都能建立稳固的情感联系，这实在令人庆幸。此外例如铁凝的短篇小说《告别

---

① 姜戎．狼图腾［M］．武汉：长江文艺出版社，2004：422．

伊咪》中人和猫的关系，短篇小说《孕妇与牛》中孕妇和母牛的关系，刘庆邦的短篇小说《梅妞放羊》中乡村小女孩与母羊的关系，都有感人至深的生态情谊，令人心中顿生缱卷柔情。

红柯小说也对人和动物的生态情谊非常关注。他的长篇小说《大河》中，人与阿尔泰各种野生动物之间的亲密关系被摹写得惟妙惟肖，十分动人。刚刚踏入森林的女人可以和白熊近距离对视，就连公狼也主动与她自由嬉戏；老金和儿子更是与肥硕的松鼠、旱獭捉迷藏，玩得不亦乐乎；穿插于小说的神话传说更是极力彰显人与野生动物的生命情谊，传说中女人可以和熊结合生下强壮的儿子，而天性爱玩的熊会让小孩子在它的肚皮上翻跟斗。因此，母亲告诉金海莉："阿尔泰的男人和女人都把自己的灵魂存放在身体外边。……那些树，那些草，那些庄稼，还有牲畜、野兽和鸟儿，它们身上都带着人的灵魂，灵魂放在自己身上很累的。"① 在此，红柯几乎有意营构各种动物平等相待、和平相处、自由交流的伊甸园胜景。

白桦散文《一瞥》则记述了20世纪50年代在滇西北碧塔湖边一只野生老虎投来的一瞥给他带来的神奇感受。"我在湖边草地上，半躺半坐地凝视着雪山上的一团白云。忽然，吹来一阵风，右侧山坡上高过半人的枯草，显出了一条裂缝来。很快，一只斑斓猛虎直接出现在我的面前。它的右前蹄抬了一下，就站住了，定睛向我投来一瞥。我想那时我一定也定睛回报了它。全过程顶多只有五十分之一秒。非常奇怪的是，我压根儿没想到你吃掉我或我吃掉你的问题，所以我把它和这纯净美丽的自然景色归于一体了。它仰着高贵的头颅，既不怕我，也不恨我，像我一样，它把我和这纯净美丽的自然景色也归于一体了。阳光在它那光亮的皮毛上点燃着金色的火

---

① 红柯. 大河［M］. 昆明：云南人民出版社，2004：208.

苗，虎目之光如同云层之中的一束闪电。然后它自信而轻松地沿着小溪，快步如飞地消失在茂密的林中了。没有自由的生存环境，任何生物都会失去自己，被迫异化为另外的东西。在那一瞥之后，我再也没有看见过老虎了。但，这已经足够了！任何时候我都可以用那千金一瞥，去鉴定物体的真伪了。”① 在大自然中，所有生命都是自由自在的，当一只老虎给一个人投去一瞥，而不是想着吃掉他时，那一瞥里蕴含着多么宝贵的精神光亮！

当代生态作家展示出了人与动物的生态情谊，让人们意识到动物生命也具有内在灵性，所有生命之间在一定程度上可以超越生命形态的外在限制，共感谐振，领受宇宙大生命对单个生命有限性的宏伟救渡。那就是生态意义的生成！

① 宗思，等．与生灵共舞［M］．北京：当代世界出版社，1999：228.

第三章

参赞化育与生态人格

《中庸》曾说：“惟天下之至诚，为能尽其性；能尽其性，则能尽人之性；能尽人之性，则能尽物之性；能尽物之性，则可以赞天地之化育；可以赞天地之化育，则可以与天地参矣。”《中庸》立足于“天人合一”，但和道家的“天人合一”存在差异。道家的“天人合一”强调以天合人，强调大自然的完美性，几乎否定人的主体性。而《中庸》的“天人合一”并不是消极地提倡人道合于天道，而是倡导自然界的伟大是由人来完成的，自然界的目的是由人来实现的。人既是自然界的产物，是自然界的一部分，又是自然界的“杰作”，自然界的“功臣”。因此要关注人的主体性，要充分发挥人在自然界中的“参赞化育”之作用。何谓“参赞化育”？就是尊重万物，同情、爱护和理解万物，以天地化育之道促成万物的生长发育，而不是将万物视为与生命无关的外在之物去役使、去控制、去破坏①。参赞化育所显示的人格，我们称之为生态人格，其最高境界即是德配天地式的生态境界。“博厚所以载物也，高明所以覆物也，悠久所以成物也。博厚配地，高明配天，悠久无疆。如此者，不见而章，不动而变，无为而成。天地之道，可一言而尽也：‘其为物不贰，则其生物不测。’天地之道，博也，厚也，高也，明也，悠也，久也。今夫天，斯昭昭之多，及其无穷也，日月星辰系焉，万物覆焉。今夫地，一撮土之多，及其广厚，载华岳而不重，振河海而不泄，万物载焉。今夫山，一卷石之多，及其广大，草木生之，禽兽居之，宝藏兴焉。今夫水，一勺之多，及其不测，鼋鼍、蛟龙、鱼鳖生焉，货财殖焉。”人要达成最高的生命境界，就是这种德配天地的生态境界。

参赞化育的生态人格和深层生态学所说的自我实现不谋而合。挪威深层生态学思想家阿伦·奈斯曾说：“深层生态学的一个基本

① 蒙培元. 人与自然：中国哲学生态观［M］. 北京：人民出版社，2004：138.

准则就是，原则上每一种生命形式都拥有生存和发展的权利。当然，正如现实所示，我们为了吃饭而不得不杀死其他生命，但是，深层生态学的一个基本直觉是：若无充足理由，我们没有任何权利毁灭其他生命。深层生态学的另一个基本准则是，随着人类的成熟，他们将能够与其他生命同甘共苦。当我们的兄弟、一条狗、一只猫感到难过时，我们也会感到难过；不仅如此，当有生命的存在物（包括大地）被毁灭时，我们也将感到悲哀。在我们的文明中，我们已经具有了随我们支配的强大的毁灭性工具，然而我们的情感却是相当不成熟的。迄今为止，绝大多数人的情感是十分狭隘的。”① 奈斯所说的两条基本准则，第一条涉及生态中心主义平等准则，第二条称为自我实现准则。就深层生态学的自我实现原则而言，人将不再把自己看成分离、孤立的自我，而是与他人紧密结合在一起，进而超越人类，与非人类世界的整体认同。认同当然也意味着守护的责任。深层生态学认为我们应该把地上的走兽、天空中的飞鸟、原野中的百合花视为我们生命的一部分，所以当走兽误入陷阱、飞鸟被关进笼子、百合被摧残，我们会感到我们自身的一部分生命也受损了，我们应该挺身而出，施以援手，让走兽自由地奔走，飞鸟自由地翱翔，百合花尽情地摇曳于原野中。我们也应把蓝天白云、青山碧水视为我们生命的一部分，当雾霾弥天、童山濯濯、污水横流时，我们也会感到我们自身的一部分生命受损了，我们也应该挺身而出，捍卫我们的天空、山脉与河流。

当代生态文学对生态危机的全方位展示，对欲望化、城市化、科技崇拜、人类中心主义的批判，给我们呈现了现实的晦暗一面。但仅停留于对生态危机的揭露还是不够的，生态作家还给我们描绘出了那些敢于站出来捍卫蓝天碧水、救助受伤动物、修复生态系统的生态人格，展示他们的参赞化育的丰功伟绩，希冀用他们的崇高

① 雷毅．深层生态学思想研究［M］．北京：清华大学出版社，2001：44.

精神感动读者，唤醒人们的生态意识，共同克服生态危机，拯救地球的生态系统。鉴于华夏大地的实际情形，当代生态文学或侧重于描绘那些具有鲜明的人文情怀、文明反思意识的生态人格，或侧重于关注那些能够与大自然近距离打交道、在具体的生产活动中直接感受到生态破坏的后果，从而幡然悔悟、保护生态的生态人格，或者侧重于书写那些深受少数民族宗教文化、民间宗教文化影响而保有生态意识的生态人格，或者通过报告文学报道那些在保护自然生态方面具有崇高献身精神的生态人格，林林总总，形态各异，汲取的生态思想资源不同，但是他们敢于为了大自然的权利而对人类犯颜直谏，敢于为了万千自然生灵而自我牺牲的生态旨趣是相通的。

一、人文知识分子的生态人格

当代生态文学中，以胡发云的中篇小说《老海失踪》和赵本夫的长篇小说《无土时代》为代表，塑造了一类具有鲜明特征的生态人格形象，即《老海失踪》中的老海和《无土时代》中的石陀。他们都是受过现代高等教育的人文知识分子，喜欢文学，对现代文明具有较高的认识水平和反思意识，经历过种种人生波折，生态意识机缘巧合地觉醒，他们便矢志献身于守护自然生态的崇高事业，为此百折不挠，宁为玉碎，不为瓦全。

胡发云的中篇小说《老海失踪》最初发表于《中国作家》1999年第1期，《新华文摘》1999年第6期转载，入选“碧蓝绿文丛”第三辑小说卷《大绝唱》，长江文艺出版社还于2001年推出过单行本。该小说还曾入围2003年全国首届环境文学优秀作品奖。应该说，该小说是当代生态文学中不可多得的经典佳作，它非常深刻地描绘了近几十年来华夏大地上生态保护和经济开发之间的两难处境，而且作者具有非常明确的生态意识。当然，尤其值得关注的是，胡发云塑造了为现代人大肆破坏自然生态而自我赎罪的生态保护者老海这个生态人格形象。

老海原是较为成功的新闻记者，由于不能忍受新闻工作的程式化和虚伪性，主动要求到山区去工作。在三省交界的乌啸边地区，老海发现了风景优美绮丽的女峡，随后被当地政府开发成旅游区，给当地带来很好的经济效益。当地人又发现了珍稀动物乌猴（黑叶猴），老海也因拍摄乌猴的专题片而名扬海内外。但悲剧接踵而至，随着公路的修建，人们不停蚕食着森林，残酷虐杀各种野生动物，而且还无所顾忌地捕杀珍稀的乌猴。老海痛感自己对乌啸边这片原本保存完好的大自然犯下了难以弥补的罪行，在救治受伤的乌猴、与盗猎分子周旋以及向政府呼吁建立保护区等事情的缠绕下，他倍感焦虑。最终，在看到自己的所有努力都付诸东流，最后一群乌猴也面临着盗猎分子的枪管和栖息地丧失的威胁时，他决定只身帮助乌猴迁出乌啸边，去寻找新家园。但盗猎分子并没有放过他和那群乌猴，等待着他和乌猴的将是不可避免的悲剧命运，最终老海失踪了。

老海是具有典型的生态人格的现代人。他出身于诗书家庭，受过良好的教育，能够设身处地体会其他自然生命的痛苦。他曾经在中越战争的一次战斗中打死过一头牛，看到它临死时那只美丽善良的大眼睛，忽然别有所悟："他从此再不能忘记那只眼睛。那温暖善良又充满疑惑的眼光，让他看见了人类的罪恶，看见了自己的罪恶。所有关于战争辉煌人类伟大的信念，被这一只眼睛的光芒摧毁了。"① 能够从一头牛的眼光中看到人类的罪恶，并反省国家关于战争的意识形态洗脑术，从而获得一种新的生命眼光，这的确是老海非同凡响之处。老海后来读的是大学中文系，也无疑和他富有生命灵性的气质息息相关。

老海富有学养，眼界开阔，对现代文明破坏自然生态的种种恶

---

① 胡发云．老海失踪［M］//碧蓝绿文丛编委会．"碧蓝绿文丛"第三辑：小说卷　大绝唱．北京：中国环境科学出版社，2000：60.

行洞若观火。老海失踪前给他的同学老阳留下最后一封信，其中写道：

这里面是我近几年拍下来的一些带子。它们已不再是人类发现或征服自然的记录，也不是某一部什么优秀电视片的素材，而是人类罪恶的记录。这罪恶也有我的一份。因为我的幼稚、无知、虚荣与妄想，人类开始了对乌啸边对乌猴对大自然的疯狂虐杀和毁灭。我明白这一点的时候，这一切已无可挽回了。这使我永远不能宽恕自己。我不知道这些东西最终能否减轻一点我的罪过。我对人类的文明已失去最后的信心。我们将遭受报应。这只是时间问题。我们现在所有的文字、音像、图片、数据……它们最终都是人类罪恶的证据。……从根本上说，公众并不真正理解这些关心这些。他们可能反对滥伐林木，但他们喜爱木质地板。他们可能会反对乱捕海洋生物，但他们会以吃一顿龙虾大餐而自豪。他们反对大气污染，但他们更愿意坐车而拒绝步行，连世代用脚走路的农民，现在也乐意坐在蹦蹦跳跳的手扶拖拉机上……即使是非常真诚非常有力地张扬环境保护的西方绿色组织，他们的生活方式也决定了他们与这个世界的格格不入。这就是人类，它不走到尽头，是绝不会再回头的。就像巨石从山上滚落，没有谁能够阻挡它。……我不是悲观主义者，悲观主义者还有些许悲凉的情绪。我曾有过，但后来没有了。我是一个绝望主义者。包括我现在所做的一切，我都认为是无意义的。就像对着滚落的巨石吹气一样无意义。我这样做，只是一种仪式，为我曾做过的一切赎罪。①

现代文明早就剥夺了大自然存在的神圣性和有机性，想当然地

① 胡发云. 老海失踪［M］//碧蓝绿文丛编委会. “碧蓝绿文丛”第三辑：小说卷　大绝唱. 北京：中国环境科学出版社，2000：87.

把大自然视为资源库和垃圾场，现代人只会任由欲望无限度膨胀，哪里会像老海那样想到为了金钱猎杀珍稀动物是罪恶，哪里会想到森林中那一株株参天大树是一个个鲜活的生命！老海为现代人根深蒂固的愚蠢和自私忧心如焚，现代人为了一己生活便利、口腹之欲屠刀狂舞，挥向大自然。凡是对于生态意识觉醒的现代人而言，看到现代人如此盲目地摧毁大自然，可能几乎都会像老海一样深感绝望。

当老海从生态意识角度来审视现代文明，审视所谓的社会发展、经济增长，他看世界的眼光就会和无数沉迷在唯发展主义的现代人看世界的眼光迥然不同。例如，当乌啸边地区要修筑公路时，在常人看来，那自然是文明的"大跃进"，是社会发展、文明发展的大通道，但是老海却反对向乌啸边深处修筑公路，认为"这里再不需要路了！哪里修路，哪里遭殃！路是人类向大自然吸血的管道！路是个坏东西！"① 的确，对于人类来说，"要想富，修公路"确实是一句很精辟的话；可是对于山川河流万物生灵来说，每一条路都是一把刺向它们的利剑。老海留下的录影带解说词还说："一条灾难性的公路终于动工了。这条公路将横穿整个乌啸边地区，将一个完整的生物圈一切两半，阻断许多野生动物的活动与迁徙。更可怕的是，由于有了这一条公路，人类将更加疯狂地沿着这条主干道向两侧渗透，劫掠森林遗迹那里的生命。就像当初日寇侵华后一样，每一条铁路，都成为他们长驱直入并向两侧纵深扫荡的杀伐之路……"② 人对大自然的掠夺和民族与民族之间的战争一样残酷无情。老海后来还对老朝说："人真是可怕，发现了什么，什么就遭

---

① 胡发云．老海失踪［M］//碧蓝绿文丛编委会．"碧蓝绿文丛"第三辑：小说卷　大绝唱．北京：中国环境科学出版社，2000：70.

② 胡发云．老海失踪［M］//碧蓝绿文丛编委会．"碧蓝绿文丛"第三辑：小说卷　大绝唱．北京：中国环境科学出版社，2000：120.

难。发现了黄金，一整座山一整座山便被炸掉，发现了石油，一片一片的草原就被掏空……”① 也许在常人看来，老海的思维逻辑超乎常规，滑稽可笑。但当人能够从大自然立场来审视一下现代文明，就不得不赞成老海的真知灼见，反思现代人缺乏生态意识的丑陋言行。公路铁路都被视为现代文明的象征，但谁能够想到那些公路、铁路对完整的生态系统的野蛮分割到底有何影响。大自然是有机整体的，而现代人却整天忙于划分、切割大自然，大自然便难逃厄运。现代人在肆无忌惮地开采各种矿藏时，几乎没有人想过山被炸掉、草原被掏空的生态恶果。

老海能够从更为宏大的生态整体观角度来审视现代人的生活方式和行为方式，从而表达出了另外一种生态意义上的善恶观：

老朝说，小恶不容，大善难存。你看，为了一只受伤的猴子，酒厂垮了。一年上千万利润，能养活多少人？特别是在我们这样的贫困山区县。当然，我不是说用国家珍稀动物做酒是对的。……

老海说，你说的小恶，是指伤害乌猴，你说的大善，是增加宁县的收入。而我说的小恶，是暂时影响宁县的收入，我说的大善，是人类学会善待这个地球上的其他生命，最终也是善待我们自己。

老朝说，你看你看，你一说，又云山雾罩九重天外了，像福音书上的一些话。我们面对的是老百姓的现世苦难。

老海说，我们面对的是整个世界的苦难。如果说当今的人类有什么苦难的话，那是人类自己应得的。而乌猴、熊、野猪、青蛙、娃娃鱼有什么苦难，如果那些树木花草有什么苦难，却是人类施与它们的。人是一切苦难之源，是一切苦难之首恶！

老朝说，你可以这么说。我不能这么说。……你们已经把这个

---

① 胡发云．老海失踪［M］．//碧蓝绿文丛编委会．“碧蓝绿文丛”第三辑：小说卷　大绝唱．北京：中国环境科学出版社，2000：122．

世界搞得这么悬殊，又通过媒体将这些告诉那些山里人、乡下人，然后又要求他们：按你们的老日子过下去……在这一点上，我是讨厌那些西方国家的。他们一边过着富裕甚至豪奢的生活，一边对我们说，你们要保护资源，保护环境，保护其他生命……我们不动用这些资源，不伤害环境，又怎么能过上稍好一点的日子呢？我们想过好日子的愿望是你们激出来的呀！你们干嘛不出点钱？你把我们宁县十六万人养起来，我们一棵草都不会动它了，我还要家家户户在自己门前养花植树，到树林去给鸟儿们做窝……①

老朝站在人的利益立场上，为人的利益做辩护，尤其是人民脱贫致富的当前利益。而老海站在大自然的立场上，为大自然的利益和权益而辩，维护着人类的长远利益。当前社会中，老朝的立论无疑是最普遍的，也最受欢迎的，而老海的看法还只是少数人的先知先觉。究竟谁是谁非，似乎难以论断。要是人理性一点，他就赞成老海；要是务实一点，他便响应老朝。但老朝的立论中有些问题值得关注，也值得提出讨论。一是现代人过好日子的标准是什么？二是现代人过好日子是不是就必然要破坏自然环境？三是当大自然被毁时，所谓好日子还能否继续？其实，按照现代文明的意识形态，所谓好日子更多的是指生活便利，物质丰裕，放纵欲望。这种好日子无疑是以大肆消耗自然资源为前提的，说到底，这种好日子也不是好日子，只不过是被现代文明宣传出来的一种意识形态而已。从这一点即可看出，越来越富裕、强大的现代人不是生活得更快乐、更幸福了，在很大程度上是更痛苦、更麻木、更烦恼，生活压力更大、生命变得越来越没有意义。这难道就是所谓的好日子！其次，要过上好日子就要破坏自然环境，破坏大自然，表面上看，天经地

---

① 胡发云．老海失踪［M］//碧蓝绿文丛编委会．“碧蓝绿文丛”第三辑：小说卷　大绝唱．北京：中国环境科学出版社，2000：92－93．

义，但更为现实的是，一旦破坏了自然环境破坏了大自然，所谓好日子还是好日子吗？当空气污染、天空灰霾、河流不洁、大地破碎，现代人能够在超级市场、豪华商场、五星级宾馆、虚幻网络上找到好日子吗？当天不再纯净，地不再完整，没有森林，没有走兽，没有飞鸟，人的好日子就是死亡的狂欢，就是在坟墓中回想前世今生，咬着自己的脚趾头黯然神伤。因此老海的生态立场无疑更具有普遍性的价值。

更为可贵的是，老海不是在书斋里冥想大自然，让生态理论成为欺世盗名的高头讲章，而是踏实勤谨地实践着生态伦理，生态人格的魅力日益显露。老海的确已经看到了生态问题真正的复杂性，但他宁愿舍弃生命，也拒不认同现代人的强力意志，由衷爱护自然生命，担当起属于自己的责任，显示了他具有殉道者的高贵品格。他和护林员得田一道去巡山，救助被猎人打伤的乌猴，还拍片子揭露一些政府领导仗着特权吃熊掌等野味，想方设法呼唤建立自然保护区。他反对现代人对大自然的颐指气使的态度，强调“在这天地自然之间，我们都如蝼蚁一般”①。他能够和熊建立亲密的友谊，认识到“这世上，没有坏的禽兽，只有坏的人”②。他在大自然处于弱势地位时，竭力为自然生态的守护鼓与呼。也许，像老海这样的言行终究无法阻止现代人的肆意妄为，但在沧海桑田的宇宙历史中，我相信现代人的罪行唯有依靠这种生态言行才能稍微减轻一点。

其实，该小说在与老海保护乌啸边的自然生态、保护乌猴的生态叙事相并行的，还有关于老海的个人生命选择的人性叙事。他最

---

① 胡发云. 老海失踪［M］. //碧蓝绿文丛编委会. “碧蓝绿文丛”第三辑：小说卷　大绝唱. 北京：中国环境科学出版社，2000：122.

② 胡发云. 老海失踪［M］. //碧蓝绿文丛编委会. “碧蓝绿文丛”第三辑：小说卷　大绝唱. 北京：中国环境科学出版社，2000：116.

终放弃了在大学里当老师的妻子思思，放弃了省城新闻记者的职业，宁愿到偏远的大风坳去当一个护林员，在得田死后和其寡妻梅丫共同生活，并生下了女儿新月。因此，老海是从现代文明、现代都市中大步后撤，在他看来，现代文明尤其是现代都市生活早已背离了文明的宗旨，成为扼杀大自然的罪魁祸首。只有像他在大风坳那样的自然生活，人才能与大自然建立简朴的和谐关系。老海甚至还注意到民间积淀着的前现代文明对生态保护的重要性。在乌啸边，当地人都相信女峡是人不能进去，乌猴是人不能窥视的；老海不听劝阻，发现女峡和乌猴，对外广为宣传，结果招来旅游开发和偷猎。最后老海认识到：

现在的人类已太过聪明了，将来也会灭绝在这聪明上。当初，我如果相信了那些老人们对女峡的说法，也许不会有今天这个样子。那时我以为那是蒙昧，是迷信，是没文化知识……现在想来，这种愚昧，这种迷信，恰恰是保护天地万物所必需的。它让人不那么刚愎自用，不那么飞扬跋扈，不那么自以为是目空一切，真以为自己是天地万物主宰。人应该敬畏，应该知道恐惧……什么都不怕了，就要完蛋了……那些说女峡不能进的人是对的。那些说乌猴不能看的人是对的。那些说某些树是神灵，不能砍伐，也是对的……我想，这一切，一定是人类出现之初，上天给予人类的神示，以此作为人类生存的教义。现在，我们背叛了这些教义，我们很快要遭受惩罚……①

的确，当然我们把民间传统全部视为迷信加以破除后，也许我们同时就会丧失对大自然的敬畏之心，民间传统中积淀着深厚的生

① 胡发云．老海失踪［M］．//碧蓝绿文丛编委会．“碧蓝绿文丛”第三辑：小说卷　大绝唱．北京：中国环境科学出版社，2000：125．

态意识。老朝在和老海辩论生态保护和经济发开之间的两难时，也曾说道：

我是这山里长大的，喝着这山里的泉水长大的，听着这山里的鸟叫长大的……我家祖祖辈辈都在这一片大山里，父母现人都埋在这儿，我不知道爱惜它吗？我做孩子的时候，这里的许多山林还是密得踩不进脚，要用一点木材，老人都有规矩的，砍枝不砍干，砍双不砍单，真要一两根大木料了，伐树之前要烧香敬酒，求树大仙恕罪……山里人那么苦，薯叶都吃不上的时候，有些东西我们是从不吃的，青蛙不吃，蛇不吃，除了斑鸠以外的鸟不吃，下蛋的鸡不吃，可以生崽的猪不吃，狗不吃，猫不吃，更不要说娃娃鱼、穿山甲一类了……哪怕饿死，这些东西我们都不吃。是这些年，你们城里人教会我们山里人吃这些东西，还出大价钱买它们，能怨咱们山里人么？你们要木材，你们要石料，山里人才去砍去采，把祖宗的一点东西拿出去换点小钱……①

前现代文明中，人类总是小心翼翼地节制欲望，谨言慎行，敬畏着大自然的神圣和神秘，而现代人想当然地视之为畏缩，视之为愚昧落后，殊不知原本自视聪明、战天斗地的现代文明倒是愚昧，被视为愚昧、敬畏自然的前现代文明倒具有难能可贵的生态意识。当然，简单地返回前现代文明，对于人类而言是不可行的，但如何在更高层面上，复活前现代文明中敬畏生命、尊重自然的生态意识是摆在所有现代人面前的迫切课题。

老海最后失踪了，带着对现代人、现代文明的绝望感，但是他那为保护自然生态敢于牺牲的生态人格却留给世人巨大的感召力。

---

①　胡发云．老海失踪［M］//碧蓝绿文丛编委会．“碧蓝绿文丛”第三辑：小说卷　大绝唱．北京：中国环境科学出版社，2000：126.

正如小说中何必对老阳所说："你要把老海找到，这个世界上像他这样的人不多了。我们都是行尸走肉，一群现代文明的行尸走肉。一个个自以为活得滋有味，事业啊，权位啊，财富啊……一个个自以为又有才情又有学识又有个性，其实，都是他妈的现代化养鸡场里的鸡，只不过啄得快一点，慢一点，养得肥一点瘦一点而已。"① 老阳也每每以老海的生存方式为标准衡量自己的生活，看到生活中种种难以忍受的不堪和苟且。也许，生态人格的种子会继续在那些受到老海感召之人的心中萌芽。

赵本夫的生态长篇小说《无土时代》书写了苏、鲁、豫、皖四省交界处黄河故道的一个叫草儿洼的村庄的后人进入现代大城市木城后的奇特境遇，展示了作家对现代城市文明的生态批判，呼唤着现代人再次回归土地，企望着现代文明的绿化、生态化。而其中尤其值得关注的是石陀这个生态人格形象。

《无土时代》开篇就写道："夜空下的木城一直在燃烧。……一条马路就是一条火龙，一簇建筑就是一片火海，夜色越是浓重，火光越是明亮。耀眼的火光把黑暗从城市的每个角落里赶出来，逼退到深邃的夜空，星星月亮都被遮蔽了。"② 在赵本夫看来，现代城市的火光就是现代人过于炽盛的欲望在燃烧，现代人彻底远离土地，失去了对土地的记忆，生活在高楼大厦、到处都是水泥地的城市迷宫中，不分东西南北，不在乎甚至讨厌春夏秋冬，他们生命的节律已经彻底背离了大自然古老的节律。远离大地，远离大自然，最直接的结果就是木城人无处不在的身体和精神的疾病。"大地是一个能吸纳、包容、消解万物的无与伦比的巨大磁场。但在城市里，一层厚厚的水泥地和一座座高楼，把人和大地隔开了，就像电

---

① 胡发云．老海失踪［M］//碧蓝绿文丛编委会．"碧蓝绿文丛"第三辑：小说卷 大绝唱．北京：中国环境科学出版社，2000：49.

② 赵本夫．无土时代［M］．北京：人民文学出版社，2008：1.

流短路一样，所有污浊之气、不平之气、怨恨之气、邪恶之气、无名之气，无法被大地吸纳排解，一丝丝、一缕缕、一团团在大街小巷漂浮、游荡、汇集、凝聚、发酵，瘴气一样熏得人昏头昏脑，吸进五脏六腑，进入血液，才有了种种城市文明病，才有了丑陋的城里人。"① 面对这种城市文明病，赵本夫别出心裁地塑造了小说主人公石陀形象来表达他的生态立场。

石陀在木城出版社任总编辑，极为迷恋土地，他有一个雄心勃勃的计划，就是试图唤起木城人对土地的记忆。他是木城政协委员，在每年的政协会上，他都会上交这样的提案：拆除高楼，扒开水泥地，让人脚踏实地，让树木花草自由地生长。对于痴迷于现代化、城市化的中国人来说，石陀的设想无疑是痴人说梦，只能引来嘲讽和讥笑。于是，总是穿着蓝布长衫的石陀只要一有可能，就偷偷地用小锤子砸开城市的马路边缘的水泥砖，唯一的希望就是草能够长出来。作为出版社的总编辑，石陀非常赏识一个叫柴门（其实就是他自己的化名）的作家，因为柴门具有非常典型的大地情结。柴门曾经在文章中认为："城市把人害惨了，城市是个培育欲望和欲望过剩的地方，城里人没有满足感、没有安定感、没有安全感、没有幸福感、没有闲适、没有从容、没有真正的友谊。所以柴门认为人类在发展史上最大的失误就是建造了城市，那是个罪恶的渊薮。"② 他还说："生活在都市里的人们，离开乡野已经太久了，为什么不重回大地，过一种简单的生活呢？……" 对于城市文明，柴门深恶痛绝，他说人类错了，城市错了，从垒上第一块城墙砖就错了。"城市是人类最大的败笔，城市是生长在大地上的恶性肿瘤，城市并不是个值得羡慕的地方。"③ 石陀不顾出版社社长达克的反对，毅然聘用谷子当编辑，并让她负责编辑柴门文集，寻找作家柴

---

① 赵本夫．无土时代［M］．北京：人民文学出版社，2008：6．

②③ 赵本夫．无土时代［M］．北京：人民文学出版社，2008：11．

门。其实，石陀之所以如此痴迷土地，对现代城市的无土时代如此激烈地拒绝，和他出身农村有关。他是出生于草儿洼的天易，从小是一个大自然精灵。他到蓝水河游泳，那些奇形怪状的鱼会围着他，他还经常伏在大地上，说是能够听到大地喘气的声音，一听就是半夜，着了魔一样。后来当了红卫兵，和梅老师一起走失，漫游了大半个中国，也是沉浸在大自然之中，饱受自然灵性的启发。

石陀没有选择返回乡村，返回大自然，而是坚持把城市加以自然化、生态化。在木城园林局召开的绿化论证会上，留学回来的林教授抨击市政府大搞毫无差别的草坪种植，违背生态规律。石陀对林教授的观点非常赞赏，还补充说："这草坪还有一个最大的问题是一年四季都看不到枯萎，这简直太荒唐了。木城不是热带地区，从来四季分明，树木花草就应当一岁一枯荣。当地草本来就是这样的，千百万年都是如此。春天发芽，夏天茂盛，秋天衰败，冬天枯萎死去，这是一切生命的常态。引进的外来草的确四季常青了，可四季常青的害处是让人替他们累得慌，让神经绷得很紧。该歇着的时候不歇着，该冬眠的时候不冬眠，大冬天还在那支棱着，不遭罪吗？四季常青还给人一种错觉，就是生命无始无终，你可以老活着。于是你对财富、女人、权势、地位就会没完没了地追求，永不满足，你以为可以永远拥有它。由此你会变得浮躁、贪婪，为了得到这一切可以不择手段。但如果有秋天的衰败、冬天的枯萎，一年中有一段时光能看到地上的落叶和枯死的草棵，我们就会珍惜生命，也尊重死亡。会感到生命的短促和渺小，会看淡世俗的一切，用一种感恩的心情看待我们的生活。人也由此而变得平静、淡定而从容。大自然是会给人许多暗示的，千万不要小看这些暗示，这种暗示如清风细雨浸润着我们的身心，不知不觉间已经改变了我们，也改变了这个城市。"① 由此可知，石陀能够从大自然中汲取宝贵

---

① 赵本夫．无土时代［M］．北京：人民文学出版社，2008：140．

的生存智慧。

为了实现石陀对城市的自然化、生态化的理想，《无土时代》还塑造了同样具有生态人格的天柱这个形象。他来自草儿洼，到木城打工，因缘际会当上了木城园林局绿化队队长。他最大的野心也是把木城变成庄稼地。一次趁着木城申办全国卫生城市的机会，他居然把整个城市的300多块草坪变成麦地，后来还尽可能地在每个角落种上各种蔬菜。周副市长在天柱的影响下，终于也认识到城市的绿化、生态化的重要性，结果也让污染企业限期整改，不再提亮化城市，小汽车限售、限行，提倡步行和骑自行车出行，甚至允许并鼓励毛驴车、马车进城，作为运载工具。最终，木城的生态果然大为改观，无土时代的生态恶化得到遏制，甚至引发了其他国内城市的效仿。夜晚的灯火渐少，“整座城市沐浴在天光之下，到处黑黝黝的，着实有点吓人。木城人又似乎恢复了一点对大自然的敬畏之心”[①]。不过，这无疑只是作者的美好希望。现代城市文明毕竟是不可控制的一种大潮流，就连草儿洼那样的乡村也日益溃败，青壮年都进城打工，唯有老弱病残在乡村里苟延残喘。即使有像方全林这样尽职尽责的留守“村长”，草儿洼依然凋敝不堪。

无论是《老海失踪》中的老海，还是《无土时代》中的石陀，都是现代文明物欲化大潮中的先知先觉者，他们质疑现代文明反生态的本质，试图以一己之力守护自然生态，做一点自我赎罪，但是他们的言行都是无力的，都无法抵抗滔滔滚滚的现代文明汹涌大潮。不过，虽然他们失败了，甚至中道殒命，但是他们的生态人格的光辉始终在悲剧性的天空中映照着，激励着后来者。

二、悔悟猎人的生态人格

与《老海失踪》中的老海、《无土时代》中的石陀不同的是，

---

① 赵本夫．无土时代［M］．北京：人民文学出版社，2008：351．

当代生态文学还非常喜欢塑造一些幡然悔悟的猎人、渔民等生态人格形象。相对于城市人而言，猎人等还能够和大自然直接打交道，他们对大自然熟稔于心。在生态意识没有觉醒时，他们对于自然生命往往没有任何怜悯之心，只是以人类中心主义眼光、功利主义眼光来看待自然生命，猎杀动物是他们的职业，至于因此破坏了自然生态，造成种种可怕的恶果，则在他们的思考范围之外。不过，机缘巧合，他们的生态意识往往会受到种种触动，适时萌生，他们才会对以前的猎杀行为痛彻忏悔，转而成为守护自然生态的人，体现出了参赞化育的生态人格。

刘醒龙的短篇小说《灵缇》中的老护林人也就是这样一个猎人。那个在常人看来疯疯癫癫的老护林人其实是在受到大自然的惩罚之后才出现生态意识觉醒的人。他原来曾经是一个极为优秀的猎人，一次他遇到了一只极美的獐子："横在他与獐子之间的一线泉水，像一串淡绿色的珍珠链。唇上犹如贴上了一片黑缎的小獐子，伸出一对毛茸茸的小腿在泉水里拨弄着。他并不知道白狐正在走开，他被那小獐子迷住了。这小家伙！这小家伙！怎么这般眼熟，难道我们有过相逢的日子吗？小獐子吸了一口水，朝着它的父母昂起了小脑袋，一股隐约可见的水汽从鼻孔里喷出来，与从嘴里喷出的水柱一起，朝着它父母高大健壮的身子飞泻而去。夕阳中，那稚嫩的眼睛，闪动着润湿的水晶般光亮……小獐子重新垂下头，乌金色的嘴唇没入淡绿色的水中，泉水顿时透出一圈黑晕，几颗水珠跃过它的眼睛跌入水中。"① 如此美丽的自然生灵是大自然造就的，人能够欣赏一瞬就应该感到满足，但是他猎杀了小獐子。随后他受到灵缇的惩罚，自断指头谢罪，才幡然悔悟，开始了积极的护林工作。但是他的切身经历并没有得到大家的尊重，人们更是出于物欲不停地到森林中去猎杀动物，去滥砍林木，他也只能反复地向人警

① 刘醒龙. 黄昏放牛［M］. 北京：北京出版社，1998：343.

告，要人当心灵猩的报复。不过，这一切都无济于事，森林中树王也被砍掉了。结果是一场暴雨袭来，山上爆发泥石流，淹没了大片良田，老护林人也葬身泥石流中，他的生态守护以悲剧告终。

叶广芩的短篇小说《猴子村长》中的猎人侯自成就是受到母猴的感化才不再捕猎的。在困难年代，侯自成和奉山老汉一块追捕带着两只小猴逃跑的一只母猴，母猴在危急之时表现出的母爱和大义凛然迫使他们放下猎枪。

蒙古族小说家满都麦的短篇小说《四耳狼与猎人》中的猎人歪手巴拉丹，也是看到曾被他饲养过一段时间的四耳狼对他的深情厚谊之后，才幡然醒悟的，懂得了狩猎积财的罪大恶极，并意识到人类对野生动物犯下的罪行，从而放弃了狩猎。

关仁山的生态短篇小说《苦雪》则塑造了老扁这个守护海狗的猎人形象。雪莲湾是个濒海村子，村边海滩雪盖冰封时常有许多海狗上岸。海狗全身毛茸茸，模样有点像海豹，肉可食，皮可穿，公海狗的肚脐还是珍贵药材。村民从清朝乾隆年间就开始猎杀海狗，但与海狗搏斗毕竟需要超乎常人的力量和勇气，因此也只有少数人才能成为猎人，而且他们的生命也往往朝不保夕。但传统的猎人只用钢叉，只凭力气和技巧猎杀海狗，而且不能过量，即使有了火枪也不用，这是不成文的规定。老扁就是出自这样一个打海狗的世家，他恪守祖辈父辈留下的规矩，遇到那些不做反抗的护犊的母海狗，他还下不了手。但是这种祖辈的规矩很快被以海子为代表的新一辈年轻人破坏了，他们购买火枪，合伙大量捕杀海狗。老扁对他们的行为极为气愤，在一次捕杀中，他披上海狗皮混在海狗群中，赶走了海狗，自己却被海子等人的火枪射中身亡。这个悲剧故事反映了前现代文明和现代文明对待大自然的不同态度，前现代文明对大自然是适度的取用，更注重大自然对人的精神建构，而现代文明却纯以效率为趋，有极度的物质主义倾向，对大自然只采取肆无忌惮的利用态度。老扁最终能够牺牲自己保护海狗，彰显了崇高的生态人格光辉。

雪漠的长篇小说《狼祸》中的孟八爷也是个经验老到、技巧高超的老猎人，后来知道了在沙漠地区不能再猎杀狐狸、野狼的生态道理，毅然抛下猎枪，无论怎么受穷受累，都要精心保护生态环境。孟八爷曾说："狐子吃老鼠，乱打狐子，老鼠就成精了，铺天盖地，到处打洞，草皮啥的，都叫破坏了。一刮风，满天沙子，那沙山，就会慢慢移来，把人撵得没处蹲了。北沙窝里，早些年还有人。现在连鬼都没法儿住了。"① 孟八爷想到子孙还要活，想要维护子孙后代的代际正义，因此他意识到必须保护生态环境。孟八爷还说："这理儿，我也才明白。这些年，我老是纳闷，以前大沙河那么多水，柳栋呀，芦苇呀，树呀，里头啥没有？狼了，狐子了，野兔了……真正一个森林王国。现在，除了耐旱的沙娃娃外，至多有几只獾猪娃儿。那水，连饮猫儿的也没了。再胡整，真没活的路数了。"② 在孟八爷的劝说下，"骆驼" 首先表示不再收狐狸皮了。但是，猎人张五、鹞子并不听孟八爷的劝告，鹞子绝望中甚至想杀掉干预他打猎的孟八爷时，孟八爷问他真的不明白环境保护的重要，鹞子就说："啥狗屁道理，我都懂。可这天地间，已到处是垃圾了。信不？要是我有足够的原子弹，我肯定会毁了这地球。贪的也罢，欺压人的也罢，要完蛋，大家一起完蛋。"③ 因此孟八爷意识到真正威胁自然生态的还是人的糊涂心灵，他说："那最大的威胁，不是狼，也不是水，而是那颗蒙昧的心。心变了，命才能变；心明了，路才能开。"④ 的确，当人心不能从物质欲望的支配中摆脱出来，人注定会陷入彼此斯杀的残酷里，自然生态也必然会惨遭

---

① 雪漠. 狼祸：雪漠小说精选［M］. 北京：中国文联出版社，2004：28.
② 雪漠. 狼祸：雪漠小说精选［M］. 北京：中国文联出版社，2004：29.
③ 雪漠. 狼祸：雪漠小说精选［M］. 北京：中国文联出版社，2004：191.
④ 雪漠. 狼祸：雪漠小说精选［M］. 北京：中国文联出版社，2004：226.

不幸。最后沙窝子里的牧人为了抢仅剩的一点水源不惜大打出手，就是生态危机出现时人类生存处境的一种象征。

杨利民的生态话剧《大湿地》也塑造了老耿这个幡然悔悟的生态人格形象。该话剧取材于东北松辽平原的大湿地，主要讲述了以老耿为首的野生动物保护协会志愿者为了保护大湿地上的珍禽异兽如何与盗猎者进行艰苦卓绝的斗争；在大湿地声名远播时，他们又不得不为了保护大湿地的生态和谐与执意要大搞开发的开发商乃至地方政府进行斗争。在生态保护和经济发展的两难悲剧中，作者忧愤深广地呼唤着人性和生态的双重救赎。应该说，杨利民早就有非常鲜明的自然情结，他深爱北方辽阔、苍凉、雄健的自然之美，在《大荒野》《大雪地》《北方的湖》等话剧中就有不俗的表现；到了《大湿地》中，杨利民的自然情结终于绽放出高标出尘的生态意识，开始讴歌为保护大自然而呕心沥血的先知先觉的先行者，表现出高瞻远瞩的全球视野、全人类视野。

《大湿地》的灵魂人物是老耿。这是个凝聚着杨利民所有理想乃至生命激情的人物，他践履着空谷足音般的生态意识，富有牺牲精神，敢于承担责任，物欲淡薄，精神高蹈，在生态救赎的坎坷道路上高扬着人性的猎猎大旗。颇有意味的是，老耿原是个打猎高手，所获猎物常常连吉普车的后备厢都装不下。但在 18 年前的一次打猎中，他射杀了一只漂亮的公雁，谁知与其相伴的母雁竟然不愿抛弃已经死去的情侣，宁愿衔着它的羽毛冻死在北方也不南迁。野生动物生命的高贵和尊严，彻底震撼了老耿，让他终于意识到打猎行为的丑陋和恐怖，也意识到自己对大自然犯下的罪行，因此幡然悔悟，洗心革面，终于成为立场坚定、意志坚决的生态保护者。

觉悟后的老耿在长期的野生动物保护实践中已经领悟到较为超卓的生态意识。首先，这种生态意识颠覆了狂妄自大的人类中心主义，确立了人在大自然中的合适位置。剧中，当老耿要阻拦宏达开发公司的莫总经理试图对湿地进行房地产开发，莫总就阳奉阴违地称老耿为“大湿地的守护神”，但老耿却直言相告，他不是什么守护神，“在大自然面前，我们都如同蝼蚁”[①]。可以说，只有那些信奉人类中心主义的人，才能或者自视为大自然的征服者，或者自居为大自然的拯救者、守护神；而只要人稍稍理智清醒一点，就可以清晰地看到，作为大自然渺小的一部分的人类怎么可能征服或者拯救整体呢。在大自然前面，谦恭自守才是人唯一的合适姿态。其次，这种生态意识要求人节制自身的欲望，善待其他自然生命。当县长老民和老耿就被盗猎的国家一级保护鸟类大鸨争论时，老民就说：“我们几个要不是读了些书，懂得环保、资源、生物链之类的东西，咱们之间会为一只鸟的死亡动肝火吗？这只是发展中的小问题。”然而老耿却针锋相对：“你说的小问题，是大鸨的死吗？那大问题是县里的经济收入，对吗？看看当下吧，人类毫无节制的贪婪，占有、崇拜金钱，出卖良心，把体内流动的道德血液，变成欲望的毒汁。……我们要学会善待地球上的一切生命，那就是善待自己！不然，大自然就会残酷地报复我们。不是吗？这世界为权力你争我夺，钩心斗角，军备竞赛，连老天都看不下去了，说让他们别闹了，晃荡一下，重新洗牌。结果就八九级地震，结果都他妈消停了。”[②] 的确，当现代人肆无忌惮放纵欲望时，最终就必然会对大自然造成莫大的伤害，而这种伤害终究会回转到人类自身上。因此，老耿在大湿地里保护各种鸟类，实在是代替那些不懂人类语言的鸟类仗义执言，维护一种物种间的大道正义。

更为难能可贵的是，老耿的生态意识没有停留于简单的野生动物保护上，已经上升到生态整体观的崇高境界。他曾经如此苦口婆心地劝老民要保护好大湿地：“有一天我会走，也许永远消失。但看在生死兄弟的分上，请你冷静地想想，国家和人民把权力交给

---

① 杨利民. 大湿地［J］. 剧本，2011（11）：37.

② 杨利民. 大湿地［J］. 剧本，2011（11）：29.

你，管辖着比欧洲一个小国还大的土地，你看看吧，现在还有多少土地没被折腾过，还有哪一方水域是干净的，还有哪些物种不面临灭绝？（哽咽）我只求你一件事，保护好大湿地，这是咱们最大的财富，不要只顾眼前……我想起阿波罗号进入宇宙时，宇航员阿姆斯特朗说的一段话。他说，当我回望地球时，我已潸然泪下，它太美了，蔚蓝色的地球，像一颗泫然欲滴的眼泪。……也许这颗眼泪，最后就会变得浑浊不堪，成为我们临死前的一滴老泪！”① 对于老耿来说，保护那一只只自由飞翔的鸟，那一片片白云覆盖的湿地，是和觉悟的人爱护地球，呵护整个生态系统，息息相关，血脉相连的。既有高远宏阔的生态眼光，又立足当下，踏实履行眼前的生态保护责任，这无疑是老耿的卓越之处。

杨利民在话剧里塑造老耿形象，非常强调他精神的超拔。他成为野生动物保护协会志愿者的领头人后，就日夜守候在大湿地里，放弃了升官的机会，放弃了金钱和地位，甚至连家庭都主动牺牲了。为了保护珍稀的大鸨，他居然自己拿出积蓄补贴给农民，希望他们不要耕种大鸨栖落的那片土地，以免打扰它们。在和盗猎者斗争时，他有理有据，义正词严，但又温情动人。例如村民大头盗猎时毒死了丹顶鹤，他知道大头的贫穷，同情大头，于是为他做证，说他是误毒的，结果能够少判几年刑；但是当大头再次到大湿地捕鸟时，他就毅然收缴了他的粘网，无论大头如何威胁，他都岿然不动；最后他也知道要阻止这些农民捕鸟，只能尽可能地帮助他们谋生，因此又主动地帮助大头联系卡车司机工作。此外，他还帮助失学的少年线黄瓜重返学校，救出了想在大湿地寻死的水莲。他为了向大湿地的附近村民宣传保护鸟类的基本知识，就和志愿者们辛苦拍摄鸟类图片，精心制作宣传图册、挂历。为了保护大湿地免遭开发商的毒手，他敢于掌掴财大气粗的莫总，敢于和当县长的老同学

---

① 杨利民．大湿地［J］．剧本，2011（11）：29.

据理力争。这是一个既有科学精神，又富有献身热情、理想激情的生态人格典型。

当然，老耿的生态守护事业在欲望喧嚣的当今时代相当悲壮，确有螳臂挡车之嫌。因此，即使有许多志同道合的志愿者声气相通，也得到北雪、张野等人的支持，但他始终没有成功者的舍我其谁的英雄气概，而只有深怀罪感的忧伤和惶恐。剧作最终，老耿为保护那些迁徙的鸟类失踪于浩淼的大湿地，他失踪前留下的视频资料里的感慨最为动人："你知道，20 年前，我是个疯狂捕猎者。还记得我讲的那对大雁夫妻的故事吗？我为此常常流泪……我想到人，想到我自己……这就是我抛弃一切都要保护大湿地的理由。想想，那时我是多么的无知、虚荣、狂妄啊！当我明白这一点的时候，似乎一切都不可挽回了，为此我永远也不能宽恕我自己。我不知道，我能不能用后半生的岁月，拼死保护万物生灵，而减轻我的一些罪孽。老民、北雪，我爱你们……你们是我最好的朋友、最亲近的人……但我似乎感到有一种巨大的力量，它在毁灭我们几千年留下的文明——天人合一，崇尚大自然。人们毫无节制的贪婪、疯狂的欲望，已经停不下来了。那些高贵的学者专家，一边指责乱捕乱杀，一边吃着山珍海味。他们指责乱砍滥伐，却选择实木家具。这就是我们……老民，我理解你，作为地方长官，你为民呕心沥血，左右为难……作为兄长，我给你添麻烦了……北雪，你看那只黑翅长脚鹬，它多美呀，像不像正要出嫁的红腿新娘……老民，我爱大湿地，清晨胭红色的霞光，明丽轻暖的初阳，正午任意泛滥的湖泽，夜晚灿烂的星斗。我无论活着还是死去，我都希望人们爱它，保护它……"① 应该说，老耿的自我救赎，既是他自己的人性救赎，也是整个现代人类对大自然犯下的滔天罪行的生态救赎。杨利民毕竟还是乐观的，他让大湿地深处闪起了明亮的火光，那该是

① 杨利民．大湿地［J］．剧本，2011（11）：40．

老耿的精神不灭的象征。老耿终于在生态保护事业中，把杨利民《地质师》中的洛明、《北方的湖》中的肖北、《铁人轶事》中的王进喜等人物那种崇高的精神谱系传承下来了。

此外，苗长水的短篇小说《自然之泉》中主人公廖廷杨也是在悔悟后才出现生态意识，成为具有生态人格的人。该小说叙述了一个北方村子遇上了干旱，人畜饮水面临威胁，村后那一片悬崖银雨漏天渗出的一脉细水成了村人的救命水。在村人等水的空儿，来了两只狼也想喝水，而这个村子已经很久没有出现狼的踪迹了。村主任廖廷杨跟踪了这两只狼，最后弄清了狼的藏身地，也知道了母狼已经怀孕，但是因为过分干旱，生产下来的小狼全都死了。廖廷杨决定救救这两只狼，在悬崖渗水干透了后，他带领村民把外地运来的救命水匀出一些提到银雨漏天，但是生性多疑的狼不敢来喝水，于是在夜色的掩护下，廖廷杨就脱光衣服趴在悬崖的岩石上小心地慢慢倒水，让狼以为水还是从悬崖中渗出的，在狼开始靠近想去喝水的当儿，一位村民却躲在暗处向狼打黑枪，谁知没打中狼，倒打中了悬崖上的廖廷杨，为了保护狼就他这样付出了自己的生命。应该说，廖廷杨是个具有生态人格的人，他得知这个村子在几万年前曾是一个巨大的湖，湖边绿树婆娑，野兽成群，后来地质变迁，沧海桑田，成了现在这样子。他对自己以前在“文革”时期肆意砍伐森林，以及为了一点蝇头小利就把河滩林子卖给邻村的行为，深感懊悔，因此就带领村民拼命地种树，希望能看到绿满山川的美好景象。他也希望狼和人走出彼此互相伤害的困境，互相帮助，彼此共享生命的欢悦，共渡生命难关。

邓刚的短篇小说《大鱼》则塑造了水顺爷这个生态意识开始觉醒的渔民。该小说叙述了这样一个故事：辽东半岛的南端海域每年山菊花开的季节，会有一种奇怪的鱼到海边礁石缝隙里产卵，这种鱼外形丑陋但肉质鲜美，当地的渔民称之为菊花鱼。每到山菊花开时，渔村人都下海捉鱼。以前，水顺爷是捉鱼的高手，水里功夫相当了得，现今年事已高，便不能下海捉鱼。改革开放后，渔民的经济意识越来越活跃，每年捕捉的菊花鱼越来越多。其中渔村人李大爪子就特别擅长捕鱼。这一次，水顺爷也想再次下海捕一次鱼。谁知下海后，他四处寻觅，都没有发现菊花鱼，他知道渔村人对菊花鱼的捕捞过度了，大海一下显得极为空阔而死寂，他回想着以前海边鱼儿成群的胜景不胜怅惘。后来，他在偏远地方好不容易发现了一条亟待产卵的大菊花鱼，他本想下手去捉，但是看到那条颇有灵性的菊花鱼，更想到空荡荡的海边，他终于不想下手了。他不但自己不捉，还阻止了李大爪子。水顺爷终于从一个捕鱼人变成一个保护菊花鱼的人，表现了难能可贵的生态觉醒。

众所周知，人类曾出于生存目的不得不狩猎，但是到了工业文明时代，狩猎从根本上说已经丧失了合理性，猎人能够幡然悔悟自然是善莫大焉。猎人能直接与野生动物打交道，容易感受到狩猎的危害以及野生动物的生命灵性；但是更为麻烦的是那些处在商业链条末端的消费者，他们仅对野生动物的皮毛或肉感兴趣，只需付出金钱就可以得到，他们的心灵更难被唤醒，而只要他们有巨大的需求，通过人类社会的商业链条，就会有巨大压力源源不断地迫使猎人向各种野生动物大开杀戒。那样，少数猎人的幡然醒悟自然是感人的，但是终究于事无补。

三、少数民族的生态人格

相对于汉族人而言，华夏大地上的少数民族，尤其是草原上的蒙古族、青藏高原上的藏族等少数民族，与大自然融合得更为紧密，他们的民族传统文化中的生态意识也更为显豁。当代生态作家非常喜欢在少数民族中寻找那些尊重自然、敬畏生命的生态人格形象，从而给世俗化浪潮中的现代人带来全新的生态启蒙。

郭雪波的小说中，就有一类人格鲜明的人物形象，即生态维护者。最为神异的是《沙葬》中的云灯喇嘛。此外如《沙葬》中的白海，《空谷》中的秃顶伯，《大漠魂》中的老双阳，《沙狐》中的老沙头，《苍鹰》中的老郑头，《狐啸》中老铁子的祖父等，也都是具有生态人格之人，也是郭雪波心中的理想人物。生态破坏者与大地疏远，与大自然仅是利用关系，而这些人的生命却与大地、大自然血脉相连，一般都离群索居，沉默寡言，但内心淳朴，感情真挚，淡泊宁静，对人生与世界别有悟解。

郭雪波小说中的这些具有生态人格的人都颠覆了人类中心主义价值观，能豁达大度地平等对待众生。《沙葬》中，热沙暴来临时，沙井周围的各色生灵向人求救，铁巴却想当然地拒绝它们，觉得人才是重要的，云灯喇嘛却说："人重要？那是你自个觉得。由狐狸看呢，你重要吗？所有的生灵在地球上都是平等的，沙漠里凡是有生命的东西都一样可贵，不分高低贵贱。"① 当云灯喇嘛把仅剩的一点水分给各色生灵时，生态人格的光辉绚丽无比。挪威深层生态学者奈斯说："所谓人性就是这样一种东西，随着它在各方面都变得成熟起来，我们就将不可避免地把自己认同于所有有生命的存在物，不管是美的丑的，大的小的，是有感觉无感觉的。"② 当人类中心主义价值观被生态人格超越时，我们顿然可以看到世界更为婀娜多姿的一面。

也正是超越了人类中心主义视角，这些具有生态人格之人才能尊重生态规律，而不是把人类意志肆意妄为地强加在自然头上。《苍鹰》中，当伊琳看到那三只小鹰要啄死母鹰时，她大为悲愤，不愿接受那种残忍的自然法则，妄图干预，而熟谙生态法则的老郑头却阻止她，"不要破坏它们的法则，我们没有权力这样做。老猎

① 郭雪波．郭雪波小说自选集·天出血［M］．南昌：百花洲文艺出版社，2002：120.

② 雷毅．深层生态学思想研究［M］．北京：清华大学出版社，2001：46.

鹰自己也不同意你这么做的"①。《沙葬》中，云灯喇嘛开始驯养小狼时，曾让它吃素以培养佛性，但最后把它放回荒野时，却嘱咐它道："去吧，按你们老祖宗的道道儿去过吧。往后吃啥喝啥也随便好啦，甭再守着老喇嘛的戒律了……"② 的确，狼被驯化成吃素对佛教徒而言也许是胜利，而对回到荒野的狼来说则很可能是灾难，对草原生态系统而言也是灾难。因此，云灯喇嘛的嘱咐无疑是对生态规律的尊重。

当人在更为宏阔的生态视野中来把握人之位置，就很容易地意识到自身的渺小，对自然的敬畏之情也油然而生。不过对于长期习惯了对自然采用征服与利用态度的大多数人来说，敬畏自然往往开始于大自然巨大的破坏性力量闪现时。《大水》中，那个皮贩子领悟到："在大自然的无限张力面前，在这从天而降的源源不断的大水冲击面前，人是太渺小了。小如虫豸。"③《沙葬》中，在吞噬所有生命的沙漠热风暴之前，人的表现是，"谁也没有说话，内心里充满对大自然的恐惧。在这恐怖而神秘的大自然面前，感到自己太渺小，太脆弱了。人平时以万物之灵自居，不可一世，狂妄自大，说胜天就胜天，说胜地就胜地。而此刻，显得如此单薄无力，无可依托，无可奈何，可怜巴巴，不比那些小动物高明多少"④。大自然以其不可控制的巨大力量为人性划定了边界，使人性不得不反思自身。不过对于云灯喇嘛这些具有生态人格的人而言，敬畏自然往

---

① 郭雪波．郭雪波小说自选集·天出血［M］．南昌：百花洲文艺出版社，2002：196.

② 郭雪波．郭雪波小说自选集·天出血［M］．南昌：百花洲文艺出版社，2002：87.

③ 郭雪波．郭雪波小说自选集·天之魂［M］．南昌：百花洲文艺出版社，2002：84.

④ 郭雪波．郭雪波小说自选集·天出血［M］．南昌：百花洲文艺出版社，2002：122.

往更表现于对自然伟大而神奇的创造力量的敬畏上。

敬畏自然意味着人性在自然面前的自我划界，意味着对自然的主体价值的确认。那么，敬畏自然是否就意味着在自然面前的消极被动呢？其实往往是那些在自然面前惯于颐指气使的人受到自然的报复后才更容易陷入消极虚无中，而对于那些具有生态人格的人往往具有更为不屈的生命意志，他们也要征服自然，不过征服的不是自然的生命力量，而是自然的破坏力量。《大漠魂》中，老双阳毅然到沙坨子深处种下绿意盎然的红糜子；《沙葬》中，白海和云灯喇嘛创造了诺干·苏模绿洲；《苍鹰》中，老郑头也在沙坨子里创造了生命奇迹。如果说海明威的《老人与海》中的桑提亚哥在大海中展示了征服自然与征服自我的坚强的生命意志，那么郭雪波小说中这些具有生态人格的人同样具有坚强的生命意志；只不过海明威的老人的生命意志违背生态规律，最终除了给世界留下一具硕大的死鱼骨架外无物存在，而郭雪波小说中这些人则带给世界更为丰富的生命。在云灯喇嘛这些人身上，我们看到人类的生命意志必须与生态维度相契合，否则任由生命意志与大自然对抗只会导致人与大自然的双双败亡。

正是人的生命意志自觉地与生态维度相协调，人意识到自身的重要使命不是征服与利用自然，而是看护大地与自然，守护生命家园。海德格尔说："人不是存在的主人，人是存在的看护者。"① 海德格尔说的存在就是大地和自然。郭雪波的小说中，那些具有生态人格的人物都是细心的存在看护者。云灯喇嘛在铁巴要在沙井边打猎时就敲击脸盆惊走野生动物。在热风暴来临前，他说："我们作为万物之灵的人，更应该带领它们一块儿躲过这个共同的灾难。停

① 海德格尔. 路标［M］. 孙周兴，译. 北京：商务印书馆，2000：403.

止仇恨和杀斗，找一条一块儿活下去的出路。这是佛的旨意啊！”①《哭泣的沙坨子》中的哈尔伊列·老阿孛试图阻止村民划分沙地种打瓜，《空谷》中秃顶伯对空谷湖水的守护，都践履着生态人格看护存在的使命。

生态人格的最高境界是生态境界。在郭雪波的小说中，把生态境界展示得最充分的是云灯喇嘛。在他忍痛把小狼白孩儿送归荒野时，作者曾写道：“大地是这样的静谧，这样的博大，这样的深邃，这样的神秘。只有夜晚，大地才充分显示出了这超然的气质，包容着所有依附于它的生灵，也包容着所有的合理和不合理的，完整的和残缺的，强大的和柔弱的一切，以及所有的生生死死、轮回周转。”② 大地就是云灯喇嘛生命境界的象征，他已经超越了功利境界、伦理境界、审美境界，而达到众生一体的生态境界。这是一种真正的大生命境界。

当然，在我们这个现代化成为主流意识形态的时代，郭雪波小说中的生态维护者都是些时代的异数。他们在小说中出现时，就像鲁迅笔下的启蒙者一样，都是孤独个人。被现代化意识形态浸透的人民大众无法理解他们。相当有意味的是，与鲁迅的启蒙者常常发疯或死亡一样，郭雪波的生态维护者也往往或发疯或死亡。《哭泣的沙坨子》中哈尔伊列·老阿孛是疯子，《荒漠三魂》中巴乙尔的老爸爸也是疯子，《空谷》中秃顶伯也几近疯狂。而云灯喇嘛、白海等人则都牺牲在沙漠。然而，落地的麦子不死。生态人格精神终于感召了另一些人，他们在郭雪波小说中是孤独的外来者，如《沙葬》中的原卉、《苍鹰》中的伊琳、《狐啸》中的白尔泰、《大漠

---

① 郭雪波. 郭雪波小说自选集·天出血［M］. 南昌：百花洲文艺出版社，2002：120.

② 郭雪波. 郭雪波小说自选集·天出血［M］. 南昌：百花洲文艺出版社，2002：88.

魂》中的雨时等。他们不是出于兴趣，就是在都市生活中遇到问题，然后到沙地里遇上这些具有生态意识的人，受到精神感召，恢复了生活兴趣，心灵变得敏感，精神变得丰富。伊琳就曾充分感受到老郑头的崇高精神："她很感激失去知觉后仅俯伏在她后背上的这个瘦削的老人——人间的老苍鹰。她感觉到他的血已经溶进她的身躯里，这确实是一种灵魂的转移。她终于能起飞了。她发现，那个更高的空宇、更高的境界、更自由的王国，其实就在她脚下的第一步。"① 生态精神终于能薪火相传，从此我们依稀看到希望。

郭雪波小说中的生态人格都从蒙古族喇嘛教、萨满教等民间信仰中汲取精神资源。《沙葬》中，云灯喇嘛信奉喇嘛教，他对欲望泛滥的批判，他的众生平等观、普度众生理想，他的处变不惊、精神昂扬，都是喇嘛教熏陶的结果。当故乡在百年内就被流沙掩埋时，"他怪这里的沙化是因为过去拆了诺干·苏模庙，人失去了对神佛的敬仰，也就失去了天地神佛对人的庇护。他认为神佛是天地之灵，天地的象征，冥冥中无处不在"②。《大漠魂》中，老双阳曾是萨满教的男巫神，他在沙坨子里种红糜子几乎就是完成萨满教对生命的崇拜礼仪。《狐啸》中，白尔泰追随萨满教文化，"想做一种文字的记录和研究，告诉大家北方，蒙古人曾创立和信奉过一种宗教——萨满教，这个教信奉长生天为父，长生地为母，信奉大自然、信奉闪电雷火、信奉山川森林土地；同时也想告诉大家，现在也许正因为失去了这应信奉的教义，人们失去了对大自然的神秘感和崇敬心情，才变得无法无天，草原如今才变得这样沙化，这般遭受到空前的破坏，贫瘠到无法养活过多繁殖的人族，这都是因为人

---

① 郭雪波. 郭雪波小说自选集·天出血［M］. 南昌：百花洲文艺出版社，2002：203.

② 郭雪波. 郭雪波小说自选集：天出血［M］. 南昌：百花洲文艺出版社，2002：66.

们唯利是图，急功近利，破坏应崇拜的大自然的结果！所以现在，大自然之神正在惩罚着无知的当代人族”①！老铁子的祖父他们就是在萨满教义号召下拼力保护白狐和草原的。

其实，宗教文化最终目的是设定人的生命取向，规范人的生活行为。这种设定既有可能像基督教那样大体上持人类中心主义，对自然采用管理与利用之立场，也有可能像佛教那样持非人类中心主义，追求众生平等。值得注意的是，蒙古草原上，无论是喇嘛教还是萨满教都具有丰富的生态意识。它们训导人节制欲望，追求情感与精神，敬畏自然，其中无疑具有极深的生态智慧。它们相当高明地把人的生活方式与客观的生态环境协调起来，使人与自然能共同走向繁荣。颇有深意的是，郭雪波小说也注意到生命与生态环境的契合问题。《温多尔·罕山上的圆石》中，塔林硕布在草原上当牧羊人时，与自然环境性情相合，灵性十足，一柄“布鲁”扔得神出鬼没；当他离开草原生活，到县体委参加比赛训练时却神情委顿，灵性全失；而回到牧羊生活中后又恢复了灵性。这其实意味着生命必须与生态环境相吻合才能神清气旺。少数民族宗教文化恰恰是把人与当地的生态环境协调起来的最重要力量。郭雪波在长篇小说《大漠狼孩》尾声中也曾幻想：“冥冥中，我的大脑里突然出现幻觉：茫茫的白色沙漠上，明亮的金色阳光下，缓缓飞跃腾挪着一只灵兽，白色的耳朵，白色的尾巴，也正在变白的矫健的身躯，都显得如画如诗，缥缈神逸，一步步向我驰来，向我驰来……”② 如果说陈忠实的《白鹿原》中白鹿精魂重现白鹿原，暗喻着传统儒家文化复活的话，那么《大漠狼孩》中白狼的幻现则暗喻着蒙古族宗教文化中的生态意识的再度复活。当然白狼的复活，也就是大自然的

---

① 郭雪波. 郭雪波小说自选集：哭泣的草原［M］. 南昌：百花洲文艺出版社，2002：123.

② 郭雪波. 大漠狼孩［M］. 北京：中国文联出版社，2003：381.

复活，就是野性世界的复活。这种复活让生命丰盈，精神焕发。这就是美的境界，这就是生态境界。

与郭雪波一样，姜戎的《狼图腾》也从蒙古族民间信仰中寻找生态意识的精神资源，该小说中的毕利格老人就是民间信仰的化身，也是生态人格的典型形象。毕利格老人相信："草原上的狼是腾格里派到这里来保护白音窝拉神山和额仑草原的，谁要是糟践山水和草原，腾格里和白音窝拉山神就会发怒，派狼群来咬死它们，再把它们赏给狼吃。"① 他在等候狼群围猎黄羊时告诉陈阵说外来户道尔基他们不敬畏狼，居然用狼皮褥子狼皮裤筒，而"腾格里就是向着狼，给它最抗旱的皮毛。可是草原人就从来不用狼皮作褥子，蒙古人敬狼啊，不敬狼的蒙古人就不是真蒙古。草原蒙古人就是被冻死也不睡狼皮。睡狼皮褥子的蒙古人是糟践蒙古神灵，他们的灵魂哪能升上腾格里?"② 这种民间信仰自然是出于辈辈相传，没有经过理性的考察，但是在它那对草原世界的拟人性想象中，却蕴含着极深的生态智慧，即对草原生态系统中狼的生态位相当了解。小说还提到草原上曾经盛行的喇嘛教不让乱杀生，无疑也是对草原生态具有举足轻重的保护作用。草原人在长久的生活中还很自然地养成与草原生态系统相和谐的各种生活习俗，如对水的敬畏和爱惜，对狗的爱护和忠贞。就连他们死后实行天葬也有其生态根源的，除了不用棺材节省木头外，还是为了吃肉还肉。正如毕利格老人所言："草原上的人，吃了一辈子的肉，杀了多多的生灵，有罪孽啊。人死了把自己的肉还给草原，这才公平，灵魂就苦啦，也可以上腾格里啦。"③ 知青陈阵后来也认识到："千万年来，游牧和游猎的草原人和草原狼，在魂归腾格里时，从不留坟墓碑石，更不留

① 姜戎. 狼图腾［M］. 武汉：长江文艺出版社，2004：76.
② 姜戎. 狼图腾［M］. 武汉：长江文艺出版社，2004：18.
③ 姜戎. 狼图腾［M］. 武汉：长江文艺出版社，2004：102.

地宫陵寝。人和狼在草原生过，活过，战过，死过。来时草原怎样，去时草原还是怎样。能摧毁几十个国家巨大城墙和城市的草原勇士的生命，在草原上却轻于鸿毛。真让想在草原上考古挖掘的后来人伤透脑筋。而这种轻于鸿毛的草原生命，却是最尊重自然和上苍的生命，是比那些重于泰山的金字塔、秦皇陵、泰姬陵等巨大陵墓的主人，更能成为后人的楷模。草原人正是通过草原狼达到轻于鸿毛，最后完全回归于大自然的。他们彼此缺一不可，当肉体的生命消失后，终于与草原完全融为一体。"① 以这种方式对待生和死，除了具有十足的生态理由外，是找不出其他理由的。而当人自觉地与大自然和谐相处，接受生态智慧的引领，他们的生命是多么纯净和高尚。

毕利格老人在《狼图腾》中就是最具有生态智慧，也是最有神异色彩的光辉形象。如果说额仑草原的白狼王是维护草原繁荣的野性力量的体现，那么就可以说毕利格老人是维护草原繁荣的人性力量的体现，是蒙古人中的白狼王。毕利格老人的生态智慧最根本地体现在他关于草原上的"大命"和"小命"的说法中。在知青陈阵看到被狼猎杀的黄羊的美丽时，他就觉得黄羊可怜，狼可恶，滥杀无辜，而毕利格老人却说：

难道草不是命？草原不是命？在蒙古草原，草和草原是大命，剩下的都是小命，小命要靠大命才能活命，连狼和人都是小命。吃草的东西，要比吃肉的东西更可恶。你觉得黄羊可怜，难道草就不可怜？黄羊有四条快腿，平常它跑起来，能把追它的狼累吐了血。黄羊渴了能跑到河边喝水，冷了能跑到暖坡晒太阳。可草呢？草虽是大命，可草的命最薄最苦。……蒙古人最可怜最心疼的就是草和

① 姜戎. 狼图腾［M］. 武汉：长江文艺出版社，2004：269.

草原。①

老人说出的是草原上的生态真理，处于生态系统最底端的生命，虽说渺小，甚至有些卑微，但对于整个生态系统而言，却真正是最重要的，最根本的。如果说利奥波德倡导人们要像大山一样思考，那么毕利格老人就是像草原一样思考。应该说，毕利格老人是真正的生态整体主义者，他的确看重个别的生命，但更看重整体的生态系统的和谐与健康。他不会让人有时滥施的同情心影响整体的判断，生态智慧牢牢地控制着他的感情。像陈阵这样的知青有些时候看似多情，看到一只美丽的黄羊时就怜悯弱小，但若是人的行为违背生态规律时，人的多情最终就是无情，而看似无情的符合生态规律的行为才是真正多情的。因此，陈阵不得不承认："草原民族捍卫的是'大命'——草原和自然的命比人命更宝贵；而农耕文明捍卫的是'小命'——天下最宝贵的是人命和活命。可是'大命没了小命全都没命'。"② 我们不得不承认，这是对农耕民族最一针见血的批判。回顾历史，所有因为毁灭了自然环境而最终自我毁灭的文明毫不例外的都是农耕文明，正如陈阵所说的："世界许多农耕民族的垦荒劳动，其结果是劳动出一片大沙漠，最后把自己的民族和文明都埋葬了。"③

毕利格老人很自觉地把生态智慧贯彻到每个行为中。在带领大伙去偷狼围猎的黄羊群时，他还首先仰望蓝天，请求腾格里允许人们到雪中找黄羊。他还谆谆告诫大家把所有活的黄羊统统放生，仅取雪下的冻羊，绝不能贪心。老人还说成吉思汗每次打围，到末了，总要放掉一小半，而这也是向草原狼学习的。虽说狼是草原的

---

① 姜戎. 狼图腾［M］. 武汉：长江文艺出版社，2004：35.
② 姜戎. 狼图腾［M］. 武汉：长江文艺出版社，2004：36.
③ 姜戎. 狼图腾［M］. 武汉：长江文艺出版社，2004：261.

保护神，但当陈阵问毕利格老人为何要打狼时，老人说："狼太多了就不是神，就成了妖魔，人杀妖魔，就没错。要是草原牛羊被妖魔杀光了，人也活不成，那草原也就保不住了。我们蒙古人也是腾格里派下来保护草原的。没有草原，就没有蒙古人，没有蒙古人也就没有草原。"① 说得多好，狼太多了就成了妖魔！其实在一个稳定的生态系统中，任何物种若过度繁殖，就都是妖魔！这就是生态智慧的洞见！在这个复杂的草原生态系统中，各种事情一环套一环，"蒙古牧民擅长平衡，善于利用草原万物各自的特长，能够把矛盾的比例，调节到害处最小而益处最大的黄金分割线上"②。这种生态智慧就集中体现在毕利格老人和牧场场长乌力吉身上。为了报复狼群围猎军马群，毕利格老人率领大伙围猎了狼群，但他还是有意地让一部分狼跑出包围圈。在包顺贵表扬他立了大功时，他却不高兴，"甭提功不功了，功越大我的罪孽越大。往后可不能这么打狼，再这么打下去，没有狼，黄羊黄鼠野兔旱獭都该造反了，草原就完啦，腾格里就要发怒了，牛羊马还有我们这些都要遭报应"③。说完，老人张开血手，仰望腾格里，诚惶诚恐。生态智慧成了他行为的最终根据，这使得他淡泊名利，具有内在的精神稳定性。

然而，毕利格老人毕竟是处于人的欲望无限膨胀、人的精神信念无比沦落的现代文明阶段，他的生态智慧注定唤不醒大部分人。例如，当道尔基带人到天鹅湖旧营盘去下毒、下夹子套狼时，毕利格老人大为光火，但他也不敢当面指斥道尔基他们，只能带陈阵去偷偷弄坏了道尔基的毒药和夹子。在看到天鹅湖新草场才过了一个夏季，就成了天鹅、大雁、野鸭和草原狼的坟场时，老人只能仰望

---

① 姜戎．狼图腾［M］．武汉：长江文艺出版社，2004：101.
② 姜戎．狼图腾［M］．武汉：长江文艺出版社，2004：94.
③ 姜戎．狼图腾［M］．武汉：长江文艺出版社，2004：164.

腾格里，老泪纵横，像头苍老的头狼般哭了起来。当他看到外来户老王头那种竭泽而渔式的捕杀旱獭方式，看到兵团特等射手开着吉普车用小口径运动步枪猎杀旱獭时，他更是深深意识到了自己的无奈和草原的没落：

老人还没有从这种新式武器的威力中回过神来，吉普车一溜烟地开走了。毕利格老人神情呆滞，好像还停留在他习惯中的秋季草原。老人也可能还在回想那支便捷轻巧的长管枪，短短的一个多月，这么多可怕的新人新武器新事物新手段涌进草原，老人已经完全懵了。吉普车的烟尘散去，老人转过身一言不发，松松地握着马嚼子，信马由缰地往家走。陈阵缓缓地跟在老人的身旁，他想，都说末代皇帝最痛苦，然而，末代游牧老人更痛苦，万年原始草原的没落，要比千年百年王朝的覆灭更加令人难以接受。老人全身的血气仿佛突然被小小的筷子子弹头穿空，身子顿时佝偻缩小了一半，浑浊的泪水顺着憔悴苍老的皱纹流向了两边，洒在大片大片的野菊花上。①

这就是老人的悲壮结局，他宁愿眼瞎目盲，也不愿看到草原被彻底糟蹋的样子。毕利格老人成为额仑草原最后一个天葬魂归腾格里的人。当然，毕利格老人的生态人格唤醒了陈阵、杨克、张继原等北京知青的生态意识，然而他们很快就离开了草原回到城市，而那里只有在每年的扬沙天气或沙尘暴天气出现时才能引得他们回望草原，为草原担忧，更为城市担忧。

阿来则倾向于从藏族民间信仰中去寻找生态意识的精神资源，去塑造藏族人的生态人格典型。当消费主义文化热风催生出现代人的拜物狂，从而直接导致像川西藏区等地的自然生态惨遭破坏时，

① 姜戎. 狼图腾［M］. 武汉：长江文艺出版社，2004：385.

这个世界总还会有一些清醒的人，心中保存着对大自然的敬畏之心，坚守着人性的朴素底线，以悲剧者的姿态抵抗着时代大潮，同时也召唤着同道者。在阿来的“山珍三部曲”中，每部小说中都有相应的生态守护者、生态实践者，例如《三只虫草》中的桑吉和他的父母，《蘑菇圈》中的斯炯，《河上柏影》中的王泽周和他的母亲依娜等，这些人都是藏族朴素的生态伦理的体现者，虽然在现实世界中他们都是弱势者，但是在精神世界里却体现出高贵的品格，尤其是对自然生命的呵护和对民族传统的坚守方面，他们充分地体现出了全球化时代本土力量的积极性因素。

阿来曾颇有感慨地说道：“老百姓过去还有一套朴素的跟自然相处的伦理，虽然不一定科学。这个伦理的基本原则，是让自然界有再生能力。比如打猎的人不会在春天打猎，因为那时候母兽都怀孕了。以前的确有些好规矩。比如村子里会指定，今年烧火的柴就在这面坡取。明年换个地方。都是大森林，一轮过去，再去那个地方就是十几年后了，树木又长起来了。但国家的森林工业一来，大面积砍伐，老百姓心态也变了，说我们保护有什么用？刚开始采伐的时候，当地人总跟森林工人起冲突。我在《空山》写过，晚上村里男人上山把人家的锯子、斧头都藏起来或毁掉，这有什么用？资源面临全面枯竭，海里没有鱼了，林子里没有动物了。所以后来我又写第三篇，讲一种柏树的消亡，小说名叫《河上柏影》。”① 面对无法遏制的自然生态急剧衰退的残局，阿来对藏族人以前朴素的生态伦理颇为怀念，这值得现代人的同情。的确，相对于深中消费主义文化之毒的现代人而言，无论是前现代文化濡染的藏族人也好，还是汉族人也好，都曾经持奉过较为朴素的生态伦理观念，人与大自然之间都曾建立起了较为平衡的生态关系。

《三只虫草》中，阿来塑造的藏族少年桑吉形象，非常生动活

---

① 朱又可．专访作家阿来：疯狂的虫草［N］．南方周末，2016－12－23.

泼，富有灵性魅力。尤其值得一提的是，他的生命中包蕴着纯真之气，和他与大自然生动交往息息相关。例如该小说开篇就写桑吉逃学回家去采虫草，路上奔跑的样子就令人怦然心动：“他开始顺着山坡向下奔跑。他奔跑，像草原上的很多孩子一样，并不是有什么急事需要奔跑。而是为了让柔软的风扑面而来，为了让自己像一只活力四射的小野兽一样跑得呼哧呼哧地喘着粗气。春天里，草坡在脚底下已经变得松软了，有弹性了。”① 这是一个多么纯真的生命啊，就像小野兽一样和大自然保持着灵性往来！该小说后来还写道：“他用手臂盖着脸，在阳光下睡了一会儿。刚一闭上眼，他就听见很多睁开眼睛时听不见的声音。青草破土的声音。去年的枯草在阳光下进一步失去水分的声音。大地更深处那些上冻的土层融冻的声音。”② 桑吉听觉灵敏，呈现的乃是他的心灵和大自然水乳交融的美好状态。因此他才会对到底要不要挖虫草感到纠结：“现在的桑吉的确有点纠结。是该把这株虫草看成一个美丽的生命，还是看成三十元人民币，这对大多数人来说也许根本不是一个问题，但对这片草原上的人们来说，常常是一个问题。杀死一个生命和三十元钱，这会使他们在心头生出：纠结。不过，正像一些喇嘛说的那样，如今世风日下，人们也就是小小纠结一下，然后依然会把一个小生命换成钱。”③ 把虫草也看成生命，这对于像桑吉这样的草原儿女来说本是自然不过的事情，也是他们朴素的生态伦理的美好体现，但是因生活穷困所迫，他们又不得不去杀生赚钱，这就是两难选择。不过，他最终还想知道长成草的虫草是什么样子，“桑吉想，明年虫草季，他要留下一株虫草，做一个鲜明的记号，隔一段时间就去看一眼，这样，自然就知道虫草后来长成什么样子了。他就带

---

① 阿来．三只虫草［M］．北京：人民文学出版社，2016：3.

② 阿来．三只虫草［M］．北京：人民文学出版社，2016：61.

③④ 阿来．三只虫草［M］．北京：人民文学出版社，2016：14.

着这么一个想法回学校去了”[①]。因此，这是一个还没有消费主义毒素侵入的幼小心灵，是一个对大自然充分敞开、充满好奇、懂得珍惜生命的藏族少年。小说还曾写了桑吉在县城看到电视里关于虫草的广告，才知道神奇的虫草最后不过是被人们泡水、煎药熬汤、用小钢磨打粉吃掉，“这样的结果让桑吉有些失望：神奇的虫草也不过是这样寻常的归宿”[②]。是啊，虫草的这种结局，对于像桑吉这样的纯真少年而言，有点难以面对。其实，所有被消费主义社会中的现代人看中的大自然珍品不都是这样的结局吗？大自然神奇瑰丽的创造物被现代人染指后就魅力顿减，花容失色。《三只虫草》中还写到，桑吉的父亲挖出一根虫草时，会对山神说：“对不起，我把你藏下的宝贝拿走了。”[④]藏民这种朴素的言行实在令人同情，其中蕴含的生态伦理观念绝不是现代人的一个迷信的概括可以打发掉的。

与《三只虫草》中的桑吉相比，《蘑菇圈》中的斯炯被阿来赋予了更为坚定的精神内涵。斯炯对待蘑菇圈的守护态度，体现的是藏族人对大自然的亲近和敬畏，是对藏族精神传统的坚守。小说曾写到经过荒年，斯炯去看蘑菇圈，有松鸡在吃蘑菇，“经过了饥荒年景的斯炯，见了吃东西的，不论是人还是兽，都心怀悲悯之情，她止住脚步，一边往后退，一边小声地说，慢慢吃，慢慢吃啊，我只是来看看。两只松鸡昂着头，红色眼眶中的眼睛骨碌骨碌转动一阵，好像是寻思明白了这个人说的话，又低头去吸食蘑菇的伞盖了”[③]。这段描绘把藏族人平等对待万事万物的生态伦理情怀写得非常动人。罗尔斯顿曾说：“人类和非人类存在物的一个真正有意义的区别是，动物和植物只关心（维护）自己的生命、后代及其同

---

① 阿来．三只虫草［M］．北京：人民文学出版社，2016：113.

② 阿来．三只虫草［M］．北京：人民文学出版社，2016：110.

③ 阿来．蘑菇圈［M］．北京：人民文学出版社，2016：64.

类，而人却能以更为宽广的胸怀关注（维护）所有的生命和非人类存在物。”① 斯炯就具有这样难能可贵的更宽广的生态胸怀。该小说还写到干旱时斯炯去给蘑菇圈浇水：“斯炯到了蘑菇圈中，放下水桶，一瓢又一瓢把水洒向空中，听到水哗一声升上天，又扑簌簌降落下来，落在树叶上，落在草上，石头上，泥土上，那声音真是好听的声音。洒完水，斯炯便靠着树坐下来，怀里抱着水桶，听水渗进泥土的声音，听树叶和贪婪吮吸的声音。她特意在桶里剩一点水，倒在八角莲那掌形的叶片中间，那只鸟就从枝头上跳下来，伸出它的尖喙去饮水。看到鸟张开尖喙，露出里面那长长的善于歌唱的舌头，她禁不住露出笑容。”② 当今时代，能够像斯炯那样和其他自然生命之间保存着如此友善的关系，真是太珍贵了。她的生命还扎根在大自然之中，与物同情，与道同在。正是这个阿妈斯炯看到采松茸的人在林中蹚出一条条小道都会心痛不已，因为她担心那些踩得板结的地方再也不会长出蘑菇来了，她眼中的蘑菇都是有生命的，她能够喋喋不休地和蘑菇说话，其中蕴含的生态情怀富有苍翠欲滴的诗意。因此，当她守护的蘑菇圈被丹雅发现，纳入商业化生产模式中时，她所坚守的朴素的生态伦理就面临着严峻的考验了，大自然也难逃商业化开发的厄运。

与《蘑菇圈》中的斯炯一样，《河上柏影》中王泽周的母亲依娜也践行着藏族人朴素的生态伦理。小说开篇就写王泽周和母亲依娜收集柏树叶：“母亲半跪在地上，一捧又一捧，把柏树叶装了大半篮子，王泽周又从周围石头上和裸露在岩石表面的遒劲的树根上收集了一些针叶，把篮子装满。他收集这些柏树叶的时候，母亲要他小心，不要碰坏了石头上面薄薄的苔藓。王泽周笑着说，妈妈有

---

① 罗尔斯顿．环境伦理学［M］．杨通进，译．北京：中国社会科学出版社，2000：464.

② 阿来．蘑菇圈［M］．北京：人民文学出版社，2016：88.

环保观念。……母亲露出了女孩一样天真的笑容，然后，她的脸上露出了怜惜的表情，她说，它们生长得那么不容易，应该怜惜的啊。”① 对苔藓的怜惜，让人不由得联想起叶绍翁的名诗“应怜屐齿印苍苔”式的朴素情怀，对自然生命的怜惜体现的恰是人性中极为高贵的生态守护观念。最后王泽周老家要修水电站，要把许多土地淹掉，母亲依娜就心疼那些核桃树，想它们好不容易长大了却要被淹死，“母亲坐在簇新的客厅里，一脸幸福的神情，嘴里却还在念叨，人为什么要那么多电，我可怜那些要被大水淹掉的庄稼”②。在“大跃进”式的工业化建设中，谁会像母亲依娜那样为一些被大水淹掉的庄稼感到忧虑和怜惜呢？现代人大刀阔斧，意气昂扬，考虑的只是如何机械化地摆布世界，如何获取最大的效率，却没有人会为那些不断惨遭牺牲的自然生命抱屈叫怨。最终，那些因旅游开发不当的老柏树濒临死亡时，母亲依娜也认为自己就要死了，“母亲拿过篮子，把里面那些香柏叶抓出来，重新撒回柏树下面的地上，撒在那些虬曲的树根上，撒在混凝土和花岗岩的裂缝中，一边撒，一边在口中嘀咕：可怜见的，可怜的。她说，我用了那么多香柏叶子，还是把这些最后的叶子还给它们吧”③。在母亲依娜的生命和岷江柏的生命之间存在着天人感应式的美好契合。岷江柏最终被连根挖走，母亲依娜也即将走到生命的尽头，渐行渐远的只是羸弱的悲剧身影，藏族人朴素的生态伦理毕竟无法抗衡雷霆万钧式的现代化大潮。

应该说，藏族民间朴素的生态伦理大都来源于藏传佛教历史悠久的潜移默化。正如李存葆在《净土上的狼毒花》中所说：“当佛教的行善、惜生、因果轮回等观念与藏族对自然崇拜的原始宗教相

① 阿来．河上柏影［M］．北京：人民文学出版社，2016：26.
② 阿来．河上柏影［M］．北京：人民文学出版社，2016：173.
③ 阿来．河上柏影［M］．北京：人民文学出版社，2016：183.

融合后，藏传佛教便使藏胞形成了独特的生态理念。在藏民的心目中，山有神，水有灵，树有神，草有灵，万物都有神灵。狩猎、砍树是杀生行为，要进行严格节制。藏民盖房非砍树不可时，每砍一棵树，都必须跪在地上祈祷，向神陈述不得不砍伐的理由，求神原宥自己的过失。……藏民还认为，除了天上的日、月、星辰和雨雪这四样东西外，他们生存所需要的一切，都是大地山川恩赐的，是大地山川时时在呵护着他们。这种由宗教情绪控制的将大自然奉为主，把人视为仆的关系定位，使往昔的藏胞生活在一种半是真实半是虚幻的氛围里。只要能维系起码的生存需求，他们绝不对大自然进行额外的索取。"① 不过，耐人寻味的是，在阿来的"山珍三部曲"中，那些藏传佛教的代理者喇嘛们却在生态守护方面并没有发挥什么积极的作用。例如《三只虫草》中，喇嘛们只不过是在藏民要上山去挖虫草之前举行相应的祭祀山神仪式，然后就挨家挨户去收虫草做供奉。《蘑菇圈》中，喇嘛们也只是想着利用政府赋予的相关权力，把寺庙周围的山封禁起来，好独享其中的松茸。《河上柏影》中，那些寺庙大肆砍伐岷江柏，扩建装修，迎合世俗需要大搞所谓的禅修中心。宗教本来应该参与到对大自然的生态守护中，但现在倒是变成了世俗化的急先锋，参与对大自然的掠取中去了。这样一来，像桑吉、斯炯、依娜等藏族少年、女人民间朴素的生态伦理就无法得到宗教系统的持续引导和支持，从而只能做柔弱的个体抗争，于事无补。

相比较而言，汉族更容易受现代化、工商化的时代精神裹挟，不过汉族民间信仰中也存在着价值不菲的生态意识的精神资源，当代生态作家也喜欢由此塑造尊重自然、敬畏生命的生态人格典型。

阿成的中篇小说《棋王》中的肖疙瘩就是一个具有生态人格的

---

① 李存葆．净土上的狼毒花［J］．当代，2005（6）．

民间人物。肖疙瘩本是贵州的山民，年轻时入伍参军，当了侦察兵，英勇顽强，业务过硬，曾经被选中帮助邻国处理一股顽匪，完成任务后，却因为一点小事踢断了一个侦察兵的腿骨，造成残废，他便退伍到边疆农场当工人。但是他又对大肆砍伐森林不满，于是被农场罚去种菜。号称“树王”的肖疙瘩保有赤子情怀，他保护森林和树木，看似没有什么高深理论，只是出于一种朴素的信念，相信树也有生命，大自然也有生命，人与大自然的生命是息息相通的。小说这样描写那株巨大的树王和肖疙瘩：

走不到好久，便望到树王了。树王的叶子在烈日下有些垂，但仍微微动着，将空隙间的阳光隔得闪闪烁烁。有鸟从远处缓缓飞来，近了，箭一样射进树冠里去，找不到踪影。不一会儿，又忽地飞出一群，前后上下地绕树盘旋，叫声似乎被阳光罩住，干干的极短促。一亩大小的阴影使平地生风，自成世界，暑气远远地避开，不敢靠近。队长忽然迟疑着站住，支书也犹疑着，我们便超过支书和队长向大树走去。待有些走近了，才发现巨大的树根间，坐着一个小小的人。那人将头缓缓扬起，我心中一动：是肖疙瘩。①

树王自成一个世界，生命繁盛，生机勃勃，暗示着大自然生命的永恒和崇高；而肖疙瘩坐在树根间，仅仅是小小的一个人，既暗含了对人在大自然中的位置的描写，又写出了肖疙瘩那种天人合一的生命境界。这种人与大自然的关系已经超出了常识中关于大自然的功利主义衡量标准。

与“树王”肖疙瘩的生态人格相对的，是知青李立的反生态形象。知青李立是革命意识形态的代言人，他崇信革命意识形态的唯

---

① 阿成．棋王［J］．中国作家，1985（1）：98．

物主义和无神论，信奉革命的功利主义，凡是与己不合者一概斥之为封建迷信。他所代表的革命意识形态咄咄逼人，非得把人和大自然都装入那种狭隘的革命功利主义框框中。他和肖疙瘩之争颇有意味：

李立有些恼了，想一想，又很平和地说："这棵树砍不得吗？"肖疙瘩手不放下，静静地说："这里砍不得。"李立真的恼了，冲冲地说："这棵树就是要砍倒！它占了这么多地方。这些地方，完全可以用来种有用的树！"肖疙瘩问："这棵树没有用吗？"李立说："当然没有用。它能干什么呢？烧柴？做桌椅？盖房子？没有多大的经济价值。"肖疙瘩说："我看有用。我是粗人，说不来有什么用。可它长成这么大，不容易。它要是个娃儿，养它的人不能砍它。"李立烦躁地晃晃头，说："谁也没来种这棵树。这种野树太多了。没有这种野树，我们早完成垦殖大业了。一张白纸，好画最新最美的图画。这种野树，是障碍，要砍掉，这是革命，根本不是养什么小孩！"

肖疙瘩浑身抖了一下，垂下眼睛，说："你们有那么多树可砍，还不够？"李立说："你是管不了！"肖疙瘩仍垂着眼睛："可这棵树要留下来，一个世界都砍光了，也要留下一棵，有个证明。"李立问："证明什么？"肖疙瘩说："证明老天爷干过的事。"李立哈哈笑了："人定胜天。老天爷开过田吗？没有，人开出来了，养活自己。老天爷炼过铁吗？没有，人炼出来了，造成工具，改造自然，当然包括你的老天爷。"①

知青李立只能看到大自然的工具价值，而肖疙瘩却相信大自然

① 阿成. 棋王［J］. 中国作家，1985（1）：99.

生命的内在价值；支撑知青李立的是那个时代领袖的话语和革命意识形态，而肖疙瘩却没有什么大道理，只有素朴的民间信念。两者对决，肖疙瘩的失败毫无疑问。在那种疯狂的革命年代，肖疙瘩不可能守护得了大自然。在知青砍伐那棵参天巨树的四天里，肖疙瘩也就呆呆地守护了四天。但是当知青的那种极端人类中心主义的革命意识形态得胜时，大自然的惨状就不忍目睹了：

山上是彻底地沸腾了。数万棵大树在火焰中离开大地，升向天空。正以为它们要飞去，却又缓缓飘下来，在空中互相撞击着，断裂开，于是再升起来，升得更高，再飘下来，再升上去，升上去，升上去。热气四面逼来，我的头发忽地一下立起，手却不敢扶它们，生怕它们脆而且碎掉，散到空中去。山如烫伤一般，发出各种怪叫，一个宇宙都惊慌起来。①

当天便有大雨。晚上息了一下，又大起来，竟下了一个星期才住。烧过的山上的木炭被雨水冲下来，黑黑的积得极厚。一条山沟里，终日弥漫着酸酸的味道，熏得眼睛流泪。雨住了，大家上山出工。一架山秃秃的，尚有未烧完的大树残枝，黑黑的立着，如同宇宙有箭飞来，深深射入山的裸体，只留黑羽箭尾在外面。②

这就是那些在云南原始森林里要改天换地的知青最终造成的生态恶果！奇特的是，当树王被砍倒，森林被毁，大自然生灵涂炭时，与大自然的生命有着隐秘联系的肖疙瘩也郁郁而终。这无疑是暗示着像肖疙瘩这样的具有生态人格的人是与大自然生死与共的。那种民间朴素的生态意识也就把知青李立所信奉的轻狂而肤浅的革命功利主义钉在历史的耻辱柱上了。

---

① 阿成. 棋王［J］. 中国作家，1985（1）：101.
② 阿成. 棋王［J］. 中国作家，1985（1）：102.

迟子建小说中有一类畸异人物，其数量极大，几乎在她的每一部小说中都会出现。这些畸异人物是相对于我们这个世界的正常人，即那些为名为利而劳心憔悴、野心勃勃的身体健康的人而言的，他们大致有三类，主要是那些被摒弃至社会边缘、力量弱小的老人与小孩、精神失常者（包括精神病患者、疯癫者、智障者、失忆者等）与身体残疾者。迟子建似乎酷爱这些畸异人物，在她看来，功利世界中的正常人往往为名为利竞争得扭曲了人性，使得这个世界变得乌烟瘴气，而只有这些畸异人物才能大胆地从功利世界的欲望与竞争中大步后撤，使人生在必要的丧失中达成完满状态，也使这个世界保存着一股难能可贵的清纯之气与天真之趣。迟子建笔下的畸异人物中往往也具有参赞化育的生态人格。例如小说《秧歌》中的洗衣婆，对人生有一种坦然地承受，对自然也有一种深入的同情。她会满怀怜爱地与一片落叶说话，从屋外不小心带进一片落叶，她会担心落叶独在异处会有寂寞，就趁着月光把它送回落叶积聚之地。她返回屋子时又发现身上多了一只虫子，便又把虫子放回屋外，嘱咐它想去哪里就去哪里。这种与物同情的生态情怀确实动人，超越时空与基督教圣人圣方济各有遥相呼应之处。史怀泽曾说：“当我帮助一只昆虫摆脱困境时，我所做的不过是减轻人类对动物所犯的某些罪行。”① 洗衣婆也许并没有减轻人类罪行之幻想，但是她的这种举动实在使那个世界真正泛出生态人格的光辉。

迟子建笔下的畸异人物往往都是在现实的功利世界中被侮辱与被损害的弱小者，但是他们的心灵却在与大自然的交往中保持着美好状态。《鸭如花》中的徐五婆就是现实世界的畸零人，她丈夫因不满于社会现实与人生境况年轻时就自杀了，她便过着离群索居的生活，但是她的心灵并没有萎缩。我们看看她眼中的自然，“又是

---

① 纳什．大自然的权利：环境伦理学史［M］．杨通进，译．青岛：青岛出版社，2005：71．

个大晴天，每一缕阳光都那么雪白、纤细、明亮，就像新的饵线一样。只是不知太阳下了这么多的饵线到大地上，究竟想钓什么东西？想来草丛中的露珠是被它钓走了，因为阳光一下来，它们就神秘地消失了。徐五婆想太阳也许把这露珠当早餐给吃了”①。徐五婆眼中的自然是有生命与灵性的，这也反衬出她内在心灵的生动与鲜活。与人的世界充满谎言与暴力相比，自然总是给予人安慰。徐五婆看到谎称得了癌症的王明只想向单位报销医药费，感到自己受骗，心中郁闷，但回到家中，“远远看见那些在水面上一朵一朵浪花般跳跃的鸭子，她的心顿时就明朗了”②。更为动人的是这样一位乡村老太婆对河流堤坝的奇思妙想，“她总是把这堤坝和绝育手术莫名其妙地联系在一起。在她看来河水一旦冲出河床、疯狂地四处漫溢的时候，说明河发情了，它有了怀孕的信息了，而这条冰冷的长堤则把它的热情逐渐消解为零，使它归于河床。那么这道长堤无疑就是给河流做了干脆利落的结扎手术。她想人是自私的，怕洪水冲垮了自己的房屋，就建一道堤坝，全不管河流控制不住激情而无法释放的那种浓浓的哀愁”③。20 世纪六七十年代西方有一些生态急先锋往往就打出“让河流尽情流淌”的旗号反对修建大型水库与大坝，想不到像徐五婆这样的人居然与他们有心灵相通之处，这也着实让人惊诧。

迟子建还在小说《五丈寺庙会》中写到了佛教里的放生习俗。放生习俗本是佛教培育人的慈悲情怀的一种方式，也是基于佛教徒对自然万物生命的生态同情之上的。小说通过写仰善放鸟，展示了仰善的天真与善良。而通过写金彩珠的悲惨命运，则展示了人世的荒唐与残忍。最后两条线索汇入到金彩珠要给仰善笼中的乌鸦放

---

① 迟子建．雾月牛栏［M］．北京：华文出版社，2002：15．

② 迟子建．雾月牛栏［M］．北京：华文出版社，2002：29．

③ 迟子建．雾月牛栏［M］．北京：华文出版社，2002：16．

生。仰善说不收她的钱，但是金彩珠却颤抖着说："你以为它是乌鸦，就不值钱么！它也是条命哇！"自然，金彩珠说这话是一语双关，对自己不幸命运的自哀自悼，但是它表达的却也是朴素的生态认识，自然生命有其内在价值。最后乌鸦大叫着飞了起来，"放河灯的人听见乌鸦叫，都抬头张望着。只见那乌鸦向着栖龙河的下游飞去，它的头顶是一轮满月，而脚下是迤逦的河灯，这天地间焕发着的光明将它温柔地笼罩着，使它飘飞的剪影在暗夜中有一种惊世骇俗的美"①。在摆脱了人的羁绊后，自然生命自由飞翔，与天地颉颃，这有多美！这既是对自然生命的尊重，也是对人性的祈愿。

四、报告文学中的生态人格

虽然华夏大地正陷入天崩地裂式的生态危机之中，越来越多的人深中消费主义文化的蛊惑，沉湎于欲望欢歌中，但是总有人会勘破消费主义文化的迷梦，总有人会自觉地站在大自然的立场上为千万自然生灵仗义执言，总有人向往回归自然的简朴生活，总有人挺身而出守护大自然，为修复受伤的自然生态而殚精竭虑。当代生态报告文学就报道过各地各行各业为生态保护做出重要贡献的英雄人物，他们是这个时代的生态人格典型。他们与当代生态小说中的生态人格典型互相辉映，共同传承着参赞化育的生态文化传统。

作为生态人格典型的陈建霖是和福建武夷山联系在一起的，徐刚在他著名的报告文学《伐木者，醒来!》的专章《中国，一座山和一个人的困惑》中专门为陈建霖做了素描。20 世纪 80 年代的武夷山乱砍滥伐非常严重，武夷山的生态环境面临着严峻的破坏危机。到 1984 年当地的农民甚至连武夷山玉女峰上的树都要砍掉，长此以往，武夷山将成为秃山，九曲溪将二涸。危急存亡之秋，陈

① 迟子建. 疯人院的小磨盘［M］. 北京：新世界出版社，2002：172.

建霖勇敢地站了出来，为保护武夷山的自然生态勇敢地和各种破坏行为做斗争。他是福建武夷山风景区管理局的一个基建科长，自称武夷山的看山狗，谁砍树就咬谁。他为了挽救一棵巨松免遭斧钺之灾，不得不付给偷伐的农民近一个月的工资。“一到风景区就上山，一边施工一边守树，看见砍树的他总是先劝后求，直到声泪俱下。鹰嘴岩旁屹立着一棵巨松，一个农民挥动大斧砍着，毫不犹豫。陈建霖先是听见砍树的声音，闻声追去，农民只想到家里的老虎灶要用柴来烧，哪里听得进陈建霖的劝告。陈建霖只好从口袋里掏钱，只有 5 元，太少了，砍树的农民不干。陈建霖告诉他：‘家里还有钱，我马上下山骑车回家拿钱，5 点钟以前赶回，你千万别砍了！’陈建霖如约回到鹰嘴岩拿出了 60 元钱，买下了一棵松树的命，砍树的人怀里揣着 60 元走了，走得很轻快，陈建霖抚摸着已被斧子砍进去 1/3 的受伤的松树，哭了！”① 看到这一幕，也许读者很难无动于衷，陈建霖要保护武夷山风景区的一株树，而那个农民居然如此理直气壮地要走了他近一个月的工资。生态保护的先知先觉者就这样被愚昧而实利的农民狠狠地倾轧着。面对武夷山的乱砍滥伐，陈建霖非常无奈：“武夷山还经得起多少把斧子来砍？武夷山，巨大的岩石骨山，所谓土层其实是厚不过一寸的一层地衣，长一根草尚且艰难何况一棵大树？摘一片树叶尚且心疼何况砍伐？为什么我们有一些中国人在金钱和良心面前，就这样落落大方地选择了金钱践踏了良心？这样的以破坏生态毁灭文化为手段的富裕，实质上是以子孙的贫穷为代价的。”② 的确，在华夏大地上，总是有着太多的人为了金钱而昧了良心，以竭泽而渔式的破坏自然生态的方式来谋求财富，结果是为子孙后代埋下穷山恶水的无穷后患。

陈建霖对武夷山森林的保护当时几乎得不到任何人的支持，农

---

① 徐刚．伐木者，醒来！［M］．长春：吉林人民出版社，1997：7.
② 徐刚．伐木者，醒来！［M］．长春：吉林人民出版社，1997：7.

民为了眼前蝇头小利不惜乱砍滥伐，当官的为了自己的政绩还纵容农民砍树，而且整天只知道大吃大喝、吹牛拍马。他树立了一块砍树耻辱碑，最后也不得不推倒。他心中的委屈与孤独常常只有向山中的树、花、溪流去倾诉。“他躺在地上，喝一口酒看一眼山上山下的风光，九曲溪缓缓流去，隐屏峰历历在目，云彩也朝他涌来。他经常觉得没有人可以说话，他便上山，跟山说话跟树交谈对着清清的溪水喃喃细语，哭一场，痛痛快快地哭，眼泪流进九曲溪是一滴水，淌到石头上或许能长出一根草。”① 对于那些具有生态意识的人来说，人性的需要并不是只有物质利益的满足，他们还可以欣赏大自然的美，和大自然做充分的交流。也许对于一个实利的农民而言，武夷山没有风景，只有可供砍伐的树，只有可以卖钱的特产，但是对于像陈建霖这样的生态人格而言，武夷山是美的，是有生命的，“武夷山本刚柔相济，山山都有风骨，山山都有脊梁，一山与一山的起伏和扭曲又很像是音乐的旋律，倘若九曲溪水不涸，那涛声便是琴声。阴雨天中，武夷山是一幅水墨画。阳光下是笔触很色彩鲜明的油画”②。能够从大自然那里感受到美、感受到生命的有机整体性，才能深刻地领悟到保护生态的核心要旨。

---

① 徐刚．伐木者，醒来！［M］．长春：吉林人民出版社，1997：13.
② 徐刚．伐木者，醒来！［M］．长春：吉林人民出版社，1997：17.

徐刚的报告文学《绿色宣言》中的张加旺、牛玉琴①则是另一类生态人格的典型。他们也许没有任何高调的生态意识，他们只是从切身的生活经验出发意识到在沙化地带绿色的可贵，他们生活在社会的最底层也没有其他改善生活的途径，因此他们治理荒沙，栽种草木，唱响毛乌素沙漠中的一曲绿色牧歌。1984 年，陕西榆林地区治沙造林种草的浩大工程开始，张加旺、牛玉琴签订了承包万亩荒沙的合同书。后来他们承受着常人难以想象的身体折磨和精神磨难，花了五年时间绿化了 11 027 亩黄沙，不但改善了家庭的经济条件，而且也有很好的社会效益。的确，现实社会中，担当着看护大地的生态责任更是像张加旺、牛玉琴等人这样地位卑微、默默无闻的底层人民，他们精心地护理着大地，据理力争。他们在我们这个滔滔言利的社会中普遍不被理解，承受着巨大的孤独，而且始终只是少数派，但是他们对大自然的看护使得他们卓尔不群，令人崇敬。徐刚曾说："历史总有一天会告诉后人：那些在沙漠里种树的人，是大地的真正守望者。他们近乎神圣。"② 的确，这些先知先

---

① 据百度百科资料介绍：一个女人家，用人挖、肩扛、驴驮等人工方法 23 年来在毛乌素沙海边缘植树、种草，自垫资金 800 万元，向国家贷款 200 万，确实令人敬佩！辛勤的汗水总会换来收获，20 多年前，她家屋后是一眼望不见边的沙漠，如今是一眼望不到头的树林。不仅如此，1993 年 10 月 15 日，在曼谷金碧辉煌的泰王宫，她从泰国诗琳通公主手中接过了联合国粮农组织颁发的"拉奥博士奖"。该奖是授予在改造人类生态环境方面有突出贡献者的人。她，这位中国普通的妇女便是地处毛乌素大沙漠的陕西省靖边县东坑乡金鸡沙村的牛玉琴。当年，全世界只有 3 人获此殊荣。1985 年起，牛玉琴以家庭承包形式在毛乌素沙漠南部沙区种草种树，治沙绿化，从一棵树到 2 700 万棵，从 11 万亩茫茫荒沙到林草覆盖率达 80%，把沙漠真正建成绿色家园。20 多年来，牛玉琴凭着战胜沙害的坚强信念，矢志不渝地和沙魔斗争。在她的带动影响下，周围 1 904 户家庭在毛乌素沙漠南缘的茫茫沙海里植树 2 000 多万株，将 7 300 多公顷荒沙变成了绿洲，将风沙逼退 10 多千米，为当地农牧业的发展创造了有利的环境条件，牛玉琴被誉为"治沙女杰"。

② 徐刚．沉沦的国土［M］．北京：人民文学出版社，2005：191．

觉的生态人格典型具有令人尊重的神圣性。

藏族人索南达杰也是当代中国著名的生态守护者，他因为守护可可西里藏羚羊于1994年被盗猎者杀害，1996年国家环保局、国家林业局授予他“环保卫士”的荣誉称号。他的死震动全国，我国政府于1995年批准成立“可可西里省级自然保护区”，并在1997年升格为“可可西里国家级自然保护区”。根据索南达杰事件改编的电影《可可西里》由陆川导演，2004年在国内上映，该影片曾获得第17届东京国际电影节评委会大奖、第41届台湾金马电影奖最佳影片等奖项，进一步扩大了索南达杰的知名度。王宗仁的报告文学《可可西里那个滴血的故事——藏人索南达杰的悲壮故事》和刘鉴强的纪实文学《天珠：藏人传奇》第三章《荒原》就以诗意的笔触、冷静的写实精神给我们呈现出来索南达杰的生态人格形象。

索南达杰的名字是和可可西里、藏羚羊紧密联系在一起的。“人们总是把他的名字和藏羚羊连在一起，和可可西里连在一起。他的名字是架在昆仑山谷和雪水河上勇敢又绚丽的彩虹，使藏羚羊无论清晨或暮晚都可以在草滩上自由地呼吸新鲜空气。他让可可西里的蓝天更阔亮、草地更碧净，即使遇到风雪狂吼牧人的日子也安详静穆。”① 但是，最初索南达杰是没有多少生态保护意识的，他从小接受的无神论教育，藏传佛教、民间信仰等往往被他视为封建迷信。1992年，索南达杰任治多县委副书记，是出于保护和开发可可西里资源的目的，才在青海省的支持下成立西部工作委员会的。当时，大量的盲流进入可可西里开采黄金，盗猎各种野生动物。沉睡了千百年的这片土地被铁锹洋镐刨得遍体鳞伤，呻吟号哭，吉普车、卡车肆意驰骋，碾压着这片沉寂的处女地，盗猎的枪

① 王宗仁. 可可西里那个滴血的故事：藏人索南达杰的悲壮故事［J］. 报告文学，2009（12）：54.

声划破长空，打破亘古的宁静。索南达杰多次深入可可西里，对采金者、盗猎者对可可西里的疯狂摧残感到震惊。“索南达杰一到山下，就被大山粗重的呼吸劈头盖脸地拥抱。那么多开采矿石的人呈现在眼前，有的狼吞虎咽般地涌向山中，有的已经如饥似渴地开始就地采挖起来了。满山烟尘，喧闹声不绝于耳。一排载重汽车停放在并不宽敞的山中一块平地上，等待着装矿石。索南达杰走进人群中细细察看起来，似乎没人发现他。这是一个露天矿，大概只需揭开十多米的草皮就露出了矿石，银白色、灰白色、金黄色，还有绿色，他真没想到铜矿的色泽竟然如此丰富！”① 在高原草原上开矿，对于当地生态环境的确是一个毁灭性的举措。索南达杰一次到了治多县曲玛乡，他看到的景象更令他愤怒，“他们走出乡政府没有多远，就看到沿路的草原被淘金人破坏得满目疮痍。到处是刨出的沟壑，到处是堆起的土丘。索南达杰停车观察，走走，停停，看看，这样多次往复。他一脸凝重的痛苦，不说一句话。不远处的草滩上有放牧的牧民，他上前与其搭话，了解情况。那牧民说，前两年这里不知从什么地方一下子拥来了近万的民工，挖金子，刨银子，遍地是蜂窝一样的窟窿眼。依我看，他们倒是没有弄到多少金子，硬是让这些贪财的人把我们的家园糟蹋成了这个烂样子。这里可是格萨尔王封赏妃子的地方呀，眼看着让这些挨刀子的败家子作践成这样儿，心疼呀！你们公家人可得管管他们了！索南达杰问，那些挖金子的人现在到哪儿去了？牧民说，挪地方了，有的接着挖金子，有的去打藏羚羊。到处作孽呀！”② 的确，正是那些外来者才会对当地的自然资源采取这种断子绝孙的开采方式。

---

① 王宗仁. 可可西里那个滴血的故事：藏人索南达杰的悲壮故事［J］. 报告文学，2009（12）：57.

② 王宗仁. 可可西里那个滴血的故事：藏人索南达杰的悲壮故事［J］. 报告文学，2009（12）：64.

刘鉴强在《天珠：藏人传奇》中还写到那些盗猎者是如何猎杀藏羚羊的，“由于藏羚羊善于奔跑，难以活捉，更难以活体取毛，所以偷猎者驾驶吉普车追踪藏羚羊，在夜间包围它们，用灯光照射使羚羊视觉消失，然后用枪大批屠杀。目击者如此描述他们看到的情景：‘数百头藏羚羊全部被屠杀，血流成河，尸横遍野。倒在血泊中的藏羚羊妈妈身怀未产出的胎儿，它旁边还有一个正在吮乳的孩子，幼小的藏羚羊羔仍在沾满鲜血的红色乳头上吸取乳汁，羚羊妈妈的鲜血染红了小羚羊的嘴巴、鼻子和它那憔悴的面颊。失去母亲关爱的小羚羊过不了多久即被老鹰和狼吃掉……’一头藏羚羊只能剪取100～200克羊绒，一条女士披肩相当于三头藏羚羊的生命，当人们戴着沙图什披肩炫耀着高贵和优雅时，其实正背着三具藏羚羊的尸体招摇过市。”① 正是在看到这种种生态破坏的恶果时，索南达杰的生态保护思想开始觉醒了。当然，他的生态保护意识也和藏族的民间信仰的熏陶有关。例如他的奶奶就对他说，可可西里是个干净的地方，因此他要去可可西里管理采矿、反盗猎，还可可西里一个干净，“我们今天去查那些乱挖乱杀的犯罪分子，不就是要保持可可西里干干净净的本色吗？”② 刘鉴强也认识到：“索南达杰虽没有受过佛教教育，但藏族根深蒂固的传统文化，比如众生平等、不杀生、保护自然等观念，已令他开始关心藏羚羊等野生动物的命运。”③ 藏族传统文化素来具有浓郁的生态意识，对所有藏族人都具有潜移默化的效果，即使被时代意识形态的浮土遮掩，只要遇到适当时机，这种生态意识也会浮出地面，影响人的言行。因

① 刘鉴强．天珠：藏人传奇［M］．拉萨：西藏人民出版社，2009：99．

② 王宗仁．可可西里那个滴血的故事：藏人索南达杰的悲壮故事［J］．报告文学，2009（12）：65．

③ 刘鉴强．天珠：藏人传奇［M］．拉萨：西藏人民出版社，2009：97．

此，索南达杰手提包里的书籍后来由《工业矿产手册》变成复印的散页《濒危动物名录》。他要利用政府赋予的权力，主持正道，保护好草原，保护好那些可可西里的野生动物，还可可西里一个宁静、干净。因此他简直是怀着殉道者般的心情来从事可可西里的保护和反盗猎的工作的。他所处的那个时代，人心浮动，唯利是图，没有人会去考虑可可西里的生态破坏问题，没有人会关心藏羚羊的死亡乃至灭绝问题。他面临着的工作难度令人难以想象，他甚至曾说，在中国办好任何事情，若不死几个人都办不成的。西部工作委员会得不到政府的支持，也得不到社会大众的认可和支持，索南达杰他们每次到可可西里去巡山，无论是车子还是枪支的装备都比大部分盗猎者差，他往往还借钱去买汽油。尽管如此，索南达杰还是从不气馁，从他兼任西部工委书记到牺牲 545 天的时间内，他 12 次深入可可西里，行程 6 万余千米，历时 354 天，足迹遍布可可西里大部分地方。尤其是要考虑到可可西里特殊的自然地理环境，像索南达杰他们这样的工作的确是在以命相搏。最后，在和盗猎者的枪战中，索南达杰不幸牺牲了，“8 天后的这天中午，他们在一片荒草丛生的乱石滩上找到了索南达杰的遗体。这位英雄犹如冰雕般半卧在吉普车旁，他的皮大衣摊开着，仿佛两只准备起飞的翅膀。他的右手依然持枪，左手已经摸出了一颗子弹。可以推知，在他倒下之前正准备装上子弹射击，未果。还是那双愤怒的眼睛，瞳仁虽已熄灭，但眼眶怒放着逼人的气势！分明在瞄准敌人……”① 索南达杰以生命谱写了一曲壮歌，他为了保护可可西里、保护藏羚羊倒下了，但是他的死亡唤醒了一部分人的生态保护思想。他的生态人格可与日月同辉。

---

① 王宗仁. 可可西里那个滴血的故事：藏人索南达杰的悲壮故事［J］. 报告文学，2009（12）：71.

除了上述的陈建霖、张加旺、牛玉琴、索南达杰等生态人格典型外，当代生态报告文学还塑造过其他很多生态守护的先进人物，如黄宗英的《小木屋》中从事西藏高原生态研究的徐凤翔，吴宝三等的《马永顺传》中先后成为伐树英雄和植树英雄的马永顺等，都是闻名遐迩的生态人格典型。

总之，华夏文化参赞化育的文化血脉一直在延续着，在当前生态危机频仍的时代，这种文化传统可以熏陶出更多的生态守护者，让他们在雾霾弥天的时代播撒绿色的种子，守望青山绿水，为子孙后代留下更好的生态环境。

第四章

诗意栖居与生态理想

在诗歌《在秀色可餐的蓝天下》中，德国诗人荷尔德林曾吟咏道：“若生活充满辛劳/可对天仰望，继而说/我也想这样？是的，只要人的/心灵依然亲切、纯洁，/就不愁能与神比肩。/神灵都神秘莫测？/抑或似苍穹袒露？/我更信后者。此乃人的标准。/虽说忙碌不堪，却能诗意地/栖居在这大地上。然而/满天星斗的夜色，/我敢说，不比堪称/神像写照的人纯洁。”① 这就是诗意栖居的原始出处。荷尔德林天眼洞开，看到了生活的本真状态或说高远理想，诗意栖居意味着超越残缺贫困、功利算计、过度劳累、空虚无聊等状态，人生活在大地之上，有着悠然自得的家园感，有着不受羁绊的超越感，还有意味深长的满足感。诗意栖居的理想经过海德格尔的哲学阐释更令世人皆知，举世推崇，让人恍然领悟生活还存在着这一理想之维。不过，荷尔德林的诗意栖居理想有着鲜明的神性维度，无论是他崇拜基督教的上帝还是古希腊诸神，神性维度始终是荷尔德林考虑人性的终极标准。但是，当我们从生态角度来看，诗意栖居也启发了人的生态理想。那就是人能够和大自然融为一体，人在大自然中获得属己的家园感，人没有凌驾于大自然之上，也没有只想着征服和利用大自然，而是谦卑地和万物荣辱与共，共同感受着宇宙大生命的浩浩生机。荷尔德林曾在诗歌《致大自然》中如此吟咏道：“当我还在你的面纱旁游戏，/还像花儿依傍在你身旁，/还倾听你每一声心跳，/它将我温柔颤抖的心环绕，/当我还像你一样满怀信仰和渴望，/站在你的图像前，/为我的泪寻找一个场所，/为我的爱寻找一个世界；//当我的心还向着太阳，/以为阳光听得见它的跃动，/它把星星称作兄弟，/把春天当作神的旋律；/当小树林里气息浮动，/你的灵魂，你欢乐的灵魂，/在寂静的心之波里摇荡，/那时金色的日子将我怀抱。”荷尔德林能够在

---

① 荷尔德林. 荷尔德林诗新编［M］. 顾正祥，译. 北京：商务印书馆，2012：223.

大自然中寻找到归家感，这就是生态意义上的诗意栖居。无论是梭罗在瓦尔登湖畔隐居，还是海德格尔在黑森林中隐居，都是生态维度上的诗意栖居。

当我们回顾华夏文化传统时，诗意栖居更是延续了几千年的文人理想。老子的小国寡民、庄子的至德之世、陶渊明的桃花源理想等，都是诗意栖居理想的绝妙表达。司空图的《诗品》虽说是对诗歌风格的美学描述，但是若从生态视角看，其中大部分内容表达的还是一种诗意栖居的生态理想：

素处以默，妙机其微。饮之太和，独鹤与飞。犹之惠风，荏苒在衣。阅音修篁，美曰载归。遇之匪深，即之愈希。脱有形似，握手已违。（《冲淡》）

采采流水，蓬蓬远春。窈窕深谷，时见美人。碧桃满树，风日水滨。柳阴路曲，流莺比邻。乘之愈往，识之愈真。如将不尽，与古为新。（《纤秾》）

绿杉野屋，落日气清。脱巾独步，时闻鸟声。鸿雁不来，之子远行。所思不远，若为平生。海风碧云，夜渚月明。如有佳语，大河前横。（《沉着》）

司空图笔下，大自然生机勃勃，触处皆美，无论是高翔天际的孤鹤，还是花开满树的碧桃，抑或是默默流淌的大河，都是宇宙生机的鲜活展示。而人在大自然中，不是高高在上的孤独主体，也不是卑微若尘的渺小生命，而是与大自然融合一起、同一脉动的生态存在。人在这种天人合一式的诗意栖居中，才能真正地体验到“美曰载归”的归家感，体验到“如将不尽，与古为新”的超越感，体验到“大河前横”式的自由自在感。古典诗人，尤其是那些山水田园诗人都能够和司空图一样描绘诗意栖居的生活之美。例如孟浩然的《过故人庄》：“故人具鸡黍，邀我至田家。绿树村边合，青山郭外斜。开轩面场圃，把酒话桑麻。待到重阳日，还来就菊花。”品读该诗，我们可知古典诗人的生活多么令人神往。那时人与人之间的距离较近，要拜访的都是乡村的熟人、故人；而不像当今都市里那样，到处是漠不关心的陌生人。那时人生活在乡村，出门就是绿树、青山，大自然无处不在；而不像当今都市那样，出门就是川流不息的车流、人流，大自然杳不可闻。那时人的生活节奏慢，故人来访，可以在一起好好地谈谈庄稼之事；不像当今都市人工作、生活节奏都快，人与人之间难得有敞开心扉畅谈的时机。那时人还生活在农业的节奏中，对下一个节日的期望让生活变得山高水长，意味悠远；不像当今都市人被工商业的节奏催促着，节日被异化成另一种疯狂的消费。要说诗意栖居，孟浩然《过故人庄》所展示的这种生活就是诗意栖居，人与人、人与大自然和谐相处，生活中流淌着大自然缓慢和自得的节律，悠悠然，怡怡然。

当代生态文学延续着华夏文化的天人合一传统，对诗意栖居的理想也多有描述。生态作家或笔酣墨饱地描绘生态视域中的自然之美，或满怀激情地抒发融入野地的生态迷狂，或冷静超然地展示边地乡村的诗意人生，或对游牧民族的生态栖居理想探幽发微，五彩缤纷，令人神往。当然，诗意栖居并不意味着人彻底地放弃文化返回自然，说到底，诗意栖居还是文化的产物，是文化和自然在更高层面上的合一，就像生态文明是原始的自然文明在更高层面的复归一样。

一、生态视域的自然之美

诗意栖居的理想首先意味着诗意的发现，即人在生活中能够发现大自然的诗意，发现自然之美。如果发现不了自然的诗意、自然之美，所谓的诗意栖居就是无源之水、无本之木。当代生态作家在此方面是相当敏锐的，他们能够自觉地从生态视角上来观察自然，体验大自然的诗意美、生态美。

乌热尔图的短篇小说《七岔犄角的公鹿》就叙述了一个鄂伦春少年对自然生命之美的欣赏和热爱。他到森林中去打猎，却被一头野生公鹿的勇敢和美丽所打动，遂不忍杀害，虽说自身也因此受到各种伤害，但他痴心未改，几次相遇，皆是如此。尤其是他最后一次为公鹿纾难解困，实在让人敬佩。小说这样描写少年眼中的美丽公鹿："公鹿走下石崖，从我眼前慢悠悠地走过。我躲在它的下风，它嗅不到我的气味。我着迷地瞅着它，它那一岔一岔支立着的犄角，显得那么倔强、刚硬；它那褐色的、光闪闪的眼睛里，既有善良，也有憎恶，既有勇敢，也有智慧；它那细长的脖子，挺立着，象征着不屈；它那波浪形的腰，披着淡黄色的冬毛，真叫漂亮。四条直立的腿，似乎聚集了它全身的力量。啊，它太美了。"① 人能够欣赏并保护自然生命的美，乃是基于人的生态觉悟。

周涛散文对自然之美的描绘也极为动人。王国伟曾写道："周涛与众不同的是把对自然的注视和审美转化成生存方式，转化成他对这块土地和生命万物的理解和亲和。理解和亲和是一切生命共处的最高境界。人与人的理解已经很难，何况人与自然、人与动物的理解。而读周涛散文，最令人震撼的就在于此。巩乃斯悲壮的马，伊犁河忧郁的流，真是万物之有灵，草木皆有情。他能于微深处赋予万物以生命，给予万物以情感。"② 的确，新疆作家周涛就是在对自然万物的充满激情的描摹中体现出美妙的生态意识的。在散文《巩乃斯的马》中，他是如此写马的："我喜欢看一群马，那是一个马的家族在夏季牧场上游移，散乱而有秩序，首领就是那里面一眼就望得出的种公马，它是马群的灵魂。作为这群马的首领当之无愧，因为它的确是无与伦比的强壮和美丽，匀称高大，毛色闪闪发

① 乌热尔图. 七岔犄角的公鹿［M］//1982年全国优秀短篇小说评选获奖作品集. 上海：上海文艺出版社，1983：284.

② 周涛. 周涛散文：第1卷［M］. 上海：东方出版中心，1998：1.

光，最明显的特征是颈上披散着垂地的长鬃，有的浓黑，流泻着力与威严；有的金红，燃烧着火焰般的光彩；它管理着保护着这群牝马和顽皮的长腿短身子马驹儿，眼光里保持着父爱般的尊严。”①这种对自然生命之美的迷醉无疑是灵魂的高贵素质之一。他在散文《伊犁秋天的札记》这样描写树木：“这时的每一棵树，都是一棵站在秋光里的黄金树，在如仪的告别式上端庄肃立。它们与落日和谐，与朝阳也和谐；它们站立的姿势高雅优美，你若细细端详，便可发现那是一种人类无法模仿的高贵站姿，令人惊羡。它们此时正丰富灿烂得恰到好处，浑身披满了待落的美羽，就像一群缤纷的伞兵在准备跳伞，商量，耳语，很快就将行动……大树，小树，团团的树，形态偏颇的树，都处在这种辉煌的时刻，丰满成熟的极限，自我完美的巅峰，很快，这一刻就会消失，剩下一个个骨架支棱的荒野乞者。”② 很显然，没有对自然生命的内在价值的敏锐体悟，作者又如何能如此诗意地描情状物呢?

与周涛的新疆体验一样，西藏体验也赋予了马丽华一定的生态意识，并使她能够充分展示自然之美。马丽华在散文《藏北游历》中指出，藏北“牧人们与大自然耦合得是如此之好，毫无优越感地自视为大自然的一分子，与几乎一切野生动物保持了友好睦邻关系，组成藏北共生共荣的生物圈，行猎只是偶尔为之”③。西藏人在自然条件比较恶劣的高原上，有信仰地过着简朴生活，平等地对待各种自然生命，其实远比以掠夺自然为能事的现代文明更为文明。受西藏文化的影响，马丽华也认识到：“我以为人生原本更简单——就为了这一片蓝天，一方草原，远天下孤独的野牦牛一个黑色的剪影，黄枯的山脊上一群滚动的羊子，就为了这一声鸟鸣、一

① 周涛．周涛散文：第 1 卷［M］．上海：东方出版中心，1998：5.
② 周涛．周涛散文：第 1 卷［M］．上海：东方出版中心，1998：30.
③ 马丽华．走过西藏［M］．北京：作家出版社，1994：69.

丝微风……不是占有它们，就为了此生能亲眼看一看，亲耳听一听，这一辈子就很值得了。更何况感受到的不胜其多，已是奢侈。人生对万物有情，万物才有情于人生呵！”① 的确，人生在与大自然的真挚交流中获得简朴的丰盈，感受意义，萌生真情。这才是人生的本真。在散文中，马丽华还曾记述了她在藏北文部的一次经历：“在初夏那个月亮半明半昧之夜，寒森森的月光从天窗斜射进幽黑的牛毛帐篷里，当蓊雍的惊涛骇浪拍打着耳鼓，全身心感受着大地深处有节奏的震动——那时候，我知道我已进入另一个空间。那是一个纯自然的空间，可以遥望明亮的日月之路，聆听太阳金链的金属声响，月亮处子的裙裾窸窣，大草原不胜其艰的叹息，小草们的喁喁细语。万物在交流，在合唱，人声以纯自然的方式加入了——在那个大地躁动之夜，一个中年男子的声音在远方凄凉地呼唤着，仿佛开天辟地，人的第一声嗥叫。”② 这是大自然把人生带向那种最纯净的高度，人不再是自我的囚徒，也不再受欲望的羁绊，而是能加入万物的生命之流中，给出生命的热力，也分享生命的极乐。这就是生命的生态境界，它朴素而华美，简单而丰盈。这就是诗意栖居的理想境界。

当然，当代作家中能够把生态视域的自然之美描绘得最充分的还是李存葆的绿色大散文。因为有了对生态智慧的领悟，李存葆对自然之美的描绘下笔生花，诗意盎然。中国古典山水田园诗歌和小品散文虽然采取的是天人合一的书写立场，但是由于缺乏现代生态学知识的浸润，自然山水的面貌无疑点染着更多的人化色彩，而李存葆的绿色大散文具有鲜明的现代生态学知识背景，自然生命断然摆脱了人化色彩，自由自在地尽情展现自然风姿。相对于大部分中国现代山水田园散文小品，李存葆的绿色大散文在描绘大自然时更

---

① 马丽华．走过西藏［M］．北京：作家出版社，1994：60.

② 马丽华．走过西藏［M］．北京：作家出版社，1994：59.

是基本上摆脱了人类中心主义立场，大自然的主体地位得到尊重，大自然不再仅仅作为作家抒情写意的中介和手段，其自在之美让人心明眼亮。

李存葆对自然之美是极为敏感的。在《绿色天书》的开篇，他就惊叹道："西双版纳的热带雨林，就是上苍从袖口撒落在华夏版图上的一卷翠得让人眼亮、美得叫人心颤、神秘得令人窒息的'绿色天书'。"① 奇特的比喻、大胆的想象、急促的语气让我们直接洞察到作者被大自然之美超度的心灵的震颤。在《净土上的狼毒花》中，作者又感叹道："香格里拉无疑是上苍以超迈的意志挥洒出的一帧美轮美奂的画幅，以饱满的情绪吟唱出的一曲浑厚而多声部的交响乐，以飞动的灵感谱写出的一首汪洋恣肆的长篇抒情诗。"② 急涛骇浪般的排比句式追慕的是在大自然之美的旋风中扶摇而上的思绪与心灵。

我们先来看看李存葆笔下的自然生命异象。《雪野里的精灵》写到沂蒙山莒城西郊定林寺中的一株高约 25 米、周粗近 16 米的高龄古银杏时，作者是这样描绘的："我第一次站在这棵被称为'活化石'的巨树下时，顿被一种强大生命光波所震慑，所征服，所溶解。古银杏那腾游时空的气魄，吐纳古今的恢宏，剪裁春秋的博大，抽黄谢绿的顽强，都使我感到自己的渺小和卑微。"③ 李存葆在古银杏树面前感到被强大的生命光波震慑、征服、溶解，自然生命毫无疑问地恢复了主体地位，人在强大的自然生命面前不由自主地感到自身的渺小和卑微，但是恰恰是这种感觉恢复了人在大自然面前恰当的位置，表明人具有了生态智慧。

李存葆的《绿色天书》对热带雨林中的绞杀树的描绘更是惊心

---

① 李存葆．绿色天书［M］．郑州：河南文艺出版社，2006：223．

② 李存葆．净土上的狼毒花［J］．当代，2005（6）．

③ 李存葆．大河遗梦［M］．北京：解放军文艺出版社，2002：196．

动魄：

雨林中的“绞杀现象”，往往是“独木成林”的成因。“独木成林”，是“绿色天书”中最富巨匠气象的插图。绞杀者多为榕树类中的大青树。大青树上结有串串珍珠般的小果实，果内米粒般小的种子，其壳坚硬。鸟儿们啜食果实时，常将消化不掉的种子，遗于大树枝桠。千万粒种子中，总能有一幸运者，借助枝桠间腐叶中的养分，破壳发芽。幼芽很快喷射出许多蚕丝一样下垂的气生根。气生根饱吮着空气中的水分、养分，渐次变粗变长，直插入地，先将被绞杀的树干紧紧包住。越数载，长成的大青树的嫩枝上，又喷射出若干气生根。这些气生根不久也插进大地，渐渐生成小桦树树干样的根柱。绞杀者经过韬光养晦，此时已变得雄心勃勃。于是，它便以锐不可当之势，向被绞杀者展开全方位进攻。下端，它那插入大地的排排气生根，果断地与被绞杀者，争夺着土中的水分和养分；上端，它那刚刚形成的树锯，也机敏地与被绞杀者争夺着空间和阳光。被绞杀者节节溃退，元气尽失，变得枝枯叶焦。其残躯朽干，也成了绞杀者慢慢享用的“补贴粮”……就这样，一颗小小的种子，突破、勃发、抗争、挺进，经过一番番“攻城掠地”，终于壮大成了绿光四射的庞然大物；就这样，那蚕丝般细的气生根，经过一次次的“盛食厉兵”，它们不仅支撑着母体，使之衍变成洋洋大观的“独木成林”，且每根深嵌于地的气生根，也成为这“林”中自豪的一员。①

在以往的中国文学中，就笔者的浅闻漏见，似乎没有哪位作家能把大自然这种生命奇观以如此酣畅的笔墨描绘出来。这种描绘不但要具有准确的生物学知识，更要完全颠覆人类中心主义立场，从

① 李存葆．绿色天书［M］．郑州：河南文艺出版社，2006：230．

大自然的角度来打量大自然，从生态学角度来把握自然生命的生与死、活力与残酷。像《红楼梦》中林黛玉那种美是人的美，是中国传统文化涵育出来的病态之美，而李存葆笔下热带雨林里的绞杀树的美却是宇宙大生命涵育出来的生态之美；在这种自然生命面前，人很难说是爱还是恨，是喜欢还是害怕，恐怕只能惊叹，只能为大自然的神秘和威严而深感敬畏。

李存葆感叹和赞美的自然之美基本上都是大自然原生态的美，而且大都是暗含崇高特质的壮美。在《鲸殇》中他这样描写海豚"龙兵过"的壮美景观："更铭诸肺腑的是，我还在团防区内的竹岔岛上，目送过两千头海豚闹大海的磅礴和壮美：那天，丽日朗朗，春风剪剪，蓝天如洗，碧海若缎。随着渔民'看神鱼啦'的欢叫，我疾步奔至海岛岩边，放目而望，但见百米之外的海面上，约有两千余头海豚隐兮现兮，游兮跃兮，水族之军，列阵成方，耕涛犁浪，隆隆倒海，訇訇排山。当年秦始皇驱坚策肥东拜边陲，恐也难有这等云盔雾甲之势……斯情斯景，撼魂摇魄。大海赠予我的是美的绰约美的恢宏美的沐浴美的畅游!"① 这种美不是人赏玩于股掌的细小园林之美，也不是任人呼喝的狗鸟宠物之美，它是大自然的自在呈现，人不能染指，而只能放弃所有的骄横与自满，虔诚地皈依，虚心地领受。天地之大美，需要人有涵纳天地的大心来领悟，李存葆的绿色大散文就重新复活了天地之大美和人之大心。对于那些脱离大自然的自然生命，李存葆就很难欣赏。在《最后的野象谷》中，李存葆提到那些被圈养的绿孔雀，"那光彩四溢的雀屏上，颗颗眼状的斑点，若蓝宝石似绿翡翠，美则美矣，但因失却了那优哉游哉的雨林故乡，似乎少了些原有的灵性和自由翔舞时的韵致……"② 绿孔雀本该在热带雨林中自由穿梭，一旦脱离了大自

① 李存葆. 大河遗梦［M］. 北京：解放军文艺出版社，2002：9.
② 李存葆. 绿色天书［M］. 郑州：河南文艺出版社，2006：233.

然，它们的灵性必然就大为减色。李存葆对自然之美的欣赏真正具有生态意识。

李存葆还特别注意自然之美对人心的净化作用。他在《净土上的狼毒花》中描写云南中甸碧让峡谷："这天下午，我来到香格里拉乡城公路十公里处的碧让峡谷。这峡谷与希尔顿笔下的'蓝月亮峡谷'，几乎如出一辙。这里谷深狭窄，壁高千余米，谷最窄处仅有十米余。千仞危崖如天工神斧砍削而成，看上去像凌空而挂的气势磅礴的绝妙丹青。嶙峋峥嵘的山崖上，绿意森森，到处长满溢碧滴翠的冷杉、云杉。这里虽为高海拔地区，却能见热带的棕榈树，扶疏其间。谷底两侧，老树新柯，连同那拥碧的野草，播香的山花，无不自得其乐，充溢着热烈的生存欲望和生存快感。俯首望去，碧让河的水太清太洁了。清得能照出石的灵魂，树的灵魂，花的灵魂；洁得令人心颤，不忍涉足。它那纤尘不染的粼粼清波，仿佛能拂拭生命的尘垢，能照彻人的心胸，并把心胸里的蕴蓄瞧个明白……"① 作者对每种自然生命都充满着欣赏之情，而每种自然生命也无不自得其乐，充分地展示出其自足性。在这种境界中，人还有什么理由奢谈征服与利用，人能够返回到众生一体的体验中，与山花一同摇曳，与清水一同荡漾，获得质朴而丰盈、澄澈而深邃的生命领悟。

中国古典山水田园诗歌与小品散文对自然山水的刻画大都是写意式的，少有精细刻画，更别谈精确了。而李存葆对自然之美的描绘不但文采飞扬，诗意盎然，而且具有罕见的现代科学知识的精确。他如此刻画山西中条山："位于河东的永济，南傍中条山。三月的中条山，是由碧绿、草绿、葱绿、翠绿、黛绿、石绿、墨绿、铜绿编织的奋发的世界。遍山野花静谧踊跃地开放着：银白的龙柏吐蕊，金黄的连翘绽放，火红的春梅播香，艳紫的杜鹃含苞……花

---

① 李存葆. 净土上的狼毒花［J］. 当代，2005（6）.

是中条山春的佩环，春的金钗。中条山中多清泉溪流，那清粼粼碧玉般的泉水，是大山梳妆的明镜；那条条溪流里柔美舒展的涟漪叮咚作响，是奇峰怀抱里的琴弦。”① 他在《绿色天书》中如此描摹热带雨林的色彩：“由四层植物群落构成的雨林谷，无不绿意盎然。墨绿、黛绿、深绿、碧绿、石绿、翠绿、葱绿、油绿、青绿、豆绿、水绿、嫩绿，人世间的绿有多少种，都能在这里觅到它们的色彩，即使世界顶尖级的油画大师凡·高再世，也绝不可能调配出这太多太多的绿色！”② 他在《净土上的狼毒花》中如此绘制狼毒花：“214 国道纵穿小中甸草原，透过车窗朝外展望，我觉得又进入了另一个似幻似真的梦境。走下车来，见早有十几辆旅游车停靠在公路两侧。游客们正在那金灿灿、黄澄澄的花丛中，观赏、戏耍、拍照。我的双瞳也蓦地被那浪涛般活泼的光彩燃亮了。进得尺余高的花丛，只见那一片片，一簇簇，一丛丛，一枝枝，一朵朵像浮雕般精美绝伦的黄花，熠熠辉耀于草原之上，尽情地展示着一种美对人的视力的征服。也许花开有早有迟，也许花儿承接阳光拂照的角度不一，这庞大的黄花家族，分别呈现着淡黄、浓黄、浅黄、深黄、嫩黄、鹅黄、杏黄、米黄、奶油黄、柠檬黄等各种黄的色彩。”③ 对色彩的敏感不仅是因为作者曾长期熏染于绘画艺术，更是因为作者对大自然的仔细观察和由衷热爱。

大自然是美的，而为所欲为的现代人所到之处却使大自然不可避免地退化和变丑。李存葆在对自然之美的描绘时也常常把自然之美和因人导致的自然退化做比较，促人警醒。在《大河遗梦》中，李存葆这样描绘黄河水量丰沛时入海的壮美：“在河门，要目睹滚滚金涛与森森碧波交融的壮观，须在大海涨潮之时。海潮溯河西

---

① 李存葆．大河遗梦［M］．北京：解放军文艺出版社，2002：91.
② 李存葆．绿色天书［M］．郑州：河南文艺出版社，2006：224.
③ 李存葆．净土上的狼毒花［J］．当代，2005（6）.

上，汹涌澎湃，大河倾泻东下，咆哮飞腾。抑或相见恨晚炽情如火，抑或拥抱过猛如胶似漆，金涛与碧波亲泽时托起的浪涌，陡涨陡落，訇然作金石声。情感的波涛荡漾着，拓展着，长河在这里找到了永恒归宿，大海在这里觅到了流水知音……金涛与碧波联姻后，在我目所能及的近海，构成了一道长长的黄蓝分明风景线，即使再高超的丹青妙手，也难以调配出那美轮美奂的瑰丽。”① 在李存葆笔下，黄河和大海都是生机勃勃、龙腾虎跃的。然而进入20世纪90年代，黄河下流频繁断流，各种自然生命惨遭灭顶之灾，生态黄牌迭现，作者再次来到河门时，看到的景象却让人心伤，“今又站在河门，良辰美景难再。远处，虽仍是一片蔚蓝，但失恋了的大海激情衰退，显得无精打采。脚下，一望无垠的泥滩上，长满了萎靡不振的黄蓿菜，沟沟汊汊里盛着死寂的幽蓝。陪同者告诉我，那幽蓝的东西是倒灌回来的海水。但在我眼里，那分明又是大海哭大河甩下的又苦又咸的泪滴”②。如此鲜明的对比，让人难以面对，让人忧心如焚。自然之美的确很容易破碎，尤其是在被科学技术武装起来的现代人面前。李存葆曾说：“和谐是众美之源。人与自然的和谐，才能使人感到安闲、惬意、舒爽和怡乐。”③ 只有人与大自然的和谐使人有了皈依，也才使大自然有可能避免被人类毁灭，诗意栖居的理想才能实现。

生态散文家苇岸的自然书写同样极富生态意识。在他的系列散文《大地上的事情》中，苇岸曾引用了马尔克斯在《百年孤独》中的话：“任何东西都是有生命的，一切在于如何唤起它们的灵性。”④ 这种对自然万物的泛灵论的把握方式曾被现代科学的机械论自然观击溃，对于现代科学而言，自然界是被规律主宰的机械式

---

①② 李存葆. 大河遗梦［M］. 北京：解放军文艺出版社，2002：35.

③ 李存葆. 净土上的狼毒花［J］. 当代，2005（6）.

④ 苇岸. 上帝之子［M］. 武汉：湖北美术出版社，2001：31.

存在，即使是生命也可以还原为机械装置。但生态学却试图在新的高度上复活原始的泛灵论自然观，承认自然界的灵性。苇岸的自然书写就是对自然灵性的召唤和欣赏。在《一九九八：二十四节气·惊蛰》一文中，苇岸写道："整面天空像一个深隐林中的蓝色湖泊或池塘，从中央到岸边，依其深浅，水体色彩逐渐减淡。小麦已经返青，在朝阳的映照下，望着满眼清晰伸展的绒绒新绿，你会感到，不光婴儿般的麦苗，绿色自身也有生命。而在沟堑和道路两旁，青草破土而出，连片的草色已似报纸头条一样醒目。柳树伸出了鸟舌状的叶芽，杨树拱出的花蕾则让你想到幼鹿初萌的角。在田里，我注意到有十数只集群无规则地疾飞鸣叫的小鸟（疑为百灵）；它们如精灵，敏感、多动，忽上忽下；它们的羽色近似泥土，落下来便会无影无踪……可爱的稚态、新生的活力、知前的欢乐、上升的气息以及地平线的栅栏，此时整个田野很像一座太阳照看下的幼儿园。"① 在苇岸的笔下，自然界生机盎然，生命繁盛，而且所有生命彼此联系，每一种生命的蓬勃活力也映衬出另一种生命的蓬勃活力。苇岸甚至能发现颜色和阳光的生命："为了夏天的到来，另外一个重要的变化也在寂静、悄然进行，即绿色正从新浅向深郁过渡。的确，绿色自身是有生命的。这一点也让我想到太阳的光芒，阳光在早晨从橙红到金黄、银白次第变化，实际即体现了其从童年、少年到成年的自然生命履历。"② 这种对自然万物的生命灵性的体验就是生态世界观的核心内涵。

苇岸无疑具有感悟自然的敏捷才思，在《大地上的事情·二十二》中，他写道："看着旷野，我有一种庄稼满地的幻觉。天空已经变蓝，踩在松动的土地上，我感到肢体在伸张，血液在涌动。我想大声喊叫或疾速奔跑：一周中，在土地上至少劳动一天。爱默生

---

① 苇岸．上帝之子［M］．武汉：湖北美术出版社，2001：5.
② 苇岸．上帝之子［M］．武汉：湖北美术出版社，2001：10.

认为，每一个人都应当与这世界上的劳作保持着基本关系。劳动是上帝的教育，它使我们自己与泥土和大自然发生基本的联系。但是，在这个世界上，有一部分人，一生从未踏上土地。”① 他所说的劳动是前现代的农业劳动，那种劳动的确使人在根子上与大自然联系一处。

正是因为苇岸如此深入大自然之中，对大自然怀着如此爱意，让心灵在大自然中充分敞开，他才能捕捉到大自然精微的感情丝缕，把自然之美诗意地呈现出来。让我们来看看他是如何描写阳光的。在《一九九八：二十四节气·立春》中，“阳光是银色的，但我能够觉察得出，光线正在隐隐向带有温度的谷色过渡”②。而在《天边小镇》中，“小镇上的阳光，像金属一样。但走进阔大的树影，看外面锐利的阳光也是可爱的”③。在《放蜂人》中则是，“第一束阳光，满载谷粒的色泽和婴儿的清新，照到蜂场”④。对差别的精细刻画反映出了心灵的敏感和柔软，苇岸的心灵似乎已经与大自然完全融于一处了。

散文《放蜂人》在苇岸散文中别具一格，他似乎把对人的理想完全放在放蜂人身上来呈现了。“放蜂人在自然的核心，他与自然一体的宁静神情，表明他便是自然的一部分。每天，他与光明一起开始工作，与大地一同沐浴阳光或风雨。他懂得自然的神秘语言，他用心同他周围的芸芸生命交谈。他仿佛一位来自历史的使者，把人类应有的友善面目，带进自然。他与自然的关系，是人类与自然最古老的一种关系。只是如他恐惧的那样，这种关系，在今天的人类手里，正渐渐逝去。放蜂人或许不识文字，但他像学者熟悉思想

---

① 苇岸. 上帝之子［M］. 武汉：湖北美术出版社，2001：19.
② 苇岸. 上帝之子［M］. 武汉：湖北美术出版社，2001：2.
③ 苇岸. 上帝之子［M］. 武汉：湖北美术出版社，2001：63.
④ 苇岸. 上帝之子［M］. 武汉：湖北美术出版社，2001：65.

和书册那样，熟悉自然，熟悉它的植物和大地。他能看出大地的脉络，能品土壤的性质；他识别各种鸟鸣和兽迹，了解每样植物的花事和吐蜜的秘密。”① 这样的放蜂人不就是生态人格的具体化吗？放蜂人把自己的感觉、心灵和思想都深深地切入大自然之根中，汲取灵性，造访灵境，保存着人与大自然原初的合作与和谐。

当然，苇岸生活在原生态大自然完全遁迹之地，他注意观察和欣赏的自然往往只是大自然残存的碎片，甚至是被人化后的自然。这是他的生存环境注定了的。作为碎片的大自然在苇岸笔下更多显示的是简单、平易甚至是琐碎的一面，是小小的生、小小的死，是转瞬即逝可堪赏玩的小美小善，是可以容忍，并很快就能被消化掉、遗忘掉的小丑小恶。大自然之壮美，崇高之美，残忍之美，以及大自然黑暗之美等都是在他的视野之外的，可以说一种更为宏大的生态境界尚未向他开启。像梭罗那样对原始森林的体验，像约翰·缪尔那样对大原野的体验，或者像于坚在云南高原上漫游所体验的大自然的那种华美，像徐刚那样对中国全局性生态环境的关注的毅力和气度，都是苇岸所缺乏的。苇岸的心灵显得平易、单薄、脆弱了一点，他尚未真正地寻找到大气磅礴的大自然，并让大自然解放他心灵的平易与单薄，使之变得丰富、复杂、阔大、雄劲起来。

二、融入野地的生态迷狂

张炜关于诗意栖居的生态理想在中篇小说《三想》和长篇小说《九月寓言》中均有非常具有艺术感染力的描述。

颠覆顽固的人类中心主义，呼吁生态中心主义，承认非人类生命的内在价值，并尽可能平等地对待诸种生命，是生态智慧对人的启示。《三想》中，那个反省的城里人认识到：“我在请求大山的

---

① 苇岸. 上帝之子［M］. 武汉：湖北美术出版社，2001：66.

谅解和同情。人只有走到大自然中才会知道自己是那么渺小、多么孤单。要解除这些心理障碍，也只有和周围的一切平等相处。人在人群中常常有恃无恐，在大楼中更是神气活现。如果他有机会支配同伴，也就变得更加傲慢和愚蠢。同样一个人，他走到茫无边际的草原上，待在雷声滚滚的夜晚的大山里，就会发出哀怜的呻吟。这时候你能区分人是可怜的还是骄横的吗？都是，又都不是。他的一切毛病，实在是与周围的世界割断了联系的缘故。”① 现代人必须重新与大自然订约，恢复与大自然的生态联系，在价值领域谦逊地把自己视为大自然中的一员。而母狼姆姆则凭着它出色的推理能力，得出了这样的结论，在太阳和土地面前，一切事物都是平等的，“真要说到平等，那么活动在茫茫原野上的狼与人的关系，就不是高级动物和低级动物的关系，更不是人与动物的关系，甚至也不是一种动物与另一种动物的关系。而是地球上的一种生命与另一种生命的关系。这才是真正的平等。……让大家都在土地上喘息吧，让大家一块儿分享氧气。一个物种没有必要将另一个物种赶尽杀绝，它只想获取上帝分配给它的那么一点点，一点点而已”②。的确，从生态智慧角度看，所有生命必须平等相处，人决不能孤傲不群，对其他生命颐指气使。

萨克塞曾说：“生态哲学的任务就是要把人是整体的一部分这个通俗的道理告诉给人们。”③ 首先，说人是整体的一部分，这也就是说，作为部分的人决不能僭越整体的地位，单靠部分也不可能构成完整的世界。《三想》中的城里人说：“人类当中有少女，有老人，有生也有死，各色各样。既有不断结识的欢愉，又有不断分离的痛苦，于是他们自成一个世界。他们不须与其他一切生命交

---

① 张炜. 远行之嘱［M］. 武汉：长江文艺出版社，1996：193.

② 张炜. 远行之嘱［M］. 武汉：长江文艺出版社，1996：199.

③ 萨克塞. 生态哲学［M］. 文韬，等译. 北京：东方出版社，1991：49.

往，不须任何形式的沟通，永远也不会感到孤独，但事实是这个人的世界也常常感到孤独，并且由于极度寂寞而躁动起来，疯狂地杀戮，血流遍地。人的鲜血渗进泥土中，滋润了树木花草，这倒具有了讽刺意味，也是人类始料未及的。”① 这种孤独和疯狂也就表明了人这个部分必须与别的生命部分交流，必须得到别的生命的安慰才能存在下去。

其次，这也说明了人这个部分与别的生命是联系在一起的，损害了别的部分，最终也损害人自身。《三想》中那株智慧的老白果树说：“事实上，哪里林木葱茏，哪里的人类就和蔼可亲、发育正常。绿树抚慰下的人更容易和平度日，享受天年。土地的荒芜总是伴随着人类心灵上的荒芜，土地的苍白同时也显示了人类头脑的苍白。这之间的关系没人注意，却是铁一般坚硬的事实。”② 生态智慧告诉我们，生命是在普遍联系中共生共荣的。当然，事实上，真正需要领悟这种普遍联系的生态智慧的只有人。从生态系统的运行上看，人必须依赖自然界的万事万物，而自然界的生命却几乎不需要人；人必须分享万物的生命，但是万物却不需分享人的生命和文明。人不能光凭借强力把自己设定为大自然的主人和目的，他真正需要的是给自己规定下生态伦理。当该小说中的城里人感慨地说：“这个世界太需要勇敢了，一切都需要守护。荒原、山岭和土地，比以往任何时候都需要人去保卫。”③ 其实，所谓的守护，对人而言，并不是要为大自然做出什么贡献，而只需人约束自己的欲望，不要过分地根据自己的利益和目的改造自然即可。生态意识要让现代人明白一个基本道理，大自然争取着不被人过问的权利。老洞山军事封锁区就是一个实例，“这个世界恰恰是因为拒绝了人、依靠

---

① 张炜．远行之嘱［M］．武汉：长江文艺出版社，1996：190.

② 张炜．远行之嘱［M］．武汉：长江文艺出版社，1996：202.

③ 张炜．远行之嘱［M］．武汉：长江文艺出版社，1996：192.

着大自然的汤水慢慢调养，才滋润成这个样子。这真是令我无比震惊的又一个事实。这里封锁了四十多年，于是草木和各种动物才得以喘息繁衍，使大山变得无比繁茂”①。具有反讽意味的是，这个大自然欣欣向荣之地竟然是军事封锁区，看来人只有用彻底的暴力才能约束住自身的肆意妄为，保护大自然。

当然，只要人能确立起生态意识，放弃过度的自我中心，警惕自身的欲望，他也能融入绵绵不绝的生命之流，而不是使之溃败。《三想》中的老白果树说道：“人类的疾病千奇百怪，这其中有的就与疏远绿色世界有关。人类的绝症已经不能依靠人类自身去根除，他要达到目的，就必须走进大自然中，平心静气，伸出他友谊的双手，与大自然里无数的手臂连接起来。让我们手携手地去享受阳光、空气，肩并肩地去度过属于我们自己的日子吧。到了那时候，我们啊，就会一起生活，一起歌唱。我热爱的人们啊，你们美丽，你们神圣，你们就是我们。你们的交谈就是我们的交谈，你们的生育就是我们的生育，你们的奔跑就是我们的奔跑!”②“一棵普通的树——又一棵普通的树——千千万万棵普通的树——组成一片绿色的海洋。啊，海洋，覆盖泥土，整个世界都因此而奏鸣出森林自己特有的音乐，经久不息。人类、百兽，一切的一切，都在这音乐声中走进和平与幸福……”③ 这种和平与幸福就是突破自我生命的狭小局限，融入了宇宙大生命洪流的至高的和平和幸福。在这种天人合一的境界中，诗意栖居才成为现实。

至于《九月寓言》更是极力渲染诗意栖居的诱惑力。该小说开篇就写道：“谁见过这样一片荒野？疯长的茅草葛藤绞扭在灌木棵上，风一吹，落地日头一烤，像燃起腾腾的火。满泊野物吱吱唰唰

① 张炜．远行之嘱［M］．武汉：长江文艺出版社，1996：189．
② 张炜．远行之嘱［M］．武汉：长江文艺出版社，1996：204．
③ 张炜．远行之嘱［M］．武汉：长江文艺出版社，1996：203．

奔来奔去，青生生的浆果气味刺鼻。兔子、草獾、刺猬、鼹鼠……唰唰奔来奔去。”① 张炜笔下的大自然与陶渊明诗歌中的桃花源、沈从文《边城》中的湘西世界中大自然的气象颇不相同，陶渊明、沈从文等人总是描绘那种单纯清秀、质朴淡雅、秀丽明媚的自然景象，而张炜笔下的自然气象往往是重浊、浑厚、繁杂，但又生机勃勃，野性十足。与之相应的是，张炜笔下的人物也是重浊浑厚，但又生机勃勃，野性十足的。这种人与大自然的和谐与融合是《九月寓言》中的生态意识非常鲜明的体现。小村中三宝之一——美丽的少女赶鹦就是大自然化育的精灵，她那随时奔跑的情态，喷射不息的热情，就像一匹宝驹，集中了自然的所有精粹，光华煜煜。小说常常描写小村年轻人月夜里到野地上四处游荡，嬉戏玩耍，“就在一道自然形成的大沙岗的漫坡上，在夏季的最后一天，火一样的千层菊会同时开放。这是一只神奇的大手播下的种子啊。千奇百怪的动物在花地里狂欢，嘶叫，奔跑，互不伤害地咬架。它们的鸣唱使云彩变得彤红，使天空的太阳微微颤抖。从早到晚，皓月当空，动物们在花地上狂欢。这样直至第二天凌晨，它们才敛声息气，隐到树丛后面。这会儿疯长的茅草把一切都遮掩得严严实实。月光如水，浇泼着这漫坡草地，让你听得见嘶嘶的渗水声。他们伫立在沙岗上遥望。荒滩上的一切都在这会儿获得了生命，活得恣意昂然”②。在此，人是作为大自然中的一员，与万物平等相处，共享生命的和平与幸福。

其实，小村人与大自然就是处于一种水乳不分的生态境界。从局部看，小村似乎充满了生存的苦难，例如金祥背鏊的艰辛，少白头龙眼的忧愁，肥的母亲被红薯噎死的悲怆，龙眼妈和憨人妈的辛酸，甚至还有生存的邪恶，如丈夫打老婆，婆婆虐待媳妇，等等。

① 张炜. 九月寓言［M］. 上海：上海文艺出版社，1993：2.

② 张炜. 九月寓言［M］. 上海：上海文艺出版社，1993：106.

但是从整体上看，尤其是所有人事被放置于那果实累累、收获丰富的秋天背景上时，我们又似乎更能感受到那种压抑不住的、弥漫不息的生命欢乐，仿佛这些人是植根于大地的一样，仿佛大地自身在借助这些生命意志在庆祝自身的丰盈和高亢一样。这正如张新颖在《大地守夜人——张炜论》中所说的：“《九月寓言》造天地境界，它写的是一个与外界隔绝的小村，小村人的苦难像日子一样久远绵长，而且也不乏残暴与血腥，然而所有这一切因在天地境界之中而显现出更高层次的存在形态，人间的浊气被天地吸纳、消融，人不再局促于人间而存活于天地之间，得天地之精气与自然之清明，时空顿然开阔无边，万物生生不息，活力长存。”[①] 值得注意的是，所谓的天地境界的核心特征就是人被大自然所融化，自我消融，永恒的宇宙大生命奔涌不绝。

王安忆曾说：“《九月寓言》是一个奔跑的世界，奔跑就有了生命，停下则是死亡。”[②] 从某个侧面看，小村的世界的确如此，小村原来就是奔跑的结果，是从外地迁徙而来，在此停下后，那些还具有十足的奔跑欲望并四处游荡的年轻人和光棍汉往往是小村最有光彩的生命，而那些已经丧失奔跑欲望安然停下的小村人往往就会繁衍邪恶，例如大脚肥肩从外地到小村定居后就肆无忌惮起来。很有意思的是，小村人被外村人鄙视，视为“挺鲅”，那是一种有剧毒的鱼，而“挺鲅”就是“停吧”的谐音。这也意味着这些人一旦停下后就会问题丛生。为何如此？其实，奔跑就是流浪，停下就是定居，流浪者是在荒野中流浪，与广大的野地血脉相连，与大自然相契甚深，这才保证了人的生命的灵性十足。而一旦定居，人就慢慢地与野地血脉失散，被自身的欲望所主宰，生活就会被残忍

---

① 张炜．远行之嘱［M］．武汉：长江文艺出版社，1996：383.

② 王安忆．心灵世界：王安忆小说讲稿［M］．上海：复旦大学出版社，1997：105.

腐蚀。小说中金祥忆苦讲述的那个关于黑孩和母猴变的女娃的故事也暗示了奔跑与停下的生命真谛。黑孩原来在野地中流浪，与母猴变的女娃（野地的精灵）相爱。但当黑孩定居下来变成地主后，就嫌弃它，甚至置之死地。这就暗示了人的欲望在定居下来后蓬勃了起来，无法遏制，失去了与大自然的亲密联系，母猴之死就是停下来的人对大自然的肆意掠夺的象征。

此外，《九月寓言》浓墨重彩地描写的闪婆与露筋之恋就是野地最美的馈赠，也是对奔跑和停下的书写。露筋是小村中最具神奇色彩的人物，他拒绝停下来，无所事事地四处漫游。“有谁将一辈子最甜蜜的日月交给无边无际的田野？那时早晨在铺着白沙的沟壑里醒来，说不定夜晚在黑苍苍的柳树林子过。日月星辰见过他们幸福交欢，树木生灵目睹他们亲亲热热。泥土的腥气给了两个肉体勃勃生机，他们在山坡上搂抱滚动，一直滚到河岸，又落进堤下的茅草里。雷声隆隆，他们并不躲闪，在瓢泼大雨中东跑西颠，哈哈大笑。”① 当露筋和闪婆不停地在野地里流浪，与大自然水乳交融时，他们成就了生命的华彩，但是当他们不再奔跑停下时，他们的生命火焰也就瞬间暗淡下去。郜元宝曾说：“张炜心许的人物，几乎都很喜欢返回到真正的自然中，大口呼吸自然的空气，这种空气在城市里已经日益稀薄而且变得极其肮脏。他们总是渴望冲出城市的海洋，在远离人群远离社会的荒原野地守望人类生存最后的家园，看护被喧哗的人间事所动摇所忘失的灵性之根——人和自然以及大地本源的亲近与和谐。”② 的确，《九月寓言》中的那些小村人物就是处于和大地本源的亲近与和谐中。

因此，张炜认识到小村人若要保持生命的光彩就必须不停地奔

---

① 张炜. 九月寓言［M］. 上海：上海文艺出版社，1993：83.

② 郜元宝. “意识形态”和“大地”的二元转化：略说张炜的《古船》和《九月寓言》［J］. 社会科学，1994（7）：69.

跑，也就是逃离城市，融入野地。“城市是一片被肆意修饰过的野地，我最终将告别它。我想寻找一个原来，一个真实。这纯稚的想念如同一首热烈的歌谣，在那儿引诱我。市声如潮，淹没了一切，我想浮出来看一眼原野、山峦，看一眼丛林、青纱帐。我寻找了，看到了，挽回的只是没完没了的默想。辽阔的大地，大地边缘是海洋。无数的生命在腾跃、繁衍生长，升起的太阳一次次把它们照亮……”① 返回生机勃勃的野地，返回生命繁盛的大自然，就是返回故乡，返回家园，寻找到生命的生态根源。“只有在真正的野地里，人可以漠视平凡，发现舞蹈的仙鹤。泥土滋生一切；在那儿，人将得到所需要的全部，特别是百求不得的那个安慰。野地是万物的母亲，她子孙满堂却不会衰老。她的乳汁汇流成河，涌入海洋，滋润了万千生灵。”② 这种生态意识把生命带向了全新境界。

然而，野地正受到现代工业文明的巨大威胁。《九月寓言》中，秃脑工程师、语言学家等被现代化意识形态武装起来的现代人已经来到了小村旁，他们在小村地底下开采煤矿，结果让小村陷入没顶之灾，房屋倒塌，良田被毁，野地侵蚀，小村人不得不再次迁徙，踏上流浪之途。当小村姑娘肥回家后只能看到满目疮痍的野地荒村时，现代文明造成的生态破坏的残酷性就显露无遗了。张炜曾说：“人类在 19 世纪和 20 世纪所做过的最愚蠢的事情，就是追求物质的欲望不可遏制，一再地毁坏大地。更不可饶恕的是毁坏世道人心。单纯地发展经济、一味地追求经济增长的思想，是这个世界上最愚蠢的思想。这是人类最没有出息的表现。我们爱土地，是爱生长的基础，也是爱一个健康的世界。被商业扩张的触角缠住了的世界，很快就会被硝烟熏黑。”③ 的确，从《九月寓言》看来，海边

---

① 张炜．九月寓言［M］．上海：上海文艺出版社，1993：340.

② 张炜．九月寓言［M］．上海：上海文艺出版社，1993：341.

③ 张炜．你在高原·西郊［M］．沈阳：春风文艺出版社，2003：573.

小村被现代工业文明摧毁，再次验证了这个道理。不过，张炜似乎对融入野地的生态理想并不悲观绝望。《九月寓言》结尾处写道："无边的绿蔓呼呼地燃烧起来。大地成了一片火海。一匹健壮的宝驹甩动鬃毛，声声嘶鸣，尥起长腿在火海里奔驰。它的毛色与大火的颜色一样，与早晨的太阳也一样。'天哩，一个……精灵！'"① 健壮宝驹在大地上跃动，象征着野地的精神不死，前现代的农业文明会在后现代科技的基础上获得新生。

不过，需要注意的是，融入野地，并不是简单的回归土地，再次被大地束缚，而是具有精神成熟的人再次调校人生的方向，把生态维度纳入其中。正如邓晓芒所说的："所以，尽管我们今天仍然要捍卫土地，因为我们今天绝大部分生活还离不开土地，背叛土地也就意味着自杀；但我仍然认为，我们时代的时代精神不是守着土地，而是千千万万的人摆脱土地的束缚，向城市、向大海、向天空寻求更广阔的生路，甚至就连对土地的捍卫，也只有走上这条开阔的生路才能做得到。土地本身自然而然就净化自己、保卫自己、平衡自己的时代已经一去不返了，她像一个年老的母亲，不但不能放心依靠，而且还要细心照料了。没有这样一种视野，张炜的一切道德理想都不过是纸扎的楼阁。"② 因此，融入野地的诗意栖居，应该是精神成熟、心胸开阔的人主动把生态维度纳入生命之中，节制欲望，尊重土地，发现自然之美，守护自然生态的完整性。

三、边地乡村的诗意栖居

老子曾经畅想过他的理想国："小国寡民。使有什伯之器而不用；使民重死而不远徙；虽有舟舆，无所乘之；虽有甲兵，无所陈之。使人复结绳而用之。至治之极。甘美食，美其服，安其居，乐

---

① 张炜. 九月寓言［M］. 上海：上海文艺出版社，1993：339.

② 邓晓芒. 灵魂之旅［M］. 武汉：湖北人民出版社，1998：131.

其俗，邻国相望，鸡犬之声相闻，民至老死不相往来。”（《道德经》第八十章）这无疑是典型的前现代乡村生活，也是老子诗意栖居的理想。老子的这种理想长久以来被视为落后的典型，尤其是20世纪以来现代化大潮席卷华夏大地，国人更是对这种小国寡民的乡村生活嗤之以鼻。在启蒙主义者看来，这种前现代的乡村生活封闭沉闷，因循守旧，是国民性弱点的滋生地，是社会悲剧的发源处。但是对于刘亮程而言，老子诗意栖居的理想却是阳光明媚、沁人肺腑的，是他的精神远祖，他在散文集《一个人的村庄》中就充分地展示了老子式的边地乡村的诗意栖居。他在散文集中极具诗意地描绘了新疆北疆戈壁滩边沿一个名叫黄沙梁的小村庄的外貌和灵魂。这是一个被现代化的时代大潮远远地抛在脑后的寂寂无闻的小村庄，“这个村庄隐没在国家的版图中，没有名字，没有经纬度。历代统治者不知道他的疆土上有黄沙梁这个村子。这是一村被遗漏的人。他们与外面世界彼此无知，这不怪他们。那些我没去过的地方没读过的书没机会认识的人，都在各自的局限中，不能被我了解，这是不足以遗憾的。我有一村庄，已经足够了。当这个村庄局限我的一生时，小小的地球正在局限着整个人类”①。老子曾说：“道隐无名。”（《道德经》第四十一章）刘亮程的黄沙梁村恰恰是无名的，被国家遗忘，被世界大潮遗漏，但是这种无名并不妨碍它与道同在，刘亮程真正关注的也不是黄沙梁村如何局限“我”的一生，而是“我”如何在此边地村庄中诗意栖居的。

首先需要注意的是，诗意栖居，并不仅仅是生存的社会环境问题，或自然环境问题，最关键的还是人的生存态度问题。对于那些为功利奔忙、焦心苦思的现代人来说，即使让他们置身于桃红柳绿、鸢飞鱼跃的桃花源里，他们也无法做到诗意栖居，他们内心的黑暗反而会爆发出来，摧毁掉桃花源的优美与和谐。诗意栖居，最

① 刘亮程．一个人的村庄［M］．沈阳：春风文艺出版社，2006：52－53.

需要的是优游自若的审美态度，是泰然处之的自在精神，是从名缰利锁中解放出来的超然心境，是能够与物为春、与道同体的生态境界。刘亮程在《一个人的村庄》中描绘的诗意栖居就是建筑在这种自由自在的生存态度上的，即“闲人”的生存态度。《一个人的村庄》中的叙述者就是一个闲人，他是黄沙梁村中的一员，也是农民，但是这个农民和一般的农民不一样，他不会像别的农民那样功利、实在，唯物质利益是求，或特别爱慕虚荣，喜欢面子，或者整体羡慕城里人的富裕和光鲜，他就像陶渊明一样繁华落尽见真淳，早已饱经世事，但淳朴之心仍在，能够以一种“采菊东篱下，悠然见南山”式的审美心境看待边地乡村的一切。

刘亮程在《逃跑的马》中写道：“我没有太要紧的事，不需要快马加鞭去办理。牛和驴的性情刚好适合我——慢悠悠的。那时要紧的事远未来到我的一生里，我也不着急。要去的地方永远不动地待在那里，不会因为我晚到几天或几年而消失。要做的事情早几天晚几天去做都一回事，甚至不做也没什么。我还处在人生的闲散时期，许多事情还没迫在眉睫。也许有些活我晚到几步被别人干掉了，正好省得我动手。有些东西我迟来一会儿便不属于我了，我也不在乎。许多年之后你再看，骑快马飞奔的人和坐在牛背上慢悠悠赶路的人，一样老态龙钟回到村庄里，他们衰老的速度是一样的。时间才不管谁跑得多快多慢呢。”① 现代文明追求的是快节奏、高效率，但是对于诗意栖居而言，快节奏、高效率几乎是致命的，一切诗意都像大自然一样缓慢、悠然，像一株树的生长一样。快节奏、高效率往往只能带来快感，但无法让人获得诗意的欢乐。快节奏、高效率使人只能关注外物的功能，而无法对外物的实体做审美的欣赏与抚摸。因此诗意栖居必然是一种慢节奏、低效率的生活，是心灵能够从容地和万物游戏的生活。刘亮程对那种大众奔趋的现

---

① 刘亮程．一个人的村庄［M］．沈阳：春风文艺出版社，2006：11.

代文明嗤之以鼻，“反正，我没骑马奔跑过，我保持着自己的速度。一些年月人们一窝蜂朝某个地方飞奔，我远远地落在后面，像是被遗弃。另一些年月人们回过头，朝相反的方向奔跑，我仍旧慢慢悠悠，远远地走在他们前头。我就是这样一个人。我不骑马”①。慢慢悠悠，这就是《一个人的村庄》中的审美姿态。没有这个审美姿态，《一个人的村庄》就是无法想象的，所有诗意就无法斐然成章。在《天边大火》中，刘亮程也写道：“很小的时候我便知道了发生在大地上的一件事情——父亲告诉我：所有的人们正在朝一个叫未来的地方奔跑，跑在最前面的是繁华都市，紧随后的是大小城镇，再后面是稀稀拉拉的村庄，黄沙梁太小了，迈不动步子，它落到了最后面。为所有的人们断后的重任自然而然地落在这个小村庄身上，村里人却一点都不知道这些。”② 正是与时代潮流的遥远距离，使得黄沙梁村能够保持朴素自然的本色，诗意栖居才依然是一种现实的生活。

从生态角度看，诗意栖居无疑包含着与其他自然生命的深度共生关系。在《通驴性的人》中，刘亮程写道：“我的生活容下了一头驴，一条狗，一群杂花土鸡，几只咩咩叫的长胡子山羊，还有我漂亮可爱的妻子儿女。我们围起一个大院子、一个家。这个家里还会有更多生命来临：树上鸟、檐下燕子、冬夜悄然来访的野兔……我的生命肢解成这许许多多的动物。从每个动物身上我找到一点自己。渐渐地我变得很轻很轻，我不存在了，眼里唯有这一群动物。当它们分散到四处，我身上的某些部位也随它们去了。”③ 这里的“我”不是存在主义式的孤独主体，而是与其他自然生命充分融合共生的多元主体；当孤独主体、自我中心式的“我”不存在时，生

---

① 刘亮程. 一个人的村庄［M］. 沈阳：春风文艺出版社，2006：15.
② 刘亮程. 一个人的村庄［M］. 沈阳：春风文艺出版社，2006：121.
③ 刘亮程. 一个人的村庄［M］. 沈阳：春风文艺出版社，2006：7.

态大我才能存在，个体生命就这样被自然生命的洪流收纳融合了，就像一滴水回到江河、大海，从而安然无恙，自在自得。刘亮程不但认同于他人、动物，他还把这种认同扩展到一切自然生命那里，正如他在《剩下的事情·风把人刮歪》中所说的："也许我们周围的许多东西，都是我们生活的一部分，生命的一部分，关键时刻挽留住我们。一株草，一棵树，一片云，一只小虫……它替匆忙的我们在土中扎根，在空中驻足，在风中浅唱……任何一株草的死亡都是人的死亡。任何一棵树的夭折都是人的夭折。任何一只虫的鸣叫也是人的鸣叫。"① 的确，生态整体观相信所有生命都是普遍联系的，日月星光、山川大地、江河湖海和植物、动物、人共同构成精密的生态系统，人只有超越狭隘的族类自我认同，像刘亮程一样意识到任何一株草的死亡都是人的死亡，才能真正产生惜生护生的生态意识，也才能融入宇宙大生命获得大解脱、大自在。

对于这种生态共生关系，刘亮程在《我受的教育》一文中写道：

黄沙梁，我会慢慢悟知你对我的全部教育。这一生中，我最应该把那老死窝中的黑狗称师傅。将那只爱藏蛋的母鸡叫老师。它们教给我的，到现在我才用了十分之一。

如果再有一次机会出生，让我在一根木头旁呆二十年，我同样会知道世间的一切道理。这里的每一件事物都蕴含了全部。

一头温顺卖力的老牛教会谁容忍。一头犟牛身上的累累鞭痕让谁体悟到不顺从者的罹难和苦痛。树上的鸟也许养育了叽叽喳喳的多舌女人。卧生墙根的猪可能教会了闲懒男人。而遍野荒草年复一年荣枯了谁的心境。一棵墙角土缝里的小草单独地教育了哪一个人。天上流云东来西去带走谁的心。东荡西荡的风孕育了谁的性

① 刘亮程. 一个人的村庄［M］. 沈阳：春风文艺出版社，2006：29.

情。起伏向远的沙梁造就了谁的胸襟。谁在一声虫鸣里醒来，一声狗吠中睡去。一片叶子落下谁的一生，一粒尘土飘起谁的一世。

谁收割了黄沙梁后一百年里的所有收成，留下空荡荡的年月等人们走去。

最终是那个站在自家草垛粪堆上眺望晚归牛羊的孩子，看到了整个的人生世界。那些一开始就站在高处看世界的人，到头来只看见一些人和一些牲口。①

像“我”这样的人就是最充分地向大自然敞开生命的人，他能够体验到和万物之间的生态关联，而不是囿于狭隘的人类视野，自怨自艾，或志得意满。他在黄沙梁之所以可以诗意栖居，就因为他能够把生命之根扎入万物的生态关联中。也许刘亮程不赞成佛教的戒杀，他还是一个农民，既能够与各种动物充分交流，尊重它们，对家养动物杀生食肉，他也觉得理所当然。例如《逃跑的马》就写人吃马肉，喝马奶，穿马皮，结果马的生命融入人的生命之中，刘亮程甚至被马群感动，“身体中突然产生一股前所未有的激情。我想嘶，想奔，想把双手落到地上，撒着欢子跑到马群中去，昂起头，看看马眼中的明天和远方。我感到我的喉管里埋着一千匹马的嘶鸣，四肢涌动着一万只马蹄的奔腾声”②。人和马的生命共融，也许更能够显示出生态意识的宏大境界。

其次，诗意栖居也包含着对各色自然生命的平等观照。刘亮程能够颠覆人类中心主义的等级观，平等地对待所有自然生命。他充分体谅一头驴的生存境遇和脾性，和老鼠共享丰收的喜悦，与狗共同守护着村庄的静谧，分享墙脚下蚂蚁的智慧。更多的时候，刘亮程还能够从其他自然生命的角度来审视人类自身，从而发现自然生

---

① 刘亮程. 一个人的村庄［M］. 沈阳：春风文艺出版社，2006：164－165.

② 刘亮程. 一个人的村庄［M］. 沈阳：春风文艺出版社，2006：14.

命的独特之美。《通驴性的人》就写驴的生殖器比男人的生殖器大，“和驴一比，我却彻底自卑了。在驴面前我简直像个未成年的孩子。我们穿衣穿裤，掩饰身体隐秘的行为被说成文明。其实是我们的东西小得可怜，根本拿不出来。身旁一头驴就把我比翻了。瞧它活得多洒脱，一丝不挂。人穿衣乃遮羞掩丑。驴无丑可遮。它的每个部位都是最优秀的。它没有阴部。它的精美的不用穿鞋套袜的蹄子；浑圆的脊背和尻蛋子；尤其两腿间粗大结实、伸缩自如的那一截子，黑而不脏，放荡却不下流”①。这一段话豁达幽默、洒脱自然，对驴的身体的赞美，就是对大自然的赞美，对人的自以为是、骄傲自得也是绝妙的嘲讽。

在《与虫共眠》中，刘亮程还站在小虫子的立场上来想象人类：“我在草中睡着时，我的身体成了众多小虫子的温暖巢穴。那些形态各异的卑小动物，从我的袖口、领口和裤腿钻进去，在我身上爬来爬去，不时地咬两口，把它们的小肚子灌得红红鼓鼓的。吃饱玩够了，便找一个隐秘处酣然而睡——我身体上发生的这些事我一点也不知道。那天我翻了一下午地，又饿又累。本想在地头躺一会儿再往回走，地离村子还有好几里路，我干活时忘了留点回家的力气。时值夏季，田野上虫声、蛙声、谷物生长的声音交织在一起，像支巨大的催眠曲。我的头一挨地便酣然入睡，天啥时黑的我一点不知道，月亮升起又落下我一点没有觉察。醒来时已是另一个早晨，我的身边爬满各种颜色的虫子，它们已先我而醒忙它们的事了。这些勤快的小生命，在我身上留下许多又红又痒的小疙瘩，证明它们来过了。我想它们和我一样睡了美美的一觉。有几个小家伙，竟在我的裤子里待舒服了，不愿出来。若不是搔痒得难受我不会脱了裤子捉它们出来。对这些小虫来说，我的身体是一片多么辽阔的田野，就像我此刻爬在大地的某个角落，大地却不会因搔痒和

---

① 刘亮程. 一个人的村庄［M］. 沈阳：春风文艺出版社，2006：8.

难受把我捉起来扔掉。大地是沉睡的，它多么宽容。在大地的怀抱中我比虫子大不了多少。”① 面对咬人的小虫子，刘亮程首先想到的不是拍死它们，逃离它们，而是耐心地观察它们，欣赏它们，更从小虫子的立场来观察自己，再从大地的角度来审视所有生命，这样一来小虫子和人就获得平等的生态地位。刘亮程的这种察物方式，和庄子的齐物论具有异曲同工之妙，妙趣解颐，令人豁然开朗。

若要诗意栖居，生态同情是必须具备的情怀，没有生态同情，人的情感就会枯寂，自然生命的脉脉波动就无法源源不断地流入个人生命中。刘亮程的生态同情是相当普遍的。在《剩下的事情·对一朵花微笑》中，刘亮程写道：“我一回头，身后的草全开花了。一大片。好像谁说了一个笑话，把一摊草惹笑了。我正躺在土坡上想事情。是否我想的事情——一个人头脑的奇怪想法让草觉得好笑，在微风中笑得前仰后合。有的哈哈大笑，有的半掩芳唇，忍俊不禁。靠近我身边的两朵，一朵面朝我，张开薄薄的粉红花瓣，似有吟吟笑声入耳。另一朵则扭头掩面，仍不能遮住笑颜。我禁不住也笑了起来。先是微笑，继而哈哈大笑。”② 这不是简单的移情结果，而是刘亮程领悟到所有生命之间的生态关联后对生命间的共感存在的诗意表述。在《剩下的事情·老鼠应该有一个好收成》中，刘亮程说，麦子丰收时，老鼠也来收获，“这些匆忙的抢收者，让人感到丰收和喜悦不仅仅是人的，也是万物的。我们喜庆的日子，如果一只老鼠在哭泣，一只鸟在伤心流泪，我们的欢乐将是多么的孤独和尴尬。在我们周围，另一种动物，也在为这片麦子的丰收而欢庆，我们听不见它们的笑声，但能感觉到”③。人丰收的欢乐要

---

① 刘亮程. 一个人的村庄［M］. 沈阳：春风文艺出版社，2006：15－16.
② 刘亮程. 一个人的村庄［M］. 沈阳：春风文艺出版社，2006：33.
③ 刘亮程. 一个人的村庄［M］. 沈阳：春风文艺出版社，2006：38.

与老鼠分享，与鸟分享，这是多么动人的生态情怀啊！刘亮程能够在黄沙梁那个小村庄里诗意栖居，关键在于他能够与自然万物情感相通，与物为春，接通了天地诗意的源头。

生态关怀也是刘亮程《一个人的村庄》的又一个亮点。人道关怀让人性变得柔软，生态关怀则让人性变得更为丰富。《剩下的事情·孤独的声音》中，一次，刘亮程在地里劳动，一只灰色的大鸟停落在他的锨把上，近在咫尺，鸟语急切，持续半个小时，最后才声音沙哑地飞走。他想到："这种鸟可能就剩下那一只了，它没有了同类，希望找到一个能听懂它话语的生命。它曾经找到了我，在我耳边说了那么多动听的鸟语。可我，只是个种地的农民，没在天上飞过，没在高高的树枝上站过。我怎会听懂鸟说的事情呢。不知那只鸟最后找到知音了没有。听过它孤独鸟语的一个人，却从此默默无声。"① 刘亮程关心一只鸟的孤独，关心它是否找到知音，可以想见他对其他自然生命的孤苦多么关怀体贴。刘亮程时时刻刻在做着角色的对调，他总是将自己置身于动物的世界，站在它们的身旁设身处地为它们思考。《野兔的路》中，刘亮程写道："野兔的路窄窄的，勉强能容忍下我的一只脚。要是迎面走来一只野兔，我只有让到一旁，让它先过去。"② 对一只野兔的礼让，体现的是真正的生态伦理。在《春天的步调》中，刘亮程还写道："我只是耐心地守候过一只小虫子的临终时光，在永无停息的生命喧哗中，我看到因为死了一只小虫而从此沉寂的这片土地。别的虫子在叫。别的鸟在飞。大地一片片明媚复苏时，在一只小虫子的全部感知里，大地暗淡下去。"③ 每一个自然生命的死亡，也就是世界以一种独特的方式毁灭一次，没有对生命之间隐秘的生态关联的深刻体验做

① 刘亮程．一个人的村庄［M］．沈阳：春风文艺出版社，2006：39.
② 刘亮程．一个人的村庄［M］．沈阳：春风文艺出版社，2006：31.
③ 刘亮程．一个人的村庄［M］．沈阳：春风文艺出版社，2006：64.

底子，刘亮程如何能做到深入地体验一只小虫子的死亡过程。

当然，诗意栖居也需要优美的自然生态，若置身黄沙漫天、水贵如油、没有树也没有鸢飞鱼跃极为恶劣的自然环境，即使再说什么超然物外、诗意栖居，也终究是自欺欺人。无论是王羲之《兰亭集序》还是陶渊明《桃花源记》里，诗意栖居都是与碧水蓝天、落英缤纷的优美自然联系在一起的。《一个人的村庄》中的黄沙梁虽然是戈壁滩边上的小村庄，与江南水乡的自然生态难以比拟，但自然之美还是比比皆是的。在《村东头的人和村西头的人》中，刘亮程写道："住在村东头的人，被早晨的第一缕阳光照醒。这是一天的头一茬阳光，鲜嫩、洁净，充满生机。做早饭的女人，收拾农具的男人，沐浴在一片曙光中，这顿鲜美的'阳光早餐'不是哪个地方的人都能随意享受。阳光对于人的喂养就像草对于牲畜。光线的质量直接决定着人的内心及前途的光亮程度。而当阳光漫过一个房顶又一个房顶到达村西头，光线中已沾染了太多的烟尘、人声和鸡鸣狗叫，变为世俗的东西。"① 阳光哪里都有，但是像刘亮程笔下那样鲜嫩、洁净、充满生机的阳光却不多见，尤其是对于身居都市里的人而言，就更是恍如天外之物。诗意栖居需要树，需要鸟，需要蓝天白云，没有大自然的生机盎然，诗意栖居就是水月镜花。因此刘亮程在《春天的步调》中写道："每年春天，让我早早走出村子的，也许就是那几棵孤零零的大榆树、洼地里的片片绿草，还有划过头顶的一声声鸟叫——鸟儿们从一棵树，飞向远远的另一棵。飞累了，落到地上喘口气……如果没有了它们，我会一年四季待在屋子里，四面墙壁，把门和窗户封死。我会不喜欢周围的每一个人。恨我自己。在这个村庄里，人可以再少几个，再走掉一些。那些树却不能再少了。那些鸟叫与虫鸣再不能没有。"② 是啊，若

---

① 刘亮程. 一个人的村庄［M］. 沈阳：春风文艺出版社，2006：49.

② 刘亮程. 一个人的村庄［M］. 沈阳：春风文艺出版社，2006：61.

没有树，没有鸟，没有虫鸣，戈壁滩边的小村庄怎么能够安居呢？

诗意栖居也意味着人在居住地具有一种稳定的家园感。荷尔德林曾说诗人的天职就是返乡。的确，对于流浪者而言，诗意栖居无法实现，随处皆是的陌生感自然可以提供一时的新鲜感，但是无法提供安全感、家园感。因此，诗人需要返乡，返本归根。刘亮程能够在黄沙梁村实现诗意栖居的生态理想，关键还在于他在黄沙梁村有一种家园感。在《剩下的事情·住多久才算是家》中，刘亮程写道："在一个村庄活久了，就会感到时间在你身上慢了下来。而在其他事物身上飞快地流逝着。这说明，你已经跟一个地方的时光混熟了。水土、阳光和空气都熟悉了你，知道你是个老实安分的人，多活几十年也没多大害处。不像有些人，有些东西，满世界乱跑，让光阴满世界追他们。可能有时他们也偶尔躲过时间，活得年轻而滋润。光阴一旦追上他们就会狠狠报复一顿，一下从他们身上减去几十岁。事实证明，许多离开村庄去跑世界的人，最终都没有跑回来，死在外面了。他们没有赶回来的时间。"① 在一个地方居住，需要长久的时间，需要生命的细细品味，才能把陌生地方变成家园，才能让那个地方的水土、阳光和空气都熟悉你。从生态角度看，诗意栖居意味着你的生命已经充分地融入了当地的生态系统，否则你就是无家可归的外来者。

刘亮程在《只有故土》中感叹黄沙梁村就是他的故土：

我熟悉你褐黄深厚的壤土，略带碱味的水和干燥温馨的空气，熟悉你天空的每一朵云、夜夜挂在头顶的那几颗星星。我熟悉你沟梁起伏的田野上的每一样生物、傍晚袅袅的炊烟中人说话的声音、牛哞声、开门和关门的声音……

在黄沙梁，我夕阳一样熄灭的目光会在第二天早晨，重新照亮

① 刘亮程. 一个人的村庄［M］. 沈阳：春风文艺出版社，2006：44－45.

村子。散落尘间的音容笑貌是一粒粒的种子。当我消失，我又回到你一年一度、生生不息的轮回中，回到你最初的充满幻想与欢喜的孕育中。回啊，如果有第二次，如果真有第二次，我还从你这里开始——像再长出麦子和玉米，再结出苹果和草籽，再开放兰花和月季一样，让你再生出我。

我的故乡母亲啊，当我在生命的远方消失，我没有别的去处，只有回到你这里——黄沙梁啊。

我没有天堂，只有故土。①

没有天堂，只有故土。或者说，故土就是天堂。刘亮程把生命之根深深扎入黄沙梁村，与自然万物的生命深深地交融一处，营造出天人合一式的诗意栖居之所。黄沙梁村没有局限他的生活和视野，因为他能够与道同在，达到万物一体的生态境界。在《冯四》一文中，刘亮程写道："而一村庄人的一生结束后，一个完整的时代便过去了。除了村外新添的那片坟墓，年复一年提示着一段历史；几头老牲口，带着先人使唤时养就的毛病，遭后人鞭骂时依稀浮想昔年盛景。在活着的人眼中，一个村庄的一百年，无非是草木枯荣一百次、地耕翻一百次、庄稼收获一百次这样简单。其实人的一生也像一株庄稼，熟透了也就死了。一代又一代的人的一生熟透在时间里，浩浩荡荡，无边无际。谁是最后的收获者呢？谁目睹了生命的大荒芜——这个孤独的收获者，在时间深处的无边金黄中，农夫一样，挥舞着镰刀。"② 从宇宙大生命的视野来看，所有个体生命都只是无边大海的一朵浪花，浪花终究要返回大海，唯有大海映照着日月，趋于永恒。

---

① 刘亮程. 一个人的村庄［M］. 沈阳：春风文艺出版社，2006：186.

② 刘亮程. 一个人的村庄［M］. 沈阳：春风文艺出版社，2006：18.

四、游猎民族的诗意栖居

相对于农耕民族而言，游牧民族和游猎民族与大自然之间的关系更为亲密，他们的宗教文化中必定具有相当浓郁的生态意识，他们必须小心翼翼地与草原、森林打交道，一旦行为出格，野蛮粗暴，草原就会退化，森林就会覆灭，生态危机就会不可挽回，他们就会丧失家园，背井离乡。因此，对于游牧民族和游猎民族而言，诗意栖居就是在生态意识指导下的生活，就是尊重大自然、保护自然生态、与自然融为一体的生活。

当代生态文学中，对游猎民族的诗意栖居做出过出色描述的是迟子建的长篇小说《额尔古纳河右岸》。该小说最初发表于《收获》2005 年第 6 期。曾获得第七届茅盾文学奖，授奖词如下："迟子建怀着素有的真挚澄澈的心，进入鄂温克族人的生活世界，以温柔的抒情方式诗意地讲述了一个少数民族的顽强坚守和文化变迁。这部'家族式'的作品可以看作是作者与鄂温克族人的坦诚对话，在对话中她表达了对尊重生命、敬畏自然、坚持信仰、爱憎分明等等被现代性所遮的人类理想精神的彰扬。迟子建的文风沉静婉约，语言精妙。小说具有史诗般的品格和文化人类学的思想厚度，是一部风格鲜明、意境深远、思想性和艺术性俱佳的上乘之作。"诚如授奖词所言，该小说蕴含着尊重生命、敬畏自然的生态意识。该小说以鄂温克族最后一个酋长、一位年届九旬的女人为第一人称叙述者，选择了较为宏大的历史视角，丰富多彩地展示了游猎于东北大兴安岭森林里的鄂温克人近百年多灾多难又诗意斐然的民族史，他们在森林里和俄罗斯商人做生意，被日本人强迫去当兵，又遇到国人对大兴安岭的乱砍滥伐，最终这个弱小的游猎民族无法抵御现代化大潮的冲击，森林被毁，传统生活方式无法继续，不得不到山下去和汉族人一样过定居生活，但是他们又无法适应定居生活，于是悲剧层出不穷。

若站在现代文明的强力立场上，人们自然可以轻而易举指出像鄂温克人这样的弱小民族的生活方式是落后的，游猎生活是没有出路的，因此下山定居，主动进入现代文明之中，才是睿智的抉择。但是如果我们能够跳出现代文明的线性发展观，以多元文化论来看待鄂温克人的生活方式和传统文化，我们不得不承认，他们的生活方式和传统文化同样是非常有意思的，值得人尊重的，甚至对于现代人而言，具有补偏救弊的启示意义。尤其值得一提的是，鄂温克人的生活非常富有生态意识，他们能够与大自然和谐相处，实现了令人敬仰的诗意栖居。

迟子建在《额尔古纳河右岸》中以诗意的笔触描绘了鄂温克人诗意栖居的自然生态环境。鄂温克人有个传说："勒拿河是一条蓝色的河流，传说它宽阔得连啄木鸟都不能飞过去。在勒拿河的上游，有一个拉穆湖，也就是贝加尔湖。有八条大河注入湖中，湖水也是碧蓝的。拉穆湖中生长着许多碧绿的水草，太阳离湖水很近，湖面上终年漂浮着阳光，以及粉的和白的荷花。拉穆湖周围，是挺拔的高山，我们的祖先，一个梳着长辫子的鄂温克人，就居住在那里。"① 鄂温克人相信他们的发源地就是贝加尔湖周围的高山，在他们的想象中，发源地的大自然极为优美，对大自然的亲密感洋溢在这种传说中。至于他们后人辗转来到额尔古纳右岸的大兴安岭，那里是高寒地带，森林茂密，冬天白雪茫茫，天地洁净，夏天百草丰茂，林木森森，物产丰富，更是游猎民族的理想栖居之地。小说叙述者曾说："如果把我们生活着的额尔古纳河右岸比喻为一个顶天立地的巨人的话，那么那些大大小小的河流就是巨人身上纵横交织的血管，而它的骨骼，就是由众多的山峦构成的。那些山属于大兴安岭山脉。我这一生见过多少座山，已经记不得了。在我眼中，额尔古纳河右岸的每一座山，都是闪烁在大地上的一颗星星。这些

① 迟子建．额尔古纳河右岸［M］．北京：北京十月文艺出版社，2008：13.

星星在春夏季节是绿色的，秋天是金黄色的，而到了冬天则是银白色的。我爱它们。它们跟人一样，也有自己的性格和体态。有的山矮小而圆润，像是一个个倒扣着的瓦盆；有的山挺拔而清秀地连绵在一起，看上去就像驯鹿伸出的美丽犄角。山上的树，在我眼中就是一团连着一团的血肉。”① 也许对于那些森林工人而言，大兴安岭只不过意味着木材而已；对于那些旅游者而言，大兴安岭则是供人玩味的风景。但是在鄂温克族人看来，额尔古纳河、大兴安岭甚至山上的树都是有生命的，都是需要人尊重、亲近、融入的，是他们的生命之根，是他们的家园，是他们要以生命来爱的。正是有了如此美好的自然生态环境，鄂温克人的诗意栖居才具有一定的物质条件。

游猎民族对待动物，无论是家养动物还是野生动物，都非常具有生态意识。他们爱护动物，尊重动物，与动物共生共荣，即使为了生存不得不猎杀动物，也仅仅是猎杀必需的，并不会滥捕滥杀，也尽可能减少不必要的痛苦。例如小说写道鄂温克人最为依赖的驯鹿，“我从来没有见过哪种动物会像驯鹿这样性情温顺而富有耐力，它们虽然个头大，但非常灵活。负载着很重的东西穿山林，越沼泽，对它们来说是那么的轻松。它浑身是宝，皮毛可御寒，茸角、鹿筋、鹿鞭、鹿心血、鹿胎是安达最愿意收入囊中的名贵药材，可换来我们的生活用品。鹿奶是清晨时流入我们身体的最甘甜的清泉。行猎时，它们是猎人的好帮手，只要你把打到的猎物放到它身上，它就会独自把它们安全运到营地。搬迁时，它们不仅负载着我们那些吃的和用的东西，妇女、孩子以及年老体弱的人还要骑乘它。而它却不需要人过多的照应。它们总是自己寻找食物，森林就是它们的粮仓。除了吃苔藓和石蕊外，春季它们也吃青草、草间荆以及白头翁等。夏季呢，它们也啃桦树和柳树的叶子。到了秋天，

---

① 迟子建. 额尔古纳河右岸［M］. 北京：北京十月文艺出版社，2008：170.

鲜美的林间蘑菇是它们最爱吃的东西。它们吃东西很爱惜，它们从草地走过，是一边行走一边轻轻啃着青草的，所以那草地总是毫发未损的样子，该绿还是绿的。它们吃桦树和柳树的叶子，也是啃几口就离开，那树依然枝叶茂盛。它们夏季渴了喝河水，冬季则吃雪。只要你在它们的颈下拴上铃铛，它们走到哪里你都不用担心，狼会被那响声吓走，而你会从风儿送来的鹿铃声中，知道它们在哪里。驯鹿一定是神赐予我们的，没有它们，就没有我们。虽然它曾经带走了我的亲人，但我还是那么爱它。看不到它们的眼睛，就像白天看不到太阳，夜晚看不到星星一样，会让人在心底发出叹息的"①。驯鹿和森林形成良好的生态共生关系，人和驯鹿也形成良好的生态共生关系，鄂温克人亲近驯鹿，尊重驯鹿，体现了人和动物良好的生态情谊。

虽然鄂温克人是游猎民族，适当地猎杀野生动物理所当然，但是在《额尔古纳河右岸》中，还曾屡次出现相关情节讲述鄂温克人狩猎时放弃对野生动物的猎杀，体现了难能可贵的尊重生命的生态意识。例如小说曾写到鄂温克人常常捕杀水狗（即水獭），"那是我和拉吉达在一起后的第三年春天，我们发现了四只还没睁开眼睛的水狗幼仔。拉吉达说，水狗仔睁眼睛很慢，大约出生后一个月才睁开眼睛呢。我们知道它们的妈妈就在附近，所以没动小水狗。傍晚时，大水狗从河水中游回洞穴，当它露出光亮的头，拉吉达要对它下手的时候，被我制止了。我想那四只小水狗还没有见过妈妈，如果它们睁开眼睛，看到的仅仅是山峦、河流和追逐着它们的猎人，一定会伤心的。我们放过了它们。之后不久，三年中一直没有怀孕的我，肚腹中有了新生命的气象，这使依芙琳看待我和拉吉达的目光发生了改变"②。游猎者能够考虑到小水狗没有见过妈妈，

---

① 迟子建. 额尔古纳河右岸［M］. 北京：北京十月文艺出版社，2008：18.
② 迟子建. 额尔古纳河右岸［M］. 北京：北京十月文艺出版社，2008：84.

就放弃了捕杀大水狗，就是一种难能可贵的惜生意识。更为神奇的是，当“我”和拉吉达没有捕杀这窝水狗，不久之后“我”就怀孕了，好像对动物的惜生护生意识能够直接影响到人的生命福祚。此外，该小说还写到鄂温克族人要下山定居前曾去打猎，看到两只灰鹤，“当玛克辛姆要朝它们开枪的时候，被西班阻止了。西班说他们就要下山了，得把这些灰鹤留给我和安草儿，不然我们眼中看不到最美的飞禽，眼睛会难受的。只有我的西班才会说出这样心疼人的话啊”①。看到灰鹤，没有猎杀，反而想到的是若在森林中看不到它，人的眼睛会难受，这是多么动人的生态情怀！鄂温克人在猎杀熊后，还会让萨满专门为熊做风葬仪式，唱一首独特的祭熊歌：“熊祖母啊，/你倒下了，/就美美地睡吧！/吃你的肉的，/是那些黑色的乌鸦。/我们把你的眼睛，/虔诚地放在树间，/就像摆放一盏神灯！”② 鄂温克人不愿意直接承认是自己吃了熊，反而对死去的熊说是乌鸦吃了它，这无疑是对熊的敬畏之情。一旦有了这种敬畏之情，鄂温克人肯定不会肆无忌惮地猎杀熊。更为神秘的是，鄂温克人相信人和动物是平等的，在本质上是相通的，在适当时机还可以互相转换。例如在伊芙琳想投河自尽时，“我”的已经去世的母亲达玛拉就化身为水蛇去劝说她不要自杀；伊万在一次狩猎中曾放过一对白狐，结果后来伊万死时，这对白狐化身为两个穿着素白衣服的俊俏姑娘为伊万送葬。人与动物之间的这种亲密关系，使得鄂温克人的诗意栖居颇富野性色彩。

鄂温克人游猎于大兴安岭茫茫森林中，与白桦树的关系至为亲密，他们用桦树干做希楞柱，喝桦树汁，剥桦树皮做桶、盒子和桦皮船。小说中曾写道：“白桦树是森林中穿着最为亮堂的树。它们披着丝绒一样的白袍子，白袍子上点缀着一朵又一朵黑色的花纹。

① 迟子建. 额尔古纳河右岸［M］. 北京：北京十月文艺出版社，2008：68.
② 迟子建. 额尔古纳河右岸［M］. 北京：北京十月文艺出版社，2008：130.

你只要用猎刀在树根那里轻轻划一个口，插上一根草棍，摆好桦皮桶，桦树汁就顺着草棍像泉水一样流进了桦皮桶里。那汁液纯净透明，非常清甜，喝上一口，满嘴都是清香。以前我是和列娜一起去采桦树汁的，列娜走了，我就和鲁尼一起去。鲁尼每次都是先蹲在树根那儿，嘴里叼着草棍，待自己喝足了，才让桦树汁流进桶里。我从来没有见过哪个人会像达玛拉那样热爱白桦树。她常常抚摸着它那毛茸茸的树身，满怀羡慕地说，瞧瞧人家穿的，多干净呀，像雪一样！瞧瞧人家的腰身，多细多直啊！只要我和鲁尼采回桦树汁了，母亲就不喝驯鹿奶了。她会舀上一碗，一口气把它喝光。喝完后就像久居黑暗中的人突然间见到了阳光一样，无限陶醉地眯着眼睛。她还喜欢在剥取桦树皮的时候，把树干上那黏稠的浆汁刮下来食用。她剥桦树皮，比男人还有技巧。她握着一把锋利的猎刀，选择那些粗细均匀、表皮光滑的白桦树，在桦树皮最厚实的地方，从上往下先划一道口子，然后用刀横切上头，绕树一周，再横切下面，一块桦树皮就被顺利地揭下来了。因为剥的都是树干，所以脱去了树皮的白桦树在被剥的那一年是光着身子的，次年，它的颜色变得灰黑，仿佛是穿上了一条深色裤子。然后又过了一两年，被剥的地方就会生出新鲜的嫩皮，它又给自己穿上耀眼的白袍子了。所以我觉得白桦树是个好裁缝，她能自己给自己做衣裳穿。”① 鄂温克人对白桦树多么亲近，喝桦树汁多么自然美好，而剥桦树皮又不会造成桦树多大的损害，更是符合生态的行为。鄂温克人是爱护森林的，爱惜树木的，他们的生活方式也是非常生态的。“安草儿往火塘里添了几块木柴，那是用风倒木劈出的柴火。我们从来不砍伐鲜树作为烧柴，森林中有许多可烧的东西，比如自然脱落的干枯的树枝，被雷电击中的失去了生命力的树木，以及那些被狂风击倒的树。我们不像后来进驻山林的那些汉族人，他们爱砍伐那些活得好

---

① 迟子建. 额尔古纳河右岸［M］. 北京：北京十月文艺出版社，2008：35.

好的树，把它们劈成小块的木柴，垛满了房前屋后，看了让人心疼。我还记得很多年前瓦罗加第一次路过一个汉族人的村落，看到家家户户门前摞满的木柴，他回来忧心地对我说，他们不光是把树伐了往外运，他们天天还烧活着的树，这林子早晚有一天要被他们砍光、烧光，到时我们和驯鹿怎么活呢？”① 与汉族人相比，鄂温克人对待森林的行为简直趋于完美，他们尽可能地减少对森林的损害，不会像汉族人那样肆无忌惮地乱砍滥伐。更值得一提的是，小说中曾写到鄂温克人金得上吊自杀，不想害了一棵生机勃勃的树，而选择了一棵枯树。因为他知道，按照鄂温克的族规，凡是吊死的人，一定要连同他吊死的那棵树一同火葬②。即使自己上吊也要考虑到不去伤害一株生机勃勃的树，这是何等的生态情怀！可能只有到大多数人都具有了这种生态情怀时，这个世界才会林木茂密，绿意盎然。

游猎民族的诗意栖居与他们的财产观念有关。像汉族这样的农耕民族很早就开始定居了，并伴随着家庭制、家族制茁壮成长。这种定居生活很自然地倾向于尽可能多地积聚财产，人们往往把金钱和财物视为自由与安全最根本的保障，并通过财产来建构他人眼中的自我。但是像鄂温克人这样的游猎民族，更倾向于财产公有制，狩猎所得的猎物大家共同分享，而且因为是游猎，不适合积聚过多的财物。对于他们而言，过多的财物往往意味着不自由。他们也不会通过财产来建构自我，他们尊重男人是因为他狩猎技艺高超，尊重女人是因为她的编织技艺高超。该小说曾写到鄂温克人每个乌力楞都会在山中建“靠老宝”，少则两三个，多则四五个，搬迁时就把平时闲置和富余的东西放在里面，从不上锁，外来者路过，如果急需也可以自取。这种豁达的财产观念使得鄂温克人不会像汉族人

---

① 迟子建．额尔古纳河右岸［M］．北京：北京十月文艺出版社，2008：67.

② 迟子建．额尔古纳河右岸［M］．北京：北京十月文艺出版社，2008：118.

那样永无餍足地掠夺自然资源，从而导致自然生态大破坏。

鄂温克人的日常生活与大自然高度融合。我们来看看他们的狩猎："那条河流很狭窄，水也不深，林克就像揪出一个偷懒的孩子似的，把掩藏在河边草丛中的桦皮船拽出来，推到河水上。他先看着我和鲁尼上了船，然后自己才跳上去。桦皮船吃水不深，轻极了，仿佛蜻蜓落在水面上，几乎没有什么响声，只是微微摇摆着。船悠悠走起来的时候，我觉得耳边有阵阵凉风掠过，非常舒服。在水中行进时看岸上的树木，个个都仿佛长了腿，在节节后退。好像河流是勇士，树木是溃败的士兵。月亮周围没有一丝云，明净极了，让人担心没遮没拦的它会突然掉到地上。河流开始是笔直的，接着微微有些弯曲，随着弯曲度的加大，水流急了，河也宽了起来。最后到了一个大转弯的地方，堪达罕河就好像刚分娩的女人一样，在它旁侧溢出一个椭圆的小湖泊，而它的主流，仍然一门心思地向前。"① 鄂温克人出门狩猎，触目所及，皆是青山绿水，大自然的勃勃生机感发着他们的生命。

《额尔古纳河右岸》中曾写到尼都萨满精心为达玛拉缝制的羽毛裙："我们谁也没注意到，尼都萨满在那两年吃山鸡的时候，将拔下的羽毛精心挑选了，收集起来，悄悄为达玛拉缝了一条裙子。尼都萨满的手艺真是好啊，那裙子是用几块藏蓝色的粗布做的里衬，百合花的形状，腰身紧，下摆宽。羽毛的大小和颜色不一，但都是羽根朝上，羽尖朝下，顺着缝下来的。固定羽毛的线是堪达罕的细筋，它先把羽毛中间的那根草棍一样的茎缠上几道，然后再缝在布上，所以羽毛本身一点也没受到破坏，很完整，看上去非常柔顺。尼都萨满很会为羽毛安排位置，那些小片的、绒毛细密的、呈现着微微灰色的被放在腰身的地方；再往下是那些不大不小的羽毛，颜色以绿为主，点缀着少许的褐色；而到了裙子的下摆和边缘

① 迟子建．额尔古纳河右岸［M］．北京：北京十月文艺出版社，2008：37.

处，他用的是那些泛着黝蓝光泽的羽毛，蓝色中杂糅着点点的黄色，像湖水上荡漾的波光。这裙子自上而下看下来也就仿佛由三部分组成了：上部是灰色的河流，中部是绿色的森林，下部是蓝色的天空。当尼都萨满在林克走后的第三年的春天，把这样一条羽毛裙子送给母亲时，你们都能想到她看到它的时候，是多么的惊异、欢喜和感激。她捧着那条裙子，说这是她见过的世上最漂亮的裙子了。”① 尼都萨满缝制羽毛裙的羽毛是平时吃掉的山鸡的羽毛，从生态角度来看也是废物利用，符合绿色生活；至于他缝制的羽毛裙的图案，更是体现了萨满教对天地自然的崇拜之情。

鄂温克人游猎生活的诗意根源在于人和大自然的优美融合。《额尔古纳河右岸》中曾几次写到叙述者“我”所体验到的近于完美的男女之爱：

我们用了两天时间，把新碱场做成了。拉吉达趴在我耳边说，这片松软的碱土就是最好的铺，我们应该在这里要一个女儿。他的话让我激动起来，我仿佛看见了像花蝴蝶一样围绕着我们的女孩，我说，这真是个好主意。春日的阳光是那么和煦，它们照耀着新碱场，那丝丝白光就像入了土的盐发出的芽，鲜润明媚。我们无所顾忌地拥抱在一起，为这春光注入一股清风。那是最缠绵的一次亲昵，也是最长久的一次亲昵，我的身下是温热的碱土，上面是我爱的男人，而我爱的男人上面，就是蓝天。在那个动人的缠绵的过程中，我一直看着天上的云。有一片白云连绵在一起，由东向西飘荡着，看上去就像一条天河。而我的身下，也流淌着一条河流，那是女人身下独有的一条暗河，它只为所爱的男人涌流。②

---

① 迟子建. 额尔古纳河右岸［M］. 北京：北京十月文艺出版社，2008：59.

② 迟子建. 额尔古纳河右岸［M］. 北京：北京十月文艺出版社，2008：103－104.

我得感谢正午的阳光，它们把我脸上的忧伤、疲惫、温柔、坚忍的神色清楚地照映出来，正是这种复杂的神情打动了瓦罗加。他说一个女人有那么令人回味无穷的神色，一定是个心灵丰富、能和他共风雨的人。他说我的脸色虽然很苍白，但是阳光却使那种苍白变得柔和。而且我的眼睛虽然看上去忧郁，但非常清澈，瓦罗加说这样的一双眼睛对于一个男人来说，就是可以休憩的湖水。当他从鲁尼嘴中得知拉吉达已经别我而去后，就在心底做出了娶我的决定。当我苏醒过来的时候，已经在瓦罗加的怀里了。每个男人的怀抱都不一样，我在拉吉达怀中的时候，感觉自己是一缕穿行在山谷间的风；而在瓦罗加怀里，我感觉自己就是一条畅游在春水中的鱼。如果说拉吉达是一棵挺拔的大树的话，瓦罗加就是大树上温暖的鸟巢。他们都是我的爱。①

那个夜晚瓦罗加是那么紧地拥抱着我，达吉亚娜温柔的鼾声像春风一样回荡在希楞柱里。我和瓦罗加是那么完美地融合在一起，就像鱼与水的融合，花朵与雨露的融合，清风与鸟语的融合，月亮与银河的融合。

也就是在那个夜晚，瓦罗加给我低低吟唱了一支他自己编的歌，他唱的歌与妮浩唱的神歌不同，是那么的温暖。

清晨的露珠湿眼睛
正午的阳光晒脊梁
黄昏的鹿铃最清凉
夜晚的小鸟要归林

---

① 迟子建. 额尔古纳河右岸［M］. 北京：北京十月文艺出版社，2008：142.

当瓦罗加唱到最后一句“夜晚的小鸟要归林”的时候，他拍了拍我的脊梁。只这轻轻地一拍，却使我的眼睛湿了。好在是在黑夜中，他看不清我的泪痕。我把头深深地埋进他怀里，就像一只鸟偎在温暖的巢穴里。①

他的话更加激起了我的渴望，我们拥抱得更紧了，我们互相亲吻着，激情终于像浓云背后的雷声一样轰隆隆地爆发了。瓦罗加伏在我的身上，他就像一片醉人的春日阳光，把我融化了。我得感谢那晚上大自然的风声，当我们开始畅游我们那条隐秘的生命之河、享受着那独有的快乐的时候，希楞柱外刮起了一阵狂风。风声是那么的响亮，好像是特意为我们的激情做掩护和伴奏的。当我被欢乐浸透，软绵绵地躺在瓦罗加的怀抱中的时候，我觉得瓦罗加就是我的山，是一座挺拔的山；而我自己轻飘得就像一片云，一片永远飘在他身下的云。②

叙述者“我”所体验到的完美男女之欢爱，最典型的特点就是人与人的融合和人与大自然的融合同时进行的，男女欢爱的巅峰体验所有的杂质都被大自然的浩然生机净化了，呈现出真正的诗意景观。

游猎民族这种与大自然高度融合的诗意栖居生活，让他们能够保持强健的体魄，清明的精神。“虽然我有九十岁了，可我的眼睛一点也不花，用不上老花眼镜；我偶尔会受风寒，但也只是咳嗽个一天两天就过去了，痰盂也就成了摆设；我喜欢月光和火塘反射出的火光，所以烛台在黑夜中也不会派上用场。太阳和月亮在我眼里就是两块圆圆的表，我这一辈子习惯从它们的脸上看时间，所以手

---

① 迟子建. 额尔古纳河右岸［M］. 北京：北京十月文艺出版社，2008：164.
② 迟子建. 额尔古纳河右岸［M］. 北京：北京十月文艺出版社，2008：197.

表在我手里只能当瞎子。如果是黑发上插着一支银簪子，那么这支簪子就像落在希楞柱上的白鸟一样美丽，可我现在白发满头，银簪子落在这样的头发里，美就会被掩埋了，所以它也被搁置起来了。如果瓦罗加在就好了，我会把它送给爱看书的他，让银簪子做书签。”① 对于他们而言，所谓现代的医疗技术几乎是没有必要的。“在我看来，风能听出我的病，流水能听出我的病，月光也能听出我的病。病是埋藏在我胸口中的秘密之花。我这一辈子，从来没有进卫生院看过一次病。我郁闷了，就去风中站上一刻，它会吹散我心底的愁云；我心烦了，就到河畔去听听流水的声音，它们会立刻给我带来安宁的心境。我这一生能健康地活到九十岁，证明我没有选错医生，我的医生就是清风流水，日月星辰。”② 大自然的活泼生机能够赋予任何融入其中的个体生命以健康。

鄂温克人的生活随性，活着时自由快乐，对死亡也没有特别的恐惧之情，而视之为返归自然。例如他们举行风葬，“那个时候死去的人，都是风葬的。选择四棵挺直相对的大树，将木杆横在树枝上，做成一个四方的平面，然后将人的尸体头朝北脚朝南地放在上面，再覆盖上树枝。尼都萨满是从夜晚的星星中看出达西要离开我们的。他在深夜时看见有一颗流星从我们营地划过，从那阵阵狼嗥中，他知道要走的人一定是达西，于是清晨起来，就为达西选择了风葬之地”③。当然也有针对婴幼儿的土葬，“我和瓦罗加再一次提起白布口袋，去埋葬鲁尼和妮浩的骨肉。我们这次不是随便地把他丢弃掉，而是用手指为他挖了一个坑，把他埋了。在我们眼中，他就像一粒种子一样，还会发芽，长成参天大树的。八月的阳光是那

① 迟子建．额尔古纳河右岸［M］．北京：北京十月文艺出版社，2008：149．

② 迟子建．额尔古纳河右岸［M］．北京：北京十月文艺出版社，2008：204－205．

③ 迟子建．额尔古纳河右岸［M］．北京：北京十月文艺出版社，2008：49．

么的炽烈，它把泥土都晒热了。在我眼中，向阳山坡上除了茂盛的树木外，还生长着一种热烈的植物，那就是阳光。我和瓦罗加用手指挖墓穴的时候，指甲里嵌满了温热的泥土，那泥土是芳香的。有一刻，我掘到了一根粉红色的蚯蚓，不小心弄折了它，它一分为二后，身躯仍然能自如地摆动，在土里钻来钻去的。蚯蚓的生命力是那么的旺盛，一条蚯蚓的身上，可以藏着好几条命，这让我感慨万千。要是人也有这样的生命力就好了"①。这样的风葬和土葬，多么符合生态规律！人来自自然，也返归自然，没有任何要抵御自然，或者凌驾于自然之上的企图。这与庄子达观自然的态度如出一辙。"庄子将死，弟子欲厚葬之。庄子曰：'吾以天地为棺椁，以日月为连璧，星辰为珠玑，万物为赍送。吾葬具岂不备邪？何以加此！'弟子曰：'吾恐乌鸢之食夫子也。'庄子曰：'在上为乌鸢食，在下为蝼蚁食，夺彼与此，何其偏也。'"（《庄子·列御寇》）鄂温克人对待死亡的生态做法与此类似，令人尊敬。

当然，鄂温克人的诗意栖居还与他们信奉萨满教有关。萨满教相信天地万物具有神灵，人只能是谦卑地与天地万物共存共荣，萨满能够通神，为人祛灾降福。《额尔古纳河右岸》中曾讲到鄂温克人崇敬火神，平常不能往火里面吐痰、洒水，不能朝里面扔不干净的东西。而他们崇拜的神偶也都是来自山川大地，"我久久地看着那些用木头、树枝、兽皮组成的神偶，它们都来自于我们生活的山林。这使我相信，如果它们真的可以保佑我们的话，那么我们的幸福就在山林中，不会在别处。虽然它们不如我想象的那么美丽、神奇，但它们身上产生的那股奇妙的风，却让我的耳朵像鸟儿的翅膀一样，一扇一扇的，使我对它们满怀敬意。我至今耳聪目明，一定与听过这样的风声有关"②。这样的神灵崇拜不是让鄂温克人远离

① 迟子建．额尔古纳河右岸［M］．北京：北京十月文艺出版社，2008：195.
② 迟子建．额尔古纳河右岸［M］．北京：北京十月文艺出版社，2008：108.

森林，远离现实生活，而是让我们深入地融入大自然之中。该小说还曾讲到1998年大兴安岭又发生森林大火，妮浩萨满跳神祈雨："妮浩跳神的时候，空中浓烟滚滚，驯鹿群在额尔古纳河畔垂立着。鼓声激昂，可妮浩的双脚却不像过去那么灵活了，她跳着跳着，就会咳嗽一阵。本来她的腰就是弯的，一咳嗽，就更弯了。神裙拖到了林地上，沾满了灰尘。我们不忍心看她祈雨时艰难的样子，于是陆陆续续来到驯鹿群中央。除了依莲娜和鲁尼，谁也没有勇气把祈雨的仪式看完。妮浩跳了一个小时后，空中开始出现阴云；又跳了一个小时后，浓云密布；再一个小时过去后，闪电出现了。妮浩停止了舞蹈，她摇晃着走到额尔古纳河畔，提起那两只湿漉漉的啄木鸟，把它们挂到一棵茁壮的松树上。她刚做完这一切，雷声和闪电交替出现，大雨倾盆而下。妮浩在雨中唱起了她生命中的最后一支神歌。她没有唱完那支歌，就倒在了雨水中。"① 萨满为了拯救森林，跳神祈雨，不惜牺牲生命，守护自然生态的崇高精神令人敬仰。

鄂温克人的诗意栖居生活是符合生态规律的，是一种优美而文明的生活。但是这种生态又是脆弱的，尤其是面对被发展主义意识形态和现代科学技术武装起来的现代人时，他们栖居的森林会惨遭毁灭的厄运，他们的诗意栖居生活会被指责为野蛮与落后。例如《额尔古纳河右岸》写到大兴安岭森林被毁灭后，当地政府就劝鄂温克人到山下去定居，还说放下猎枪的民族才是文明的民族，"激流乡新上任的古书记听说我投了反对票时，特意上山来做我的工作。他说我们和驯鹿下山，也是对森林的一种保护。驯鹿游走时会破坏植被，使生态失去平衡，再说现在对于动物要实施保护，不能再打猎了。他说一个放下了猎枪的民族，才是一个文明的民族，一个有前途和出路的民族。我很想对他说，我们和我们的驯鹿，从来

① 迟子建. 额尔古纳河右岸［M］. 北京：北京十月文艺出版社，2008：240.

都是亲吻着森林的。我们与数以万计的伐木人比起来，就是轻轻掠过水面的几只蜻蜓。如果森林之河遭受了污染，怎么可能是因为几只蜻蜓掠过的缘故呢?”① 的确，鄂温克人游猎于森林中，就像蜻蜓掠过水面，那不但不会毁灭森林，还给森林带去灵动的生机。要说定居生活才是文明，也只是一种文明的偏见！

更为可悲的是，像鄂温克人这样的游猎民族根本不能适应农耕民族的定居生活。“我不愿意睡在看不到星星的屋子里，我这辈子是伴着星星度过黑夜的。如果午夜梦醒时我望见的是漆黑的屋顶，我的眼睛会瞎的；我的驯鹿没有犯罪，我也不想看到它们蹲进‘监狱’。听不到那流水一样的鹿铃声，我一定会耳聋的；我的腿脚习惯了坑坑洼洼的山路，如果让我每天走在城镇平坦的小路上，它们一定会疲软得再也负载不起我的身躯，使我成为一个瘫子；我一直呼吸着山野清新的空气，如果让我去闻布苏的汽车放出的那些‘臭屁’，我一定就不会喘气了。我的身体是神灵给予的，我要在山里，把它还给神灵。”② 叙述者“我”对定居生活的拒斥，就是对游猎文明的诗意栖居的捍卫。而鄂温克人第一个大学生伊莲娜的遭遇更为悲惨，她在现代文明和传统生活的夹缝中，进退两难，最终只能以自杀告终，“依莲娜在山上待烦了，会背着她的画返回城市。然而要不了多久，她又会回来。她每次回来时都兴冲冲的，说是城市里到处是人流，到处是房屋，到处是车辆，到处是灰尘，实在是无聊。她说回到山上真好，能和驯鹿在一起，晚上睡觉时能看见星星，听到风声，满眼看到的是山峦溪流，花朵飞鸟，实在是太清新了。然而她这样过上不到一个月，又会嫌这里没有酒馆，没有电话，没有电影院，没有书店，她就会酗酒，醉酒后常常冲自己未完成的画发脾气，说它们是垃圾，把画扔进火塘里毁掉”③。由此也

---

① 迟子建．额尔古纳河右岸［M］．北京：北京十月文艺出版社，2008：247.

② 迟子建．额尔古纳河右岸［M］．北京：北京十月文艺出版社，2008：4.

③ 迟子建．额尔古纳河右岸［M］．北京：北京十月文艺出版社，2008：237.

可知，诗意栖居的生活，必须是一种精神的再创造。如果没有对大自然的审美能力，无法从诗意栖居中获得充分的精神满足，再美好的自然生态也无法安慰人心。

最后，《额尔古纳河右岸》写到尽管大部分鄂温克人不习惯定居生活，但还是决定下山去，而叙述者“我”和安草儿还留在山中，到傍晚那只名叫“木库莲”的白色驯鹿返回来了，“那上面卡车留下的车辙在我眼里就像一道道的伤痕。忽然，那条路的尽头闪现出一团模糊的灰白的影子，跟着，我听见了隐隐约约的鹿铃声，那团灰白的影子离我们的营地越来越近。安草儿惊叫道，阿帖，木库莲回来了！我不敢相信自己的眼睛，虽然鹿铃声听起来越来越清脆了。我抬头看了看月亮，觉得它就像朝我们跑来的白色驯鹿；而我再看那只离我们越来越近的驯鹿时，觉得它就是掉在地上的那半轮淡白的月亮。我落泪了，因为我已分不清天上人间了。”① 白色驯鹿的去而复返，表达的是迟子建对游猎民族的良好祝愿，希望他们的诗意栖居生活能够延续下去，希望他们的传统文化能够再次死灰复燃，为全球化时代的文化多样性做出一点贡献。

---

① 迟子建. 额尔古纳河右岸［M］. 北京：北京十月文艺出版社，2008：249.

第五章

天人合一和诗学建构

天人合一也是当代生态诗学的终极追求。其实，无论是人生使命的完成，还是诗学的建构，天人合一都是最根本的精神指引。

关于天人合一，张世英对人的精神发展阶段的看法具有较大的参考价值。他在《天人之际》中对中西哲学做了精深研究，指出人对世界万物的基本态度和基本关系有主客二分和主客不分（主客浑一、物我交融）两种，西方哲学多着眼于主客二分，而中国哲学多着眼于主客不分（他又称之为“天人合一”）①。在他看来，人的精神发展阶段大致可以划分为原始的天人合一、主客二分和高级的天人合一三个阶段。原始的天人合一基本上是无主客、无自我意识的阶段，例如原始人、婴幼儿就基本上是处于此阶段。主客二分则包括意识、认识、实践三个小阶段，人类的大部分活动，如自然科学实践、经济政治实践、道德实践都是此阶段的活动，人把浑然世界划分为主客不同的两部分，或改造客体，或改造主体，世界于是处于永无休止的对立之中。更高级的天人合一，则是原始的天人合一在更高阶段上的回复，它重新泯除了主客之分，超越了本能欲望，超越了知识，超越了功利，超越了道德意识，达到对天地万物一体之体验②。张世英对人与世界的关系的理解与冯友兰在《新原人》中对人生境界之划分存在着密切关系，冯友兰所说的自然境界就是一种原始的天人合一，一种无我之境，而功利境界、道德境界就是一种主客两分的有我之境，至于天地境界则无疑是更高级的天人合一的忘我之境。

无论是冯友兰对人生境界的划分，还是张世英对人的精神发展阶段的理解，对我们都具有相当大的启示意义。在张世英从主客二

---

① 张世英. 天人之际：中西哲学的困惑与选择［M］. 北京：人民出版社，1995：2.

② 张世英. 天人之际：中西哲学的困惑与选择［M］. 北京：人民出版社，1995：232－241.

分与天人合一两方面来把握人与世界的关系时，其中暗含着对不同世界观的区分。在主客二分的思维方式看来，世界乃是一个心物、主客、人与自然截然分开的世界，世界是感受、认识、利用乃至征服的对象，而人作为主体，也是在对客体的感受、认识、利用乃至征服的过程中逐渐壮大，获得力量的。但是在天人合一的思维方式看来，世界乃是普遍联系的世界，“每一事物都是宇宙整体所囊括的千丝万缕的相互联系、相互作用、相互影响的交叉点，换言之，这个点集千万条联系、作用、影响于一身，它是在场者与不在场者的汇集处”①。人与世界乃是互相交融的存在，人的使命也不是一味地建立主体性，把自我孤立于万物，而是充分地融入万物，领悟大化流行之生命。“我们生活在万物相通的现实整体之中，通过想象以达到这个相通的整体，乃是我们的生活之必需。反之，把人的生活限制在主体对客体的思维、认识领域，以为在主体和客体之间架起思维之桥以达到抽象概念之认识就是人生和哲学之全部，这种观念已经过时了，它只能使生活枯燥乏味，哲学苍白无力。依靠思维进行抽象再抽象、概括再概括，最终得到的只不过是撇开生动的差异性的干巴巴的同一性。我们应当超越（不是抛弃）思维，不停留于抽象概念的‘阴影王国’，不受永恒在场的理念的统治和束缚，而把想象放在首位，不断地从在场的当前事物奔向未出场的事物，奔向无限开放、不断更新的世界。一句话，我们需要凭借想象，冲破现有的界限，在在场与不在场之间、显现与隐蔽之间翱翔。”②张世英所倡导的更高级的天人合一精神阶段所领悟的世界观就是一种生态世界观。

---

① 张世英. 进入澄明之境：哲学的新方向［M］. 北京：商务印书馆，1999：133.

② 张世英. 进入澄明之境：哲学的新方向［M］. 北京：商务印书馆，1999：13.

萨克塞曾指出，对于生态学，“要把它理解为研究关联的学说”①。在生态世界观看来，世界就是处于有机联系之中的，而不是主客两分的精神所看到的那种心物、人与自然两分的世界。人不能把自己从自然宇宙中孤立出来，而只能把自己当作整体的一个部分。人性的丰富与发展并不是以人类具有多大力量宰制自然来衡量的，而是以人性在多大程度上与万物相交融来测度的。

在原始的天人合一阶段，人与自然万物虽然融为一体，但是由于人的理性并未足够觉醒，人的力量弱小，人性的丰富性尚处于浑然之中，所有与自然宇宙相融的生趣往往是短暂的，非自觉的，随时有可能被自然所中断。而在主客两分阶段，虽然人获得了足够的主体性，理性觉醒，获得了力量；但是由于这种主客两分的思维惯性使然，人始终受制于客体，而且无法按照自然万物的本性来对待它们，结果往往是大肆地扭曲万物，以满足人的主体所需，最终只能导致万物生命的溃败，而人自身也被从万物的生命之流中逐出，茕茕孑立，形影相吊。因此，这种主客两分的精神是不自由的、有限的，它把人性引向歧途，正如泰戈尔所说：“当人离开了他在宇宙中栖息的地方，而行进在人性的单一的绳索上时，这对他来说就意味着摇摆或跌落，他不停地绷紧每一根神经和肌肉，以便在迈步时保持平衡，随后，在他疲倦休息的时候，因为想到自己曾受到万物不公正的待遇而大声斥责神明并在内心感到自豪和满足。”② 因此，人向更高的精神阶段的超越就是迫不及待的。更高级的天人合一阶段，其实质也就是生态世界观阶段，认识了人是有限的，人性是有缺陷的，意识到万物万事的普遍联系特点，人应充分地体验宇宙大化流行，融入大化生命之中，克服自我的孤立，获得对永恒的体验，从而领悟生命之意义。

---

① 萨克塞．生态哲学［M］．文韬，等译．北京：东方出版社，1991：3.
② 泰戈尔．人生的亲证［M］．宫静，译．北京：商务印书馆，1992：7.

原始的天人合一阶段，人由于缺乏足够的自我意识，与自然万物又处于一种浑然不分的境地，文艺审美往往只是不经意的自然流露，而其必要性并未明显地表现出来。在主客二分的精神阶段，人虽说由于理性的觉醒而力量大增，但是主客二分的思维方式又让他身受羁绊，无法获得自由，更为根本的是，他被自身的思维方式逐出了自然宇宙的生命之流，限于孤立之中，生命浑然之感被割裂，意义沦丧，因此他就企盼着对主客二分的世界的超越，而文艺审美恰恰是在这种超越之中产生的。文艺审美对人而言首先是一种生态需要，那就是人自从脱离了原始的天人合一阶段，就一直有种自我孤立、自我隔绝的倾向，而这种孤立与隔绝又使他与生命本真体验失之交臂，因此他就急于超越这种孤立与隔绝，融入万物一体之中。张世英曾说："要进入澄明之境，就要有这种万物一体——万有相通的体会。没有这种领会，也就达不到澄明之境，这种领会乃是澄明之境的根本要素。"① 而他说的澄明之境归根到底就是一种审美意识："审美意识是一种人与物融为一体的境界，或者说是一种万物一体的主客不分的境界（严格地说，是一种超主客的境界）……万物一体不仅是指人与人一体，而且指审美意识中人与物融为一体……"② 这种万物一体、主客不分的境界就是一种普遍联系、大化流行的生态境界。

因此，生态诗学认为诗歌的核心要义是通过有限的存在者暗示出无限的存在整体，把万物从日常欲望、功利与知性的分割之中引领出来，使之处于本真的一体关联之中。正如张世英所说的："哲学的'横向转向'使我们看到，艺术的目的既不在于模仿自然的在

---

① 张世英．进入澄明之境：哲学的新方向［M］．北京：商务印书馆，1999：133.

② 张世英．进入澄明之境：哲学的新方向［M］．北京：商务印书馆，1999：252.

场物，也不在于表现（实际上也是一种模仿）精神的在场物（‘绝对理念’），而是在于指向一切在场的东西之外，在于不在场的、隐蔽的东西与在场的、显现的东西相结合的想象空间。……艺术品使隐蔽的无穷尽性显现出来，从而也使最真实的东西显现出来。按照这种艺术观，艺术品所留给我们的想象空间越大，其艺术价值也越高，而不是像旧形而上学的艺术观所认为的那样，模仿自然物越近似的或者越是符合艺术品之理念的就越是真的艺术品。”① 中国古典诗学的余兴悠长、余味无穷、兴象深远、气韵生动等诗学观念的蕴涵，说的无非是有限的存在者对作为关系的无限存在的暗示而已。海德格尔的艺术观从根本上看也是一种生态文艺观，“作为存在者之澄明和遮蔽，真理乃是通过诗意创造而发生。凡艺术都是让存在者本身之真理到达而发生，一切艺术本质上都是诗。艺术作品和艺术家都以艺术为基础，艺术之本质乃真理之自行设置入作品。由于艺术的诗意创造本质，艺术就在存在者中间打开了一方敞开之地，在此敞开之地的敞开性中，一切存在遂有不同之仪态”②。海德格尔所说的真理的发生、敞开与澄明，就是万物本真的展示，是有限者在无限的存在整体中寻回自身的存在意义。他对凡·高那幅

① 张世英. 进入澄明之境：哲学的新方向［M］. 北京：商务印书馆，1999：14.

② 海德格尔. 海德格尔选集：上卷［M］. 孙周兴，译. 北京：生活·读书·新知三联书店，1996：293.

描摹农妇的一双破鞋的著名油画的分析[①]也正是从它作为有限的存在者与天地人神这个浑然的无限存在整体的关系上入手的，“凡·高的油画揭开了这器具即一双农鞋真正的原因是什么。这个存在者进入它的存在之无蔽之中”。[②] 这种存在之无蔽状态是万事万物本原的存在状态，但对人而言，由于其主客两分的思维方式的阻隔，世界无法呈现本原状态，因此诗歌通过对主客二分思维方式的克服，让万物如其本然地呈现，进入无蔽状态。

天人合一是华夏文化的世界观，中国古典诗学就是建立在这个深刻稳固的世界观之上的。对于陶渊明、王维、孟浩然、李白、杜甫、苏轼等代表性的古典诗人而言，天人合一始终是他们追求的终极理想，也深刻地范导着他们的诗学建构。当代生态诗人也非常自觉地继承了华夏文化的天人合一传统，他们重建了生态整体观，尊重自然，尊重生命，极力地揭露现代文明造成的种种生态危机，批判种种破坏自然生态的恶劣行径，呼唤生态意识的觉醒，重建人与大自然的和谐关系，为生态文明的建立殚精竭虑、忧心如焚。于坚、李松涛、沈苇、华海、潘洗尘、吉狄马加、雷平阳、韩作荣、李少君、侯良学、红豆、姜长荣、沈河、江天、哑石等生态诗人都

---

① 海德格尔分析凡·高的画：“从鞋具磨损的内部那黑洞洞的敞口中，凝聚着劳动步履的艰辛。这硬邦邦、沉甸甸的破旧农鞋里，聚积着那寒风陡峭中迈动在一望无际的永远单调的田垄上的步履的坚韧和滞缓。鞋皮上沾着湿润而肥沃的泥土。暮色降临，这双鞋底在田野小径上踽踽而行。在这鞋具里，回响着大地无声的召唤，显示着大地朦胧的冬冥。这器具浸透着对面包的稳靠性的无怨无艾的焦虑，以及那战胜了贫困的无言的喜悦，隐含着分娩阵痛时的哆嗦，死亡逼近时的战栗。这器具属于大地，它在农妇的世界里得到保存。正是由于这种保存的归属关系，器具本身才得以出现而自持，保持着原样。”（海德格尔. 海德格尔选集：上卷［M］. 孙周兴，译. 北京：生活·读书·新知三联书店，1996：254.）

② 海德格尔. 海德格尔选集：上卷［M］. 孙周兴，译. 北京：生活·读书·新知三联书店，1996：256.

曾为当代生态诗歌的发展做出了不菲的贡献。在此，我们以于坚、吉狄马加和红豆三位生态诗人为例，看看他们是如何继承天人合一传统，如何通过生态眼光发掘诗意、建构生态诗学的。

一、看护大地的诗歌呐喊

在这众声喧哗、嬉戏无神的时代，诗人于坚的绝望呐喊值得人们侧耳倾听："哦　让我心灵的国为你降下半旗/让我独自奔赴你的葬礼！/神啊　我出生在一个流行无神论的时代/对于永恒者　我没有敬畏之心/我从你学习性灵与智慧　但没有敬畏与感激/哦　黑暗中的大神　我把我的手浸入你腐烂的水/让我腐烂吧　请赐我以感激之心　敬畏之心/我要用我的诗歌　为你建立庙宇！/我要在你的大庙中　赎我的罪！"① 到底发生何事，向来乐观沉稳的诗人于坚会如此沉痛而凄厉？原来，诗人故乡最大的湖——滇池在现代文明的污染中不幸死去，这是诗人的哀悼与绝叫。滇池已死，自然受难，大地陆沉，诗歌安在？诗人何归？人如何自存，又如何栖居？马尔库塞指出："人类与自然的神秘联系，在现存的社会关系中，仍然是他的内在动力。"② 然而当自然死于人类之手时，这内在的动力又如何启发？该如何面对导致自然死亡的现代性方案？人与自然的关系该如何重建？生态意识该如何确立？诗人于坚睿智而丰沛的生态诗学为我们提供了弥足珍贵的启示。

让我们先来看于坚的一首小诗："谁见过那阵风碰落了那么多树叶/谁在晴朗而明亮的下午/看见那么多的叶子/突然落下　全部死去/谁就会不寒而栗/赶紧呼吸阳光"③。这首小诗内含着一种动

---

① 于坚．哀滇池［M］//于坚．于坚集：第2卷．昆明：云南人民出版社，2004：79.

② 马尔库塞．审美之维［M］．李小兵，译．北京：生活·读书·新知三联书店，1989：223.

③ 于坚．作品108号［M］//于坚．于坚集：第1卷．昆明：云南人民出版社，2004：189.

人的情怀，它显示的是鲜活、有机的自然，一枚树叶的凋零就是一个生命的完结，这不是比喻意义上的，而是本真意义上的；人与自然也生息相通，一枚树叶的飘落就让人感到切肤之痛，这是人与自然的亲密关系的表征；虽说在自然中死亡无处不在，但是生命依然不可扼制地向往着阳光，面向死亡依然展示着勃勃生机，这是自然更为本真的面相。

于坚诗歌的生态意识的核心要义就是对人与自然的这种亲密关系的展示。诗人于坚极善于从细小的自然物象之中发现人与自然生命之间的秘密通道，他曾对一束阳光做过动人肺腑的描述："我记得那束阳光/它在我生病的日子/天天来探望我/每当黄昏　它就轻轻地进来/它是怎么来的　我一点也不知道/它摸摸我的头发　摸摸我的眼睛/它流进我的四肢　使我感到舒畅/仿佛变成了一株植物/我就要长出叶子/它不说话　它使我热泪盈眶/想起生命中最美好的日子/想起大地　想起树林和山冈"①。一束阳光射进机械化的冷漠的现代医院中，使病人真正感到自然生命的潜流，唤起生命的共感，如此直截了当，如此深入心灵，以至于我们不得不承认，治疗疾病的现代医院只有在人感受到这种大化生命的召唤时才能被人勉强忍受。正是对人与自然的亲密关系的体验，诗人有时甚至不知人与自然的界限何在，"阴暗的树林　空无一人/突然　从高处落下几束阳光/几片金黄的树叶　掉在林中空地/停住不动　我感觉有一头美丽的小鹿/马上就会跑来　舔这些叶子/没有鹿　只有几片阳光　掉在林中空地/我忽然明白　那正是我此刻的心境/仿佛只要我一伸手/就能永远将他捕获"②。这是于坚对庄周梦蝶的别种诗意言表，

---

①　于坚．探望者［M］//于坚．于坚集：第1卷．昆明：云南人民出版社，2004：164.

②　于坚．有一回，我漫步林中［M］//于坚．于坚集：第1卷．昆明：云南人民出版社，2004：174.

自然那种幽美的境界与诗人的心境完全化而为一，不存内外之辨。

生态思想者林恩·怀特曾说："我们可以感觉到我们与一条冰川、一粒逊原子微粒或一块螺旋状星云之间的友好情谊。"① 这种情谊就是建基于宇宙万物生命之间的普遍联系之上的。诗人于坚也正是出于与自然万物之间的友好情谊，才会如此富有诗意地描述树木、山川、小鹿、灰鼠乃至啤酒瓶盖等。不过诗人于坚似乎较为重视自然对人性的丰富与提升，"我和那些雄伟的山峰一起生活过许多年头/那些山峰之外是鹰的领空/它们使我和鹰更加接近……那些山峰造就了我/那些青铜器般的山峰/使我永远对高处怀着一种/初恋的激情/使我永远喜欢默默地攀登/喜欢大气磅礴的风景/在没有山冈的地方/我也俯视着世界"②。在诗人的视野中，大自然不是人任意嬉游赏玩的对象，就像现代旅游工业包装推出的那种大自然，而是与人根基相连的本真存在，在人的强力与欲望的染指之外，要求人的倾空，接引人的心魂。诗人之所以能在"没有山冈的地方俯视世界"，就因为大自然对诗人的精神提升。当阳光下的棕榈树呈现在诗人的视野中时，"那时我看不见棕榈树　我只看见一群手指/修长的手指　希腊式的手指/抚摩我/使我的灵魂像阳光一样上升"③。人摒除了在自然中自我孤立的精神趋向，回到与自然的亲和中，真诚地聆听自然的本真言说，让自然再次陶铸人的灵魂。

于坚诗歌生态意识的另一方面就是对自然神性的再次确认。原始人类曾对自然的神性深信不疑，万物有灵论是最普遍的宇宙观。但是经过现代科学与启蒙理性的驱魅，自然已经被完全剥夺神性，

---

① 纳什. 大自然的权利：环境伦理学史［M］. 杨通进，译. 青岛：青岛出版社，2005：110.

② 于坚. 作品57号［M］//于坚. 于坚集：第1卷. 昆明：云南人民出版社，2004：101.

③ 于坚. 阳光下的棕榈树［M］//于坚. 于坚集：第1卷. 昆明：云南人民出版社，2004：213.

有机自然观被机械自然观取代，这被主张现代化的人看作是巨大的进步。可是，梭罗却说："如果人们能提高到足以去对树和石头表示真正的崇拜，那就意味着人类的新生。"① 在他看来，对自然神性的确认才是真正的进步。诗人于坚也主动从我们无神论的现代性意识形态中退出，在云南各民族的传统思想中汲取营养，在心魂与诗歌中重建着自然的神性。他曾说："在云南各民族的思想中，大地不是开发征服的对象，而是神祇们的寓所。"② 诗人在云南大地上漫游，往往也有一种四处朝圣之意。"像是走在诸神的庙宇/一进苍山　我就变得虔诚"③。现代化赋予人的狂妄心态，在自然神性面前被涤清，人心重新秉得虔诚。他的诗歌《在云南西部荒原上所见的两棵树》就把两株风姿绰约的树看作是到此世漫游的神之子。"事实上，解放自然就是摒弃现代令自然去魅、孤立的顽固做法。"④ 诗人于坚可能不会用"解放自然"这种大词，他更看到了现代性方案对人心的囚禁，如果人走出这个现代化牢笼，自然就会魅力十足地接纳他。对自然神性的再次确认，也就要求人转变对待自然的方式，对自然的无限度开发与征服将被对自然恰当的感激与敬畏所取代。

这种对自然的感激与敬畏在于坚诗歌《避雨之树》中得到充分的表现。《避雨之树》吟咏的是一棵高大的亚热带榕树。这样一棵树在人类中心主义视野中似乎再平凡不过，"它是树　是我们在一月份叫做春天的那种东西/是我们在十一月份叫作柴禾或乌鸦之巢

---

①　沃斯特．自然的经济体系：生态思想史［M］．侯文蕙，译．北京：商务印书馆，1999：115.

②　于坚．于坚集：第3卷［M］．昆明：云南人民出版社，2004：262－263.

③　于坚．便条集·173［M］//于坚．于坚集：第2卷．昆明：云南人民出版社，2004：279.

④　莫斯科维奇．还自然之魅［M］．庄晨燕，邱寅晨，译．上海：上海三联书店，2005：132.

的那种东西/它是水一类的东西　地上的水从不躲避天上的水/在夏季我们叫它伞而在城里我们叫它风景”①。从人的视角出发，这棵树的整体面貌并未呈现；自然被人的狭隘视野所局限，或说进入人的文明或视野之中的自然只是部分的自然、被分割的自然。当人抛弃人类中心主义视野，在旷野上与这棵树全身心地相遇时，作为整体的自然才对人呈现，并显示其神性的一面。避雨之树尽情舒展，稳若高山，化身为永恒的宇宙大生命之树，矗立旷野，为万物遮风挡雨，抵御死亡的恐惧。在它的荫蔽下，蛇、鼹鼠、蚂蚁、蝴蝶、鹰与人都一样是平等的生命分享者，不存在谁高谁低，谁主谁次。宇宙大生命之树的存在彻底颠覆了人类中心主义之说，它庇护着所有生命，并不单为人类存在，它自身就具有自足的价值，根本不依靠人类的价值赋予，相反，人类的价值只有得到它的庇护才能存在。这棵宇宙大生命之树就是一个完整的生命共同体。利奥波德说：“土地伦理是要把人类在共同体中以征服者的面目出现的角色，变成这个共同体中的平等的一员和公民。它暗含着对每个成员的尊敬，也包括对这个共同体本身的尊敬。”② 在诗人于坚笔下，这棵树就让寄身其中的人深深地意识到自己的有限性，意识到自己仅是共同体中的一员，他对这个生命共同体所能做的就是敬畏、感激与赞美。“它是那种使我们永远感激依赖而无以报答的事物/我们甚至无法像报答母亲那样报答它　我们将比它先老/我们听到它在风中落叶的声音就热泪盈眶/我们不知道为什么爱它　这感情与生俱来”③。自然永恒，而人生短暂；自然伟大，而人平凡。这是人在

① 于坚．避雨之树［M］//于坚．于坚集：第1卷．昆明：云南人民出版社，2004：172.

② 利奥波德．沙乡年鉴［M］．侯文蕙，译．长春：吉林人民出版社，1997：194.

③ 于坚．避雨之树［M］//于坚．于坚集：第1卷．昆明：云南人民出版社，2004：172.

自然面前必须具备的谦卑情怀。边沁曾说："这样的时代终将到来，那时，人性将用它的'披风'为所有动物遮风挡雨。"① 边沁无疑具有一种生态自觉，但他的话语中有一种对人类文明的洋洋自得，一种对人类的自信与自负。其实，在永恒的自然面前，人的力量何其渺小，从某种程度上说，别说为万物遮风挡雨，就说单靠人的智力，恐怕对万物的本性都无法了解，更何谈庇护？也许人类稍稍压制自大之心就能听得进美国生态思想家小约翰·B. 科布的话："总的看来，人类对于自然界中的其他物种来说价值很小。事实上，若不是进化导致了人类的出现，整个生物圈今天也许会更加健康。如果人种在不荼毒大气层或不伤害其他物种的前提下而消失，我们相信，生物圈会渐渐从我们的劫掠中恢复过来。"② 诗人于坚也认识到这个道理，雨停后避雨的众生离开神性的大树，并不妨碍它生机盎然，"那时太阳从天上垂下　这株亚热带丛林中的榕树/像一只美丽的孔雀　周身闪着宝石似的水光"③。神性自然的展现就是美，就是让人悠然神往，抛却鄙吝自大之心。

于坚诗歌的生态意识是真正建立在对世界万事万物浑然一体，尤其是人与自然一体的生态直觉体验之上的。拉塞尔说："一种对天地万物其余部分的爱来自个人对于和宇宙其余部分同一性的体验，来自这样一种认识，即在最深层次上，自我和世界是一体的。"④ 于坚在许多诗歌对自然事物的诗意吟咏就是基于这样一种生态之爱。他写道："我总是轻易就被无用的事物激动/被摇晃在山

① 纳什. 大自然的权利：环境伦理学史［M］. 杨通进，译. 青岛：青岛出版社，2005：25.

② 格里芬. 后现代科学［M］. 马季方，译. 北京：中央编译出版社，1998：153.

③ 于坚. 避雨之树［M］//于坚. 于坚集：第1卷. 昆明：云南人民出版社，2004：173.

④ 拉塞尔. 觉醒的地球［M］. 王国政，译. 北京：东方出版社，1991：153.

冈上的一些风所激动/被倒塌在玉米地上的一片枯草所激动/无用的秋天　不会改变时代的形状/不会改变知识中的罪行/但它会影响我/使我成为一个有感官的”①。这种激动就是一种爱的心意相通，也正是有了这种心意相通，人与万物之间的敌对关系结束，互相蕴含，共趋完美。

诗人于坚的生态意识更多得益于故乡云南瑰奇壮丽的自然风光与少数民族宗教文化的潜移默化。他说：“事实上，我在少年时期也是深受这种天不怕地不怕思想影响的，没有敬畏之心。我的敬畏之心不是来自教育，而是自己慢慢领悟的，通过自然，通过云南各民族的原始宗教。”② 他曾自称“年轻的哲学来自大自然深处”③。在云南大地上漫游，他吸取天地精华，聚集日月灵气，更兼受到那些被这个时代视为落后的少数民族宗教文化的熏陶，终于真正领悟到自然的神性，体验到人与自然的生命相通，触摸到大化生命的流行，深知人应敬畏自然，感激自然。为了表达他的生态意识，诗人于坚必然要批判这个时代的主流意识形态，那就是现代性方案。

现代性方案的核心是一种人类中心主义价值观，它认为人是大自然中唯一具有内在价值的存在物，人只对人类负有直接的道德义务。虽说从古至今，人类中心主义一直存在，但在现代性方案中，它却被以一种极端的方式强化，像培根、笛卡儿甚至康德都主张强硬的人类中心主义价值观。于坚曾说：“把昆虫视为具有自在生存权利和美学系统的神灵集体，这一立场与现代中国盛行的价值观背道而驰。……对于昆虫野兽植物世界，取舍标准就是对人是否有

① 于坚．便条集·127［M］//于坚．于坚集：第2卷．昆明：云南人民出版社，2004：232.

② 于坚，谢有顺．于坚谢有顺对话录［M］．苏州：苏州大学出版社，2003：253.

③ 于坚．南高原［M］//于坚．于坚集：第1卷．昆明：云南人民出版社，2004：49.

用、有害，是否可以吃、可以入药。这种约定俗成的价值观在今日中国盛行于世，其结果是大的野兽虫子已经吃得差不多了，人们现在已经吃到了蚂蚁，吃到了蚯蚓。”① 他还说：“人类骄傲地认为，他们是世界上最有资格处置一切的生物，世界是人的，不是狮子、老虎、豹子、大象、鲸鱼和石蚌的，这种理念深深地植根在人类的意识中。人在这个世界上其实孤独得很，人类的暴力统治着整个自然界，人类经常以奥斯威辛的办法对付自然，这孩子接受的就是这种天经地义。我时常会感觉到自然界对人类的恐惧，它们唯一的反抗就是失踪、消失、绝种或者成为可怕的泥石流。”② 人类对自然的暴力征服与利用就是基于这种人类中心主义价值观。大自然在理性化的现代科技武装起来的人类欲望面前已成为别无选择的弱者，在人类法西斯方式压榨下，自然只能以死抗争，使人类生命陷于无言的孤独中。诗人于坚深为现代性方案的超强渗透力担忧，在他的故乡最偏远地方的土著也慢慢地丧失了对自然万物的敬畏与恐惧，纯以利用的态度面对自然了，因此他不得不痛心地责问：“战胜迷信固然可以给人以开发世界的勇气，但它导致的无所畏惧对大地又何尝不是一种灾难呢?”③ 这种灾难不但是自然的整体溃败，而且使人类生活的彻底物质化、鄙俗化。

于坚诗歌现代性批判的另一个矛头是指向现代性的本质主义思维。这种思维方式总是先悬设一种本质，然后按照它重新安排存在，现代性方案尤其注重理性化，形成鲜明的逻各斯中心主义特色。于坚曾写有《尚义街六号》《罗家生》以及作品某某号系列，对日常生活与平凡人生表现出极大兴趣。他为什么对这些感兴趣?

---

① 于坚．于坚集：第5卷［M］．昆明：云南人民出版社，2004：45.

② 于坚．于坚集：第2卷［M］．昆明：云南人民出版社，2004：230－231.

③ 于坚．山洞记［M］//于坚．于坚集：第3卷．昆明：云南人民出版社，2004：94.

因为在他看来，现代性的本质主义思维方式忽略了日常生活，只专注于所谓宏大的意义，只对所谓的升华、本质、意义、文化等这些东西感兴趣，理所当然地把琐碎的日常生活当作无意义的东西加以摒弃。无论是在启蒙话语，还是革命话语中，日常生活都没有自己的位置，因此他说："概念化的文明史其实是一部对具具体的在场的新鲜的日常生活的遗忘史。"① 这种文明史的极端形态是由现代性本质主义思维方式造成的。但是吊诡的是，我们每个人都处身日常生活中，日常生活才是我们的大地、立身之基，忽略日常生活恰恰是忘掉立身之基，而没有立身之基，人陷入虚无就是不可避免的。于坚许多诗歌消解掉现代性本质主义思维方式对日常生活的意义升华，还原日常生活的常态，发掘其中隐含的诗意，乃是生态意识对人的生活领域介入之结果。

绿色和平运动曾提出生态学三大原则之一就是生态系统稳定性取决于它的多样性和复杂性。这条原则不但是自然界的真理之一，而且也是人类生活的真理之一。但是现代性方案对人类中心主义的强化，对本质主义思维方式的倡导，理性化笼罩一切，直接导致现代世界的机械化、单一化、同质化倾向。昆德拉说："伴随着地球历史的一体化过程——上帝不怀好意地让人实现这一人文主义的梦想——这是一种令人眩晕的简化过程。应当承认，简化的蛀虫一直以来就在啃噬着人类的收获：即使是最伟大的爱情最后也会被简化为一个由淡淡的回忆组成的骨架。但现代社会的特点可怕地强化了这一不幸的过程：人的生活被简化为他的社会职责；一个民族的历史被简化为几个事件，而这几个事件又被简化为具有明显倾向性的阐释；社会生活被简化为政治斗争，而政治斗争被简化为地球上仅有的两个超级大国之间的对立。人类处于以一个真正的简化的漩涡之中，其中，胡塞尔所说的'生活世界'彻底地黯淡了，存在最终

---

① 于坚. 1998 年中国新诗年鉴［M］. 广州：花城出版社，1999：2.

落入遗忘之中。”① 在昆德拉看来，现代小说的使命之一就是对抗这种机械化、单一化倾向。于坚也对现代性的理性化、标准化、机械化、单一化有着一种诗人本能的反感和批判，在他看来，自然的丰富多彩，日常生活的参差多态，乃是幸福生活的首要条件，所谓机械复制的时代既是对自然的极端伤害，也是对人文化的精神生活的戕贼。于坚曾明确反对全球化的文化霸语，他说：“人类的文明形态是无法全球一体化的，或者说它必然是反全球一体化的。你可以在贸易、经济领域或者石油管道的直径上建立一种共公共标准，建立全球一体化，但是人类的文明形态、人类的语言形态、人类的身体，是不能全球一体化的。”② 也正是出于对现代性的标准化、简化倾向的批判，他才充分尊重西藏那种与神毗邻的境界，对他们那些富有个性与灵性的房檐与窗子做长久的审美驻足，并质问道：“西藏充满着那个民族创造出来的种种生活细节，这些细节在威严的神灵庇护下，顽强地存在着，不为电视机里面的世界标准所动。我们的世界没有神，我们无所畏忌，我们对我们世界的细节麻木不仁，我们连一个古代木匠留下的雕花窗棂都留不下来。我们欢呼着麦当劳的进驻，盼望着从南方到北方都吃同样的炸鸡。然后用规格一致的牙签剔着牙缝，从材料和大小一样的窗口观望小区里面的假山。是我们的窗子出了问题，还是它们的窗子落后于时代?”③ 他的诗歌《事件·铺路》《0 档案》等以机械化、标准化的语言反讽了这种现代性的时代精神。

以人类中心主义价值观为基底，在工业化、城市化、商业化共同营造出的物质主义与消费主义倾向的染指下，现代性方案直接导

---

① 昆德拉. 小说的艺术［M］. 董强，译. 上海：上海译文出版社，2004：22－23.

② 于坚，谢有顺. 于坚谢有顺对话录［M］. 苏州：苏州大学出版社，2003：262.

③ 于坚. 于坚集：第1卷［M］. 昆明：云南人民出版社，2004：156－157.

致自然的败亡。大地受难，自然已死，诗人于坚的现代性批判力度也就尤其猛烈。于坚在诗歌中吟唱道：“我承认在我内心深处 永远有一隅 属于那些金色池塘 落日中的乡村/属于马车和拾稻穗的农夫 属于蚂蚱 属于落叶和空掉的稻田”①。诗人虽说是在城市中出生长大，但是他的灵魂却总是与现代城市文明格格不入，而对农业文明倍觉亲切，萦怀不已。然而不幸的是，诗人所中意的农业文明时序中的秋天早已被蛮横的工业文明篡弑，“世界日新月异 在秋天 在这个被遗忘的后院/在垃圾 废品 烟囱和大工厂的缝隙之间/我像一个唠唠叨叨的告密者 既无法叫人相信秋天已被肢解/也无法向别人描述 我曾见过这世界 有过一个多么光辉的季节”②。诗人别无选择地生活在工业文明所向披靡的现代世界里，这个世界能提供越来越奢靡的消费品，尽可能地引诱与满足人的物质欲望，却无法把人带向大自然，也不可能把人带入季节之美中，它已经粗暴地把人从大自然中连根拔起。“面目全非 变形的大地上 河流要绕过监狱 才能继续向前”③。大地已经被现代人肆意篡改，弄得面目全非，而河流也不可能按照自己的意愿自由流淌，象征着人类的混乱和疯狂的监狱逼使河流绕道前进，现代人与自然的矛盾昭然若揭。在诗歌《棕榈之死》中，于坚叙述的是在现代都市中极其常见的事件：一棵绿化的棕榈树矗立街区，如今街区要兴建购物中心，于是棕榈被砍掉，根被刨起。诗人注意到自然与人的世界的法则是完全不同的。人的世界中，一切以人的功利为核心，日新月异，变化极快；而自然则让每一个生命具有内在的价值，与永恒毗邻，自为自足。这样，两个世界之间的分裂就不可避免，被现代性武装起来的人必然会为自身的一点利益毫不犹豫地牺牲自然。约翰·缪尔曾说：“世界难道不会因为一株野草的消失而怅然

①②③ 于坚．作品89号［M］//于坚．于坚集：第1卷．昆明：云南人民出版社，2004：200.

若失吗？”① 但是除了诗人之外，恐怕很少有人会对那株已死的棕榈树感到怅然若失，人们大概只会跑进喧嚣的购物中心，沉湎于琳琅满目的商品中，享受物质消费带来的虚幻的自由感和自我实现感。

于坚的长诗《哀滇池》也许是当代诗歌中对自然之死最沉痛的哀悼篇章。诗歌开篇就奇崛地问道：“在我这个时代　日常的生活几乎就等于罪行/谁会对一个菜市场的下水道提出指控？”② 现代性方案就是建立在人与自然的对立之上的，在都市中人的任何看似合理的消费都会对自然构成不可弥补的伤害，单个人的生活污水大自然或许可以净化，可是大都市排放的滚滚污水必置自然于死地。诗人故乡的滇池就是死于现代性的屠刀下。在现代化盛行之前，滇池生机旺盛。“红色的高原托着它　就像托着一只盛水的容器/万物通过这一水平获得起源/周围高山耸立　犹如山神倮倮　在垂青地上的酒/河流从它开始　淌到世界的下面/落叶乔木和野兽的水罐/在土著人的独木舟中　坐着酋长的女儿/天空上白云堆积　总是被风一片片切开”③。滇池原来是万物的起源处，自然最初是天地人神一体的，生机灌注，诗意盎然。然而现代性方案来了，打着科学的旗号给人洗脑，让人崇拜国家、崇拜英雄，把人改造成无所畏惧的无神论者，对自然几乎无法超出利用式的思维方式，滇池在现代人眼中就是“娱乐场　养鱼塘　水库/天然游泳池　风景区　下水道出口”④。以这种方式看待自然，如何能看到神灵，如何能看到自然的神性？又如何不使自然魅力尽失而濒临死亡？当滇池成了一

---

①　纳什．大自然的权利：环境伦理学史［M］．杨通进，译．青岛：青岛出版社，2005：43.

②③　于坚．哀滇池［M］//于坚．于坚集：第2卷．昆明：云南人民出版社，2004：71.

④　于坚．哀滇池［M］//于坚．于坚集：第2卷．昆明：云南人民出版社，2004：73.

池臭水，不再孕育生命时，诗人倍感荒诞："世界竟然如此荒诞/我们活着 滇池死去！/永恒竟然像一个死刑犯那样/从永恒者的队列中跌下/堕落到该死的那一群中间/哦 千年的湖泊之王！/大地上 一具享年最长的尸体啊"①。滇池已死，自然已死，也抽空了一切存在的意义基础。"这死亡令生命贬值/这死亡令人生乏味/这死亡令时间空虚/这死亡竟然死亡了/世界啊 你的大地上还有什么会死?"② 大地受难，神灵消退，剩下的就是人欲横流、灵性全失的人间，靠冷冰冰的法律、机械支撑着，过着得过且过、虚幻不堪的生活。这才是现代人最大的悲哀，因此诗人才会那么激烈地抨击无神论传统，呼唤着对自然的敬畏与感激之心。

现代性方案所过之处，不但自然濒于死亡，即使尚未死亡的，也主动选择远离人类，从人类视野中消失。在《空地》一诗中，诗人在森林边缘发现了一片空地，于是在想象之中按照人的价值意愿来改造这片空地，使之适宜居住，"幻想着如何将它利用/盖一幢别墅 挖一个小湖/黄色的小船要系在水边……铲除杂草 开沟挖壕/锯断阻挡道路的大树/围墙筑起 暖气装好"③。但是森林空地的灵魂——花斑豹子却从人的居所面前逃跑了。现代人凭借理性对自然肆意改造，破坏了自然的整体性，结果得到的并不是与自然为邻，而是自然对人的疏离。赫拉克利特曾说，自然喜欢躲藏。庄子所说的至德之世，也是"山无蹊隧，泽无舟梁"。人在按照自己的意愿改造自然时，自然就隐身而遁。《避雨的鸟》写的就是现代人与自然的关系的隐喻。暴雨之夜那只稚弱的青鸟偶然寄身诗人家的窗台

---

① 于坚. 哀滇池［M］//于坚. 于坚集：第2卷. 昆明：云南人民出版社，2004：78.

② 于坚. 哀滇池［M］//于坚. 于坚集：第2卷. 昆明：云南人民出版社，2004：79.

③ 于坚. 空地［M］//于坚. 于坚集：第1卷. 昆明：云南人民出版社，2004：202.

上，诗人便对它示以人的好意，“撒些饭粒　还模仿着一种鸟的叫声”，但现代人对自然的伤害与隔膜实在太深，青鸟的潜意识里恐怕都是对现代人的恐惧。因此它在现代人出示的好意与大自然的狂风暴雨之间宁愿选择后者，毅然遁入大自然的茫茫黑夜中。“一阵寒颤　熄灭的不是那朵火焰/而是我的心灵”①。为何熄灭的是人？现代文明在赋予人铁笼般的安全时，也把他与自然万物之间的心魂交流斩断了，现代人陷入不可明言的族类孤独中；在远离现代人的暴力之外，自然躲藏起来，反而葆有着丰盈的本质。现代人与自然的异化关系终于使人性自身受到深及骨髓的伤害。英国著名的物理学家大卫·伯姆曾说：“世界若不包含于我们之中，我们便不完整；同样，我们若不包含于世界，世界也是不完整的。”② 但问题的关键在于这种包含是以何种方式进行，若像现代性方案那样纯以暴力与利用方式进行，自然将与人彻底异化；而若以亲和方式进行，人也许能和自然重修旧好。

诗人于坚对现代性的激烈批判往往建立在他对现代生活的直观感受上。他说：“进入现代的代价太高了，它给每个人一个几十平方米的带空调的笼子，却要人交出大地，交出三春杨柳和九夏芙蓉。”③ 他还自述过一次经历：“我前不久到昆明附近的乡村去小住，大吃一惊，发现这里的夜晚已经没有蛙叫，一片死寂的大地极为恐怖，蛙们已经全部死于农药。‘浅草池塘处处蛙’的美丽南方大地正在一片片被视为‘可以画最新最美的图画’的白纸。”④ 现

---

① 于坚. 避雨的鸟［M］//于坚. 于坚集：第1卷. 昆明：云南人民出版社，2004：224.

② 格里芬. 后现代科学［M］. 马季方，译. 北京：中央编译出版社，1998：95.

③ 于坚. 滇池［M］//于坚. 于坚集：第4卷. 昆明：云南人民出版社，2004：84.

④ 于坚. 于坚集：第5卷［M］. 昆明：云南人民出版社，2004：45.

代文明不但与大自然为敌，导致它的溃败，而且也与人身的小自然为敌。在于坚看来，追求速度的汽车明显是与人的身体为敌，因此他说：“我觉得，人类应该好好想一想，到底人在这个世界上要干什么？是否我们所创造的文明最后都要成为身体的敌人，一个个的现代性都要和身体相抵触？”① 作为一个中国人，诗人于坚更深切地感到现代文明剥夺自然的致命后果，西方文化建立在人与自然的敌对之上，自然死亡，他们可以到教堂去寻求安慰，而中国人向来把大自然视为人性最好的培育场所，若大自然死亡了，我们将何去何从？因此，诗人于坚的愤激也就可以理解：“试想一个大地上充满了唐诗宋词的民族，在一个没有‘明月松间照，清泉石上流’的大地上，即使所有人都住在希尔顿饭店套间式的寓所里，所有的道路上奔驰着轿车，活着又有什么意思！”② 这真是生死存亡之秋了！

劳伦斯说：“如果我们考虑一下就会发现，我们的人生是要实现我们自身与周围充满生机的宇宙之间的纯洁关系而存在的。”③ 然而现代性方案似乎有意要斫断人与自然之间那种纯洁关系，杀死大地，然后以理性与机械造就出一个现代人工世界。于坚说：“我们正在以落后过时为理由毁灭大地这个与生俱来的永恒者，同时造就着一个敌视生命的永恒。”④ 这个敌视生命的永恒就是现代科学锻造出的人工世界。这个人工世界崇尚的是速度与效率，看重的是秩序与力量，力图为人创造出局部方便的生活，但是却使得整体越来越不方便。面对这种情况，诗人于坚质问道：“一切都在前面　马不停蹄的时间中/是否有完整的形式　抱一而终？/是否还有什么

① 于坚，谢有顺．于坚谢有顺对话录［M］．苏州：苏州大学出版社，2003：256．

② 于坚．于坚集：第5卷［M］．昆明：云南人民出版社，2004：47－48．

③ 塞尔登．文学批评理论［M］．刘象愚，等译．北京：北京大学出版社，2000：551．

④ 于坚．于坚集：第5卷［M］．昆明：云南人民出版社，2004：208．

坚持着原在　树根　石头　河流　古董？/大地上是否还容忍那些一成不变的事物？”① 若这一切都不可避免地溃败，那么现代人将魂归何处？在这个尚变尚新的现代世界，于坚以近乎先知的口吻宣称：“我只能信任大地/我信任它会使钻石/成为钻石/狮子成为狮子/鬣狗成为鬣狗/真理　公正/我信任着它/会使耕种者成为喜悦的人……在这个时代/我只能信任大地”②。在诗人看来，大地才是真理、公正的源泉，是对现代性进行补偏救弊的终极准则。

于坚的诗歌观与他诗歌的诗意生成方式也是建立在对现代性批判基础上的，是对生态意识的一种隐形表述。

于坚在诗学笔记《棕皮手记·1997—1998》中说：“二十世纪崇尚的是‘升华’，用解放者的眼光看待旧世界，看待大地。把日常生活、传统、大地统统视为解放的对象。以抽象的‘终极关怀’否定具体的存在，否定‘日常关怀’。”③ 他所说的“二十世纪崇尚的升华”就是一种现代性思维方式与价值观，以求新求变看重未来、对世界理性化与标准化的建构为鹄的，所谓解放实质上就是对日常生活、传统与大地的压抑与摧毁。在诗人于坚看来，诗歌与这种现代性倾向是南辕北辙的，“诗歌的一个古老的功能是唤起人类的畏惧之心。……重建日常生活的尊严，就是重建大地的尊严，让被遮蔽的大地重新具象、露面。这是诗人的工作。这是诗人这一古老行当之所以有存在之必要的根本”④。这种畏惧之心与现代性方案所怂恿的人类的自大之心背道而驰。重建日常生活的尊严就是放弃对未来的无限制的乌托邦追寻，禁止以未来为名吊销当前生活的

---

① 于坚．飞行［M］//于坚．于坚集：第2卷．昆明：云南人民出版社，2004：88．

② 于坚．便条集·153［M］//于坚．于坚集：第2卷．昆明：云南人民出版社，2004：259．

③ 于坚．于坚集：第5卷［M］．昆明：云南人民出版社，2004：69．

④ 于坚．于坚集：第5卷［M］．昆明：云南人民出版社，2004：190．

合理性，让日常生活的多样性与丰富性展现出来；而重建大地的尊严，就是摒弃无限制的人类中心主义价值观，不要以无限制的暴力与利用之心改造自然，让自然自由自在。因此，于坚说：“伟大的诗歌是呈现，是引领人返回到存在的现场中。伟大的健康的诗歌将引领我们，逃离乌托邦的精神地狱，健康、自由地回到人的‘现场’‘当下’‘手边’。”① 逃离乌托邦的精神地狱并不是对超越性精神取向的舍弃，而是对过分狭隘的现代性价值观的颠覆与超越。“这世界太有意义。诗歌模仿自然，就是模仿自然那种无意义的力量，那种无言，令人闭嘴。”② 这世界充斥着人类中心主义的意义，结果使得人被自身的气息所窒息，诗歌必须尽可能地瓦解这种意义，让人性回复到“天地有大美而不言”的那种灵性空间，展示出各种生命之间的一气运化的永恒消息，让人性获得真正的丰盈之美。于坚的诗歌观与海德格尔的说法是不谋而合的，“诗并不飞翔凌越大地之上以逃避大地的羁绊，盘旋其上。正是诗，首次将人带回大地，使人属于这大地，并因此使他安居”③。所谓“诗意的栖居”实在就是一个生态意识问题。

正是有了这种诗歌观，诗人于坚对诗意的认识才与众不同。青年批评家谢有顺说：“一个诗人，凌空蹈虚，幻想一切，这真的不是很难，难的是在那些被看作是诗歌敌人的事物上如何重铸诗性。以往诗人们对什么是诗性的理解也是偏颇的，他们一讲到诗性，以为只有抒情、玄妙、浪漫、神秘、严肃、形而上的才叫诗性。而我认为，日常生活中也有诗性，简单的事物身上也有诗性。诗性不是

---

① 于坚．于坚集：第5卷［M］．昆明：云南人民出版社，2004：24.

② 于坚．于坚集：第5卷［M］．昆明：云南人民出版社，2004：79.

③ 海德格尔．人，诗意地安居［M］．郜元宝，译，上海：上海远东出版社，1995：93.

一种飘逸的姿态，而是一种内在的美和真实。”① 所谓的内在的真实和美，是天地万物自身具有的生命消息，而不是人性自身肆无忌惮的外化与敷衍。这种天地万物自身具有的生命消息常现常新，对人的心灵构成真正的更新，是诗意的真正所在。于坚对日常生活与大地的尊重，对事物间普遍联系的生命关联的把握，就是对这种诗意的寻绎。柯勒律治说：“渥兹渥斯先生给自己提出的目标是，给日常事物以新奇的魅力，通过唤起人对习惯的麻木性的注意，引导他去观察眼前世界的美丽和惊人的事物，以激起一种类似超自然的感觉；世界本是一个取之不尽、用之不竭的财富，可是由于太熟悉和自私的牵挂的翳蔽，我们视若无睹，听若罔闻，虽有心灵，却对它既不感觉，也不理解。”② 于坚对我们这个世界那些惯常所见的事物，即那些我们常常以为没有诗意的事物，如装修、病房、街边的一棵绿化树等的言说不就体现出这种努力吗？他用力的方向就是为我们建构一个“不在场的、隐蔽的东西与在场的、显现的东西相结合的想象空间”③，从而使我们被现代性方案的分析思维与功利取向弄得麻木不仁的心灵重新感受到万事万物间的那种生机盎然的生态关联。

于坚诗歌诗意的生成方式也是与生态意识息息相关的。其中之一就是超越人类中心主义，以物观物，试图逼近自然的本真存在。在《我梦想着看到一只老虎》中，诗人写道：“我梦想着看到一头老虎/一头真正的老虎/从一只麋鹿的位置/看它/让我远离文化中心/远离图书馆/越过恒河/进入古代的大地/直到第一个关于老虎的

---

① 于坚，谢有顺．于坚谢有顺对话录［M］．苏州：苏州大学出版社，2003：158．

② 刘保端．十九世纪英国诗人论诗［M］．北京：人民文学出版社，1984：63．

③ 张世英．进入澄明之境：哲学的新方向［M］．北京：商务印书馆，1999：14．

神话之前/我的梦想是回到梦想之前/与一头老虎遭遇”①。在人与自然之间，已经有一层人类中心主义的过厚的文化积淀，它先在地为人设置了自然的形象，而诗人的愿望就是再一次突破它，直面未被它染指过的自然的本真存在。卡莱尔说：“对于火焰或火的力量，我们往往用一个通俗的化学名词来表述它，然而这样就把潜藏在它内部的如同潜藏在一切事物中的那种奇异的本性掩盖起来了。”②这不但是人类对事物的命名问题，更根本的是在这种命名之下掩藏的人类中心主义问题，人按照自己的价值意愿安排利用自然，从而对自然造成极大的遮蔽，“所谓遮蔽，就是依据人类的诗意升华自在之物，升华即遮蔽。文明在升华中蜂拥而来。当大地自身的真理被人类的真理遮蔽，利用也就顺理成章，利用开始，末日来临”③。诗人于坚反对的就是这种利用与末日，极力倾空人类中心主义价值观，以物观物，尽力使“夫物芸芸，各归其根”（老子语）。《黑马》展示了一匹黑马的辉煌存在，“在十一月　在冬季的一天/一匹黑马　站在世界的中心/夏季的青铜所铸成　黑色的光芒/来自非洲　来自尼罗王的皇冠/它站在我的道路之外/啃啮着那片荒原/当我眺望它时　似乎我的生命/也成为它嘴下的青草……它站在我的道路之外/另一个宇宙　我永远无法向它靠近”④。黑马的存在在人的文明眼光之外自成一体，自由自在自足。人以功利的眼光来打量黑马时，本原的黑马其实已经从人的世界之中逃走，人获得的是实用与实利，但丧失的是万物本真的存在，以及这种本真存在对人性的可能矫正。当诗人以物观物时，自然的本真存在才显示，光华煜

---

① 于坚. 于坚集：第1卷［M］. 昆明：云南人民出版社，2004：279.

② 卡莱尔. 论英雄和英雄崇拜［M］. 北京：中国国际广播出版社，1988：17.

③ 于坚. 于坚集：第3卷［M］. 昆明：云南人民出版社，2004：105.

④ 于坚. 黑马［M］//于坚. 于坚集：第1卷. 昆明：云南人民出版社，2004：191.

煜，美不胜收。《对一只乌鸦的命名》堪称于坚诗歌中的杰作，其核心主旨涉及超越人类中心主义，对自然本性的诗意探寻。人把乌鸦视为不祥的象征，但是真正的乌鸦却在这种属人的设定中对人和人的语言隐匿了。不过，无论人如何对待它，乌鸦只是坚守着自己的本性，诗人于坚试图逼近的就是这种本真存在："充满恶意的世界　每一秒钟/都有一万个借口　以光明或美的名义/朝这个代表着黑暗势力的活靶　开枪/它不会因此逃到乌鸦以外/飞得高些　僭越鹰的座位/或者降得矮些　混迹于蚂蚁的海拔/天空的打洞者　它是它的黑洞穴　它的黑钻头/它只在它的高度　乌鸦的高度/驾驶着它的方位　它的时间　它的乘客/它是一只快乐的　大嘴巴的乌鸦/在它的外面　世界只是臆造/只是一只乌鸦无边无际的灵感"①。《一枚穿过天空的钉子》《夏天的最后一场风暴》《守望黎明》《春天咏叹调》《鼹鼠》《啤酒瓶盖》《坠落的声音》等诗歌均创造了一种动人的新诗美与诗意。表面上看是无动于衷的客观再现，实质上本真存在已经开始在诗中发言，它超越了所谓的主观与客观，犹如自足的太阳，光芒万丈，人只能倾空自己的心怀，谦逊地领受，感激地体验。美国生态思想学者纳什曾说："生态学更彻底地摧毁了人类的自负。"② 诗人于坚的生态意识使他尽可能地颠覆了人类中心主义的那种狂妄无度的诗意生成模式。

于坚诗歌的另一种诗意生成方式是把生态意识与现代性对比，在两者的鲜明差异中把握令人惊异的诗意。生态意识与现代性的对比是多种多样的，比如人对自然的不同态度、自然的有机性与现代性的机械性、乡村与都市等的对比都可以蕴含着生态意识与现代性

---

① 于坚. 乌鸦［M］//于坚. 于坚集：第1卷. 昆明：云南人民出版社，2004：229.

② 纳什. 大自然的权利：环境伦理学史［M］. 杨通进，译. 青岛：青岛出版社，2005：66.

的对比。下面我们逐一列出其中主要的几种类型。

其一，人对自然的不同态度。于坚的诗《鹰·第二首》写道："鹰是一种诱惑/使人类的思想之力/永远渴望着/击穿最高的天穹/但鹰只是随便扇扇翅膀/就超越了一切哲学宗教和诗歌/呵 你这天之骄子/人类一想到你/就要仰起头颅/没有闪电/风暴无法生活/没有鹰 看不出天的高度/人却照样生活得很好/人类今天相信/'挑战者'号会比鹰飞得更高/猎枪一声尖叫/鹰就落下来了"①。这首诗的诗意来自两种自然观的对比，生态自然观尊重自然，敬畏自然，把自然视为人性超越的动力；而现代性自然观却贬低自然，高扬人为，践踏自然以逞快意。生态自然观允诺着自然与人性的双重生机与丰盈，而现代性自然观却导致自然的溃败与人性的畸变。

其二，自然的有机性与现代性的机械性。理性化、标准化、机械化成为现代性的一种根本倾向，所过之处往往造成令人窒息的乏味气氛，于坚就常常把自然的有机性与现代性的机械性做对比。《便条集·178》写道："夏天 在大院里/未经批准 一群丁香/随随便便地 开放了/办公室 成了花园的/封地 来了一只外单位的/花蝴蝶/工作重地 擅自入内/从收发室到政治处/绕一圈 多次/在文件上授粉/撩开裙子 小便/使机关的工作/受到骚扰"②。办公室几乎是现代性科层制度的策源地，它意味着等级制、僵硬的理性、呆板的秩序，犹如机械一样毫无生命地运转；而于坚恰恰在此让一群丁香不守准则地开放，一只花蝴蝶自由地飞翔。自然生命的自由反衬出现代性的机械，自然生命的丰盈反讽了现代性的内在贫瘠。

其三，自然的生动与现代人的机械化。《便条集·333》："她

---

① 于坚．鹰·第二首［M］//于坚．于坚集：第1卷．昆明：云南人民出版社，2004：111.

② 于坚．于坚集：第2卷［M］．昆明：云南人民出版社，2004：284.

在会议上为坐着不动的人/一一沏茶　继水　像一只/灌满白开水的保温桶/在传输带上移动　不同的是/她穿着裙子和高跟鞋　耳环会响/总是低着头　除了空杯子/对眼前的任何内容都没有感觉/仿佛麻木不仁　也是她的职责/会议上唯一的女性/被电视台的线缆绊了一下/忽然弹起来　踩到了蛇的鹭鸶/小腿一张　手臂一抬　跳了一个舞/要保持住平衡　瞬间/拘谨呆板的服务员瓦解/地毯变成瑞丽江畔的水田/某种东西得救了/她的裙子飘起来一个角/脸发红　羞涩　低头笑了一下/她真迷人”。现代人被置入现代性机制中，别无选择地被机械化，会议上的女服务员居然变成了在传输带上移动的保温桶；人的自由生命完全丧失，被现代性抽象出的一种功能成了人存在的所有理由。然而诗人的想象挽救了人的机械化命运，“踩到蛇的鹭鸶”“瑞丽江畔的水田”等生机盎然的自然景象把生命的丰富性救度到另一个大自然的灵性空间，从而使得“拘谨呆板的服务员瓦解”，即人从现代性的职业化牢笼中突围，变得迷人。

其四，乡村与都市。当前乡村正在被都市的现代文明所侵袭，所殖民，但无论如何，乡村与自然的距离还是比都市与自然近。于坚非常注意观察那些从乡村到都市的农民的行为，例如他曾在一首诗中写赶马车到都市卖菜的老农民如何不遵守交通规则，恰恰是在这些与都市不合辙的行为中，诗人发现乡村与自然的亲近。《打麦》一诗写道：“一位民工　正在敲打水泥地面/大约是要重新铺上什么/梆　梆　梆/像是在他故乡的麦场上打麦/但是没有麦子/灰尘在飞扬”①。把民工敲打水泥地面与在故乡麦场上打麦做想象的并置，让人忍俊不禁，一个是机械、冷漠、无聊、肮脏的工作，一个是人与大地的打交道，是接受大地的馈赠。前者是人与大地为敌，后者是人与大地亲和。两相对比，令人震惊，诗意由此而生。

① 于坚．打麦［M］//于坚．于坚集：第1卷．昆明：云南人民出版社，2004：359.

其五，自然与都市。于坚有一首短诗写道：“一匹无聊的马/四蹄生风的昭陵六骏之一/误入水泥广场/蹄子打滑　跌了一跤/它从未有过这种经验/在众目睽睽之下/它跪着　站不起来”①。骏马本是大地上奔跑的精灵，然而在现代都市，水泥彻底把大地镇压、抹杀，居然让骏马都无法站稳。这不能不是一种反讽。“超级市场　仍旧是大地上的一部分/在这坚固而没有细菌的地面上/长不出苹果树/在这丰富多彩的货架中间/不会有人/在转过某个弯的时候　悠然瞥见/远远的南山下　一头母牛和一头小牛/在低头吃草”②。超级市场作为都市的象征之一，终于使自身完全与大地为敌，它把大地杀死，使大地丧失生长的功能，也根绝了大地与生命的亲密关系。

其六，自然与现代人的距离。《便条集·126》：“谁会在这盘子中/遇见泥土/和/种地的人”③。作为自然的象征的泥土已经与现代人相距河汉了，泥土与种地人之间往往隔着化肥、机械，种地人与食用者之间往往隔着许许多多商人。而在餐馆里，食用者甚至不用自己烹调食品，而只需品尝那些早已被烹调得丧失了本色的食物。这样自然与人之间的亲密关系往往就被现代性机制遮蔽得严严实实了。

其七，自然与时代的喧嚣。《便条集·122》：“列车割破大地/在它红色的伤口上飞驶/我的心落后于伤心列车/与它背道而驰/当黄昏的风响起/乘客们心向前方/再次核对时刻表/我像烹制晚餐那样/独享这落日中的/唐朝心情”④。时代对大地毫不顾惜，以机械

---

① 于坚．便条集·23［M］//于坚．于坚集：第2卷．昆明：云南人民出版社，2004：126.

② 于坚．便条集·33［M］//于坚．于坚集：第2卷．昆明：云南人民出版社，2004：137.

③ 于坚．于坚集：第2卷［M］．昆明：云南人民出版社，2004：231.

④ 于坚．于坚集：第2卷［M］．昆明：云南人民出版社，2004：227.

肆意地碾压，而诗人坚持着大地的时间，坚持着要与自然的永恒会面。在诗人看来，往往只有离开时代的标准，我们才能与自然劈面相迎。《便条集·163》：“离开时代的高速公路/我进入旧时代的森林/大地像一头熊　那样停下来/蜷伏在落叶之中/我看见溪水露出牙齿/我听见黄色的杜鹃花/像床头灯那样打开”①。自然依然在时代的理性规划之外延续命脉，只要现代人不要把高速公路修遍大地，大地就依然可能保持一定的生机。

其八，自然的不变与现代人的多变。《便条集·3》：“棕榈树住的土地被卖掉了/住在它周围的人都在搬家/每一家都用卡车来运载家具/但棕榈树没有地方可搬/它等着被砍倒　烧掉”②。养育人也养育棕榈树的土地竟然被现代人当作商品买卖，人可以自由搬走，可是棕榈树却被人完全忽视，不被当作生命认真看待。自然在现代人理性规划中的悲怆命运由此可见一斑。《棕榈之死》：“受难的植物　夹杂在单位的空隙里　事关祖国绿化/不涉及分配　升迁　不属于任何人　没有人为它浇水/它一如既往　令人放心地活着/不必去校正或者歪曲　它自会像一棵树那样/蓬勃向上　高尚正直　与精神的向度一致/它的根部已被水泥包围　只留下一个洞/供它的根钻下去　在世界之外　在黑暗中/秘密地与它的源头　保持沟通/犹如一部落伍的手摇电话机　孤独地穿过水管和煤气管　坚持着陈旧的路线/世界的号码早已升位　它的密码只有上帝保存/上帝是它的接线员　也是它的终端”③。自然的坚持本性与永恒使现代人的追新逐变显得极其肤浅无聊，然而恰恰是这些现代人主宰着

---

① 于坚. 于坚集：第2卷［M］. 昆明：云南人民出版社，2004：269.

② 于坚. 便条集·3［M］//于坚. 于坚集：第2卷. 昆明：云南人民出版社，2004：107.

③ 于坚. 棕榈之死［M］//于坚. 于坚集：第1卷. 昆明：云南人民出版社，2004：283－284.

自然的命运。

其九，自然的速度与人的速度。《速度》一诗写了人的速度与大地的速度，人的速度时快时慢，忽而仓皇，忽而颓缓，而大地的速度却不紧不慢，只是存在着，完全依凭其本性。大地以其大自在显出人的不自在，以其自足显出人的不自足。

其十，传统与时尚。现代性崇尚时尚，以新奇为价值标准；把传统视为急需抛弃的东西。但更多的情况是传统与时尚的畸形组合，使得现代人滑稽不堪。《便条集·155》："老教授/在一棵柏树下/练习太极拳/姿态优美/像一只正在长出羽毛的/白鹤/他忽然摇身一变/像杂志打开/于坚　我告诉你一件事/我儿子/要到美国去了"[①]。老教授表面上看是对传统的服膺，对自然的钦慕，柏树、白鹤以及对自然之道的模仿的太极拳都是传统的象征，它们构成一个与自然亲近的文化系统。而这位老教授终于还是露出了他心中崇尚时尚的一面，"杂志、到美国留学"等显示了他对现代价值的暗恋。这种矛盾显而易见，当事人习焉不察，诗人的洞幽烛微就具有反讽之效。

通过这些对照与对比，诗人无非是让我们能对习以为常的现代生活产生惊异感，观察与体验到现代生活的另一些层面，更充分地认识到现代性的局限性，更能接触生态意识所揭示的那些最基本的东西，让我们尽可能地尊重自然、大地。于坚说："诗人要把握的就是在每一个时代的喧嚣里面那些最基本的东西，诗人实际上并不是要告诉人们这个世界又发生了什么东西，他永远只是在告诉你最基本的东西。诗人只有立足在这个基本的意义上，他才能成为一个全世界的诗人。我在瑞典跟瑞典的一些诗人交谈时，他们问我们为什么我的诗歌和他们的经验并没有太多的隔阂，我的回答很简单：

---

① 于坚. 便条集·155［M］//于坚. 于坚集：第2卷. 昆明：云南人民出版社，2004：261.

我写的东西都是盐，而盐不只是中国有，瑞典也有。”① 所谓最基本的东西就是自然，就是大地，人的根始终是在大地上，遗忘了它，就有生命之虞。

汤因比曾说：“宇宙全体，还有其中的万物都有尊严性。它是这种意义上的存在，就是说，大地、空气、水、岩石、泉、河流、海，这一切都有尊严性。如果人侵犯了它的尊严，就等于侵犯了我们本身的尊严。”② 这是对现代性方案针锋相对的批判，在他看来，我们必须尽可能地抛弃对自然的极度人类中心主义价值观，不再无度地损害自然，而与自然重新修好。诗人于坚大肆张扬生态意识的确具有长远意义。他曾咏唱道：“把春天说成神庙　把树说成神祇/只是一个非法的比喻/我只有比喻而已/也许会有人因此改变想法/收起斧子　开始倾听”③。所谓收起斧子，不仅仅是让现代人有可能不再砍树，更是把现代性赋予人的对待自然征服与利用的态度摒弃；而开始倾听，则是对宇宙大生命之音的倾听，是对万物生命的内在关联的亲密感受。

马尔库塞说：“艺术通过让物化的世界讲话、唱歌或起舞，来同物化做斗争。”④ 于坚诗歌不但为被现代性方案压抑得气喘吁吁的自然仗义执言，而且尽可能地把自然诗意的一面展示出来，启发现代人。于坚诗歌中有一种囊括万象的气势，显示了生态自我的博大与超越。然而，现代性方案在我们这个时代与国度毕竟是方兴未艾的主流意识形态，生态意识在某种程度上还是先知式的先见之

---

① 于坚，谢有顺. 于坚谢有顺对话录［M］. 苏州：苏州大学出版社，2003：17.

② 汤因比，池田大作. 展望二十一世纪：汤因比与池田大作对话录［M］. 荀春生，等译. 北京：国际文化出版公司，1984：429.

③ 于坚. 于坚集：第2卷［M］. 昆明：云南人民出版社，2004：113.

④ 马尔库塞. 审美之维［M］. 李小兵，译. 北京：生活·读书·新知三联书店，1989：227.

明。于坚在《便条集·201》中写道："在这水泥城中/我是上帝/遗留的最后一根神经/我还能感染/过敏　恸痛/红肿　化脓/像性病一样/吊在诊所的招牌上/无声地尖叫着"①。出语滑稽，反讽意味十足，而其中的绝望之情令人反思。看来，人的诗意栖居之梦还是前途未卜。

二、大地情结的诗意表达

当代生态诗人中，吉狄马加的身姿独特，既有大凉山般的温情和厚重，又有雄鹰翱翔苍穹般的轻盈和矫健。彝族原生态文化深深渗透在他的血液中，他又吸取着汉族的优秀文化和卓越的诗歌营养，形成了胸怀大地、放眼世界的阔大胸襟，洋溢着大江大河般的雄浑气度。他的诗集《初恋的歌》《一个彝人的梦想》《时间》等早已蜚声全世界，荣获多种国内国际诗歌奖项，而近年的长诗《我，雪豹……》《致马雅可夫斯基》等更是甫一问世，就引起诗坛震动，好评如潮。在担任青海省副省长期间，他创办的青海湖国际诗歌节早已形成具有世界影响力的诗歌狂欢活动。因此，无论是在当代诗歌的整体视野中，还是在少数民族文学的特定视野中，吉狄马加都是绕不过去的标志性存在，尤其是作为生态诗人的吉狄马加更是值得我们细加审察。

吉狄马加曾说："我在写作时，一直强调要写出我们民族生活中的人性光辉和美好的心灵世界。对太阳、土地、河流、森林、原野、群山等这些养育了人类原生文化的母体的赞颂，从来就是我诗歌的主题。因为，这些对我们民族来说赖以生存的一切，它们就像血肉一样成了我们生命中不可分割的部分。"② 的确，对于许多当代诗人而言，寄身于都市，遗忘和疏远大自然，几乎成了他们无意

① 于坚．于坚集：第2卷［M］．昆明：云南人民出版社，2004：207.

② 吉狄马加．吉狄马加的诗与文［M］．北京：人民文学出版社，2007：383.

识的选择。但对于吉狄马加而言，个体生命是和大自然声息相通的，诗歌也是和大自然紧密融合在一起的，这也是他的诗学伦理和生态伦理的美丽谐振。吉狄马加总是自视为自然之子：“我把我的诗写在天空和大地之间，/那是因为，只能在这辽阔的天宇，/我才能书写这样的诗句。/其实，在这个奇迹诞生之前，时间的影子/也曾千百次地穿越我们。/我们是自然之子，是雪豹的兄弟，/是羚羊的化身，是尊贵的冠冕，/是那天幕上一颗永恒的祖母绿。/也许那是另一个我，像一个酋长，/青铜的额头上缀满着星星的宝石。/我想写，当我重返大地的子宫，/我看见我的诗，如同黄金和白银的饰带，/虽然没有声音，却泪珠闪烁。”① 对于吉狄马加而言，人是自然之子，和雪豹、羚羊等动物是完全平等的，人也只有融合于大自然中才会有幸福的可能。这些诗句无疑从整体上勾勒出了吉狄马加的生态旨趣。

吉狄马加诗歌的生态意识首先表现于虔诚、浓郁的大地情结。美国生态思想者利奥波德曾倡导大地伦理，不过，对于绝大多数现代人而言，土地总是被征服和利用的对象，人总是高高在上的征服者和利用者。大地伦理要颠覆的就是这种不正常状况。吉狄马加和利奥波德不谋而合，他们都反对现代人在大地面前的自高自大，都强调对大地的尊重乃至敬畏。不过，利奥波德的理性认识更多的来自现代生态学，而吉狄马加的大地情结中深藏着彝族的文化基因。吉狄马加曾说：“土地就像彝人的父亲，在我们最痛苦和悲哀的时候，只有土地这个伟大的摇篮，才会把我们的身躯和灵魂轻轻地摇晃，并让我们的身心获得永远的幸福和安宁。我还写过群山，因为我的部族就生活在海拔近三千米的群山之中，群山已经是一种精神的象征。在那里要看一个遥远的地方，你必须找一个支撑点，那个

---

① 吉狄马加．火焰与词语：吉狄马加诗集［M］．北京：外语教学与研究出版社，2013：270.

支撑点必然是群山。因为，当你遥望远方的时候，除了有一两只雄鹰偶然出现之外，剩下的就是绵延不断的群山。群山是一个永远的背景，在那样一个群山护卫的山地中，如果你看久了群山，会有一种莫名的触动，双眼会不知不觉地含满了泪水。这就是彝人生活的地方，这样的地方不可能不产生诗，不可能不养育出这个民族的诗人。”① 面对这样的土地和群山，人思考的不会是征服和利用，能够奉献的只能是感激和敬畏，人的生命和大自然血脉相连、水乳交融。

在诗歌《感恩大地》中，吉狄马加就表达出了富有生态伦理的对大地的感恩态度。在他看来，是大地赐予了人类生命，赐予了人类文化，相比于大自然赐予人类的东西，人类能够奉献给大自然的东西微不足道。最后，诗人从冬枣树那里获得感恩大地的灵感："我想到大海退潮的盐碱之地/有一种冬枣树傲然而生/尽管土地是如此的贫瘠/但它的果实却压断了枝头/这是对大地养育之恩的回报/人类啊，当我们走过它们的身旁/请举手向它们致以深深的敬意！"② 的确，若缺乏生态意识，人类总以为全仗着自己的力量在生活；但若稍稍拓展一下视野，他们就不得不承认大地的养育之恩。

对水、火等生命的基本元素的尊敬也是吉狄马加的大地情结的表现。诗歌《水和生命的发现》就是吉狄马加献给水的颂歌。人们为世俗的生活而忙碌，对水、河流漠然处之，但殊不知生命端赖水的滋润，没有水，生命就根本不可能出现。因此吉狄马加最后呼唤道："让我们就像敬畏生命一样敬畏一滴水吧/因为对人类而言，或

① 吉狄马加. 吉狄马加的诗与文［M］. 北京：人民文学出版社，2007：385.

② 吉狄马加. 火焰与词语：吉狄马加诗集［M］. 北京：外语教学与研究出版社，2013：191.

者说对所有生命而言/一滴水的命运或许就预言了这个世界的未来!"① 敬畏一滴水，才是高贵的生态伦理。至于火，在《彝人谈火》一诗中，吉狄马加更是对之满怀崇敬之情写道："当我们离开这个人世/你不会流露丝毫的悲伤/然而无论贫穷，还是富有/你都会为我们的灵魂/穿上永恒的衣裳"②。火，就是大自然的象征，大自然不会在乎人类狭隘的价值等级，以绝对平等的态度接纳所有生命。吉狄马加在诗歌中屡屡抒发的就是自然万物的尊严，呼吁现代人在尊重人类的同时，也尊重自然万物。

除了鲜明的大地情结，吉狄马加诗歌的生态意识还表现于对万事万物之间的生态关联和生态多样性的诗意书写。生态意识最为关注的就万事万物之间的普遍联系，正如生态思想者麦茜特所说的："生态学的前提是自然界所有的东西都是和其他东西联系在一起的。它强调自然界相互作用的过程是第一位的。所有部分都与其他部分以及整体相互依赖相互作用。生态共同体的每一部分、每一小生境都与周围的生态系统处于动态联系之中。处于任何一个特定的小生境的有机体，都影响和受影响于由有生命的和非生命环境组成的网。作为一种自然哲学，生态学扎根于有机论——认为宇宙是有机的整体，它的生长发展在于其内部的力量，它是结构和功能的统一整体。"③ 这种关注生态关联的生态整体论，明显区别于以个人主义为本位的现代性文化诉求。在生态长诗《我，雪豹……》中，吉狄马加也表达了对生态关联的诗意体认："……我只是/一只雪豹，尤其无法回答/这个生命与另一个生命的关系/但是我却相信，宇宙

① 吉狄马加. 火焰与词语：吉狄马加诗集［M］. 北京：外语教学与研究出版社，2013：224.

② 吉狄马加. 吉狄马加的诗与文［M］. 北京：人民文学出版社，2007：13.

③ 麦茜特. 自然之死［M］. 吴国盛，等译. 长春：吉林人民出版社，1999：110.

的秩序/并非来自于偶然和混乱/我与生俱来——/就和岩羊、赤狐、旱獭/有着千丝万缕的依存/我们不是命运——/在拐弯处的某一个岔路/而更像一个捉摸不透的谜语/我们活在这里已经很长时间/谁也离不开彼此的存在/但是我们却惊恐和惧怕/追逐和新生再没有什么区别……”① 的确，自然界万事万物就是处于一个谁也离不开彼此的生态网络中，大千世界以远超出人的理性所能理解的方式紧密地联系在一起。吉狄马加在《我听说》一诗中还写道：“我听说/在南美安第斯山的丛林中/蜻蜓翅膀的一次震颤/能引发太平洋上空的/一场暴雨/我不知道/在我故乡大凉山吉勒布特/一只绵羊的死亡/会不会惊醒东非原野上的猎豹/虽然我没有在一个瞬间/看见过这样的奇迹/但我却相信，这个世界的万物/一定隐藏着某种神秘的联系”②。可以说，正是因为万事万物之间存在着如此紧密的生态关联，人才不能轻举妄动，才必须谨言慎行。

正是因为对万事万物之间神秘的生态关联的诗意体悟，吉狄马加似乎常常能够神游象外，化身为大自然的一部分。例如在诗歌《秋天的肖像》中，吉狄马加就写道：“在秋天黄昏后的寂静里/他化成一块土地仰卧着/缓缓地伸开了四肢/太阳把最后那一吻/燃烧在古铜色的肌肤上/一群太阳鸟开始齐步/在他睫毛上自由的舞蹈/当风把那沉重的月亮摇响/耳环便挂在树梢的最高处/土地的每一个毛孔里/都落满了对天空的幻想/两个高山湖用多情的泪/注入双眼无名的潮湿//是麂子从这土地上走过/四只脚踏出了有韵的节奏/合上了那来自心脏的脉搏/头发是一片神迷的森林/鼻孔是幽深幽深的岩洞/野鸡在耳朵里反复唱歌/在上唇和下唇的距离之间/虎跳过了那个颤动的峡谷/有许多复杂的气味在躯体上消融/草莓很甜/獐肉很香/于是土地在深处梦着了/星星下面/那个戴金黄色口弦的/云一

① 吉狄马加．我，雪豹…… [J]．人民文学，2014（5）．

② 吉狄马加．吉狄马加的诗与文 [M]．北京：人民文学出版社，2007：300．

样的衣裳”①。化身为土地的诗人，就像神话中的盘古一样，四肢百骸与自然生命息息相通，展现出一幅天人合一的生态画卷。吉狄马加在《秋天的肖像》这样美丽的诗篇中展示了认同于自然万物的生态人性。

生态整体观和生态多样性是一体两面，生态整体观强调的是自然万事万物的普遍联系，而生态多样性强调的是生命的差异性、物种的丰富性。吉狄马加的诗歌也非常关注生态多样性。在《致他们》一诗中，他写道：“不是因为有了草原/我们就不再需要高山/不是因为海洋的浩瀚/我们就摒弃戈壁中的甘泉/一只鸟的飞翔/让天空淡忘过寂寞/一匹马驹的降生/并不妨碍骆驼的存在//我曾经为一个印第安酋长而哭泣/那是因为他的死亡/让一部未完成的口述史诗/永远凝成了黑暗！/为此，我们热爱地球上的每一个生命/就如同我们尊重/这个世界万物的差异/因为我始终相信/异地晨露的晶莹和光辉/并不比一条大河逊色！”② 相对而言，专制统治者总喜欢秩序、规律和一致，深受现代性的同质化思想影响的现代人也倾向于单调的秩序；而大自然无疑更喜欢参差多态。作为诗人的吉狄马加尊重世界万物的差异，表明他已经拥有了鲜明的生态意识。

对动物生命的关注和尊重，则是吉狄马加诗歌的生态意识又一个鲜明特点。在人类中心主义视野中，无论是动物还是植物都只具有外在价值、工具价值，人类中心主义者不屑于关注动物植物的生死存亡，更不会设身处地去体验它们的喜怒哀乐。但是对于像吉狄马加这样富有生态意识的诗人而言，动物生命的美丽与高贵是不言自明的，是令诗人心向往之的。例如《古里拉达的岩羊》一诗写道：“再一次瞩望/那奇妙的境界/其实一切都在天上/通往神秘的永

---

① 吉狄马加. 吉狄马加的诗与文［M］. 北京：人民文学出版社，2007：119－120.

② 吉狄马加. 吉狄马加的诗与文［M］. 北京：人民文学出版社，2007：341.

恒/从这里连接无边的浩瀚/空虚和寒冷就在那里/蹄子的回声沉默//雄性的弯角/装饰远走的云雾/背后的黑色的深渊/它那童贞的眼睛/泛起幽蓝的波浪//在我的梦中/不能没有这颗星星/在我的灵魂里/不能没有这道闪电/我怕失去了它/在大凉山的最高处/我的梦想会化为乌有”①。对于吉狄马加而言，岩羊几乎是大凉山的灵魂所系，诗人所能奉献的只能是赞美。而雪豹形象，在吉狄马加诗歌中更是带有神异色彩：“流星划过的时候/我的身体，在瞬间/被光明烛照，我的皮毛/燃烧如白雪的火焰/我的影子，闪动成光的箭矢/犹如一条银色的鱼/消失在黑暗的苍穹/我是雪山真正的儿子/守望孤独，穿越了所有的时空/潜伏在岩石坚硬的波浪之间/我守卫在这里——/在这个至高无上的疆域/毫无疑问，高贵的血统/已经被祖先的谱系证明/我的诞生——/是白雪千年孕育的奇迹/我的死亡——/是白雪轮回永恒的寂静/因为我的名字的含义：/我隐藏在雾和霭的最深处/我穿行于生命意识中的/另一个边缘/我的眼睛底部/绽放着呼吸的星光/我思想的珍珠/凝聚成黎明的水滴/我不是一段经文/刚开始的那个部分/我的声音是群山/战胜时间的沉默/我不属于语言在天空/悬垂着的文字/我仅仅是一道光/留下闪闪发亮的纹路/我忠诚诺言/不会被背叛的词语书写/我永远活在/虚无编织的界限之外/我不会选择离开/即便雪山已经死亡”②。诗人笔下的雪豹早已经彻底摆脱了人类中心主义的歧视和偏见，展现出动物生命的内在光彩，并闪烁着抵御虚无的迷人的人文价值。更有甚者，吉狄马加还以动物和人类的德行相对照，褒扬动物，鞭笞人类。例如诗歌《假如》写道：“假如我们曾伤害过自己的同类/当听见骏马为夭亡的骑手悲鸣/当看见猎狗为遇难的主人流泪/当我们被这样一

① 吉狄马加．吉狄马加的诗与文［M］．北京：人民文学出版社，2007：52－53．

② 吉狄马加．我，雪豹……［J］．人民文学，2014（5）．

种爱震撼/忘记了自己和动物的区别/人啊，站在它们的面前/我们是多么的自卑！”① 骏马、猎狗的爱能够跨越物种，而人类却常常自相残害，连民族、种族都难以跨越。两相对照，的确令人唏嘘。

除了对动物生命的内在光彩的欣赏之外，吉狄马加还常常对那些被人类伤害过的动物投去悲悯的目光，并呼唤人们改正对待动物的态度，呼唤生态伦理的实现。在诗歌《老去的斗牛——大凉山斗牛的故事之一》《死去的斗牛——大凉山斗牛的故事之二》中，吉狄马加以朴实的语言描绘了两头大凉山的斗牛。在大凉山，彝人常常斗牛取乐，对斗牛却几乎没有怜悯之心。吉狄马加没有描绘斗牛的奇风异俗和人群的狂欢，而是起笔直探斗牛的可悲又令人敬畏的生命境遇。例如那头老去的斗牛纵然衰老，壮志却未熄，而另一头斗牛却死在和想象中的敌人的厮杀中，“它的角深深地扎进了泥土/全身就像被刀砍过的一样/只是它的那双还睁着的眼睛/流露出一种高傲而满足的微笑”②。动物生命的尊严和悲剧就这样被吉狄马加遣上笔端，获得惊心动魄的诗学魅力。在《被出卖的猎狗》一诗中，吉狄马加聚焦于一只被狗贩子用绳索套着脖子卖到市场上等待屠宰的猎狗，写出了它的忧伤和绝望，展示了诗人对动物生命的大悲悯：“在这个喧嚣的地方/除了食客、贩子和屠手的恶/没有一个人会给它一丝善良”③。从人类中心主义视角出发，屠狗、吃狗名正言顺，自然而然，但是吉狄马加从狗的视角出发，他看到的是动物的绝望、人类的残忍。因此在《西藏的狗》一诗中，吉狄马加对藏族人众生平等、善待动物的生态伦理大加赞赏，击节而叹。

尊重和悲悯动物生命，必然会反对人类肆无忌惮的狩猎行为，并对狩猎造成的生态大破坏表达严厉的生态批判意识，这也是吉狄

---

① 吉狄马加. 吉狄马加的诗与文［M］. 北京：人民文学出版社，2007：248.

② 吉狄马加. 吉狄马加的诗与文［M］. 北京：人民文学出版社，2007：24.

③ 吉狄马加. 吉狄马加的诗与文［M］. 北京：人民文学出版社，2007：234.

马加的生态立场。众所周知，如果说狩猎对于原始人类或者没有被现代科技武装起来的古代人而言还是正当的生存需求，并曾经促进过人类文明的发展步履，对自然生态的破坏也不可能大面积泛滥开来的话，那么对于已经获得较为丰富的物质生活，又被现代科技武装起来的现代人而言，狩猎往往就已经变成了对野生动物的残忍虐杀，显示的是现代人永无餍足的欲望和嗜杀的恶趣，需要生态意识的耳提面命。在诗歌《最后的召唤》中，吉狄马加写到一个以杀豹为业的猎人最终死在自己安置暗器的地方，最后一支暗器射穿了他的胸膛。这体现的无疑是吉狄马加对杀豹猎人的破坏生态行为的反讽和批判。在诗歌《敬畏生命——献给藏羚羊》中，吉狄马加更是以人类的名义对藏羚羊道歉，为人类残杀藏羚羊的罪行赎罪："你们是/青藏高原/真正的主人/是这片疆域/至高无上的灵魂/因为有了/你们的存在/生命的承受力/才超越了极限/并把一种速度/变成了奇迹"①。的确，面对这种高贵的野生动物，假如人类还不能幡然悔悟，收起屠刀，立地成佛，那就真的是无地自容、万世沉沦了。在长诗《我，雪豹……》中，吉狄马加更是对人类猎杀雪豹的恶劣行径表达了严厉的控诉："一颗子弹击中了/我的兄弟，那只名字叫白银的雪豹/射击者的手指，弯曲着/一阵沉闷的牛角的回声/已把死亡的讯息传遍了山谷/就是那颗子弹/我们灵敏的眼睛，短暂的失忆/虽然看见了它，像一道红色的闪电/刺穿了焚烧着的时间和距离/但已经来不及躲藏/黎明停止了喘息/就是那颗子弹/它的发射者的头颅，以及/为这个头颅供给血液的心脏/已经被罪恶的账簿冻结/就是那颗子弹，像一滴血/就在它穿透目标的那一个瞬间/射杀者也将被眼前的景象震撼/在子弹飞过的地方/群山的哭泣发出伤口的声音/赤狐的悲鸣再没有停止/岩石上流淌着晶莹的泪水/蒿草吹

① 吉狄马加. 吉狄马加的诗与文［M］. 北京：人民文学出版社，2007：306.

响了死亡的笛子/冰河在不该碎裂的时候开始巨响/天空出现了地狱的颜色/恐惧的雷声滚动在黑暗的天际//我们的每一次死亡，都是生命的控诉!”① 也许在人类中心主义者看来，这是小题大做；但若从生态整体观出发，像雪豹这样的珍稀动物若被人类猎杀殆尽的话，整个世界瞬间会浮现一个多么大的空缺啊！因此，在诗歌《梦想变奏曲》中，吉狄马加怀着大悲悯，诗意地想象未来，希望猎人放下枪，希望子弹开花，希望大自然和人开始对情话。著名的诺贝尔和平奖获得者史怀哲曾提出敬畏生命的生态伦理，对于吉狄马加而言，放弃狩猎，敬畏生命，与大自然和平相处，也是其心心念念的一种理想。

对生态危机根源的反思，对生态遭破坏恶果的反思，警钟长鸣的生态警示，是吉狄马加诗歌的生态意识又一维度。现代人战天斗地，自立为王，妄图控制自然，征服自然，依赖的就是强硬的人类中心主义价值观。但是在生态危机面前，这种价值观就显得成事不足败事有余了。吉狄马加在《有人问……》中曾写道：“有人问在非洲的原野上/是谁在控制羚羊的数量/同样他们也问/斑马和野牛虽然繁殖太快/为什么没有成为另一种灾难/据说这是狮子和食肉动物们的捕杀/它们维系了这个王国的平衡/难怪有诗人问这个世界将被谁毁灭/是水的可能性更大？还是因为火？/罗伯特·弗罗斯特曾有这样的疑问/其实这个问题今天已变得很清楚/毁灭这个世界既不可能是水，也不可能是火/因为人已经成为一切罪恶的来源!”② 的确，从人类中心主义价值观来看，人类数量的单纯增加就是一种价值，一种值得庆贺的善举；但是若从自然生态的整体性出发，人类无限制地增加，只会打破脆弱的生态平衡，导致所有生命的覆灭之

① 吉狄马加．我，雪豹…… [J]．人民文学，2014 (5)．

② 吉狄马加．火焰与词语：吉狄马加诗集 [M]．北京：外语教学与研究出版社，2013：148．

祸。当吉狄马加沉痛地说出人已经成为一切罪恶的来源时，他对现代人类中心主义的价值观就做出了彻底的颠覆。

在长诗《我，雪豹……》中，吉狄马加更是通过雪豹之口向人类道出了生态危机的紧迫现实："这个世界亘古就有的自然法则/开始被人类一天天地改变/钢铁的声音，以及摩天大楼的倒影/在这个地球绿色的肺叶上/留下了血淋淋的伤口，我们还能看见/就在每一分钟的时空里/都有着动物和植物的灭绝在发生/我们知道，时间已经不多/无论是对于人类，还是对于我们自己/或许这已经就是最后的机会/因为这个地球全部生命的延续，已经证实/任何一种动物和植物的消亡/都是我们共同的灾难和梦魇/在这里，我想告诉人类/我们大家都已无路可逃，这也是/你看见我只身坐在岩石上，为什么/失声痛哭的原因！//不要再追杀我，我也是这个/星球世界，与你们的骨血/连在一起的同胞兄弟/让我在黑色的翅膀笼罩之前/忘记虐杀带来的恐惧//不要把我的图片放在/众人都能看见的地方/我害怕，那些以保护的名义/对我进行的看不见的追逐和同化！//原谅我！这不是道别/但是我相信，那最后的审判/绝不会遥遥无期……！"① 的确，因为现代人的肆意妄为，各种动物、植物纷纷退出生命之流，地球史上的第六次生态大灭绝已经悄然揭幕，最终人类也难逃倾覆性的生态大劫难。面对这样的终极性生态危机，现代人若再不幡然悔悟，就实在不可救药了。

舒马赫曾说："现代人体会不到自己是自然界的一分子，反而视自己为命中注定可以主宰及征服自然界的外在力量。现代人甚至大言不惭地说要与大自然搏斗，却忘记了如果他们战胜自然，转眼即已处在败方。"② 现代人首先要颠覆的就是人类中心主义价值观，

---

① 吉狄马加．我，雪豹…… [J]．人民文学，2014（5）．

② 舒马赫．小的是美好的 [M]．李华夏，译．南京：译林出版社，2007：4．

再次明确人是自然之子，是大自然的一分子，人和大自然之间的关系是部分和整体的关系。部分不能控制整体，部分只能依附于整体。如果整体颓败了，部分也无可依傍。就像吉狄马加在《不是》中所言："不是我的披毡不美/不是我的头帕不美/不是我的风采有何改变/如果你要问我为什么这样悲哀/那是因为我的背景遭到破坏"①。人的生命需要大自然欣欣向荣的支撑，如果大自然鸢飞鱼跃的生动背景遭到破坏，披毡、头帕等属人的装饰就不可能让人展现出真正的美。

吉狄马加对生态意识的领悟较为深刻，书写也极富有诗意，在当代生态文学的绿色景观中，无疑堪为生态诗歌的重镇，举足轻重，影响深远。若考察他诗歌的生态意识的来源，我们可以清晰地看出彝族文化的生态启发、本土和外来文学资源的生态熏陶以及相关工作经历的生态实践三个方面的因素。

先看彝族文化的生态启发。吉狄马加具有非常鲜明的民族身份认同感，他深刻地认识到彝族文化对他的塑造："我个人深受彝族原生文化的影响，特别是彝族的创世史诗和古老民歌。诗人需要从原始文化之中汲取营养，这对诗人很重要。同时还要汲取大自然的养分，并从中获得想象力和创造力。"② 而彝族恰恰是极其富有生态意识的民族，他们相信"万物都有灵魂"③，敬重鹰、岩羊等动物，把生命毫无保留地托付给大地，原始民族式的泛灵论思想还较好地保留在民间。这些无疑对吉狄马加的影响极为深远。吉狄马加在诗歌《献给 1987》中曾写道："祭祀告诉我/那只雁鹅是洁白的/它就是你死去的父亲/憩息在故乡吉勒布特的沼泽/它的姿态高贵，眼睛里的纯真/一览无余，让人犹生感动/它的起飞来自永恒的寂

① 吉狄马加. 吉狄马加的诗与文［M］. 北京：人民文学出版社，2007：247.
② 吉狄马加. 吉狄马加的诗与文［M］. 北京：人民文学出版社，2007：378.
③ 吉狄马加. 吉狄马加的诗与文［M］. 北京：人民文学出版社，2007：136.

静/仿佛被一种古老的记忆唤醒/当炊烟升起的时候，像梦一样/飞过山冈之上的剪影/那无与伦比的美丽，如同一支箭镞，/在瞬间穿过了/我们民族不朽灵魂的门扉/其实我早已知道，在大凉山/一个生命消失的那一刻/它就已经在另一种形式中再生!”① 彝族人相信一个生命消失时会在另一种生命形式中再生，恰是对万事万物之间隐秘的生态关联的原始述说，乃至是对生命能量在生态链上循环往复的一种诗意吟咏。吉狄马加有志于保护彝族等少数民族的原生态文化，并由此把生物多样性和文化多样性并称，“从生物多样性和文化多样性而言，我们这个地球家园中的任何民族的文化传统的消失，它包含了语言、文字、古老的哲学价值体系和文化少数族群的一切权利，无疑都将是全人类共同的不幸和灾难”②。的确，文化危机和生态危机总是如影随形，少数民族文化的振兴和自然生态的繁荣有着一种呼应。

再看本土和外来文学资源的生态熏陶。对于吉狄马加而言，艾青是他的诗歌启蒙者之一，而艾青诗歌的大地情结就富有鲜明的生态意识，这直接启发了吉狄马加的生态书写。而沈从文也倾向于从湘西苗族等少数民族那里去寻找民族身份认同，去寻找与大自然和谐相处的生态文化，这也启发了吉狄马加的生态意识。至于外来文学资源，主要是普希金、艾特玛托夫等富有生态意识的作家的影响。以艾特玛托夫为例，《断头台》《白轮船》《一日长于百年》等小说都极富有生态意识，其中的动物书写、生态忧患意识等直接影响了吉狄马加的诗歌。

再看相关工作经历的生态实践。尤其值得一提的是吉狄马加担任青海省副省长期间，他充分地意识到生态保护对于青海省发展的

① 吉狄马加．吉狄马加的诗与文［M］．北京：人民文学出版社，2007：296.

② 吉狄马加．为土地和生命而写作：吉狄马加演讲集［M］．北京：外语教学与研究出版社，2013：338.

重大意义，于是在他的主持下，青海湖国际诗歌节、青海国际水与生命之旅、中国青海世界山地纪录片节和三江源国际摄影节、环青海湖国际公路自行车赛等，这些极有生态伦理旨趣的社会活动举办得有声有色，声名远播。在《青海湖诗歌宣言》（2007年8月9日）中，吉狄马加曾说：“在当今全球语境下，我们将致力于恢复自然伦理的完整性，我们将致力于达成文化的沟通和理解，我们将致力于维护对生活的希望和信念，我们将致力于推荐人与人之间的关爱和尊重，我们将致力于创建语言的纯洁和崇高。我们将以诗的名义反对暴力和战争，遏制灾难和死亡，缔造人类多样化的和谐共存，从而维护人的尊严。我们将致力于构建人与自然、人与社会、人与文化、人与人之间的诗意和谐。这无疑是诗的责任，同样也是诗的使命。我们永远也不会停止对诗歌女神的呼喊。我们在这里，面对圣洁的青海湖承诺：我们将以诗的名义，把敬畏还给自然，把自由还给生命，把尊严还给文明，让诗歌重返人类生活。”① 吉狄马加居于高位，高瞻远瞩，把敬畏自然的生态意识揭示于世人面前，意义重大。

整体看来，吉狄马加诗歌的生态书写的姿态独特，意义深远。他不但通过浓郁的生态意识确立了彝族的民族身份认同，而且在全球化时代诊断出了时代病症的致命欠缺，以生态书写表达出了诗人珍贵的现实关怀意识、责任担当意识。他曾说：“人类似乎永远在回答这样一个问题，那就是我们从哪里来？还要到哪里去？一句话，作家和诗人，只有关注人类的命运，才能写出真正意义上的具有人类意识的作品。”② 而当他贡献出生态长诗《我，雪豹……》等作品时，我们可以看出吉狄马加诗歌的生态书写还和终极关怀紧

① 吉狄马加. 为土地和生命而写作：吉狄马加演讲集［M］. 北京：外语教学与研究出版社，2013：184.

② 吉狄马加. 吉狄马加的诗与文［M］. 北京：人民文学出版社，2007：365.

密地联系在一起，呈现出高古、邃远的超越旨趣。

三、生态眼光的诗意发掘

近40年来，随着经济持续高速增长，华夏大地也成为环境持续恶化、生态急遽衰落最严重的地区之一，曾经吟唱出“明月松间照，清泉石上流”纯美诗句的国家已经面临着蓝天污染、江河毒化、大地失陷的生态危机。素来对大自然更为敏感、保持更多灵性往来的当代生态诗人当然都忧心如焚，于坚、李松涛等诗人在20世纪90年代就创作出《哀滇池》《拒绝末日》等振聋发聩的生态诗篇，以滴血之心为华夏大地的自然生态疾声高呼，其志可嘉，其情可悯。到了21世纪，越来越多的诗人出于崇高的使命感投身于生态诗歌的创作中。尤其值得一提的是，2009年华海、阿红（侯良学）、姜长荣、红豆（刘月玲）等诗人居然创建了中国生态诗歌团队，原来的散兵游勇聚集成立场鲜明的团队，同声相应，同气相求，渐成一定的气势。诗人红豆的生态诗集《液体的树》就为中国生态诗歌创作注入了一脉鲜活的泉源。在该诗集中，红豆耐心地以生态的新眼光发掘着世界被遮蔽、被忽略的诗意，婉曲雅致地表达着对待自然生命的生态伦理，焦虑地批判着现代文明的反生态倾向，并在和自然万物的主体间性交流中体味着天人合一的生态胜境。该诗集为当代生态诗歌注入了更多女性诗人的细腻和雅致，丰富了当代生态诗歌创作的百花园，对于生态意识的普及具有一定的价值。

人类中心主义是现代文明的强硬核心，现代人大多想当然地认为只有人才具有内在价值，而自然生命只有工具价值。因此，现代文明所过之处，自然生命就会被践踏，它们的生命尊严被彻底褫夺，生命的痛苦几乎无处不在，来自人类的死亡魔影更是始终笼罩其头上。但是生态意识却要颠覆强硬的人类中心主义原则，承认自然生命的内在价值，希望人类能够善待一切自然生命，无论是高等动物，还是低等动物，无论是参天巨树还是路边草芥。

诗人红豆在诗歌中也尽力申说着这种弥足珍贵的生态伦理。虽然红豆像大部分现代人一样，陷溺都市，深居简出，难得见到野性磅礴的野生动物，既见不到唳鸣霜天的仙鹤，也见不到咆哮山林的猛虎，更见不到劈波斩浪的鲸鱼，甚至也见不到饲养的家畜，但是当浴室里的蜘蛛、飞入眼睛的小虫与她不期而遇时，同样能够唤起她一种新颖的生态伦理体验。《浴室里的蜘蛛》一诗就展示了对待自然生命的生态伦理。如果常人的生态意识没有觉醒，看到蜘蛛偶然闯入浴室，他的第一反应必然是消灭它，保持浴室的干净整洁；但生态意识已经觉醒的诗人却意识到所有自然生命都是珍贵的，都是具有内在价值的，人不能也无权无缘无故地把死亡强加给其他自然生命，于是诗人自问道："在对人没有任何威胁的时候/凭什么不让他们活着/在不用他的躯体来果腹的时候/为什么不让他活着"①。真是"佛魔一念间"啊！也许我们每个人要守护自然生态，不必去干什么掀天揭地的伟业，像释迦牟尼佛那样舍身饲虎，或者印度圣人那样拯救落入恒河的蜇人蝎子；如果我们能够在日常生活中按照生态意识的教导谨言慎行，就善莫大焉。

诺贝尔和平奖获得者史怀泽曾说："道德的大敌是麻木不仁。"② 的确，我们常人缺乏生态意识的熏陶，总是看不到自己对其他自然生命造成的伤害，对它们的痛苦也麻木不仁，这就是生态道德的大敌。诗人红豆已经摆脱了这种麻木不仁，在诗歌《飞入眼睛的小虫》中甚至为弄死一只飞入眼睛的小虫而感到抱歉。生态伦理意识尚未建立的常人面临此情景，只会责怪小虫该死，或者为眼

---

① 红豆．液体的树［M］．北京：作家出版社，2012：14．

② 史怀泽．对生命的敬畏［M］．陈泽环，译．上海：上海人民出版社，2007：159．

睛的不舒服而抱怨，但具有生态意识的诗人却能够转换到小虫的生命角度去，看这一场既不关乎国计民生又不关乎宇宙进程的纯粹事故。也许在常人看来，这纯粹是诗人的无事生非，是诗人无聊的多愁善感而已。但是当我们看到诗人能够为一只小虫之死感到抱歉时，我们应该看到其中蕴含的对所有自然生命的尊重，而这种对所有生命的神圣性的尊重的确是更为动人的人性风姿。

生态文学本来就是要促使长期以来常人们已经被人类中心主义弄得僵硬的心灵重新变得柔软，在他们习以为常之处呈现出陌生，在他们熟视无睹之地展现出良知，让他们有可能从对自然生命的冷漠和暴虐中抽身而退，重新敬畏一切自然生命，尊重它们的内在价值。因此，在组诗《野生动物园》中，诗人红豆就反思了动物园体制的生态伦理问题。常人总是乐于到动物园去观赏动物，消磨时间，但有几个人能够从动物的角度来反观动物园呢？《鹦鹉表演》和《照相》让我们看到自然生命被当成人的玩物的悲哀，《铁笼子内外》和《三只老虎》让我们看到了自然生命丧失自由后的窘境。更有意味的是《秃鹫与鸡雏》一诗："这个铁丝网的房间/大约 10 平米/一个假的树枝上/秃鹫在打盹/两只毛茸茸的小鸡/缩在房间的一角/它们绒毛根根直立/腿在发抖/在它们视线的前方/有一只鸡雏残损的器官和/脚爪"①。全诗冷静、简洁，描绘出了动物园常见的一景，却蕴蓄了相当复杂的生态伦理问题。现代人摧毁了大部分野生动物的栖息地之后，又把它们抓来关进动物园，像那只秃鹫，被剥夺了蓝天和白云，剥夺了清风和自由，只能囚缩在铁丝网的房间，就连栖息的树枝都是假的。这无疑是一种残忍。但更残忍的是，那两只毛茸茸的小鸡，它们活着的价值就是被喂养秃鹫，而且还要忍受死亡的折磨。约翰·缪尔曾说："大自然创造出动物和植

---

① 红豆．液体的树［M］．北京：作家出版社，2012：83.

物的目的，很可能首先是为了这些动植物本身的幸福，而不可能是为了一个存在物的幸福而创造出所有其他动植物。……我尚未发现任何证据可以证明，任何一个动物不是为了它自己，而是为了其他动物而被创造出来的。”① 也就是说，每个自然生命都自成目的，而不是像动物园对待那毛茸茸的鸡雏一样，逼使其成为生命的空壳。也许，常人会说，秃鹫吃小鸡不是很正常吗？在大自然中，秃鹫吃小鸡的确是很正常的，但那里双方都是有自由的，秃鹫有吃的自由，而小鸡有逃跑的自由；正是这种自由成就了生命。然而，在动物园铁丝网房间里，无论秃鹫还是小鸡都是没有自由的，双方都被压缩进了毫无生气的肉体化生存中。这才是真正的残忍。与之相关，诗人红豆还写了篇散文诗《丽拉，我是妮莉——影片〈狐狸与孩子〉观后》，妮莉是只狐狸，它对小女孩丽拉说：“你认为什么是幸福？我认为在被一只强壮的猞猁追逐却巧妙逃脱之后是幸福的。你知道吗？那天一只漂亮的猞猁冲刺般追我，他大概很饿吧，我其实非常理解他，因为我也经常很饿，或者是他的妻儿在等着他拿回食物。我不恨他给予我的恐慌感。我能做的就是奔跑，这是生命的状态。”② 在自然生态圈中，猞猁捕食狐狸，天经地义，狐狸也接受这种生态循环。但前提是，双方都是自由的，而不是像动物园里的秃鹫和小鸡雏那样都丧失了自由。诗人红豆通过这组诗让我们看到，动物园对自然生命的残忍和暴虐，这也拷问着常人的生态良知。

由于常人的物化癖性积习甚深，他们往往不能欣赏自然生命的自由自在之美，总是倾向于把一切生命物化，随后占有它，因此常人往往欣赏哪种自然生命，哪种自然生命就厄运来临。就像诗人在

---

① 纳什．大自然的权利：环境伦理学史［M］．杨通进，译．青岛：青岛出版社，2005：45．

② 红豆．液体的树［M］．北京：作家出版社，2012：107．

《曳尾龟》中说的，“不想被人赞美/赞美营养与美味/不想被请进庙堂/接受心怀鬼胎的朝奉”①。寥寥数语，道尽了野生动物在人类功利主义、物化的价值图谱中的惶恐窘境。庄子曾经参透了人的功利主义价值观的痼弊，故曾感慨言之：“桂可食，故伐之；漆可用，故割之。人皆知有用之用，而莫知无用之用。”（《庄子·人间世》）但庄子意在警醒过于耽溺俗世的常人，生态诗人红豆却是为身处弱势的动物而呐喊。虽然那只乌龟从人类施与的血与火中蜿蜒爬行而来，侥幸得存，但现在面临的却是大海蔓延成垃圾场、水塘干涸的生态灾难，其情其景真是令人难以直面。

诗人红豆也别具只眼，常常从植物那里获得一种新的生态感悟。《草》一诗关注路边的绵绵小草，它们弱小、卑下，随时都会遭受灭顶之灾，但是它们清晰地理解了自己在生态系统中的位置，所以它们生得执着，但也死得坦然，能够“微笑着/面对羊饥饿的目光”②。说小草微笑，自然是拟人化，但支撑着这个拟人化的，却是诗人对所有生命在生态系统中的位置的深入洞察和欣然接受。正如王诺在《液体的树，生态的果——序红豆生态诗集》中所说的：“诗人只是借用路边被践踏、被啃食的小草这个意象，展现包括小草在内的自然万物对食物链和生态系统整体规律的顺应。”③在小草的那种顺应中，现代人是不是也可以禀得一些必备的生态情怀呢？《很想为沉默的榆树做点什么》就写到榆树给人的生命带来的独特感觉，“窗外一棵丰满的榆树/让人感觉这世界是可靠的/有那份茂密在/就有自由的呼吸//将能拥抱的大树砍掉/换成小树苗/是不可靠的/人类/真的没有资格/做植物的母亲/我们只有被照料的

---

① 红豆．液体的树［M］．北京：作家出版社，2012：1.

② 红豆．液体的树［M］．北京：作家出版社，2012：40.

③ 王诺．液体的树，生态的果：序红豆生态诗集［M］//王诺．液体的树．北京：作家出版社，2012：6.

能力……”① 植物处于生态循环的基石位置，能给人带来情感的抚慰和精神的启迪，它的沉默让喋喋不休的人类意识到无言的力量，它的沉稳让人类意识到自身的无根，因此在树面前，人难道还不能谦逊起来吗？

如果说古典山水田园诗人只需从名利场中撤出，就可以在大自然中吟风弄月，笑傲烟霞，怡情养性，优游卒岁，那么当今热爱大自然的生态作家却没有那么幸运，他们到哪里去寻找“晴空一鹤排云上，便引诗情到碧霄”的超拔呢？到哪里去体味“江流天地外，山色有无中”的微妙呢？到哪里去涵咏“山光悦鸟性，潭影空人心”的禅境呢？他们遭遇更多的是，被废气污染、被城市高楼分割的天空，被生活废水、工业废水和垃圾污染得面目全非的江河，惨遭肢解、鸟兽远遁的森林。因此，生态诗人的宿命就是生活在生态伤痕触目惊心的现代世界、后现代世界，反思和批判现代文明的反生态本质，向肆意破坏生态的现代人宣战，为受伤的大自然呐喊，为所有自然生命寻求物种间的平等和正义。

生态诗人红豆虽然是女性，在生态诗歌中却不乏对现代文明进行生态批判的豪勇和强悍。现代文明的根源在都市里，对地球生态的根本破坏力量也来自现代都市。诗人红豆在《蝗虫》一诗中就形象地把都市街头浩浩荡荡的人流、车流比喻为蝗虫。“大片的麦子/诱人的麦子/肉蝗虫骑着铁蝗虫飞过/麦子秃了头发”。但是正当诗人对交通堵塞表现出焦虑时，对每个人的欲望被煽动表现担忧时，那些没有任何生态意识和整体观念的人却对她狠狠地说，“你管它呢/你掌握了技术也整一辆/挤呗”。每个人都知道交通堵塞的根源是私人车辆太多，是现代城市人的占有欲和炫耀欲的直接后果，但几乎没有哪个人能够主动地节制欲望，尽可能地从汹涌车流中抽身

---

① 红豆．液体的树［M］．北京：作家出版社，2012：75.

而退，而是想着如何尽快地挤入车流中。对于那些生态意识已经觉醒的人，暂时不愿拥有私家车，或者主动放弃私家车的，也许在他人看来只是无能或愚蠢而已。这就是交通堵塞中人性的贪婪和愚昧。不过，在常人炫耀自己的车辆时，诗人却看到“啜饮着自己亲手种植的毒药”，“吃着自己的将来/养活奢侈的现在”①。的确，如果谁能够有上帝的眼光，同时把地球上各个都市和各条道路上的熙熙攘攘的车流纳入眼底时，他该多么震惊啊！这不就像那些飞到哪里吃光哪里的蝗虫吗！现代人如此肆意消耗不可再生的石油资源，不就是像非理性的蝗虫一样急遽地透支未来吗！

城市人是通过一次性筷子、实木家具和森林打交道的，是通过火锅羊肉卷和草原打交道的，是通过餐桌上的鱼肉和大海打交道的，是通过自来水龙头和江河湖泊打交道的。如此一来，现代城市人几乎不可能具备生态意识，更不可能反思内心贪欲。《看不见》一诗就以一种黑色幽默的笔触反思了现代人虽然放纵无度，造成生态破坏，却从来不知自我反省，反而只知扼杀其他自然生命以自救的颟顸和狂妄。于是我们有了“非典”，就想着怪罪果子狸；至于禽流感来了，更是大肆扑杀家禽。现代人害怕隐于无形的细菌，却不知真正的罪魁祸首正是人类的贪婪：“我们的舒适偷光了太阳的能量看不见/我们的便捷挖断了山脉的脊梁看不见/我们的好奇踩破了大地的内脏看不见/我们的雄心惹恼了天上的神灵看不见”②。生态诗人就如此直截了当地让我们看清了生态危机和我们行为之间的关系。

当然，在整个现代文明都是奠定于反生态方式之上的情况下，要想遏止反生态的行为是非常艰难的。《出租车司机》一诗就围绕着乘客和出租车司机就环境和生态问题的聊天展开，反映了现代人

① 红豆．液体的树［M］．北京：作家出版社，2012：7.
② 红豆．液体的树［M］．北京：作家出版社，2012：43.

摧毁着自然生命、自然生态，反过来也摧毁着自己的生命的悲剧现实。“乘客说现在的鸡鸭鱼都包含悲愤/短暂的生命没见过阳光只有被屠宰的恐慌/人类吞咽着它们的愤怒与悲哀/美味的激素雕琢着畸变的肉身/是谁说要使其灭亡必使其疯狂/是谁让燃烧的欲望疯长”①。然而，这位颇有生态意识的乘客就是供职于颇有名气的建设开发公司，正是他们不断地开发着这个世界，搞得鸡犬不宁。因此，在现代城市中，我们往往知道自然生态问题的严重性，并且也知道自己就是罪魁祸首，但我们还是不得不以反生态方式生活。悲剧之大，莫此为甚；荒诞之酷，莫此为甚。就像美国生态思想宣传者阿尔·戈尔到五湖四海去宣传全球升温的生态危机时，曾有人指责他说他乘飞机耗费如此多的资源来宣传生态保护，本身就是反生态的。一次全球性的哥本哈根气候会议（2009 年）本身就给气候恶化的天平添加了更多的砝码。

要说现代文明对自然生态的破坏，为祸之剧烈，莫过于甚嚣尘上的消费文化。诗人红豆在《包装》一诗中就把批判的矛头直指现代消费社会中产品过度包装造成的生态危害，企图唤醒人们的生态意识。“超级市场/超级包装/制造出来的目的/就是被扔掉”②。“开发/两个残酷的字/披着伪善的袈裟//森林被狡诈的魔棒/指点成印刷品/将地球层层包裹……连手势都裹上套路/生下来就成了机器/自由人向往着樊笼//包装成垃圾/包装成救世主/雄心勃勃为了毁灭”③。当大众沉湎于超级市场里华丽包装的琳琅产品，享受着虚幻的购物自由时，富有生态意识的诗人却看到产品包装背后残酷的生态现实。为了生产出无数用过即扔的包装，那么多鲜活的森林遭砍伐，生态受破坏。更可怕的是，包装的思维和价值观深入人心，

---

① 红豆. 液体的树［M］. 北京：作家出版社，2012：73.
② 红豆. 液体的树［M］. 北京：作家出版社，2012：22.
③ 红豆. 液体的树［M］. 北京：作家出版社，2012：23.

使得现代人只注重外在的表现，结果内心的自由丧失，成了外在驱动的机器。最后，诗人感慨道："印刷品/被污染的六月雪"。四处飞扬的废纸、随地乱扔的印刷品，就像被污染的雪片；但诗人又用"六月雪"的典故，"六月飞雪"乃是民间的极大冤屈，此处最大的冤屈无疑是过度包装背后惨遭破坏的自然生态。美国生态思想者艾伦·杜宁曾说："当大多数人看到一辆大汽车并且首先想到它所导致的空气污染而不是它所象征的社会地位的时候，环境道德就到来了。同样，当大多数人看到过度包装、一次性产品或者一个新的购物中心而认为这些是对他们的子孙犯罪而愤怒的时候，消费主义就处于衰退之中了。"[①] 然而，当今社会中又有几个人能够从这种消费主义迷梦中觉醒呢！

现代人深受标准化、格式化、工具理性化的思维模式和价值观的主宰，他们不但对人类自身的存在进行着毫无节制的标准化、格式化、工具理性化，而且也把这种思维模式和价值观深深地烙印在其创造物之上，如那些线条僵硬、千篇一律的城市建筑，那高度标准化的工业产品等。但是当现代人把这种思维模式和价值观要强加在自然生命上时，悲剧就顿然显现了。自然生命本来是参差多态，各擅胜场的，玫瑰有玫瑰的冶艳，菊花有菊花的清高，若非要强求一律，则是可怕的灾难。《剪》一诗就反思了现代人标准化的思维模式和价值观在园艺技术中的暴力化灾难。那一株株被修剪的树，"傻傻的队伍/在日光下站立/绿色的我/红色的我/紫色的我/鹅黄的我/秃眉秃眼"[②]。现代人似乎欣赏不了自然生命的天然之美，只能欣赏畸形扭曲之美。这的确是一种悲哀。

当诗人红豆把目光从城市转移到更大的世界时，她发现生态恶化几乎是普遍的事实。《碓臼屿》中，"10 年前/你的水位线亲吻岩

① 杜宁. 多少算够［M］. 毕聿，译. 长春：吉林人民出版社，1997：103.
② 红豆. 液体的树［M］. 北京：作家出版社，2012：39.

石/留下线状的孩子/结晶，然后你的一部分死去/我们踩踏的沙砾/曾经在羊水中幸福徜徉/如今，唯有尸体”①。水位下降，沙砾暴露，生命退位。而《扬尘》中，风沙扑面而来，“黄色的旋风刮过来/很多漂亮的语言/终归只是笑话//……扬尘/是绝望/在慢慢风化”②。在农村里，随着工业化脚步加快，原来的自然环境遭到残酷的破坏，像沈从文《边城》中那种化外之地早已经是神话传说了。《难返的家园》一诗写尽了现代中国人，尤其是那些来自农村定居于城市的中国人，面临着无法返回家园的悲愤和哀伤。“不远处还有一家　造纸厂/每天放出的气体　让人流泪/他们说那眼泪是喜泪啊/眼看着粮囤和钱柜/日益丰盈//家园上空　有红色的/喜悦　和蓝色的诱惑/喜悦滴着血　诱惑浸着毒/毒　在血色中闪着磷光”③。农村也已经高度物质化、欲望化，对自然生态的破坏视而不见了。唐朝诗人贺知章晚年返乡曾说：“离别家乡岁月多，近来人事半消磨。惟有门前镜湖水，春风不改旧时波。”（贺知章《回乡偶书》）现代中国人却不可能如此幸运，自然家园早已沦陷，而没有自然家园，情感、精神又如何寄托呢？

当然，更可怕的是整个地球生态面临着的危险。诗人红豆同样具有宏大的全球生态视野，在诗歌《我想高贵地死亡》中，就以拟人化口吻表达了对地球生态危机的担忧。百年前，郭沫若被五四精神狂飙裹挟，创作了激情洋溢的诗歌《地球，我的母亲》，把地球比喻为伟大的母亲。百年后的今天，在生态诗人红豆看来，地球已经不是一个无所不能、无限伟大的母亲了，而只是宇宙间一个壮硕的婴儿。这个婴儿需要人类的呵护，如果现代人再吞天噬地、肆意妄为，它就可能无法高贵地死去。而诗歌《图瓦卢》更反映了后现

① 红豆．液体的树［M］．北京：作家出版社，2012：5.
② 红豆．液体的树［M］．北京：作家出版社，2012：64.
③ 红豆．液体的树［M］．北京：作家出版社，2012：77.

代语境中全球生态问题的严峻性。全诗开篇就严厉地说道："没有仇恨/却将一个国家抛进大海/是一种什么力量/如此恶毒地存在//他们以为有诺亚方舟/拒绝用小船将溺水者搭救/他们在讨论着舒适与否/用一种饱含同情的拒绝/来阐释自己不是冷血"①。图瓦卢是南太平洋上的岛国，如果全球继续升温，它首先面临着被海水淹没的残酷事实。也许那些发达国家的人们绝没有想到自己的过度消费，正在把一个国家抛进大海里。正如彼得·辛格说的："当富国的人们使用的车辆比他们过去开的小汽车耗油量更大时，他们的行为会加剧莫桑比克或孟加拉国的气候变化，这些变化有可能导致农作物减产、海平面上升和热带病的传播。"② 这就是生态问题的整体性、全球性。然而在全球气候谈判大会上，世界各大国却只为自己的发展吵吵闹闹，绝不会为了一个小小岛国去做出一星半点牺牲，甚至袖手旁观、幸灾乐祸。但诗人最后说道："地球是悲哀的图瓦卢/在一个冰冷的日子/无处投奔。"的确，地球生态是整体性的，现在是图瓦卢，明天可能就是中国、美国，地球就像孤独的宇宙飞船，最终一荣俱荣，一损俱损。这就明确地逼迫现代人必须确立行星意识，负责任地维护地球整体的生态平衡。

众所周知，笛卡儿是近代哲学的始祖，他把世界划分为主体和客体，作为主体的人是作为客体的大自然的主人和所有者，大自然只是主体的研究对象、征服对象，只是材料和物质。这种主客两分的思维模式和价值观也奠定了现代文明的基石，造就了自然科学的繁荣和成功，但也给自然生态带来莫大的破坏。进入后现代，超越主客两分的思维模式和价值观便是迫不及待的。正如生态思想学者斯普瑞特奈克所说的："现代性将人摆在自然之巅的一个玻璃盒子

---

① 红豆．液体的树［M］．北京：作家出版社，2012：46．

② 辛格．一个世界：全球化伦理［M］．应奇，等译．北京：东方出版社，2005：1．

里，坚持人与自然界其他事物彻底分离的态度。它脱离地球共同体这一更大的故事来构思人类的故事。要想成为真正的后现代就要反对分离性，要打开盒子把我们重新放回到更大的背景，即地球、宇宙、神圣的整体中去。”① 而我国学者王晓华也曾说：“要克服现代性的悖论，生态主义就必须有自己的基本原则。在所有生命的主体性—权利都获得承认之后，人和人、人和自然、自然和自然的关系只能被如其所是地领受为主体间际关系，最适合他们的交往原则当然是主体间性原则（交互主体性原则）。”② 只有当现代人与自然生命、自然生态系统确立了主体间性，能够从更宏大的生态整体来考虑文明的发展方向，我们才有可能摆脱生态崩溃的潜在厄运。

诗人红豆的许多诗篇就试图在主体间性中拓展生命的生态维度，展示出较为美妙的和谐景观。《让你们也能把我看透》一诗主要展示了生态诗人在颠覆现代人高高在上的主体性姿态后与自然万物建立了一种主体间性的美妙体验。全诗开篇就说：“我要蹲下身来/跟你交流/用我的手指/变化各种姿势/试图顺应了你那个类群的礼节/让你明白我的友善”③。诗人红豆在该诗中试图突破现代性的分割牢笼，打破主体性的孤立和隔绝，在人和自然生命之间体验更为宏大的生态自我。诗歌中的“我”首先要“蹲下身来”，放弃现代人高高在上的姿态，取得和自然万物相应的生态位置，如此才能让自然万物明白人的友善。这种友善态度，就是生态诗人怀着爱意的欣赏态度，而不是对自然生命的利用、征服的蛮横态度。正是这种友善态度，自然万物摆脱了“它”的冷漠、物化的僵硬面貌，呈

① 斯普瑞特奈克．真实之复兴［M］．张妮妮，译．北京：中央编译出版社，2001：2.

② 王晓华．生态批评：主体间性的黎明［M］．哈尔滨：黑龙江人民出版社，2007：5.

③ 红豆．液体的树［M］．北京：作家出版社，2012：30.

现出“你”的鲜活、生动的温暖面貌，“无论你是红色的甲虫/还是无叶的野花/还是低处的地衣/还是需要眼睛凑上前去/才看得清的石壁上的苔藓”。在“我”如此怀着爱意细细打量自然生命的百般姿态时，“我”还愿意彻底敞开自己的生命，让自然生命也能够把“我”看透，也就是说，“我”也成为自然生命眼中的“你”。这样，“我”躺在银杏树王的横枝上，就像好莱坞电影《阿凡达》中潘多拉星球上的纳美人一样，就是另一种自由自在的天人合一，主体间性的高峰体验因之巍然崛起。

人与自然生命的主体间性的确立，也就意味着彼此平等、相爱的关系的确立。非常有意思的是，诗人红豆在写到深情处，总会不由自主地把所有自然生命亲切地称为“你”。诗歌《我与你似曾相识》就写诗人和山上的无名之树的情感交流，“你抿着嘴巴笑着/太阳风暴在头顶盘旋/我顺着极光的方向/做嫦娥广袖的样子/配合你上翘的嘴角//你的叶子绿得滴下来/我融化的躯体也滴下来”①。命名其实是人类语言对自然万物的存在真相的一种遮蔽，当诗人与无名之树劈面相遇时，没有想到如何去命名，而是展开自己的生命，与之颉颃，这样才真正体现出人与自然生命的内在交流。人与自然生命之间柔情百转的“我—你”的关系取代了势利荒寒的“我—它”关系。犹太哲学家马丁·布伯曾说：“原初词‘我—它’之‘我’显现为殊性，自我意识为经验与利用之主体。原初词‘我—你’之‘我’显现为人格，自我意识为无规定性之主体性。殊性之存在依赖于他区别于其他殊性。人格之存在依赖于他进入与其他人格的关系。前者乃是自然分离之精神形式，后者乃是自然融合之精神形式。分离的目的是经验、利用，而经验与利用之目的是‘生存’，此即是说，贯穿人生历程的‘死去’。关系的目的是关系之

---

① 红豆. 液体的树［M］. 北京：作家出版社，2012：81.

自性，此即是说，是与‘你’相接，因为，由于与每一‘你’的相接，我们得以承仰永恒生命的气息。”① 其实，布伯如此高看“我—你”关系的超越性，也就是在张扬一种超越现代哲学的主体性理论的主体间性理论，同样见证着生态学的真理。

生态诗歌要呈现的最高境界无疑是天人合一的生态境界。所谓天人合一，当然不是完全消泯了个体存在的形态，或个体存在的现实性，而是指人在生命深层融入自然整体之中，超越个体的有限性，领悟了自然整体的无限性。这种无限性不是取消有限的个体，而是成全、超度有限的个体。诗人红豆的《海浪》一诗就非常典型地表现了天人合一状态中生命之花的璀璨绽放。“我在这个夜晚回忆你/拍打我臀部的感觉/在大海的面前/我是胆小的孩子//你的力度颠覆了我的揣测/浪花的手　粗暴且温柔/我在你的颠簸中左摇右晃/亲爱的　你打开了我所有的感官//你用嘴唇将阳光涂抹在我的身上/将魔咒印在我的身上/皮肤的花朵噼啪盛开/亲爱的　你必能闻到我的芬芳//一滴不剩地与你化在一起/我咯咯笑着跳起来/亲爱的　你看呐/咯咯笑的浪花跳起来”②。如果说普希金的《致大海》中的大海只是浪漫主义诗人主体情志的一种外化，韩东的《你见过大海》中的大海则纯粹是一种后现代的物质化存在，那么红豆的《海浪》中的大海却是生态视野中自由自在的生命，是与人建立主体间性的自然生命。在生态视野中，无论是人，还是大自然，都生机盎然，诗意无限。

红豆的组诗《仙笛》就以优美的笔触描绘了人与自然万物和谐相处、美轮美奂的生态胜境。那里芦花轻扬，桃花阵阵，水纯净无比，太阳朗照，人可以与草虫对话，即使死亡也是完美的，灵魂就

---

① 布伯. 我与你［M］. 陈维纲，译. 北京：生活·读书·新知三联书店，2002：55.

② 红豆. 液体的树［M］. 北京：作家出版社，2012：82.

像一朵月光凝结的花。其中第二首写水，就非常动人，“你说那片水纯净无比/所有的尘埃都透明了/水里洗过的灵魂也透明了//水是灵性之源/一匹鹿总是口衔灵芝/流淌让大地充满孕育的/乳液//满眼灵动的阳光/在水波上踮起足尖/一群闪烁的金色天鹅”①。水本来就是清澈的，清澈的水孕育透明的灵魂，孕育和谐的心境和超然的情怀。像柳宗元的《小石潭记》、朱自清的《绿》、沈从文的《边城》等经典作品描绘的水，无不呈现着水的纯净之美、原初之美。但不知从何时开始，我们身边的水都不再纯净了，生活废水和工业废水使得许多大江大河变成了恐怖的“七彩河”，各种垃圾漂浮物就像河流身上的癞疮疤一样令人浑身顿起鸡皮疙瘩，面对惨遭污染的水，现代人的心也日益混浊。科利考特曾写道：“当我盯着褐色的淤泥堵塞的河水，看着一抹黑色的从孟菲斯来的工业、市政污水，跟随在后的是不断从辛辛那提、路易斯维尔或圣路易漂来的一种不知名的混色线呢的碎片渣滓，我体验到一种眩晕的疼痛。它并不是清楚地局限在我四肢的哪一肢上，也不像一阵头疼或恶心。但是，它却是非常真实的。我并不想在河中游泳，不需要喝这里的水，也不想在它的沿岸买不动产。我的狭隘的个人利益并未受到影响，但是，不知怎么地我个人还是受到了伤害。在自我发现的那一刹那间，我想到，这河是我的一部分。”② 的确，我们的生命与自然万物本来就是完美的一个整体，当大自然生机盎然时我们的生命才可能生机盎然，当大自然受损时必然意味着我们的生命也受损。

不过，像《让你们也能把我看透》《海浪》《仙笛》等欢悦明快的生态诗歌在红豆诗集《液体的树》中并不多见。因为当前毕竟是个生态危机频繁的时代，生态诗人不可能也做不到过于沉迷于少

---

① 红豆. 液体的树［M］. 北京：作家出版社，2012：19.

② 科利考特. 生态学的形而上学含义［J］. 余晖，译. 自然科学哲学问题，1988（4）.

数高峰时刻般的生态境界中。就像蒋子丹曾说的：“我的真切体会是，当我们真心关注生态，就等于踏上一条绝望的路，这不是一个可以让我们游山玩水的愉悦过程，而是一个痛切反思人类和忏悔自己的过程。如果真的关心大自然、关心生态、关心人类的前景，面对当下的现状，我们的心必将是沉重的。”① 此言非虚，像于坚、李松涛、华海、侯良学、姜长荣、红豆等生态诗人，几乎无不如此，但是，正是他们的沉痛和呐喊，才是这个世界的希望所在。

---

① 蒋子丹．双向的沉重［J］．天涯，2007（1）：18．

结　语

重申万物一体的生态伦理

当漫天雾霾从南到北像死亡之幔一样一度紧紧笼罩神州大地，威胁着我们每个人的生存时，我们才知道，经济的发展是不可持续的，GDP崇拜症愚蠢至极。当各种自然资源日益宣告枯竭，极端天气频频爆发，科学家不断警告着人类关注不远的未来地球气温升高将造成的灭顶之灾时，我们才知道，与其说大自然是被动地任人宰割，默默无言地屈从于现代人的暴虐，不如说它一直就在冷眼旁观现代人的肆意妄为，只待时机一到就与人类做出彻底的清算。当各种自然生命在现代人的暴力下或纷纷隐遁，或怅恨消失，大地不可抑制地衰败下去时，我们才知道，没有鹰击长空、没有鱼翔浅底、没有虎啸山林、没有驼走大漠的世界该是何等寂寞无趣，处处拥挤着人的足迹的世界该是何等的单调无聊，参差多态乃是人心的潜在渴望和幸福根源。日趋严重的生态问题倒逼着人类把人际伦理扩展成所有生命之间乃至生命与其生存环境之间的生态伦理。那种只讲人与人之间相处的道德规范的人际伦理已经完全不足以协调人际关系了，更无法指明人类的生命意义和价值的方向了，人际伦理必须在生态伦理的背景中来寻找自己的新定位。

然而，时至今日仍有人不愿接受生态伦理，认为人与非人格的自然之间无法建立稳定的伦理关系。著名哲学家康德曾说：“就动物而言，我们不负有任何直接的义务。动物不具有自我意识，仅仅是实现外在目的的工具。这个目的就是人。动物本性类似于人的本性，我们可以通过对动物的义务来证明我们的本性，表达对人的间接的义务。”① 康德的这个论断堪称反对生态伦理的最经典论述。在他看来，动物不具有自我意识，仅仅是实现人类的外在目的的工具；那么植物就更不用说了，整个大自然对于人类来说也只有外在的工具价值。应该说，康德的这种论断具有启蒙主义哲学的人类中心主义的固定盲点。它是从人是目的的人类中心主义视角出发，再

① 雷毅. 深层生态学思想研究［M］. 北京：清华大学出版社，2001：18.

从人类的特性中抽取出一种核心特性——自我意识——作为衡量一切生命的首要标准，然后才得以把人类之外的自然生命隔绝在伦理视野之外。这是一种狡辩式的自我循环论证，显示的乃是人类的妄自尊大而已。因此，美国“国家公园之父”约翰·缪尔曾说：“大自然创造出动物和植物的目的，很可能首先是为了这些动植物本身的幸福，而不可能是为了一个存在物的幸福而创造出所有其他动植物。……我尚未发现任何证据可以证明，任何一个动物不是为了它自己，而是为了其他动物而被创造出来的。”① 的确，山中的一只老虎活着的目的绝不是为了给人类提供虎骨做药酒，或提供虎皮做大衣，或仅仅作为人类审美对象；它活着乃是在它自己的向度上领受着生命所有的苦难和美妙。同理，那株拔地而起的大树也不是为了给人提供阴凉，或者给人提供做家具的木板，或者供诗人咏叹的，它首先是为了呈现它自身生命的所有伟美和欣悦的。获得诺贝尔和平奖的史怀泽曾说：“只有当人认为所有生命，包括人的生命和一切生物的生命都是神圣的时候，他才是伦理的。”② 诚然，生态伦理才是人际伦理最终的判断标准。

当然，反对生态伦理者更容易认为，人与其他自然生命之间无法以语言交流，也就是说其他自然生命无法与人进行道德谈判，人也就不知道其他自然生命的利益何在，也无法和其他自然生命建立起一种互为映衬的主体关系。这种论断无疑也是偏执的人类中心主义倾向。人与人之间可以用语言进行交流，但人类的语言并不是唯一的交流方式，否则那些被人类语言隔绝在外的聋哑人和其他还不具备或者丧失了语言能力的人也应该被摒除在道德关怀之外。人为

---

① 纳什. 大自然的权利：环境伦理学史［M］. 杨通进，译. 青岛：青岛出版社，2005：45.

② 史怀泽. 敬畏生命［M］. 陈泽环，译. 上海：上海社会科学院出版社，1996：9.

万物之灵，应该有能力去聆听自然生命的各种语言，就像作家韩少功所说的："当一棵树开花的时候，谁说它就不是在微笑——甚至在阳光颤动的一刻笑如成熟女郎，笑得性感而色情？当一片红叶飘落在地的时候，谁说那不是一口哀怨的咯血？当瓜叶转为枯黄甚至枯黑的时候，难道你没有听到它们咳嗽或呻吟？有一些黄色的或紫色的小野花突然在院墙里满地开放，如同一些吵吵闹闹的来客，目中无人地喧宾夺主。它们在随后的一两年里突然不见踪影，不知去了哪里，留下满园的静寂无声。我只能把这事看作是客人的愤然而去和断然绝交——但不知我在什么事上得罪了它们。"① 这绝对不是生态作家的多愁善感，或者文学的修辞手法，而是基于对其他自然生命的深切共感。当一个自然生命受到人类的伤害，不能以语言对人类进行道德谴责或控诉，并不意味着它们就没有向人类提出道德谈判的吁求。人与人能够借助语言和文化建立一种互为主体的间性关系，人与其他自然生命也完全可以建立一种彼此尊重、和谐共处的主体间性关系。

我们还必须认识到，人际道德伦理的设立最终目的就是为了促进人类生命的自由和幸福。如果说在前现代时期，人类在大自然之中还处于卑弱地位，地球对于人类还接近无限，从而生态伦理还并不急迫的话；那么在现代科技武装起来的、人口暴增、欲望汹涌的现代人面前，大自然已经处于捉襟见肘、左支右绌的弱者地位，那样人际伦理就不可能完全促进人类的自由和幸福了。例如，我们可以设想，单从人际伦理角度来看，如果现代人能够消除社会不公平、不正义，普遍变得极为富裕，大家都像发达都市人那样消费、生活，应该是很好的一种生活理想；但如果把这种从人际伦理出发的生活理想付诸现实的话，那就是人类的整体灾难，因为这种生活理想轻而易举地就会摧毁地球的整体生态，从而导致人类的自我灭

① 韩少功．山南水北［M］．北京：作家出版社，2005：54．

绝。其实，个人的道德修为是为了促成个人人性中的各种不同力量之间的一种均衡，人际伦理也是为了促成人与人之间的一种均衡，而生态伦理就是要再次把这种均衡扩展到人与其他自然生命之间，从生态平衡视角来审视人的言行。从另一个角度来看，道德伦理的一个主要根源其实是人存在的事实限制，人际伦理让我们注意到他人是自我的一种限制，而生态伦理让我们注意到大自然更是自我和人类的一种根本限制。因此，当今时代，单靠人际道德伦理已经无法促进人类生命的自由和幸福了，生态伦理是人类文明的必然选择。

其实，生态伦理真正的存在论基石乃是万物一体的存在事实。要反对生态伦理，就必须驳斥万物一体的这个存在事实；如果反驳不了万物一体的存在事实，生态伦理就是不可反驳的。那么，什么是万物一体呢？简言之，万物一体，就指无论是大自然还是人类社会中的所有存在者，无论是从物质还是从精神上看，都是紧密地融为一体的存在；任何事物都不可能脱离其他事物而孤立地存在，一切个体事物只有在整体的背景上与整体紧密联系在一起时才能维持或理解自身的存在。德国生态哲学家汉斯·萨克塞曾说："生态哲学的任务就是要把人是整体的一部分这个通俗的道理告诉给人们。"① 但是让生态哲学成立的前提则是对整体，或者说万物一体的基本领悟。美国生态思想者麦茜特更清晰地指出："生态学的前提是自然界所有的东西都是和其他东西联系在一起的。它强调自然界相互作用的过程是第一位的。所有部分都与其他部分以及整体相互依赖、相互作用。生态共同体的每一部分、每一小生境都与周围的生态系统处于动态联系之中。处于任何一个特定的小生境的有机体，都影响和受影响于由有生命的和非生命环境组成的网。作为一

---

① 萨克塞．生态哲学［M］．文韬，佩云，译．北京：东方出版社，1991：49．

种自然哲学，生态学扎根于有机论——认为宇宙是有机的整体，它的生长发展在于其内部的力量，它是结构和功能的统一整体。”①麦茜特的语言带有生态学的科学性，也许有点难以理解。

我们还可以看看俄罗斯的精神哲学家弗兰克的说法：“仿佛一棵树上的树叶是彼此分离和相互独立的，不直接相干，但实际上它们靠共同的树根和树干所传送的汁液而生活，靠共同的土壤来供养，同样，人们从外部看是彼此孤立和封闭的存在物，实际上他们通过与包容一切的生命源泉的沟通联系而内在地融合于一个完整统一的生命之中。”② 弗兰克以诗意语言有意引导人们注意所有生命共享着相同的精神源头的存在论事实。

万物一体，众生一体，乃是生命的存在论事实。而这个事实，其实也就是价值、意义的根源，是神性的根源，是光明的根源。背离了这个存在论的事实，单独个人会不由自主地陷入自我中心主义，单个民族、国家会陷入自大狂式的民族中心主义、国家中心主义，人类整体则会陷入盲目的人类中心主义。这样，人才会反对生态伦理，陷入野蛮和偏执之中。就像汉斯·萨克塞所言：“把人视为宇宙的中心，这种学说虽然容易让人理解，但这毕竟是一种粗糙的推断。对自然的考察使我们详细地看到人是整体的一个成员。整体怎能只为其众多成员中的一个而存在，即使这个成员是最杰出者？归根到底，视人为宇宙中心难道不违反伦理的基本原则吗？……把人类视为宇宙中心之说完全忘记了自然。无论是哲学还是神学似乎没有想到人们对自然的行为可以是好也可能是坏的。”③ 的

① 麦茜特. 自然之死［M］. 吴国盛，等译. 长春：吉林人民出版社，1999：110.

② 弗兰克. 俄国知识人与精神偶像［M］. 徐凤林，译. 上海：学林出版社，1999：142.

③ 萨克塞. 生态哲学［M］. 文韬，佩云，译. 北京：东方出版社，1991：59.

确，罔顾万物一体的存在论事实，坚执人类中心主义的立场，说到底还根源于人类的骄傲、狂妄而已。

如果人能够超越自我中心主义、人类中心主义，他就很容易会发现，人必须节制自身的欲望，必须控制无节制的人口暴增，必须放下骄傲和狂妄的身段，耐心地聆听其他自然万物的心声。他就会发现，人的使命就是爱，既爱身为人类的同类，也爱其他自然万物。法国思想家彼得·拉塞尔曾说："一种对天地万物其余部分的爱来自个人对于和宇宙其余部分同一性的体验，来自这样一种认识，即在最深层次上，自我和世界是一体的。"① 的确，如果认识不到这种万物一体的存在论事实，生态伦理就是不可能想象的，就是无根之木、无源之水。美国思想家奥尔多·利奥波德则说："简言之，土地伦理是要把人类在共同体中以征服者的面目出现的角色，变成这个共同体中的平等的一员和公民。它暗含着对每个成员的尊敬，也包括对这个共同体本身的尊敬。"② 利奥波德所言的土地伦理就是典型的生态伦理，它成立的前提也就是对共同体的感知和尊敬。

古今中外的文学作品中，卓越的作家几乎都会不约而同地描写他们对万物一体的高峰体验。庄子曾说："天地与我并生，而万物与我为一。"（《庄子·齐物论》）"大我"之所以诗意盎然，就是因为他与天地万物融为一体。李白的《独坐敬亭山》咏唱道："众鸟高飞尽，孤云独去闲。相看两不厌，只有敬亭山。"诗人最终自我消泯，融入敬亭山之中，超越自我，领悟到万物一体。美国作家约翰·缪尔的生态体验更为激动人心："现在我们置身于群山之中，而群山也融入我们的体内，点燃我们心中的热情，颤动我们的心

---

① 拉塞尔. 觉醒的地球［M］. 王国政，译. 北京：东方出版社，1991：153.

② 利奥波德. 沙乡年鉴［M］. 侯文蕙，译. 长春：吉林人民出版社，1997：194.

弦，使全身每个毛孔和细胞都充塞着山的气息。周遭的美，使血肉之躯变得像玻璃一样透明，似乎已与这份美融为一体，无法分离，并且和空气、森林、溪流及岩石一起在漫洒的阳光中颤动——肉体仿佛已成为大自然的一部分，既非衰老、亦非年轻，既无病恙、亦无健康，只因一切都已成为不朽的永恒。在此刻，我似乎与天地一样没有任何食物或呼吸一类的肉体需求。这是一种多么神奇的转变！如此完美、充满生气！过去饱受肉体束缚的日子，似乎已经变成极为模糊的记忆，像是个只供比较的凭借，让人更加能体会这种转变之美。在此全新的生命中，我们仿佛一直都如此不朽。"① 生态作家之所以能够体验不朽，就是因为他能够与自然万物完美无瑕地相融相交，不知何者为物何者为我，不知是庄周梦蝶还是蝶梦庄周，这就是生命的生态境界，是生命最终的大解脱、大救赎。

虽然生态伦理已经给现代人指明了生命最基本的存在论事实，也指明了未来人类文明的发展方向，但落实到现实，依然有曲高和寡、步履艰窘的困境。人们不是说其陈义过高，难以践履，就是大谈发展经济和保护生态之间的两难。的确，任何文明的新启示对于现实中的人而言都是一种挑战，就像几千年前就已经有释迦牟尼、耶稣基督等先知给人类指明了正道，但时至今日，绝大部分人依然在阴暗的小径上步履蹒跚一样。然而一种真理性的文明新启示，并不会因为现实对它置若罔闻就显得苍白，或缺乏力量。只要人类文明还要继续发展，生态伦理、生态文明就是我们的不二之选。

不过，落实到现实，我们认为阻止大部分人接受生态伦理、生态文明的还是现代文明的制度性构架。虽然现代文明深处存在着鲜明的反生态的观念，存在着过于浓郁的人类中心主义污迹，但是我们相信，只要人类尽快地努力，把生态政治和生态教育落到实处，

① 缪尔. 夏日走过山间 [M]. 陈雅云，译. 上海：上海三联书店，1999：13－14.

生态伦理、生态文明的观念还有可能普及到大众之中去。然而，现代文明的生活设计、制度性构架中却存在着更为顽固的反生态力量。例如，城市化是现代文明的显著特征，越来越多的人口会居住到城市中，城市会越来越庞大，而城市化是反生态的，对大自然造成最大的威胁就是日益庞大的城市。法国著名的政治哲学家伯特兰·德·朱维诺曾指出："由于世界是由城市控制的，人类在城市中是与其他种类生物隔绝开的，因此人类属于生态系统的感觉不复存在。这使我们对自己必须终生依赖的东西（如水和树木）采取苛刻的和急功近利的态度。"① 的确，在一个个巨型城市里会释放出巨大的远远超出任何人的想象力的生态摧毁力量。美国生态思想家拉夫洛克则说："如果我们再也听不到鸟儿穿过现代交通的喧嚣的叫声或者呼吸不到甜美的新鲜空气，那么我们怎么可能去尊重这充满活力的世界呢?"② 城市化的生存几乎注定了现代人无法尊重大自然。

大自然对于城市化的现代人而言往往已经简化为简单的物质提供者，他们从自来水龙头来和水打交道，从煤气灶和电灯来和太阳打交道，从拥挤的街道和林立的高楼来与土地打交道，从雾霾来与空气打交道。城市人已经很难体验到和其他自然生命的一体感了，即使要到大自然中去旅游，也会被旅游工业操纵。一台照相机就隔绝了人和大自然之间的最生动的生命交流；导游一次精心安排的购物行动会再次使得那些远离大自然的城市人涌起破坏自然的冲动和力量。正是城市化催生了无处不在、席卷一切的消费文化，在工商文明的主导下，在商业广告的诱惑下，越来越多的人以为，只要获得物质的满足就可以

① 戴利，汤森. 珍惜地球：经济学、生态学、伦理学［M］. 马杰，等译. 北京：商务印书馆，2001：204.

② 沃斯特. 自然的经济体系：生态思想史［M］. 侯文蕙，译. 北京：商务印书馆，1999：442.

解决人生的意义问题，因此现代人的物质欲望高涨如滔天巨浪。而人创造不了任何物质，所有物质只能来自于大自然，当现代人日益攫取更多的物质财富之时，也就是大自然日益凋敝破败之际。

可以说，当前消费文化的盛行就是反生态的，而这种反生态力量之所以能够像雾霾一样大肆释放出来，就因为工商文明、广告业等充分利用个人的自我中心主义、人类中心主义的人性弱点。所有商业广告都深刻地知道个人的自我中心主义是脆弱的、孤独的，是不自信的，因此它们就要利用人性的这种脆弱、孤独、不自信，不断地煽动人们投身到物质欲望的过度攫取之中，告诉他们只有在拥有了商业广告推广的产品时，他们才能变得坚强、合群、自信。但是每当消费者拼命获取了商业广告推广的商品后，他们就会陷入更大的空虚、焦虑、孤独之中，于是他们又再次按照商业广告的逻辑去追求更多的物质财富。如此，每个消费者就都成为商业广告精心打造出来的铁笼子里的小白鼠，这个铁笼子的运转力量就来自小白鼠自身。最终，消费文化煽动起来的破坏力量扑向大自然时，大自然就血流如注、噩梦连连了。

获得2012年度诺贝尔文学奖的作家莫言曾在2010年的东亚文学论坛上做了《哪些人是有罪的》的演讲，对造成全球性生态危机的消费主义文化就提出了严厉的批判——

一百多年前，中国的先进知识分子曾提出科技救国的口号，三十多年前，中国的政治家提出科技兴国的口号。但时至今日，我感到人类面临着的最大危险，就是日益先进的科技与日益膨胀的人类贪欲的结合。在人类贪婪欲望的刺激下，科技的发展已经背离了为人的健康需求服务的正常轨道，而是在利润的驱动下疯狂发展以满足人类的——其实是少数富贵者的病态需求。人类正在疯狂地向地球索取。我们把地球钻得千疮百孔，我们污染了河流、海洋和空气，我们拥挤在一起，用钢筋和水泥筑起稀奇古怪的建筑，将这样的场所美其名曰城市，我们在这样的城市里放纵着自己的欲望，制造着永难消解的垃圾。与乡下人比起来，城里人是有罪的；与穷人比起来，富人是有罪的；与老百姓比起来，官员是有罪的，从某种意义上来说，官越大罪越大，因为官越大排场越大欲望越大耗费的资源就越多。与不发达国家比起来，发达国家是有罪的，因为发达国家的欲望更大，发达国家不仅在自己的国土上胡折腾，而且还到别的国家里，到公海上，到北极和南极，到月球上，到太空里去瞎折腾。地球四处冒烟，浑身颤抖，大海咆哮，沙尘飞扬，旱涝不均等等。

在这样的时代，我们的文学其实担当着重大责任，这就是拯救地球拯救人类的责任。

我们要用我们的作品告诉人们，尤其是那些用不正当手段获得了财富和权势的富贵者们，他们是罪人，神灵是不会保佑他们的。

我们要用我们的作品告诉那些虚伪的政治家们，所谓的国家利益并不是至高无上的，真正至高无上的是人类的长远利益。

我们要用我们的作品告诉那些有一千条裙子，一万双鞋子的女人们，她们是有罪的；我们要用我们的作品告诉那些有十几辆豪华轿车的男人们，他们是有罪的；我们要告诉那些置买了私人飞机私人游艇的人，他们是有罪的，尽管在这个世界上有了钱就可以为所欲为，但他们的为所欲为是对人类的犯罪，即便他们的钱是用合法的手段挣来的。

我们要用我们的文学作品告诉那些暴发户们、投机者们、掠夺者们、骗子们、小丑们、贪官们、污吏们，大家都在一条船上，如果船沉了，无论你身穿名牌、遍体珠宝，还是衣衫褴褛不名一文，结局都是一样的。

我们应该用我们的文学作品向人们传达许多最基本的道理：譬如房子是盖了住的，不是用来炒的；如果房子盖了不住，那房子就不是房子。我们要让人们记起来，在人类没有发明空调之前，热死的人并不比现在多。在人类没有发明电灯前，近视眼远比现在少。在没有电视前，人们的业余时间照样很丰富。有了网络后，人们的头脑里并没有比从前储存更多的有用信息；没有网络前，傻瓜似乎比现在少。

我们要通过文学作品让人们知道，交通的便捷使人们失去了旅游的快乐，通信的快捷使人们失去了通信的幸福，食物的过剩使人们失去了吃的滋味，性的易得使人们失去恋爱的能力。

我们要通过文学作品告诉人们，没有必要用那么快的速度发展，没有必要让动物和植物长得那么快，因为动物和植物长得快了就不好吃，就没有营养，就含有激素和其他毒药。

我们要通过文学作品告诉人们，在资本、贪欲、权势刺激下的科学的病态发展，已经使人类生活丧失了许多情趣且充满了危机。①

与消费文化连体共生的就是那种不知天高厚、完全不把大自然放在眼中的 GDP 崇拜症。在 GDP 崇拜者看来，只要国民生产总值增加了，就高枕无忧、万事大吉了。在他们眼中，仿佛大自然是一个可以予取予求的无限的财富供养者。殊不知大自然的资源是有限的，无限的经济增长只是一个美梦。英国生态经济学家舒马赫曾说："经济增长，若从经济学、物理、化学及技术的角度来观察，并不存在明显的限制，但当从环境科学的角度来衡量时，必然陷入决策性瓶颈。以追求财富作为唯一满足的生活态度——简言之，唯物主义——不适合当今世界，因为这种生活态度自身包含的原则是无拘无束，而其所处的环境却是严格受限的。"② 正是考虑到大自然的生态限度，舒马赫才会提出"小的是美好的"，因为人在大自然中也是小的，而现代文明过度追求规模的庞大实际上只是一种自取灭亡的病症而已，就像那不知自己宿主的限制而无限繁殖的癌细

① http://bbs.tianya.cn/post-free-4690687-1.shtml.

② 舒马赫. 小的是美好的［M］. 李华夏，译. 南京：译林出版社，2007：16.

胞一样，最终也会彻底摧毁自身。

对于现代人而言，生态伦理、生态文明就是唯一的康庄大道。但是现代人如果只能在自我中心主义、人类中心主义的诱惑下执意否定它，规避它，最终我们就只能仰天而唾，自取其辱。

当代生态文学的使命就是努力引领人走出工业主义、消费主义的市场取向的世界观与人生观，以生态意识为引导，重建万物一体的生态伦理，恢复人对大自然的敏感与兴趣，追求天人合一，看护大地，净化人性。在从天人合一的文化传统角度对当代生态文学做了一个初步的巡礼后，我们以日本诗人谷川俊太郎的诗歌《地球的客人》来做结：

地球的客人①

［日本］谷川俊太郎　田原（译）

像一个缺乏教养的孩子
不打正经招呼地
推开蓝天之门
坐进大地的房间

我们是草的客人
是树木的客人
是鸟儿们和
水的客人

① 谷川俊太郎. 谷川俊太郎诗选［M］. 田原，译. 北京：作家出版社，2002：208.

以得意扬扬的面孔
吧嗒着嘴饕餮着
端出来的佳肴
对景色赞不绝口

不知何时
自以为会成为主人
文明
是多么的没规矩

然而离去
已经太迟
因为死亡哺育着
新的生命

我们死后的清早晨
那个早晨
鸟儿们婉转鸣叫
波涛回响

遥远的歌声
和瑟瑟的风
现在
还听得见吗?

每个人都需要牢牢记住，我们是地球的客人！我们不能再喧宾夺主，吞天噬地，纵欲无度了。我们需要节制欲望，谨言慎行，民胞物与，参赞化育，与蓝天白云同存，与万千自然生灵共享宇宙的畅然生机。

参考文献

［1］哈丁. 生活在极限之内［M］. 戴星翼，等译. 上海：上海译文出版社，2001.

［2］辛格. 一个世界：全球化伦理［M］. 应奇，等译. 北京：东方出版社，2005.

［3］舒马赫. 小的是美好的［M］. 李华夏，译. 南京：译林出版社，2007.

［4］杜宁. 多少算够［M］. 毕聿，译. 长春：吉林人民出版社，1997.

［5］莫尔特曼. 创造中的上帝［M］. 隗仁莲，等译. 北京：生活·读书·新知三联书店，2002.

［6］庞廷. 绿色世界史［M］. 王毅，等译. 上海：上海人民出版社，2002.

［7］戈尔. 濒临失衡的地球［M］. 陈嘉映，等译. 北京：中央编译出版社，1997.

［8］艾森斯塔特. 反思现代性［M］. 旷新年，等译. 北京：生活·读书·新知三联书店，2006.

［9］布朗. 生态经济［M］. 林自新，等译. 北京：东方出版社，2002.

［10］拉兹洛. 布达佩斯俱乐部全球问题最新报告：第三个1000年［M］. 王宏昌，等译. 北京：社会科学文献出版社，2004.

［11］贾丁斯. 环境伦理学［M］. 林官明，杨爱民，译. 北京：北京大学出版社，2002.

［12］普里戈金，等. 从混沌到有序［M］. 曾庆宏，沈小峰，译. 上海：上海译文出版社，1987.

［13］罗尔斯顿. 哲学走向荒野［M］. 刘耳，等译. 长春：吉林人民出版社，2000.

［14］罗尔斯顿. 环境伦理学［M］. 杨通进，译. 北京：中国社会科学出版社，2000.

［15］萨克塞. 生态哲学［M］. 文韬，佩云，译. 北京：东方出版社，1991.

［16］莫斯科维奇. 还自然之魅［M］. 庄晨燕，等译. 北京：生活·读书·新知三联书店，2005.

［17］史怀泽. 敬畏生命［M］. 陈泽环，译. 上海：上海社会科学院出版社，1996.

［18］拉塞尔. 觉醒的地球［M］. 王国政，译. 北京：东方出版社，1991.

［19］艾恺. 世界范围内的反现代化思潮：论文化守成主义［M］. 贵阳：贵州人民出版社，1991.

［20］麦茜特. 自然之死［M］. 吴国盛，等译. 长春：吉林人民出版社，1999.

［21］康芒纳. 封闭的循环［M］. 侯文蕙，译. 长春：吉林人民出版社，1997.

［22］卢岑贝格. 自然不可改良［M］. 黄凤祝，译. 北京：生活·读书·新知三联书店，1999.

［23］伊懋可. 大象的退却：一部中国环境史［M］. 梅雪芹，等译. 南京：江苏人民出版社，2014.

［24］周海林，等. 人类生存困境：发展的悖论［M］. 北京：社会科学文献出版社，2003.

［25］杨通进，等. 现代文明的生态转向［M］. 重庆：重庆出版社，2007.

［26］方东美. 生命理想与文化类型［M］. 北京：中国广播电视出版社，1990.

［27］余谋昌. 生态哲学［M］. 西安：陕西人民教育出版社，2000：18.

［28］雷毅. 深层生态学思想研究［M］. 北京：清华大学出版社，2001.

［29］叶平. 回归自然：新世纪的生态伦理［M］. 福州：福建人民出版社，2004.

［30］曹孟勤. 人性与自然：生态伦理哲学基础反思［M］. 南京：南京师范大学出版社，2004.

［31］贺雪峰. 新乡土中国［M］. 桂林：广西师范大学出版社，2003.

［32］蒙培元. 人与自然：中国哲学生态观［M］. 北京：人民出版社，2004.

［33］曾繁仁. 生态美学导论［M］. 北京：商务印书馆，2010.

［34］鲁枢元. 文学与生态学［M］. 上海：学林出版社，2011.

［35］王晓华. 生态批评［M］. 哈尔滨：黑龙江人民出版社，2008.

［36］刘青汉. 生态文学［M］. 北京：人民出版社，2012.

［37］王诺. 生态批评与生态思想［M］. 北京：人民出版社，2013.

［38］黄轶. 中国当代小说的生态批判［M］. 北京：北京大学出版社，2014.

［39］赵树勤，龙其林. 当代中国生态文学景观［M］. 长沙：湖南人民出版社，2015.

［40］龙其林. 自然的诗学：中国当代生态文学新论［M］. 北

京：社会科学文献出版社，2015.

［41］高旭国，闫慧霞. 改革开放以来生态文学创作研究［M］. 北京：中国农业出版社，2015.

［42］李玫. 新时期文学中的生态伦理精神［M］. 北京：中国社会科学出版社，2016.

［43］刘卫英，王立. 欧美生态伦理思想与中国传统生态叙事［M］. 北京：北京师范大学出版社，2014.

［44］王又平. 新时期文学转型中的小说创作潮流［M］. 武汉：华中师范大学出版社，2001.

［45］王喜绒，等. 20世纪中国文学的跨学科研究［M］. 北京：中国社会科学出版社，2004.

［46］王诺. 欧美生态文学［M］. 北京：北京大学出版社，2003.

［47］李松涛. 拒绝末日［M］. 沈阳：春风文艺出版社，1992.

［48］韩东. 爸爸在天上看我（诗集）［M］. 石家庄：河北教育出版社，2002.

［49］周晓枫. 斑纹：兽纹上的地图［M］. 北京：中国文联出版社，2002.

［50］李炳银，周百义. 最后的疆界［M］. 武汉：长江文艺出版社，1998.

［51］马丽华. 走过西藏［M］. 北京：作家出版社，1994.

［52］李存葆. 大河遗梦［M］. 北京：解放军文艺出版社，2002.

［53］徐刚. 沉沦的国土［M］. 北京：人民文学出版社，2005.

［54］徐刚. 中国：另一种危机［M］. 沈阳：春风文艺出版社，1995.

［55］徐刚．我将飘逝［M］．北京：中国青年出版社，2004．
［56］哲夫．世纪之痒：中国生态报告［M］．武汉：长江文艺出版社，2006．
［57］李青松．遥远的虎啸［M］．北京：中国和平出版社，1997．
［58］陈桂棣．淮河的警告［M］．北京：人民文学出版社，2005．
［59］刘亮程．一个人的村庄［M］．沈阳：春风文艺出版社，2006．
［60］苇岸．上帝之子［M］．武汉：湖北美术出版社，2001．
［61］老鬼．血色黄昏［M］．北京：工人出版社，1989．
［62］贾平凹．怀念狼［M］．北京：作家出版社，2000．
［63］韩少功．鞋癖［M］．武汉：长江文艺出版社，1994．
［64］韩少功．山南水北［M］．北京：作家出版社，2006．
［65］陈染．私人生活［M］．北京：作家出版社，1997．
［66］卫慧．上海宝贝［M］．沈阳：春风文艺出版社，2000．
［67］阿成．胡天胡地风骚［M］．武汉：长江文艺出版社，1996．
［68］张炜．远河远山［M］．长春：时代文艺出版社，2005．
［69］张炜．你在高原·西郊［M］．沈阳：春风文艺出版社，2003．
［70］张炜．绿色的遥思［M］．上海：文汇出版社，2005．
［71］迟子建．格里格海的细雨黄昏（小说集）［M］．南京：江苏文艺出版社，2003．
［72］莫言．红高粱家族［M］．北京：人民文学出版社，2000．
［73］胡发云．老海失踪［M］．武汉：长江文艺出版社，2001．

[74] 郭雪波. 大漠狼孩 [M]. 北京: 中国文联出版社, 2003.

[75] 张学东. 跪乳时期的羊 [M]. 北京: 作家出版社, 2003.

[76] 叶广芩. 老虎大福 [M]. 西安: 太白文艺出版社, 2004.

[77] 姜戎. 狼图腾 [M]. 武汉: 长江文艺出版社, 2004.

[78] 杨志军. 藏獒 [M]. 北京: 人民文学出版社, 2005.

[79] 百花文艺出版社. 大自然与大生命 [M]. 天津: 百花文艺出版社, 2003.

[80] 高桦. 碧蓝绿文丛: 小说卷 放生 [M]. 北京: 中国环境科学出版社, 1997.

[81] 高桦. 碧蓝绿文丛: 报告文学卷 地球·人·警钟 [M]. 北京: 中国环境科学出版社, 1997.

[82] 刘鉴强. 天珠: 藏人传奇 [M]. 拉萨: 西藏人民出版社, 2008.

[83] 蒋子丹. 一只蚂蚁领着我走 [M]. 北京: 生活·读书·新知三联书店, 2008.

[84] 赵本夫. 无土时代 [M]. 北京: 人民文学出版社, 2008.

[85] 红豆. 液体的树 [M]. 北京: 作家出版社, 2012.

[86] 华海. 当代生态诗歌 [M]. 北京: 作家出版社, 2005.

后　　记

我们生活在一个生态环境急剧恶化的时代，生态危机早就进入我们的日常生活之中。我们不得不习惯弥天的雾霾、肮脏的江河湖海、被垃圾和重金属污染的土地。我们也不得不习惯日益萎缩的森林、日益退化的草原和日益空寂的海洋。“晴空一鹤排云上，便引诗情到碧霄。”“明月松间照，清泉石上流。”“黄河之水天上来，奔流到海不复回。”“星垂平野阔，月涌大江流。”“野旷天低树，江清月近人。”……这些千古名句，都是我们先辈诗人对华夏大地的诗意写照，但是如今他们诗句中的自然美景早已难觅踪迹了。我们触目所及的是拔地而起的幢幢高楼，是四通八达、车流如织的高速公路，是烟囱林立的现代工厂，是越来越多被开膛破肚的山脉。华夏大地的自然生态进入了有史以来最严重的危急存亡之秋！当今每个炎黄子孙都愧对先辈留下的这片辽阔美丽的大地。因此，我们要谈生态问题，要谈生态文学。我们希望借助文学的力量来唤醒越来越多的炎黄子孙的生态意识，希望大家群策群力共同建设更高级的生态文明。

至于本书的完成，笔者首先要感谢华南师范大学文学院陈剑晖教授，是他邀请我撰写本书，并纳入“文化自信与中国现代当代文学丛书”的。

其次，要感谢武汉大学文学院陈国恩教授居间牵线搭桥，要感谢广东高等教育出版社的钟凌翊副社长，是她及时和我沟通丛书选题、编写体例等相关问题。

再次，本书得以按时完成，笔者还要深深地感谢我的爱人欧阳澜和我的岳父欧阳波、岳母张运安，是他们精心照顾我们家的两个宝贝女儿，才使我得以抽空完成本书的写作。

最后，当然要感谢大宝贝汪一心、小宝贝汪一意，是她们的天真无邪给我注入了无限的力量。

笔者希望本书能够进一步推动当代生态文学的文化自觉意识，能够让读者感受到当代生态文学的思想艺术魅力，能够帮助读者确立生态意识。当然，由于个人时间有限，精力有限，学术水平有限，书中各种问题肯定在所难免，敬请读者批评指正，以使我在今后的生态文学研究中进一步完善。

汪树东

2017 年 8 月于武汉汤逊湖边寓所